木木 著

缘于行走

诗语背后的故事

上册

□ 责任编辑：杨　歌

□ 装帧策划：木　木

□ 设计制作：李洛霖

□ 排　　版：肖　霞

□ 印　　务：刘汉举

缘于行走
—— 诗语背后的故事（上册）

□
著者
木木

□
出版
中华书局（新加坡）有限公司

新加坡亨德申路 211 号亨德申工业大厦 # 05-04 室
电话：(65) 6278 3535　传真：(65) 6278 6300
电子邮件：info@commercialpress.com.sg
网址：http://www.chunghwabook.com.hk

□
发行
香港联合书刊物流有限公司

香港新界荃湾德士古道 220-248 号荃湾工业中心 16 楼
电话：(852) 2150 2100　传真：(852) 2407 3062
电子邮件：info@suplogistics.com.hk

□
印刷
美雅印刷制本有限公司

九龙观塘荣业街 6 号海滨工业大厦 4 楼 A 室

□
版次
2020 年 11 月第 1 版第 1 次印刷
© 2020 中华书局（新加坡）有限公司

□
规格
32 开（200 mm×140 mm）

□
ISBN：978-981-14-8175-8

缘於竹艺

施子清先生题写书名

居易隨緣

陳林先生雅教
庚寅 選堂

饶宗颐先生题写原书名

前言

　　这本集子，本是 2014 年就想出的，为自己来港十周年留个纪念。之前还请饶宗颐老先生题写了书名，可阴差阳错，一直未能成事。不过，当年也做了一件事，利用余暇，把十年来陆续写下的一百多首古体诗词加以整理，编成若干组，在《文汇报》和《大公报》副刊发表。两报分别以"薄扶林故道"和"炉峰古韵"为题，从四月到七月，分二十五组刊发。一首首小诗相继刊出，仿佛过往生活片段再现，成了一段难得的体验。

　　五年前请饶老题字时，书名定的是《居易随缘》。今天再用这个书名，饶老已经仙逝，感觉有些不合适了。遂改名为《缘于行走》，请施子清先生重新题写。取这个书名，主要有感于人生不过是一个行走的过程，从十周年纪念变成十五周年纪念，也就多走了一段路而已。诗人北岛有句名言：一个人行走的范围，就是他的世界。算起来，我最初离开家乡，已是四十年前的事了。四十年行走，走出了怎样的世界？本书可见一些端倪。

以禅眼观物，以诗心生活。十多年来，怀着家国天下的书生情怀，领略维港风雨，品尝百味人生，颇有一些收获。这收获，来自于两个方面。其一，阅读香港。中联办首任主任姜恩柱说过，香港是一本很难读懂的书。我来港十六年了，在三个差异很大的岗位（社团联络部副部长、办公厅主任、青年工作部部长）上工作过，从不同角度阅读香港，对这本"书"有了相对立体的印象。其二，香港阅读。如果说中国内地是一个阅读场，西方社会是一个阅读场，香港则是第三个阅读场。在这里阅读世界和人生，别有一番滋味，别有一番领悟。

两年前，经文友尹树广先生鼓励，我在《文汇报》开了个专栏。每周一篇，以"诗语背后"为题，除了诗词本身，还把诗词创作过程中引发的思考写成随笔，一并发表。这种亦诗亦文的形式，效果如何，还待检验。有朋友告诉我，这些随笔很耐看，在随笔烘托下，诗词的内涵就延展了，也便于理解。也有朋友说，由于随笔的内容太多，也太实，诗词的韵味反而被冲淡了，读了随笔忘了诗。

此次结集的，正是诗语背后栏目两年多来发表的一百篇诗文。分上中下三篇：上篇"诗心禅眼看香江"，是对香港风物世态的描述；中篇"墨香不忍江湖远"，记录了自己半生行走的部分足迹；下篇"明月半轮正好秋"，则是天命花甲之年的一些人生感悟。

把旅居香港这段日子里对香江、对世界、对人生的感悟分享出来，首先是一种自娱，也怀一点以文会友的心思。萨特说，写作行为是召唤，作者写完了，只是完成了作品的一半，读者参与进去，才构成完整的写作行为。那么，这些文字，会召唤出什么样的读者，又能在哪些方面引起他们的共鸣呢？

其实，集子还在整理出版过程中，这种互动就已经开始了。我把一些零星篇章与相关朋友分享，他们的回馈远远超出了诗文本身的内容。特别是为本书作序的三位朋友，事实上见证了我旅居香江的三个阶段。文晋兄是我来港不久就认识的，北大同系同专业的校友，脾气秉性也合，一路走来，已是无话不谈。卓伟兄在我任中联办办公厅主任时，作过一任特首办主任，因工作交往而成为朋友，算起来也近十年了。向群兄是我调到青年工作部后才认识的，时间虽然不长，却因对诗文的共同爱好，相见恨晚，惺惺相惜。三位好友所赐之序，无一句不谈到我的心坎上，拜读再三，如沐春风。

古人说，谁知盘中餐，粒粒皆辛苦。书稿整理完成之际，这句话一下从脑子里冒了出来。想想这二十几万字，都是用大拇指在手机屏幕上一个一个划拉出来的。平常工作生活中，总有一些零星的想法，像微风，轻轻一吹就过去了，不留下半点痕迹。因为有了智能手机，我得以做一个捕风者，把这些想法记录下来。或临睡前，或旅途中，或其他活动的间歇，见缝插针，一句话、一个词地积累。美国人有竖拇指召唤 TAXI 的习惯，在我这里，这个召唤竟与萨特的召唤不谋而合了。

感谢生活中的点点滴滴，感谢为这本集子诞生付出心血的各方面朋友，感谢智能手机。

2019 年 12 月于港岛西环蒲飞路

目录

▚ 诗心禅眼看香江

序一：
少年行天下
临老入花丛

这是一本关于香港的书，通过它，你可以了解到香港的过去，现在，甚至未来。而世间一切皆有互联，通过香港，你又能领略到世界的某些变化。

这是一个关于行走的故事，透过它，你可以看到一位具有家国情怀，心中充满了修身齐家治国平天下理想的年轻士子的成长历程。

我本人居于香港业已二十余载，自认为对这个神奇迷人的弹丸之地有一些了解，但仔细阅读此书后，却又有了一种沁人心脾、清新细腻的感觉，妙不可言。它让我产生诸多启迪，在这个混乱浑沌的时刻，获得一些心灵的慰籍，从而对香江充满希望。

这次受邀为木兄这本文集作序，一直忐忑不安，甚至夜不能寐。盖因自己笔锈墨干，言辞枯竭，半生拙于动笔，现在敢写，岂不是有临老入花丛的嫌疑。故总是担心自己词不达意，不能为读者提供有效的帮助，辜负了木兄一番诚意。好在他让我放松心情，笑言只要随心写下自己的真实感受即可。有此贴心的鼓励，方令我执笔下去，这一点我要感谢他。

木兄是我多年的朋友，尽管我们都曾就读于北京西郊那所花园般烂漫的学校，但却相识相知于美丽祥和的香江。相比于我离校后几乎没有动笔写过什么东西，木兄却能常年笔耕不辍，佳作屡出。与其相处，不仅能体会到常处于庙堂之高人士的严谨，自律，睿智，更能体会到他平和、仁厚、豁达的书生意气。他做事认真执着，一直让人钦佩。一旦定下自己的目标，就一定要实实在在去完成。有两件事，常令我铭记于心。

其一是游泳。某次巧合，木兄得知每年十月，特区都会举办横渡维多利亚港湾的活动，既增强人们锻炼身体的意识，也提醒人们要注重环境保护。他于是定下目标，每日必去海边锻练游泳。从此，拂晓之际，迎着晨曦，要么深水湾，要么浅水湾，总会看到他畅游的身姿，风里雨里，不曾阻断。功夫不负有心人，他游泳本领大增，也如愿参加了横渡维港游。

其二是和本书有关。木兄此集，缘于他对一个朋友的承诺，定期为朋友的报纸写点东西。这千金一诺，遂引出一首首饱满的诗词，一篇篇优雅的散文。大凡世间事，偶尔做一件易，天天做一件难。更何况他位居西环中枢，每天的本职工作，已经是繁重复杂，应付多多。要挤出自己的业余时间，完成上述的约定，需要极大的恒心和毅力。这一点，我时常想起，往往自叹不如，自己有时小小的豪言壮语，倒成了我们会心一笑的谈资。

品香茗，饮淡酒，这二者皆为我俩之所好。木兄对茶酒的研究，颇有心得。茶分南北，酒分东西。国茶从南到北，由浅入深，孕育着人生的变化；而东方的白酒，西方的红酒，又展现出东西文化的相合相对之处。

一壶清茶，一杯淡酒，一柄长剑，一首好诗，是多少士子的心灵归宿。夏秋的夜晚，香江的万家灯火点缀，春冬的正午，维港的和煦微风轻拂，我们把盏细酌，无话不谈。或国际大事，或人生趣闻，或外在的它，或内在的我。酣畅淋漓间，木兄往往妙言迭出，诗词歌赋信手拈来，自然天成。本人只有心向往之的羡慕，并以雄鹰翱翔，尽览天下美景，燕雀翻飞，也尝林间秀色为慰藉。而后哈哈大笑，继续品酒茗茶，相谈甚欢。

无论是在首都北京的红墙大院，还是在南国小岛的高楼大厦，木兄一直肩负重任，为国家为社会默默工作。不仅能书写上达的咨文，而且还能顺应年轻一代人的心思，在青年工作、创科创新领域勤劳奉献。

本书的写作方式颇有新意，亦诗亦文，以诗引文，以文释诗。在这个变化日新月异的年代，不失为一种作文方式的创新尝试。诗则言简意赅，隽永深远；文则行云流水，浑然天成。喜欢文章的读者，可以在默读中，回味文字的优美，思想的力量。喜欢诗词的朋友，可以大声朗读出来，感受节拍韵律的回响。时而呢哝细语，沁人心脾；时而铿锵有力，震人心肺。皆令人舍不得放下，必欲读之方休。

作者居住香江十多年，本书是其闲暇时间写作的集子。主要分为三个部分：第一部分"诗心禅眼看香江"，作者自言是对香港风物世态的描写，而我看到的却是其背后关于香港过去、现在乃至未来的分析展望。这部分对香江之士或内地朋友，大有裨益。第二部分"墨香不忍江湖远"，记录了作者半生行走的足迹。其中可以窥到作者植根香港，从香港看世界，又从世界读香港，互为置换的角度，难能可贵。第三部分"明月半轮正好秋"，描写了作者天命花甲之年的一些人生感悟。此部分字字玑珠，篇篇精粹，写出了我们这个年龄段人的心迹。读来常有让人抱书长叹，奉为知己，进而又速打开继续欲读之感觉。这三部分以香港为中心，串引出物我相生的不同侧面。朋友们可以寻自己之喜欢去阅读，萝卜青菜，各点所爱。

我有时会想，如果回到百花齐放的春秋战国时代，拓疆扩土的汉唐时代，洋风东进的民国时代，或者乱世纷飞的某个时代，木兄会以一种什么方式存在？会是一个什么样的人？是文人士子，侠客剑士，还是国之股肱，皆有可能。不管是什么时代，他一定是一个有理想有情怀的人，善良睿智的人，乐于助人的人，一个对国家对社会有责任心的人。穷则独善其身，达则兼济天下。

行文至此，看着窗外蓝天白云下的维多利亚港，帆影点点，风平浪静。心中唯念，愿美丽的东方之珠，明天会更好。

百富环球科技有限公司董事　李文晋

2020 年 1 月于港岛鸭脷洲

序二：观人文察时变至诚可参天地

　　木木兄的诗词散文，初读、偶读，觉得有时光伫立的超脱感，细读之后，更体会到他洞察时世变迁之余，还有一脉遗世独立的思古幽情。

　　木木兄这本集子，同时兼具了游记和怀古诗的特点，堪比中国古典文学的一种变奏：在时代节奏急速前进的当今，人人聚焦于手机屏幕的方寸之地，满眼都是走马观花的匆忙感，他放眼于遥远辽阔的山水人文，用文字纪录他的旅行感受，娓娓道来，宛如画卷一般在读者眼前展开，每篇文章从点题到收尾，在夹叙夹议之间，都充满诗歌的节奏 —— 从这个角度来看，题名"诗语背后"，堪称恰如其份。

　　其文字清通，内容闲雅，更令人联想到风格隽永的明代小品，尤其是善于发掘闲情逸致，但凡天色、湖光、草木、花鸟，或饭局小聚，或独处偶见，在他笔下，都可以是触动和启蒙的一丝灵光。

木木兄的游踪遍及中国各地：譬如成都、乌镇、颐和园、岳阳楼、罗浮山、龙脊梯田，远至西藏的林芝和青海的日月山，真可谓走遍"长城内外，大江南北"，其中对各地的历史典故，文学联想，一概信手拈来，其见识博雅，洞见斐然，令人赞叹，他对中国文化的热爱也溢于言表。读他的文字，如同沿途随行，不但为国土的幅员辽阔、风貌多样所震撼，对于各地民情风俗之塑造形成，也有所深刻体会。

超越中国古典传统的，则是他远游全球，放眼国际的现代视野。欧洲名城如华沙、布达佩斯、圣彼得堡、巴黎、爱丁堡的风景，因为他的历史和文学修养，也为读者呈现了独到的印象。

但木木兄将最多的笔墨留给旅居多年的香港。经过近距离的观察和切身体会，他的香港印象，读来令人既熟悉又陌生。或许是因为香港的面貌恰好介于古今中西之间，他如此描述："与其说香港是一座缺乏季节感的城市，不如说香港景致的变化，并不取决于季节本身，而取决于观景者的心情。"这句话给所有想要了解香港的人，提供了巧妙的启发。又譬如他形容"香港岛如一枚精致的盆栽,俏立于南中国海的碧波之中",从整个国家的角度,放在完整的画面来看,香港的特色和光彩更见焕发。而他以多年游走中西的博闻广识,对香港的定位有这样准确的解读:"香港这个弹丸之地,被历史选中而走向成功,更多的是国际关系博弈中的一个偶然。与其说是积极管治的产物,不如说是自然生长的结果。以自由为圭臬,无为而治,是解开香港之谜的终极钥匙。"

在当今全球紧密联系的时代,不断走向更广阔的世界,也是旅行的本意所在。现代史的开创,正是由于人类开始远洋旅行,国与国不再远隔,人与人连成共同体。旅行本身,就是对人文精神的探索:愈走得远,愈见得多,对这世间愈加深情,木木兄的文字,是最好的示范。

香港大学医学院院长　梁卓伟
2019 年 12 月于港岛沙宣道

序三：
行走是
思想的奔跑
与撒欢

　　喜欢这本文集，质朴自然。生活点滴，却有卓识奇思；片月寸花，常怀禅意会心。跟随这些文字，展开一段一段旅程，心灵可以丰盛地行走。

　　行走是思想的奔跑与撒欢。心无所碍，挪转从容，随遇而思，心安彼处。正是行走中的天真朴趣，滋养了我们的生活。行走中由于主客体在短时间内的强烈相互作用，更能产生本真的代入和全情的融合。要么和自然交流，要么和他人交流，要么和自己内心交流。对望之间，一眼千年。

　　我喜欢行走，大学的时候就开始天南地北地行走，囊中羞涩却曾用一个多月的时间游历于西藏、新疆。后来又有机会到过世界的许多地方。在生命的记忆里珍藏许多鲜活的画面。

　　孩童的画面中，挥之不去的是摘山菍，山菍生长于南方山野溪涧田埂之上，暮春成熟，味美好吃，比草莓甜，熟透之时，入口即化。多少年后不知其苦，惟忆其美。为此曾填《卜算子》一词以记之："三月暮春归，花见枝头少。却道溪坡野岭边，满是茅莓早。惊喜忆童年，野趣凭天巧。总待山菹烂漫时，得意和春老。"

三十年前的夏天，原生态的伊犁那拉提河谷草原，水草丰茂。只因一位旅人说风景在山的那边，年轻的心就翻过七座大山踏进了传说中的哈萨克斯坦夏牧场。勤劳的哈萨克斯坦女孩在柔软的山间草地上织花毯，天山天马在山脊的草甸间悠闲地成长。在宽大的毡房里，马奶子酒的微醺下，听着冬不拉悠扬的琴声，还有那蒙古铁骑征服达阪建立察合台汗国的历史云烟。从此知道世界有足够的多样性，每处都有不同的风景和人生。

多年后，在怒江云雾山水之间，又找寻到桃花源。暖暖远人村，依依墟里烟。桃花岛，雾里村，秋那桶，丙中洛，如串串珍珠，镶嵌在碧罗雪山和高黎贡山间的怒江峡谷之中，千百年来，从未改变。结巴村则是遗落在西藏工布江达县巴松措深处的另一颗珍珠。面朝圣湖，雪霁云开。村名拙朴，人却灵秀，上初中的清美央宗假期里在村旁卖甜奶茶，皓齿明眸，笑容灿烂，就像一泓的湖水，一树的红黄，清亮，明丽。

南漂香港，最常去的北角上海理发店是四十年老店。

理发的魏师傅八十六岁了，七十年的手艺。剃头，刮须，洗头，擦面，传统朴实，淡定从容，一丝不苟。这从容中，看到无数的香港人本来的日子，平静安定，如清澈溪水般流淌。

镜头拉远点。那年夏天，亲历著名的"天国之旅"。数以百万计的角马迁徙大军在肯尼亚马赛马拉和坦桑尼亚塞伦盖蒂大草原，追逐着水草丰美的梦想，横渡马拉河的腥风血雨，鳄鱼捕杀及自相践踏者数以万计。身临其境，惊心动魄，寂寥荒原，夕阳马灯，魂兮梦兮，归去来兮。曾以诗记之："追梦平生过万川，天河徙旅谱遗篇。可怜马拉河边骨，魂梦依稀恋塞原。"

这些镜头和画面后面都是记忆深刻的行走，时间流逝，愈加清晰美好，恍如昨日。有生命力的行走，其实就是拥抱世界的旅程。与生命本身一样，丰盈的行走当有三味：真味，趣味，韵味。真味为本，趣味为妙，韵味为品。

真实自然，感之触之，无需伪装，不用遮掩。每一段旅行，都是真实的生命之旅，用脚丈量，用心体悟，是为真味。这本文集中，作者以最真切的家国情怀，展现出对香港最真挚的情感。"交融华夏与西洋最美的风景，你是当代的海上敦煌"，"岁岁清晖碧水，而今风雨苍黄"，"好儿郎，沐朝阳，天作锦衾海作床，将身浪里狂"。这些诗句里，我们能感受到那种热爱、焦虑和强烈的使命。

"最是情牵书与友，由来心醉酒和茶。平生回顾无他好，静夜星空雨后花。"这就是趣味了，人面桃花，自然真色；亘古星空，宇宙古玩。林青霞曾问："怎么才能活得更好？"黄永玉妙答："你呀，不够好玩，得让自己变野一点"。"玩"是懂得如何自娱和娱人，和笨冗的生活技巧和职业价值保持点距离，即兴之娱，也是人生的幽默和智慧。合欢蠲忿，萱草忘忧。在行走中发现生活趣味是一种智慧。在这厚厚的文字里，到处都是妙处。比如，"一桥风雨话三江，坐夜行歌醉月光"。"坐夜行歌"是人生趣味中的古老风情，装点了人性的浪漫和生活的艰辛，是恰如其份的调味品。又如在"华沙晨曦"一文中，用"生命之水"——波兰烈酒，对波兰人民的浓烈性格与豪情作了精妙刻画，趣味盎然。

诗词背后是故事，也是韵律。"韵"是匀称舒适的音律，是和谐的节奏。诗词歌赋有韵，人生行走也一样。绝大多数的人生时刻，总是应对眼下，一个计划又一个计划，一个目标接一个目标，日复一日，都在为明天做准备，而不是认真过好当下的生活。品尝"活在此刻"的韵味其实需要勇气和智慧，人生的形式和内容互为表里，有时候形式决定内容。有质量的人生总需要一些匆匆行足之外的舞步，比如微醺的酒后，看见穿行于云端的月亮，比如风雨如晦的冬日，阅读字里行间里的灯火阑珊，在那些时刻，你会品到生活的意义。"世间何味常相忆？最是柠檬浅浅酸"。"青春不意轻寒，晚来岂畏花残。欢喜枝头酸涩，凭风独倚阑干"。正是这样的时刻，这样的驻足，这样的缘分，让我们不忍辜负这大好人间。正所谓，"逐浪香江情不老，明月半轮正好秋"，"其实人生尽意处，九分甘冽一分绵"。

本文集的行走，可谓"三味"俱全。"诗心禅眼看香江"更多展现的是"真"，"墨香不忍江湖远"则"趣"味横生，"明月半轮正好秋"则是人生之"韵"了。文字灵动，散文诗式的铺陈，带着很强的节奏，而大量的原创古体诗词，格调优美，别有境界。

在这些行走的丰盈里，特别用了一个"缘"字。缘是当下此刻环境之中自然生发出来的，是自身的本来面目和真实本性，是体会艰难生活之后的欢愉存在。

时代洪流，风云变幻。每一个迈向自由的生命都在热烈地生长。有缘行走是其中最美的乐章，意味着开放的心态，心是空的，随时接受，随时欢喜。

于是，你我有缘，一起行走。

中银香港营运总监　钟向群

2020 年 1 月于港岛清华街

诗心禅眼看香江

维港晨曦

立春和春节，是最容易让人联想到春天的两个节点。今年除夕，正逢立春，春节便与立春接踵而至了。我不禁对两者的关系产生了好奇。

据说，中国传统上一直把立春作为春节。查了查资料，果然如此。立春，顾名思义，春之始也。二十四节气中，立春与立夏、立秋、立冬一样，标志着四季的更替。一年之计在于春，国人一向对立春很重视，除了家人团聚过节外，还要举行拜春神、祭太岁等民俗活动，敬天法祖，迎春祈福。

春之始，未必年之始。按中国传统纪年，正月初一是一年的开始，素称元旦。直到辛亥革命后，中华民国成立，决定采用阳历。阳历元月一日成为元旦，阴历正月初一则改称春节。从此，立春不再作为节日存在，而只作为二十四节气之首，标志着新一轮节气循环的开始。

今年在香港过春节，闲来无事，便对香港的季节变化感兴趣起来。我首先关注的是香港的春天，看它是怎样从冬天走来的，又以什么样的姿态呈现。坊间流传着一则调侃，是关于香港春天的——说到香港的春天，你可能一脸懵逼：香港有春天？恭喜你，能这么问，说明你对香港的天气已经足够了解。

也就是说，春天之于香港，似乎是可有可无的。树的绿，花的红，蝉的鸣，鸟的语，一年四季从来就没有间断过。冬与春的交接，通常不着痕迹，有时甚至是穿插的，你中有我，我中有你。不像北国的风沙，江南的春雨，春天来临，总要用天气的大变化来刷自己的存在感。在香港，春是潜移默化，静悄悄地来的。你不刻意去感受，便觉不出春的气息。

但毕竟，春天还是在不经不觉中来了。上班途中，那丛多年生的杜鹃，不是开始挂苞了么？四季常青的灌木，随着春天的到来，此时的绿，已不似冬日里单调刻板的苍绿，而是显出绿油油的鲜活来。枝头树梢，满是新发的嫩叶，有如深绿的衣裙镶上浅绿的边，平添了几分可爱。

然而，令我印象深刻的，却是维港对季节变化的演绎。一湾维港，揽尽香江风云。维港四时之景，各有其妙。北宋画家韩拙讲山水，有"三远"之说：近岸广水，旷阔遥山者，谓之"阔远"；烟雾溟漠，野水隔而仿佛不见者，谓之"迷远"；景物至绝，而微茫缥缈者，谓之"幽远"。在维港景致变化中，此"三远"时隐时现，每每让人心驰神往，陶醉其中。

其实，维港四季变化，并不分明。需要用心体察，方能解得其中真昧。若把远山近水，撷取一枝半叶，以晨曦、风雨、月色、夕照四景，状维港之春夏秋冬四季，细细品味，或可领略维港景致之妙。

南国的春天，向以潮湿著称。而我印象中的维港之春，却是清爽明快的。想必是那日与维多利亚海湾的晨曦相遇，不经意触动了心中春的意象。

维港晨曦究竟是一种什么样的意象呢？或许，可以把它同维港夕照做一对比。维港夕照也是极美的，但与维港晨曦之美不是同一路数。放眼望去，还是那山，还是那水，还是那群北来的大雁，给人的感觉却全然不同。江面上也是半江碧色半江红，但那碧、那红都是不一样的。如果说，夕照下的维港凝重而平和，那么，晨曦下的维港则显得轻快而充满生气。

西环码头在夕照下是安宁的，在晨曦里却忙碌起来，大大小小的吊车起落有致，装货卸物的铲车来回穿梭。滨海公园伴随落日余晖的散步者，此时换成了跳舞打太极的晨练者，有的热辣，有的舒缓。海湾里来来往往的船只，一改夕照下的悠闲，御风踏浪，掠波而去。

沐浴在维港晨曦中，韩拙近岸广水的"阔远"之美，从心底深处缓慢而执着地渲染开来。清亮的阳光，万物复苏，风也带着苏醒了的味道。这便是我心中的维港之春了——

潮平浪静江天阔，潋滟波光雾半开。
赤日多情妆野鹭，清风随意上楼台。
远山万绿如新洗，近水千姿胜旧裁。
一练如飞穿碧过，方知快艇澳门来。

与其说香港是一座缺乏季节感的城市，不如说香港景致的变化，并不取决于季节本身，而取决于观景者的心情。真正让我们与季节美景擦肩而过的，不是南国模糊的四季，而是我们自己无暇旁顾的匆匆脚步。你动心了，香江的春天就在那里；你不动心，香江的春天也在那里。

七律·维港晨曦

潮平浪静江天阔，
潋滟波光雾半开。
赤日多情妆野鹭，
清风随意上楼台。
远山万绿如新洗，
近水千姿胜旧裁。
一练如飞穿碧过，
方知快艇澳门来。

维港夕照

今日大寒。一年二十四节气，于大寒走向终结，天道开始新一轮回。在北方，这是极冷的时节，冰天雪地。维港两岸，却是另一番景象。此时夕照下的维港，最能体现南国冬韵：大约在冬季。

冬日夕照下的维港，是温暖的。岸边三三两两的散步者，中老年人也仅着薄外套，年轻人则只穿一件 Polo 衫；跑步的小伙子，背心短裤，浑身朝气四溢；姑娘们短衫短裙，玉臂修腿，伴着斜阳余晖透出怡人的温柔。徜徉在冬日暖阳下，西环码头一片祥和。一对新人正在拍婚纱照，更让这份暖意，添了几分温馨。

我在北京参加半年培训，刚刚返港。自入冬伊始，冬雪雪冬小大寒，一个个冬节经历下来，已习惯了寒冷。猛然遭遇这冬日里的温暖，竟有些局促，不能顺畅地适应周遭凉热变化。衣服穿得累赘，脱也不是，穿也不是，却有些莫名的兴奋。

冬日温暖的维港，是绚烂的。这绚烂，几近极致，胜过了春日鲜花漫山，胜过了秋日落英遍地。也许，只有白居易那"一道残阳铺水中，半江瑟瑟半江红"的情形，堪可类比。不过，江景终不如海景辽阔浩瀚，便很难体会眼前的震撼：天清气朗，微风轻拂，海浪顺应潮汐运动，水面皱起灵动的波纹，受光多的部分，橙红一片，受光少的地方，呈现出幽深的碧色。橙红与碧色之上，霞辉蒸腾，一望无际，直泄远天。悠闲的游艇，飞驰的客轮，晚归的渔舟，穿梭在斑斓的霞辉之中，演绎出魔幻般的动感。

> 落照临波赛落英，半江流彩半氤氲。
> 轻舟踏浪连天碧，雁字排空入日曛。
> 人道香江多好景，原来绝色在黄昏。
> 劝君漫步斜阳下，莫负严冬一片春。

人们陶醉于这份绚烂，纷纷举起手机拍起照来。专业的摄影者，则守在码头上，耐心地等待最好的光线和景观搭配。年轻人摆出各种 Pose，把自己装进一幅幅别致的构图之中。身披霞光的垂钓者，一动不动，成为靓丽晚景的一部分。

温暖和绚烂中，海水缓缓涌动，色彩次第变换。渐渐地，你会产生一种错觉，时间好像停止了，春风秋月，沧海桑田，数不尽的故事，仿佛都蕴藏在这一湾凝脂般的海港里。近两百年来，香港天翻地覆，演绎了多少人间传奇，都化作这一泓海水，似动犹静，如梦如痴。

在海边伫立久了，你的心会变得柔软而安宁。你会深深体会到，香港中西共融，鱼龙混杂，见过大世面，经过大风浪，有一种从骨子里透出来的沉静。因这骨子里的沉静，香江风起云涌之中，总飘逸着一抹洒脱不羁，积淀着某种安命随缘。看明白了这一点，你就不会奇怪，为什么在如此动荡逼仄的生存环境里，产生了金庸、黄霑、饶宗颐，为什么香港人的平均寿命，无论男女，都是全世界最高的。

所以，冬日夕照下的维港，终究是沉静的。信步闲岸，随意而淡然。港湾里，停泊着一艘趸船，颇有些年头了，上面坐着一个看不出年龄的码头工人。斜阳下，暗色的衣服镶了一道光边，宛若一尊金黄的剪影——

> 古铜色的眼神
> 岩石般平淡
> 浪花一阵阵涌来
> 人道惊涛拍岸
> 船来了又去
> 风停了又起
> 只有大海依然

海天一色，浓墨重彩。云影里掠过几列雁阵，好似编织这天地锦缎的梭子，来回奔驰。影疾疾，声隐隐，行云如泼墨，翩鸿似故人，一缕思念情绪油然而起。客居边岛多年，由此远眺，皆为北方。一众亲朋故旧，各有羁绊，何如翩翩鸿雁，冬来夏往，潇洒云天？

遥想此生，与三水结缘：少年长江，青年黄河，壮年珠江。逝者如斯，梦渐远，情若初。有道是，人生一世，江湖一游。走遍天涯，终究走不出故乡；勘破穷达，方能勘得透生死。碧海青山，不过一道风景；红男绿女，都有一段故事；飞鸟蝼蚁，也是一场轮回。风转水流，天道使然。喜怒哀乐，人之常情。收放取舍，全在心态。

冬日夕照下，温暖的、绚烂的、沉静的维港，终归于思念的维港：

> 暮色渐浓风渐紧，
> 忽闻天际雁声亲。
> 纵然万里江湖远，
> 一阕云歌慰故人。

七律·维港夕照

落照临波赛落英，
半江流彩半氤氲。
轻舟踏浪连天碧，
雁字排空入日曛。
人道香江多好景，
原来绝色在黄昏。
劝君漫步斜阳下，
莫负严冬一片春。

七绝·归雁

暮色渐浓风渐紧，
忽闻天际雁声亲。
纵然万里江湖远，
一阕云歌慰故人。

维港风雨

台风，是夏日香江的标配。如果一个夏季没刮台风，入秋后一定会补上。而且，憋着憋着，不定就憋出个超大的来，比如去年的天鸽，今年的山竹。

台风一来，惊天动地。然而，先于台风来临的，却是一段深深的寂静。

寂静的维港。无风。无雨。无色彩。

墨绿色的海面，如凝脂般，有轻而缓的蠕动，时而冒起一小朵一小朵白白的浪花。星罗棋布的小岛，再没有一点苍翠的精神气儿，与缓缓蠕动的海水彼此相依。水面上除了如钉如桩死死咬住的趸船，一艘游动的船只也没有。

起伏的远山，失去了往日的色彩。山体剪影模糊，似乎在膨胀，如泼墨，与漫天乌云融为一体。或浓或淡，静则有动，动则无力，仿佛混沌未开。

耸立的高楼，失去了往日的鲜活。一幢一幢，兀然而立，与港口装卸集装箱的塔吊混在一起，默哀似的，仿佛是在祭奠这死一般静寂的海港。

从高处落地玻璃窗俯瞰，海傍多层的网络状的快速路上，不时飞驶过几辆私家小车。要不是这点动静，香江两岸可就真成一幅水墨画了。

昔日的繁华已然凝固。天文台挂了八号风球，可你看不见风在哪里。一阵浓浓的海雾漫上来，连趸船、海水、远山、高楼、塔吊都模糊了……

突然，狂风怒号，暴风倾盆而下！

天漏了！天破了！天正经历撕裂的阵痛！

人们生活的方方面面，一下子踏上了台风的节律。一切人为的安排，曾经不可或缺的大事业、大人物，那些体现活力之都的经济行动、社会交往、政治纷争，都显出自己的谦卑来。风球，成为城中惟一的话题。正所谓：

> 风卷黑云雨打楼，
> 满城喧闹骤然收。
> 日来多少惊天事，
> 不敌一枚八号球。

迎战台风，是电视、网络和手机朋友圈里最让人激动的口号。不过，对普通市民来说，这更多的是一种煽情的表达。香港有一整套成熟的防台风指引，大家呆在应该呆的地方，一切就 OK 了。不管窗外怎样的风雨如磐，雷电交加，你依然可以在空调房中，连着 WIFI，愉快地刷脸书，玩微信……

于是，候风，赏风，恶搞，花样百出，创意无限。有台风的日子，差不多被当作节日过了。台风带来了不可名状的震撼，也带来了不可名状的躁动和快乐。看来，在基建和服务靠谱的地方，从自然灾害中找乐子，也是一种玩法。

特别值得一提的，是那些会心的段子。山竹袭港前夕，微信朋友圈就被这个段子刷了屏：整个大湾区，都在等台风，就像一个初恋的少女，等待男友，怕他不来，又怕他乱来……

台风刚走，一则《台风就像大领导》的段子刷屏朋友圈：

1. 要来的时候，大家都事先知道。

2. 迎接的人都不敢怠慢，要开会研究部署，做好充分准备，生怕有丝毫纰漏。

3. 人们时刻关注它的行程，一般都是姗姗来迟。

4. 说来还不一定来，随时可能改变路线，但准备工作必须做好，宁可备而不用。

5. 即使来了呆的时间也不长，轰轰烈烈地来，随便转转就走。

6. 派头都很大，媒体都争相跟踪报道。

7. 结束了，还要留下很多问题让人整改。

香港的台风，来得快，去得也快。刚刚还是狂风暴雨，满大街仍旧断枝残叶，一旦天文台改挂三号以下风球，人们就自觉奔赴在上班途中了。无需上班的，也走出家门，三三两两，义务清理遭受台风肆虐的环境。大街小巷重新热闹起来，仿佛一场嘉年华之后，各自回到自己的地方，又开始寻常的生活。

太阳，非常突兀地冒了出来。仿佛是不甘心这阵子受了暴风雨的委屈，在雨洗后的天空，放出更加夺目的光彩。

寂静与爆发，都归于一笑。再猛烈的风雨，终将消失于平静。在这动静转换中，蕴含着无尽诗意。

> 墨云漫染起西东，车水马龙转瞬空。
> 失却千洲新旧色，了无百舸往来踪。
> 不甘寂寞山前雨，仗势轻狂海上风。
> 终是恢恢天幕启，清辉一片向炉峰。

七律·维港风雨

墨云漫染起西东，
车水马龙转瞬空。
失却千洲新旧色，
了无百舸往来踪。
不甘寂寞山前雨，
仗势轻狂海上风。
终是恢恢天幕启，
清辉一片向炉峰。

七绝·台风

风卷黑云雨打楼，
满城喧闹骤然收。
日来多少惊天事，
不敌一枚八号球。

香江夜色

醉在香江向晚天，
半空朗朗半空烟，
琼楼玉宇落凡间。

隔岸华灯山寂寞，
登高烟火水缠绵，
何如铁翼一盘旋。

夜景，是文人笔下的常客，大致可以分为三类：都市闪烁的霓虹，小村阑珊的灯火，大漠璀璨的星光。于我而言，璀璨的大漠星光，是很难一见的。只记得2016年仲夏之夜，在呼伦贝尔大草原遭遇了此生最辽阔的星空，宛如浮躁世界里灵魂的归处。灯火阑珊的小村之夜，则是我生命的底色，二十岁离开家乡之前，正是在无数个这样的夜里，驰骋着少年的梦想。不过，平生见得最多的，还是都市闪烁的霓虹。

香港夜景，与日本函馆和意大利那不勒斯的夜景齐名，并称世界三大夜景。尽管属于闪烁的霓虹类，却与一般都市夜景有所不同。香港地形地势独特，曲折的海岸线和众多的离岛，依托着浩瀚的碧波，把都市的喧嚣切割成小村的浪漫。七彩霓虹之下，山水共情，云雾缭绕，虚实相衬，烘托出如梦似幻的神苑仙景。

领略香港夜景之妙，人们首先想到的，是徜徉在尖沙咀的星光大道上，吹着维多利亚港和煦的海风，隔岸观赏鳞次栉比的港岛之夜。或者，乘坐天星小轮观光船，置身于维港之中，欣赏两岸的流光溢彩。

的确，香江夜色之美，集于一湾维港。维多利亚港位于香港岛与九龙半岛之间，水面开阔，舟船繁忙，沿岸高楼林立，错落有致。入夜，万家灯火，相互辉映，尽情演绎着东方之珠的魅力。两岸灯影妖娆，港岛一侧尤甚。从星光大道看过去，对岸楼宇密度冠绝全球，但每一栋楼的外形并不雷同。华楼唐阁，造形各异，随地势起伏而上，直达山顶。斑斓的彩灯，也仿佛有了生命，腾挪跳跃，蹒跚而行，撩拨着不安分的夜空。太平山横亘绵延，隐约可见的山脊线，如张开的怀抱，静静守护着这方烟火人间。

尖沙咀海旁隔岸观灯，灯借山势，山入灯影，平添无穷神韵。倘若你有兴登高，到太平山顶俯瞰全城灯火，则又是另一番景象。所谓得水望山，得山望水。当朦胧与璀璨在脚下恣意铺陈，直达天边，此时让你流连的，是那湾恬静的维港。深流静水，恰如青龙卧波，悠然摆动；满城灯火，宛若片片鳞甲，次第闪烁。

然而，最让我感叹的香江夜色，却不来自尖沙咀海旁，也不来自太平山顶，它来自天空。当你搭乘傍晚时分抵港的航班，设若天气晴好，从飞机舷窗往下看，天下最美的夜色就与你相遇了。在海傍，夜色起伏，你会体味山的寂寞；在山顶，夜色延展，你会沉迷水的灵动；只有在盘旋的飞机上，你才能看透夜色妆点的整个香江。

这时候的夜色好景，是从天边的云彩开始的。极目处，有的金黄，有的嫩粉，有的黛蓝，有的瓦灰，时而犬牙交错，时而泼墨漫染。彩霞下面，白色的云朵，仿佛松软的棉花，慵懒地依偎在海湾和岛屿上。五颜六色的灯光，或深或浅，从云朵背后渗透出来。灯光因云朵的过滤而变得柔和，它所勾勒出的建筑物的轮廓也圆润了许多。这些建筑物，或高或低，或密或疏，好像捉迷藏的孩子，一下子让周遭的景物生动起来。

逶迤的山岭，总体还是绿色的，却因日色和灯光而分出层次来。远处是大片大片的墨绿，把山色水韵融为一体。眼前的绿却苍翠了许多，杂以灯光辉映下一小团一小团的彩绿，千姿百态，争奇斗艳。

其实，从高空观赏城市灯火，也遇到过多次。记得1999年第一次出访欧洲，经米兰转机波恩，也是夜航。当飞临苏黎世上空时，舷窗下，群山环抱中那一片灿烂，曾让我惊叹不已。现在想来，那是没有与蜿蜒起伏、立体呈现的香江夜色相比。一比，便显出了它的单调和平淡。

夜色向来被认为是美的。夜色之美，在于灯光装饰了自然，也在于夜幕把一些现实的具象隐藏起来，留给了你的想象。小村如是，大漠如是，都市更不例外。观赏香江夜色，你从海傍到山顶，再到飞机舷舱，距离越远越美，或许正是因为随着距离渐远，被隐藏的东西愈多，任你想象的空间越大吧？

浣溪沙·香江夜色

醉在香江向晚天，
半空朗朗半空烟，
琼楼玉宇落凡间。

隔岸华灯山寂寞，
登高烟火水缠绵，
何如铁翼一盘旋。

香江詠月

香江诸般景物，月是最让人挂念的。在游子眼里，它的内涵如此丰富，表情如此深邃，以致每见一次月，都仿佛老朋友的眼睛盯着你，让你不敢轻慢和造次。

来港十余年，多次赏月。每逢月圆，或应景，或念情，或喜或悲，借那一轮玉盘，说不尽自己的心事。我曾以晨曦、风雨、月色、夕照四景，喻维港四季。吟咏香江月色，多有为之，而以维港月色状香江之秋，则是因了这首七律。

> 香江秋水月如珠，遍洒波光百样殊。
> 碧色可堪骚客梦，寒山寺外念姑苏。
> 每吟故月长怀旧，却话故人不若初。
> 但见金辉千万点，谁怜广宇一轮孤。

赏月之妙，在寓情于景，随缘心动。我的香江月色故事，还得从十年前讲起。那是 2008 年中秋夜，几个同事相约，在赤柱海天径一朋友家的露天阳台上饮酒赏月。当时是阴天，月色并不明朗，但海雾苍茫月半掩，一点没影响大伙儿的兴致。忘了是谁起的头，一班人开始行令助兴，吟诗作对，一时好不热闹。不知不觉午夜已过，大家意犹未尽，相约今后把诗情文意记录下来，相互唱和。以此为由头，成就了随后一段颇有意思的日子。

谁知，从 2009 年春末夏初起，陆续有人调离香港。几年过去，维港两岸，就剩下我孑然一身了。昔日文友，天各一方。联系倒是没有断，偶尔也有诗文往来，不过再也形不成唱和之势。思及昔日点点滴滴，每每感怀不已。遥想海天径头，冷月高悬，物是人非，填一阕《天净沙》，并附绝句一首，聊记这份落寞和怀念。

> 沧桑欲说还休，
> 离情别绪悠悠，
> 遥想海天径头，
> 月圆时候，
> 幽泓玉露清秋。

> 海天径上海天台，
> 万顷清波送月来，
> 月冷风轻千籁尽，
> 烟涛玉朵兀然开。

或许是因为秋月的意象，千古悲秋，万里相思，都化作一壶浊酒酹江月；或许是我们的海天情结来得浓烈，去得突然，两者之间惟有心絮慢慢咀嚼。思念，成了我的香江月色的主调。这类诗词，写过不少。其中一首五律，名《日去月来》，透出淡淡禅意，颇得我心。

> 海碧吞流彩，天青展素颜。
> 悠悠千籁尽，邈邈一轮悬。
> 人在苍茫处，神游浩渺间。
> 又逢秋月好，谁与共婵娟。

后来，又作过一首七律，情绪就有些低落了。那首名曰《四更酒醒》的七律诗，缘于一个兄弟与酒的故事：当初和你在一起的时候，常常饮酒；今天我饮酒的时候，常常想你。酒杯斟得再满，也填不满我的孤单；你走得再远，也走不出我的思念。这份思念，被酒后失眠唤醒。而被唤醒的思念，在皎洁的月色中发酵。

> 四更酒醒出阳台，但见寒梅旧客栽。
> 冷月清风残夜里，虬枝新朵悄然开。
> 半山灯火穿云去，一缕相思自远来。
> 遥问素娥犹记否，几多往事几低徊。

思念缘于情深。月色朦朦，清风许许，小酌漫叙处，最是会心时。记得一秋月当圆之夜，预报有百年一遇的强台风"鲶鱼"，却未如期登陆。恢恢天幕下，一轮圆月缓慢地游走，若隐若现。不忍月色虚度，几个朋友相约赏之。随意几碟小菜，几瓶啤酒，相谈甚欢，阑夜不散。

临风把盏意融融，

宏论滔滔付夜空。

月影迷离何忍去，

鲶鱼却步为情浓。

思念缠绵的主调之外，由于场合和心境不同，有时也是洒脱的，自在的。下面这首《傍晚行山记》，便是信步登高，怡然自得，千般风情，俯首即拾。在自然随意之中，烘托出那一轮姗姗而来的月。

暮云娇碧野，斜日醉烟涛。

向晚清风起，归山倦色消。

暗香三两朵，举目尽含苞。

误入花丛里，不知月上梢。

真情流露之余，为赋新辞独上高楼的情形，也是有的。比如，感慨年复一年，伤月悲秋，何不珍惜当下，及时行乐，写过一首《又是月圆》，便是典型的借景寄意之作，貌似洒脱，实则有些矫情。

万里穹窿挂冷盘，盈亏一度一缠绵。

离人洒泪江天远，骚客悲秋玉盏寒。

何不随邀三五友，长歌舒啸向桑田。

苍茫本是无情物，莫让痴心付等闲。

与独自登高或三五人相约赏月相比，集体聚会更能展现出那种洒脱、自在、豪迈之情。记得是 2011 年中秋，单位同事五十余人，到新界大埔白鹭湖搞团队建设活动。大家赏明月，吃烧烤，放歌起舞，尽兴而归。事后，陆续有同事赋诗寄兴。我也受感染，择其一，原韵和之。

> 岭外花迟总有秋，只缘月色驻心头。
> 穹窿不过搭台处，婵影偏升尽兴洲。
> 有信方能成大局，无愁何必上高楼。
> 赴边十载寻常事，莫负青春且放喉。

　　天气晴朗之日，风清气爽，最宜赏月。但由于香港气候环境特殊，下雨较多。待雨后初晴，云雾缭绕，明月穿行其间，此时赏月，也是不错的选择。若邀上三五好友，小酒闲茶相伴，更是别有韵味。

> 饶是微醺觅玉轮，轻纱薄雾掩芳痕。
> 漫天幻彩妆维港，极目烟波舞洛神。
> 自古清秋思皓月，原来初霁更销魂。
> 乱云飞渡婵娟走，犹抱琵琶撩煞人。

　　这种月色，或隐或现，更容易让人产生联想，沉迷其中而不觉夜深。偶尔，忘乎所以，竟至彻夜。那次长洲岛雅聚，云霞明灭，月影出没，伶仃洋白浪滔滔，惶恐滩怪石嶙峋，都不能不让人想到文天祥的故事，想到张保仔的传说，想到香江百年沧桑。一众同好，诵古诗，叙衷情，说古论今，天南地北，端的是"悠悠酒未尽，彤彤日已来"。其中一位同事，第二天一早就要出差，也不忍早去，后半夜才恋恋不舍地离开。如今回想起来，般般情景历历在目，恍如昨日。然时过境迁，世事变化之大，亦恍若隔世。惟有那曲记录此次雅聚的《鹧鸪天》，静静流淌在有心人的记忆里。

> 海雾茫茫月半妍，
> 秋风无语酒微酣。
> 轻歌曼舞送长夜，
> 天命而立成少年。

> 休寄傲，莫凭栏，
> 诗心一片寄缠绵。
> 等闲惶恐滩头浪，
> 不觉东方曙色鲜。

风雨后，云与月的博弈，并不是单向的云开月出，通常是反反复复，有时要持续好一段时间。2017年中秋夜，正是雨歇风止，雾云半掩。我突发雅兴，邀数友夜登港岛太平山，真切地领略了这番云月交错的场景。

> 蜿蜒的山路
> 成了最好的看台
> 看一团倔强的光
> 被乱云裹挟着
> 东奔西突

不见了一向的恬淡
这分明是头困兽
在焦躁中游走
欲以纯洁和真诚
刺破墨黑的夜

夜的黑越来越重
乌云不断涌来
可怜的月徒劳着
只有山风轻轻拂过
全然不予理会

  当然，雨后初晴，并不都是堆云成岫，月走云藏。有时雨脚收得干净，天气晴得彻底，碧空新洗，月色甚至比一般的晴日更加清朗。若是遇上新月，更耐人寻味。是日，雷雨新收，恰逢一年秋分，正是昼夜各半、阴阳交割之际，一弯新月出天际，漫天清朗洗乾坤，好不让人感动。

雷雨潇潇向晚收，
碧空新洗月如钩。
清风一缕梳心过，
半割阴阳正好秋。

  香江月色之美，当然不限于秋季。只要天气好，四季都可以赏月。不过，夏季气候湿热，赏月的兴致通常不高。春和冬，却是赏月的好季节，并不输于秋天。那年春分之夜，与同事加班甚晚，走出办公楼，但见皓月当空，了无睡意，索性相约登高，把酒临虚，融入无边月色。

> 阑夜无眠怪月明，但邀小酌到云亭。
> 俯身苍翠山风静，举目烟波水潋平。
> 陈酿盈樽香四野，遐思如缕上三清。
> 从来赏月中秋好，不觉春分也动情。

香港的冬天不冷，却清凉。冬月渐圆，或闲坐林间小亭，或徜徉海边步道，月静风轻，浮想联翩，自然也是睹月抒怀的好时候。只不过，朔风之中，冷月默然，总有些凄凉，不如秋月爽朗，也不像春月般充满希望。此时赏月，其意已不在月色，而在内心感受。

2015 年农历冬月十五日，正是这样一个月圆之夜。我从办公室出来，独自沿维港步行回家。时交小雪大雪之间，寒潮南下，气温骤降。我当时正处于人生中一段艰难的日子，妻子生病住院，工作压力大，人际关系尴尬，情绪落寞。不想一个人回空荡荡的家，在路边酒吧点了一杯威士忌，倚栏独酌。但见冷月如盘，孤悬于天，仿佛上帝的眼，冷峻，超然，充满慈悲。想当年，海天径头，长洲岛上，同一轮圆月，不一样的心气，那是怎样一番情境！抚今追昔，怆然而叹。

> 边城灯火映婵娟，一缕残霞一缕烟。
> 冬月何争秋月艳，山风不拒海风咸。

> 孑身斜倚栏杆冷，孤盏独斟老酒寒。
>
> 夜色无边谁与共，喟然一叹忆当年。

　　秋月的旷达，春月的生机，冬月的悲戚，无非是人的不同心情，借由特定景候的表达。香港四季变化其实是不明显的，季节轮替在不知不觉中进行，更多时候的月色并不具备典型特征，亦颇有韵致。

　　比如元宵节，在这个月圆之夜，人们向来更看重人间的烟火，忽略天上的月色。时逢冬春交接，春已动，而冬未尽，一轮圆月干干净净，孤悬于天。此时的月，不似中秋月那般张扬，隐隐透出一份恬淡。漫步在港岛中西区海滨长廊上，海风凉凉的，月色一泄如水。游人不多，心下寂然而安，只感觉空中那一轮月，静静地陪伴着你。

> 抬头月色娇，兀觉是元宵。
>
> 静夜随风冷，归帆逐浪漂。
>
> 但闻游子曲，不见凤凰箫。
>
> 多少少年梦，一轮寒镜销。

　　随着岁月流逝，对香江月色的感悟日积月累。然而，香江月色纵然丰富多彩，但香港终究不是桨声灯影里的秦淮河，不是月光下的田园诗和渔火晚唱。世人对香港的突出印象，还是狮子山下的拼搏精神，是一个经济至上的国际大都市。夜空里，飞机来回穿梭；维港边，喧嚣彻夜不息。灯火暗淡了星光，诗兴离不了生计。这也是香江月色诸多内涵的一部分吧。

> 应约登高赴广寒，半空朗朗半空烟。
> 铁鹰次第嗡嗡过，残斗孤零怯怯悬。
> 一片清辉高冷下，三尺陋巷乐忧间。
> 诗情任尔悠悠去，日子从来大过天。

香江月色，于我，隐约有了生命图腾的意义。喜怒哀乐，都向它倾诉。我想，春秋冬夏，世态炎凉，千帆过尽，只要一颗诗心不变，月色便长驻心间。

> 堪堪半世飞驹走，
> 回望平生性若初。
> 月色撩人心动处，
> 四方同醉一轮孤。

七绝·海天月色

海天径上海天台，万顷清波送月来。
月冷风轻千籁尽，烟涛玉朵兀然开。

五律·日去月来

海碧吞流彩，天青展素颜。
悠悠千籁尽，邈邈一轮悬。
人在苍茫处，神游浩渺间。
又逢秋月好，谁与共婵娟。

七律·维港月色

香江秋水月如珠，遍洒波光百样殊。

碧色可堪骚客梦，寒山寺外念姑苏。

每吟故月长怀旧，却话故人不若初。

但见金辉千万点，谁怜广宇一轮孤。

天净沙·海天径头

沧桑欲说还休，

离情别绪悠悠。

遥想海天径头，

月圆时候，

幽泓玉露清秋。

五律·傍晚行山记

暮云娇碧野，斜日醉烟涛。
向晚清风起，归山倦色消。
暗香三两朵，举目尽含苞。
误入花丛里，不知月上梢。

七律·又是月圆

万里穹窿挂冷盘，盈亏一度一缠绵。
离人洒泪江天远，骚客悲秋玉盏寒。
何不随邀三五友，长歌舒啸向桑田。
苍茫本是无情物，莫让痴心付等闲。

七律·四更酒醒

四更酒醒出阳台，但见寒梅旧客栽。
冷月清风残夜里，虬枝新朵悄然开。
半山灯火穿云去，一缕相思自远来。
遥问素娥犹记否，几多往事几低徊。

七绝·月影迷离

临风把盏意融融，宏论滔滔付夜空。
月影迷离何忍去，鲶鱼却步为情浓。

鹧鸪天·海雾茫茫月半妍

海雾茫茫月半妍，
秋风无语酒微酣。
轻歌曼舞送长夜，
天命而立成少年。

休寄傲，莫凭栏，
诗心一片寄缠绵。
等闲惶恐滩头浪，
不觉东方曙色鲜。

七律·白鹭湖赏月

岭外花迟总有秋，只缘月色驻心头。

穹窿不过搭台处，婵影偏升尽兴洲。

有信方能成大局，无愁何必上高楼。

赴边十载寻常事，莫负青春且放喉。

七律·初晴别韵

饶是微醺觅玉轮，轻纱薄雾掩芳痕。

漫天幻彩妆维港，极目烟波舞洛神。

自古清秋思皓月，原来初霁更销魂。

乱云飞渡婵娟走，犹抱琵琶撩煞人。

七律·冬月吟

边城灯火映婵娟，一缕残霞一缕烟。

冬月何争秋月艳，山风不拒海风咸。

子身斜倚栏杆冷，孤盏独斟老酒寒。

夜色无边谁与共，喟然一叹忆当年。

五律·元宵月语

抬头月色娇，兀觉是元宵。

静夜随风冷，归帆逐浪漂。

但闻游子曲，不见凤凰箫。

多少少年梦，一轮寒镜销。

七绝·新月出秋分

雷雨潇潇向晚收，碧空新洗月如钩。

清风一缕梳心过，半割阴阳正好秋。

七律·春分赏月记

阑夜无眠怪月明，但邀小酌到云亭。

俯身苍翠山风静，举目烟波水漾平。

陈酿盈樽香四野，遐思如缕上三清。

从来赏月中秋好，不觉春分也动情。

七律·应约登高

应约登高赴广寒，半空朗朗半空烟。

铁鹰次第嗡嗡过，残斗孤零怯怯悬。

一片清辉高冷下，三尺陋巷乐忧间。

诗情任尔悠悠去，日子从来大过天。

七绝·四方同醉一轮孤

堪堪半世飞驹走，回望平生性若初。

月色撩人心动处，四方同醉一轮孤。

岁末港岛一日游

清风丽日好登高，岁末边城分外娇。
叠浪千帆舣碧色，连湾孤雁落云霄。
穿林野径花枝颤，拾趣旧园鸟语悄。
何苦天涯寻美景，房前屋后正逍遥。

　　旅游仿佛是香港人的生活必需品，一年没几次离港外出，大约是对不住自己，也对不住家人、朋友的。是他们天性爱旅游，还是风气使然，不得而知。

　　从圣诞节到春节期间，是香港人外出旅游的旺季。很多人去了日本，据说冬天的北海道，一半是香港人。去东南亚、欧美澳的也不少。香港特区护照作为旅游证件，确实是挺方便的。也有一些朋友去内地，二日游三日游什么的，以珠三角泡温泉居多。有一些比较特别的，则是去探奇冒险，比如潜水、滑雪、徒步大漠之类。我认识一个很有趣的女孩儿，IT 工程师，每个假期几乎都在旅游。今年圣诞节，独自一人，去了尼泊尔的安娜普尔纳保护区徒步游。旅程第一天，她就在微信朋友圈发了一段饶有趣味的配图文字：

　　"一下飞机手里举着牌子的向导就把我接上了车，一路东拐西拐翻上雪山涉过泥塘，坐在车上看着窗外漫天沙尘的我突然想起，也没和向导核对下身份，这万一是个人贩子呢。我会被拐卖到什么样的村庄，等待我的又会是个怎样的汉子。谢天谢地，到目的地了，徒步旅程的起点。一路上，路边的猫狗羊牛伴我同行，刚走半里路就有种想跳崖的感觉，实在是太累了。鞋好重，裤子好厚，包好沉，头好大……"

　　旅游，是所谓"诗和远方"的载体。在自己熟悉的地方生活久了，就想到别人熟悉的地方去体验一下，也许能发现点不一样的东西。透透气，充充电，然后再回到自己熟悉的地方，过熟悉的日子。

　　我是喜欢旅游的，但由于种种原因，外出不太方便，这几年的圣诞假期基本上都在香港过了。或去看看博物馆，或去旧城区逛街，或去郊野公园行山，倒也渐渐发现这种安排的好来。停下繁忙的工作，在平时司空见惯的街道、山径上走一走，各色各样的风物次第而来，还时不时碰到些小意外、小惊喜，颇有一种没有辜负这片土地的自得。进而寻思，冬天是香港最美的季节，而圣诞假期似乎都会遇上好天气，此时外出是不是有些可惜呢？

　　今天又是明媚天，翻开地图，设计了一个温馨港岛行。首站是颇有些来历的"西环七台"。

从学士台出发，顺坡而下，右手边穿过一片林子，依次便见紫兰台、桃李台、青莲台、羲皇台、太白台。寻找余下的李宝龙台，费了点儿劲。从太白台下来，朝东拐一百余米，向南有一条小道，名"李宝龙路"，沿路上行几十米，便是李宝龙台。李宝龙是西环七台的开发者，酷爱唐代诗人李白，所以各台的名字都跟李白有关。"太白"是李白的字，"青莲"是李白的号，"学士"是因唐玄宗曾封李白翰林学士。"桃李"源于李白的名篇《春夜宴桃李园序》，"羲皇"出自李白《戏赠郑溧阳》诗句"清风北窗下，自谓羲皇人"，"紫兰"出自李白《答杜秀才五松见赠》诗句"浮云蔽日去不返，总为秋风摧紫兰"。"李宝龙"自然是因李白的超级粉丝而命名了。

西环七台作为历史悠久的华人街区，迄今已近百年。所谓七台，是指房屋依山而建，逐级开辟建屋的平地称为"台"。昔日这七台均设有更练，收取巡更保护费，小贩及卖艺人亦常在七台之间游走谋生。现今街道里的许多住宅已经改建，部分唐楼依然保留古风，成为电影和电视剧惯常取景的地点。西环七台本是我上班常走的路线，鲜有留意，今天这样仔细探究，才慢慢品出些沧桑的味道来。

游毕西环七台，乘地下铁从坚尼地城到金钟。按着清晰的指示牌，经过名闻遐迩的商城"太古广场"，上面便是香港公园和香港动植物园。和煦的阳光下，草木葱茏，鸟语花香，游人三三两两，闲庭信步，又是别一番景致。南国无冬，此地尤甚。

沿着公园小径拾级而上，穿过几个半山住宅区，就到了鼎鼎有名的宝云道。自西向东，蜿蜒而行，绿意盎然，嫣花点点，亭台碑刻，星缀其间。透过树木藤蔓，俯瞰市区错落有致的楼宇，在冬日暖阳映照之下，煜煜生辉。林荫中隐隐可见一处烂尾工程，残垣断梁，荒草萋萋，据说是前几年名满香江如今已成阶下囚的陈姓按摩师未建成的别墅。

宝云道的东头，可以清晰地看到绿草如茵的跑马场，与维多利亚港的粼粼碧波相映成趣。顺蓝塘道而下，不远处就是传统的富人居住区跑马地了。跑马地边上，则是香港最繁华的商业区铜锣湾。

偏偏在寸土寸金的铜锣湾，鳞次栉比的摩天大楼之间，有一家"荣记粉面"馆。这是一家老字号，门面很小，店堂布置简陋，慕名而来的食客却很多。每到饭点儿，店门外总是排着长龙。依次进店，坐在有些油腻的简易餐桌前，一大土碗萝卜牛腩面，配小碗鱼丸猪红，很快端了上来。满屋子都是埋头专心吃面的人，浓浓的市井气息，热腾腾地弥漫。店外霓虹灯闪烁，不远处一群少男少女在唱圣诞歌，齐楼高的巨幅 LED 广告屏霸气张扬，一切竟是那么协调。不由想，香港这个我生活了十几年的城市，到底是个什么样的地方？

香港是个大城市，生活其间，却没有面对庞然大物的压迫感。工作区，仪式区，生活区，休闲区，浑然一体。于是，香港成了一个立体、生动、个性化的城市。最现代，也最传统；最都市，也最乡野；最热闹，也最安静；最程式，也最人文。公认的贫富悬殊，居住拥挤，工作压力大，男女平均寿命却是全球最高的。不因高大上而隔膜，不因接地气而粗鄙，安其位，循其道，顺其自然。这是做人的修养，也应是城市的修养吧。

看着满大街熙熙攘攘的人流，心中不免疑惑：香港人不都去旅游了吗，这么多人是从哪儿冒出来的呢？脑子里闪过一个时髦的词 —— 腾笼换鸟。

七律·冬日香江

清风丽日好登高，岁末边城分外娇。

叠浪千帆皈碧色，连湾孤雁落云霄。

穿林野径花枝颤，拾趣旧园鸟语悄。

何苦天涯寻美景，房前屋后正逍遥。

冬泳

浅水湾

香港是个适宜冬泳的地方。气温不算特别低，却也让人感受到寒冬的凛冽，能起冬泳之效。更重要的是，游泳场地和设施齐备，有较暖的室内泳池，也有较冷的室外泳池。香港弹丸之地，仅政府康文署管理的公众泳池就有四十四个，分布也很均匀，市区二十二个，新界和离岛二十二个。其他机构包括大中学校、住宅物业、慈善团体等，管理的泳池更多。当然，对游泳爱好者来说，最好的去处还是公众泳滩。

公众泳滩由香港政府宪报公布，归康文署管理。全港现有四十一个刊宪的泳滩，正常开放的三十八个。三个临时关闭，一个因为泳区水质疑遭污染，一个因为水流湍急且水底不平坦，还有一个由于泳者太少，冬季平均每天不足一人。公众泳滩配备的服务设施，计有餐厅、小吃亭、烧烤炉、更衣室、淋浴廊、洗手间、泳屋、浮台、防鲨网、救生员服务等十来项。每个泳滩根据实际需要配备，多数为七八项，其中五项是必备的：更衣室、淋浴廊、洗手间、防鲨网、救生员服务。

游泳的好处没有争议，对冬泳就有不同看法。我平常运动不多，游泳算是一个。年轻时还游过冬泳，积雪悬冰之间颇有成就感，可惜没有坚持下来。2017 年参加"维港渡海泳"，受到激励，打算把游泳作为恒常运动，不间断地做下去。开始在就近的坚尼地城游泳池游了一阵子，后来跟着一位有经验的朋友，去了浅水湾泳滩。在公众泳滩中，浅水湾自然风光是一流的，人文景观更是出类拔萃。

浅水湾位于香港岛南面，整个海湾呈新月形，依山傍海，浪平沙细，滩床开阔，昔日被列入香江八景，名曰"海国浮沉"。浅水湾英文名 Repulse Bay，源于 1840 年代停泊该湾的英国军舰 HMS Repulse，日占时期一度被改名为"绿ヶ滨"。不过，香港人只叫它浅水湾。湾内有一个镇海楼公园，极具中国传统特色：七彩楼阁，飞龙盘旋，十米多高的"天后娘娘"和"观音菩萨"面海而立，海龙王、河伯、弥勒佛、福禄寿环侍左右，其乐融融。据说，来香港旅游，"两湾"非去不可：一为铜锣湾，一为浅水湾。不去铜锣湾，不可以感受香港购物之都；不去浅水湾，不可以领略香港海天一色。

浅水湾的风光，春花秋月，朝晖夕阴，各有其妙。单就泳滩而言，最热闹的时节自然是夏季，沙滩上人来人往，各式泳装争奇斗艳，色彩斑斓。冬天慕名而来的游客，大都是观景，下水游泳的并不多。然而，此时若有缘下水，碧波万顷，泳者寥寥，更有天高海阔之感，云舒云卷，随波逐流，别有韵味。

经历了海泳，才知道冬泳的魅力。泳池的最大优点是方便，不需要做多少准备，尤其热水淋浴必备，乃冬泳一宝。海泳没有热水淋浴，却凸显了泳池的枯燥。在微凉的海水中，思绪是畅达的，肌肉是紧致的。相反，在温吞的泳池里，思绪是紧逼的，肌肉是懈怠的。泳滩好比郊野散步，泳池却似跑步机上走路。泳池里几多单调机械的来回，哪堪比大海里充满生机的一游。这是一份通神透天的畅达。

香港的生活节奏整体后移，上班普遍比较迟，很多活动都安排在晚上。我的冬泳就只能赶早上了。下水时天还未大亮，冬至前后，尤其如此。往往是游着游着，路灯灭了，天光开了，沿湾的建筑慢慢显露出来。如老电影，一幕一幕在眼前展现。这会让人联想，浅水湾作为历史悠久的高档住宅区，发生过很多故事。

譬如浅水湾酒店，1918年开建，迄今整整一个世纪，因张爱玲的《倾城之恋》为人所熟知。小说中，男女主角在这里情场斗法，其实浓缩了世事沧桑。张爱玲是不惜以一场残酷的战争来成就一场轰轰烈烈的爱情么？或者，她是想表现覆巢之下无完卵，面对一座城市的毁灭，那些恋爱中自以为精明的小把戏，又算得了什么呢？经过倾城经过恋，白流苏和范柳原终于"把彼此看得透明透亮，仅仅是一刹那的彻底的谅解，然而这一刹那够他们在一起和谐地活个十年八年"。

这哪只是在讲男女关系啊！世事幻象，每个人与滚滚红尘的缘份，大抵都是有定数的，太较真就输了。社会的表象，亦如它的实质，既不那么好，也不那么坏。原谅掉所有不如意的人和事，卸下自私的桎梏，顺势而为，简简单单地痴守着内心深处的一份温润过日子。十年八年，又一个十年八年，不要与自己的平凡为敌，岁月静好。

浅水湾开发得早，一百多年过去了，今天仍是一片旺地，实属难得。更难得的是，它始终保持了本色天然。正如我们在泳滩遇到的一对老夫妇，他们从 1949 年开始在这儿游泳，春夏秋冬未曾中断。可以想见，这几十年来，他们是怎样单纯而健康地生活着。以近九十岁的高龄，一颗豁达的心，真实，简洁，韵味无穷……

游毕，从大海里起来，踩着细嫩的沙，沐着沁凉的风，伴着依依曙色，新的一天舒展地开启着。冲完冷水淋浴，套上暖暖的衣服，寒意渐去，仿佛能感受到血液流转，全身的细胞都在微微跳动。晨曦如缕，晨风如水，漫天清新之中，身体的快意升起，思想被简化了。一场冬泳下来，生命仿佛经历一次提纯。多想肉身，少想心灵，这样的感觉，真好！

> 曙色依依起海湾，
> 晨风如缕夜如烟。
> 三冬冻水勤划臂，
> 万顷清波任撒欢。

> 防冷裤，御寒衫，
> 不如一念驻心间。
> 若将凛冽寻常视，
> 便得风流数九天。

鹧鸪天·晨泳浅水湾

曙色依依起海湾，
晨风如缕夜如烟。
三冬冻水勤划臂，
万顷清波任撒欢。

防冷裤，御寒衫，
不如一念驻心间。
若将凛冽寻常视，
便得风流数九天。

冬至原来是送冬

今年冬至，恰好是星期天。我应互联网专业协会之邀，参加该会组织的南丫岛远足活动，并到附近渔排上游览垂钓。

我们一行三十余人，从中环码头上船。其时，天色并不明朗，维港上空笼罩着一层薄雾。从船舱望出去，海滨长廊上，一座高达六十米的摩天轮，慢悠悠地转动着。我静静地看着转动的摩天轮，这转动，与风无关，与雾无关，完全由着自己的节律。联想到当前香江乱局，在今天这个特殊的日子，心中似有所悟。"冬至"的字面含义是冬天到了，其实从明天开始，黑夜便一天一天缩短，白昼一天一天延长，"数九"正是在盼望春天的到来，所以冬至是一年里最充满希望的日子。口占一绝，发到朋友圈：

> 冬至原来是送冬，
> 临轩数九意从容。
> 春花秋月千般好，
> 却逊寒梅一抹红。

想想，一剪红梅，俏立雪中，何其妖娆！从那一抹嫣红里，你分明看到了来年春天的影子。

正是因了冬至所蕴含的阴尽阳生的寓意，历代文人墨客对此多有吟咏。不过，主调并不是积极的，以离愁、苦寒居多。洒脱如苏东坡，在他的《冬至日独游吉祥寺》中，也隐隐透出些孤寂和悲凉的情绪：

> 井底微阳回未回，
> 萧萧寒雨湿枯荄。
> 何人更似苏夫子，
> 不是花时肯独来。

没想到的倒是杜甫，这位周身浸透了苦哈哈悲悯情怀的诗圣，年轻时写过一首《小至》，其中竟有"天时人事日相催，冬至阳生春又来""岸容待腊将舒柳，山意冲寒欲放梅"的句子。好一派阳光心态，跃然纸上。

班船沿维多利亚港西行，然后往南，绕过香港岛，抵达南丫岛榕树湾。上岸时，我翻看了一下微信，短短半小时航程，竟有六十余人为我的冬至诗点赞或评论，还有朋友写了和诗。看来，从转折的角度，以期望的心态，把冬至的积极意义发掘出来，颇有共鸣。

南丫岛并不大，但在香港数以百计的离岛（即远离香港主体的岛屿）中名气很大。或者说，它是最能体现香港特色的离岛。香港特色，林林总总，给人印象深刻的，一个是中西交汇的文化风格，一个是天人合一的郊野和海滩，一个是大牌演艺明星。

南丫岛古称舶寮洲，唐宋时期即为往返广州贸易的外国船只停泊之地。该岛位于香港岛之南，形状像汉文的"丫"字，遂得名南丫岛。1990 年，香港电灯有限公司在该岛西北部波罗咀填海建立南丫发电厂，一些外籍工程师搬到榕树湾一带聚居，西式茶座餐厅应运而生，南丫岛洋化气息渐浓，成为中西文化交汇之地。

不过，南丫岛终究还是一个乡郊。全岛面积有 13.85 平方公里，居民不过五千九百人，且集中在榕树湾和索罟湾一带。大部分是山地和海滩，无人居住，却有很好的绿化和郊游线路。丰富而人性化的小吃摊，散布其间。南丫岛的山水豆腐花和自酿啤酒，每每想起来，都让人有一种亲切和惬意，伴随着味蕾的冲动。

南丫岛的大牌明名星自然是周润发了。上世纪八十年代，电视剧《上海滩》风行大江南北，我就是从中知道周润发的。来香港后，在几次公务场合与他打过交道，印象极好。进取、包容而富于亲和力，是这位南丫岛出生的天皇巨星的不二人设。其实，这何尝又不是南丫岛给人的印象，乃至整个香港的城市特质呢？

当然，对游人来说，南丫岛最大的特色还是品尝海鲜和体验渔民生活。位于索罟湾的天虹海鲜酒家，已有三十五年历史，其知名度大概不亚于铜锣湾的时代广场，太平山的山顶广场，尖沙咀的星光大道。距天虹不过一两分钟航程，有一处建于两千平方米渔排上的"南丫岛渔民文化村"，更是一个难得的休闲景点。文化村通过实物展示、图文说明、表演互动等形式，展现了香港传统渔民文化和捕鱼业发展历程。在这里，你可以参观渔民昔日的生活照片、古旧渔具、渔船和日用品，可以观赏多种海洋生物的生存环境和生存方式，可以欣赏渔民劳作表演如撒网捕鱼、水桩赶鱼、修补渔网等，还可以体验浮排钓鱼、起网捕鱼、腌制咸鱼、编织渔网等饶有趣味的渔事活动。

在这些活动中，有个"无钩钓鱼"的游戏，最受游人追捧。一根比小拇指略细的尼龙绳，绳头捆一条约末三寸长的小鱼作饵，到养殖网厢里去钓大鱼。网厢里的鱼成群结队，要钓上来却不容易。快了，大鱼还没有咬饵；慢了，整条小鱼被吃光，大鱼却跑了。必须恰到好处，趁大鱼咬住小鱼的瞬间，喉头卡在尼龙绳捆小鱼的疙瘩上，迅速拉上渔排来。而且，网厢里的鱼很大，挣扎起来非常有劲，没有一把子力气，还拉不上来，或者被鱼挣扎掉，重新回到水里。所以，凡是能钓上来的，都被视为好运气。不但接受大家的祝贺，而且所钓之鱼由本人带走，回家享受成功和美味。

据文化村的工作人员讲，每天能有此好运者，不过一两人而已。没想到，在这个难得的冬至日，好运偏偏降临到自己头上。我平常从没钓过鱼，今天竟以这种方式钓起一条十斤重的花鲈鱼来！在大家的欢呼声中，难以名状的高兴之情，溢于言表。我把鱼送给了今天活动的组办者互联网专业协会会长冼汉迪先生，祝愿协会会务兴隆，来年人人好运。意犹未尽，赋诗一首，名《冬至参加互联网专业协会南丫岛远足欣钓大鲈鱼有感》：

> 南丫岛外有渔排，胜似邺都铜雀台。
>
> 缕缕烟云随屿上，纤纤日影履波来。
>
> 只缘南国冬时好，不理蔡姬胡调悲。
>
> 三尺花鲈新钓得，欢声一片向天飞。

这时候，再看微信，我先前发在朋友圈的那首冬至诗，点赞者已过百了。

七绝·冬至

冬至原来是送冬，
临轩数九意从容。
春花秋月千般好，
却逊寒梅一抹红。

七律·冬至参加
互联网专业协会
南丫岛远足欣钓
大鲈鱼有感

南丫岛外有渔排，
胜似邺都铜雀台。
缕缕烟云随屿上，
纤纤日影履波来。
只缘南国冬时好，
不理蔡姬胡调悲。
三尺花鲈新钓得，
欢声一片向天飞。

狮山脚下话新春

2020 年元旦，在黄大仙新光中心，举办了一场名为"狮子山下共话新年"的座谈活动。活动由中联办青工部邀请，三十余名来自菁英会、华菁会、青年专业联盟、大湾区青年协会等团体的青年朋友，以餐叙方式进行。

座谈气氛轻松，所谈话题并不轻松。大家围绕习近平主席在新年贺词中提出的"没有和谐稳定的环境，怎会有安居乐业的家园"这一主题，针对香港当前乱象，结合历史变迁，为社会把脉开方。挥斥方遒，不免书生意气，却也热血澎湃。以一阕《踏莎行》，描述当时场景：

> 粤海长空，香江怒岸，
> 由来南国西风渐。
> 天翻地覆共潮生，
> 千般念想一声叹。
>
> 黑雾还浓，黄云未散，
> 从头收拾先平乱。

大寒将尽又春来，
等闲拍得栏干遍。

近代以来，在中华民族与外部世界的激烈互动中，香港一直作为某种文化和社会变迁的坐标而存在。西学东渐，这里春江水暖鸭先知；一带一路，这里是超级联系的桥头堡。表面看，近现代历史风云激荡，香港偏安一隅，远离社会政治变革的漩涡。实际上，如果把近现代史看作中华文明与西方文明的碰撞，香港则始终处于碰撞的咬合部。各种思潮的传播，力量的博弈，文化的交融，从未间断。

修例风波是当前香港的焦点，置之于世界百年未有之大变局，可以清晰地感受到国际大环境与香港小气候的共同作用。半年多来，不乏理性力量站出来，捍卫法治尊严，甚至置生死于度外，维护社会秩序。而今，黑暴仍在，黄色思潮还在漫延，社会怨气远未平息。座谈发言或激昂，或愤怒，或忧虑，都指向同一方向：香港这颗东方之珠，何日重放异彩？

座谈活动快结束时，大家请我也谈一谈。我知道，在数十人餐叙的场合，并不适宜太过严肃的讲话方式。那么，面对今日香江困局，究竟以什么样的打开方式，才能获得比较准确的解读？或者说，经历了 2019 年的风暴，我们对未来香港抱有怎样的期许？我即兴概括了一个"两山两湾两环"的说法，以此来思考我们脚下这方水土多元而立体的特质。

"两山"即狮子山和太平山。在香港的文化符号里，狮子山象征着拼搏奋斗，太平山象征着和谐繁荣。香港开埠以来，经历了一个多世纪的风风雨雨，从岭南一隅，发展为具有国际影响力的金融中心、航运中心和物流中心，如今又在努力建设国际创科中心。百年变迁，奋斗是贯穿其中的主旋律。历史和现实都证明，没有狮子山，就不会有太平山。

"两湾"指铜锣湾和浅水湾。素来有这么一个说法，外地人到香港，必去铜锣湾和浅水湾。铜锣湾高档商场写字楼林立，向世人展示了东方之珠的风采；浅水湾青峰碧浪，鸟语花妍，代表了良好的自然生态。香港的发展表明，建设美好家园，只有铜锣湾是不够的，还要有浅水湾。换言之，人民对美好生活的向往，既要金山银山，也要绿水青山。

"两环"指中环和西环。特区政府的办公楼在中环，中联办的办公楼在西环。人们常以中环指代特区政府，以西环指代中联办。中环与西环的关系，形象地体现了香港与国家的关系。自回归以来，香港重新纳入国家治理体系，思考香港问题，再不能局限于香港本身，还必须把它放到国家主权、安全和发展的大视野中去。新时代香港的终极使命，正在于以香港之长，服务国家所需，积极融入国家发展大局，不断书写新的传奇。

李小加说得好，随着中美两极化格局带来更大的地缘政治和经济发展挑战，世界在两极之间必然比以前更加需要翻译机和转换器。中国与世界，特别是金融市场，似乎迫切需要双方均认可的"战略缓冲区"来实现市场的联通与融合。因此，香港的作用只会更加突出，而不是淡化，更不会被边缘化。但是，对于每一个香港人而言，无论你属于何种政治光谱，都必须清醒地意识到：只有取得中国的信任，香港才有可能制胜；对内地而言，只有让世界认可香港独特的国际地位，香港才有可能继续帮助中国成功。"一国两制"是香港成功的保证，"一国"与"两制"相辅相成，缺一不可。香港人若不清醒认知，就会自暴自弃，走入末路；内地朋友若不清醒认知，就有可能感情用事，将孩子与洗澡水一起泼掉。

其实，出席座谈会的青年朋友，之前还参加了两场活动，对现场情绪多少有些影响。一是新年登高，大家迎着初升的太阳，攀登狮子山。一是元旦冬泳，三千健儿劈波斩浪，畅游浅水湾。但在登山时，他们遇到另一批年轻人，见这些青年朋友以普通话交谈，竟挑衅性地喊"五大诉求，缺一不可"。而在浅水湾冬泳赛中，主办方设计的浴巾，黄色作底，红色镶边，蓝色题字，三色并存，异常醒目。

对这种政治立场外化、分歧对立毫不掩饰的现象，青年自媒体"城市追击"发起人赵雨彤女士颇有感触。她谈到一个细节，在行山途中，一位疑似黄丝的小伙子差点滑倒，自己虽是铁杆蓝丝，仍本能地极速出手相扶，小伙子也本能地说了声谢谢。此时此刻，那感觉真是五味杂存，有种心酸。好期望香港可以尽快恢复和谐，回到那个我们所认识的东方明珠。于是，雨彤在朋友圈呼吁：大家加油，心中有爱，何处不是春天；理想同未来，一直靠的都是脚踏实地及顽强拼搏才得以实现！

元旦到了，春天尚未到来。今年春迟，春节之后还要等十天，立春方至。春回大地是注定的，但在未来数周，小寒大寒，三九四九，接踵而来，还要做好凛冽的准备。座谈结束后，大家结伴游览南莲园池。信步闲庭，奇花异木间，清风徐徐，山迎水和。念去岁，想来年，得绝句二首，一咏大寒，一咏立春：

<table>
<tr><td align="center">（一）</td><td align="center">（二）</td></tr>
<tr><td>信步闲庭暮色醺，</td><td>山色朦胧水色曛，</td></tr>
<tr><td>历冬月桂正芳芬。</td><td>流年冷暖已纷纷。</td></tr>
<tr><td>大寒不作悲风赋，</td><td>香江去岁何堪忆，</td></tr>
<tr><td>只向来年觅好春。</td><td>非过大寒不立春。</td></tr>
</table>

踏莎行 · 庚子抒怀

粤海长空，香江怒岸，
由来南国西风渐。
天翻地覆共潮生，
千般念想一声叹。

黑雾还浓，黄云未散，
从头收拾先平乱。
大寒将尽又春来，
等闲拍得栏干遍。

七绝 · 大寒

信步闲庭暮色醺，
历冬月桂正芳芬。
大寒不作悲风赋，
只向来年觅好春。

七绝 · 立春

山色朦胧水色曛，
流年冷暖已纷纷。
香江去岁何堪忆，
非过大寒不立春。

　　新年伊始，我有幸参加了由香港拯溺总会主办的元旦冬泳拯溺锦标大赛。大赛在著名的浅水湾举行，一年一度，这已是第 44 届连续举办。参与人数近三千人，其中 1/5 在夺标组，赛手多是专业运动人士，4/5 在畅泳组，泳者主要是对冬泳及拯溺运动有兴趣的人士。

　　这天上午，天清气朗，浅水湾人头攒动。海面上，彩色浮球隔出泳道，自西向东。三千健儿迎着初升的太阳，泳姿各异，尽情挥洒着青春朝气。夺标组争先恐后，畅泳组悠哉乐哉，整个海湾充盈着新年的喜悦和希望。有道是：

> 一湾碧水半湾山，
> 款款晨曦下云端。
> 入海轻寒挥臂去，
> 浑然不觉是冬天。

　　生活在香港，不去游海泳，是难以想象的。而只是去游泳，不参加一两次独具香港特色的海泳赛事，也是很遗憾的。

香港是一个运动友好型城市，因其有利的地理环境、天气条件和完备设施，尤其适合游泳。港九新界加埋一起，也不过弹丸之地，而由政府康文署管理的公众泳池就有四十四个，公众泳滩四十一个。其他机构包括大中学校、住宅物业、慈善团体等，管理的游泳设施更多。广阔的海域和众多野滩，虽不提倡，也有人下水。只要你真爱游泳，总有一款适合你。

日常游泳很方便，参加赛事就麻烦一些。除了需要提前水试获得参赛资格，还有很多表格要填，要作免责承诺，等等。不过一旦入水，赛事带给你的欢乐，瞬间就把这些麻烦屏蔽掉了。记得 2017 年首次参加维港渡海泳的情景，迄今仍让我兴奋不已。从当时留下的一首七律，可以感受到那撩人的气氛：

> 丽日香江任我游，健儿妆点岭南秋。
> 清波碧浪雄姿里，一片飞花争拔筹。
> 天命老夫心不老，新科试水也风流。
> 闲情但得翩鸥共，莫问前头与后头。

维港渡海泳也是一年一度，由香港业余游泳总会主办，通常安排在十月下旬的某个周末。渡海泳始于 1906年，1942-1946 年因香港沦陷，及 1979-2010 年因维港水质污染而两度停办，2011 年恢复。每年渡海泳的起止地点并不完全相同，参与人数从数百到数千不等，但逐年递增。

2017 年是从尖沙咀码头出发游到金紫荆广场，规模与今次浅水湾冬泳赛相若，也是三千人。参赛者同样分为两个组别：针对专业运动人士的竞赛组和针对业余爱好者的悠游组，两者比例也是 1:4。2019 年的起止地点正好与 2017 年相反，规模扩大到四千人。不过，这只是预期安排，整个活动后来因社会局势生变而取消了。

你可以想象，昔日繁忙的维港，来回穿梭的客轮、货船、飞艇、舢板，全都停了下来。一湾碧波，让与浪里白条，但见浪花飞溅，浮球逶迤，彩带飘飘，那是何等浪漫的风景。竞赛组选手来自世界各地，雄姿尽展，实力不俗。不过，维港渡海泳最吸引人的，还在于它的广泛参与性。一方面，泳者大多属于"莫问前头与后头"的悠游组，不计名次，重在参与；更主要的是，岸边站满了观赛的家人、朋友、游客，熙熙攘攘，堪称盛举。

我以逾天命之年，首次横渡维港，何其快哉！游毕归家途中，兴奋不已，下决心要克服一切困难，力争每年都不中断。不曾想，第二年就中断了，第三年也没有游成。2018 年 9 月，我被派往中央党校学习半年，本打算周末飞回来游的，参赛的有关手续也办好了。谁知，就在那个周末，党校安排去山东济宁和临沂开展现场体验教学，任何人不得请假。2019 年，所有手续齐备，修例风波却突如其来，整个赛事给取消了。2020 年呢？但愿不会再出什么意外，让我错失与维港这场浪漫的金秋之约。

我并不是一个运动达人，但每天晨泳，已持续数年，得益颇多。首先是身体上的，坚持游泳以来，免疫力明显增强，感冒基本没有了。其次是精神上的，游完泳，天刚放亮，那种迎着晨辉开启每一天的感觉，真好。近来，我还发现了游泳的第三个好处，可以交朋友，收获正能量。

这次能参加元旦冬泳赛，实属偶然。菁英会的邓耀升听说我一直在冬泳，就告诉我有这场赛事。我原来并不知道，上网查了相关情况，自然很向往，无奈报名期已过。耀升想了些办法才替我补报上，编号1917，分在畅泳第四组。在报名参赛过程中，耀升给我讲了一些他的故事，让我深受触动。

耀升作为"铺王波叔"的幼子，是含着金汤匙出生的，也经历过少年荒唐。据他讲，以前喝酒常常不醉不归，在同辈中可说是战无不胜。直到身体突然出现了情况，决心戒酒把自己唤醒。心一横，把朋友通通换掉，重新认识的都是积极上进的年轻人，跑步，行山，游泳，打高尔夫，互相鼓励，并参加了很多挑战比赛。亦因此改变娶到太太，跟岳父成了最佳运动战友。至于元旦冬泳赛，从小就跟着爸爸去游，儿时是奴役，大了是享受。

在菁英会里，耀升入会的时间并不长，但很快脱颖而出。作为第二十六期菁英国情班的班长，他在国家行政学院学习期间，就每天早上带领一帮同学晨跑到颐和园，以期引入正能量建立共同爱好，使所有同学能够早睡早起，准时精神上课。他认为这是班长的责任。回港后，耀升拉了一个名叫"打不死行山游水摄影组"的网络群组，邀约同道，上山下海，用镜头捕捉美丽的星空。群组活动很频繁，我参加过几次，均有得着。入冬以来，海泳活动大受欢迎，每次组织，响应的人数都在增加。

又是一个星期天，耀升邀约"打不死"群成员早晨 6:30 在阳明山庄集合，翻越紫罗兰山和孖岗山，8:00 抵达赤柱海滩冬泳。这是一条经典的行山路线，但一个半小时翻越两座山，难度有些大，于是我只参加了冬泳环节。游毕，在海滩附近一家小店吃早餐。十多人围席而坐，边吃边聊。耀升拿出手机，一边给我翻看公司活动图片和女儿唱歌的视频，一边给我讲自己的事业和家庭计划，讲粤港澳大湾区给香港青年带来的机遇。透过轻松愉快的交谈，从大家脸上散发出的青春、阳光、友善、从容神色中，我仿佛看到了一代香港年轻人的希望。

闲聊中得知，他们正在发起"正月初一浅水湾冬泳大拜年"活动。倡仪写得颇有鼓动性："齐齐冬泳，开个好年，预祝大家好似鼠大哥咁机灵敏捷，路路亨通，身壮力健，战无不胜"。据说反应很踊跃，目前已有二三十人报名。可惜我过年回了老家，不能参加。便与他们相约，届时我游阿蓬江，遥致祝福。天下水脉相通，也算是为香江泳事添一个花絮。

七绝·冬泳浅水湾

一湾碧水半湾山，
款款晨曦下云端。
入海轻寒挥臂去，
浑然不觉是冬天。

七律·横渡维港

丽日香江任我游，
健儿妆点岭南秋。
清波碧浪雄姿里，
一片飞花争拔筹。
天命老夫心不老，
新科试水也风流。
闲情但得翩鸥共，
莫问前头与后头。

71

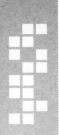

深湾轶事

近段时间，深水湾出现了海豚，常与晨泳者玩乐嬉戏。为了看海豚，星期天一大早，我与菁英会十几个朋友相约，去深水湾游泳。

深水湾作为香港的一个海湾，每每与浅水湾相提并论，但知名度显然要小得多。打开维基百科、百度百科等搜索引擎，介绍深水湾的文字，通常都有这样一句话：深水湾位于浅水湾西北，环境优美，但比浅水湾幽静。大凡描述某物，要通过此物与彼物比较来体现自己的价值，此物一定不如彼物。譬如，东方威尼斯，塞外江南，中国两大酱香白酒之一，这些说法都暗含了上述逻辑。

那么，深水湾是不是就真的不如浅水湾呢？这要看从什么角度讲。我曾多方求教，为什么港岛南部的这两个相邻海湾，一个叫深水湾，一个叫浅水湾。大都不明所以。普遍的说法（但都不敢肯定）：可能是一个湾的水深一些，一个湾的水浅一些吧？也有少数人谈到，也许是深水湾比较深入，像一个口袋，浅水湾则比较开阔，像敞开的器皿。所谓深水湾浅水湾，指的是湾的深浅，而不是水的深浅。

我比较认同后一种说法。今天早上，边游泳边观察，我发觉深水湾的地形的确像一个收拢的口袋。锁住袋口的，是对峙的两个山头：右为香港海洋公园所在地南朗山，左为香港游艇会所在地熨波洲。或许，整个深水湾的形态，更像一头巨蟹，南朗山和熨波洲恰似两只有力的蟹钳，守护着自身安危。与之相比，浅水湾则像打开的蚌壳，坦然面向大海。

据史书记载，在香港开埠前，赤柱和香港仔是人口最多的两个渔村。两村附近各有一个比较深的海湾，即赤柱旁边的赤柱湾，香港仔旁边的深水湾。浅水湾两头不靠，居于其间。对当时的渔民来说，海湾越深越风平浪静，海湾越浅越风高浪急。可以想象，远处的浅水湾，前不挨村后不着店，应该是比近旁的赤柱湾和深水湾更加荒凉。

同样可以想象，英国人来到香港后，为了减少与当地渔民的纠葛，宁肯绕开深水湾，去开发相对荒凉的浅水湾。结果，由于殖民者拥有资源优势，浅水湾日益成为休闲居住的旺地，深水湾则逐渐退居历史的幕后。英国人甚至给浅水湾取了一个新的名字：Repulse Bay。二战期间，日本人步其后尘，一度把浅水湾改名为"绿ヶ滨"。在此过程中，深水湾始终就叫深水湾（Deep Water Bay）。

随着浅水湾声名的凸显，深水湾却益发幽深起来。今天，浅水湾成了旅游景点，网红打卡，驴友露营，热门得不亦乐乎。深水湾的形象却越来越模糊，甚至带上些神秘。特别是被誉为亚洲最高档私人会所的香港乡村俱乐部，被公认为最难加入的香港高尔夫球会，以及李嘉诚家族、郭鹤年家族、嘉道理家族的主宅，都坐落在深水湾，无不让人隐隐感受到这方水土所透出的神秘色彩。

由深水湾折射出来的近代中国历史变迁，几大顶级富豪家族起伏跌宕的人生故事，包括李嘉诚先生近年来轰动朝野的"撤资风波"和"黄台之瓜""未来主人翁"言论引发的重重争议……思前想后，不免唏嘘。据说，在一场事关香港管治的人事变动中，李先生曾发出"江上清风，山间明月，知我者谓我心忧，不知我者谓我何求"的感慨。真是百年风云，一声叹息——

> 深水湾，浅水湾，
> 一抹斜阳半片天。
> 清波碧浪前。
>
> 山如烟，水如烟，
> 多少风流转瞬间。
> 沧桑谁与谈！

我们在海湾里游了半个小时，终究没有遇见海豚。同游的菁英会朋友讲，他们游了八次，只有三次遇上。其实，是不是真的遇到海豚，并不是最重要的。只要有这份心，愿意一大早起来去和海豚约会，就是好的。以坚持冬泳的毅力，怀着对天地万物的好奇心，开启新的一天旅程，岂不美哉！诚如南怀瑾先生所说："能控制早晨的人，方可控制人生。"

游毕，冲完凉，按计划去高尔夫球会用早餐。由于球会实行会员制，我们都不是会员，早餐是请国际青商香港总会前会长邓兆伟先生订的。年逾古稀的邓先生幽默风趣，据他讲，申请加入高尔夫球会足足排了二十四年的队，青丝熬成白发，才有资格享受这价格不菲的服务。

不过，且慢，订了餐也未必能享用。球会有规定，不能穿拖鞋就餐。这可难坏了我们这群晨泳者，没有几人事先准备波鞋或皮鞋。尽管我们不进餐厅，只在院子里围席而坐，侍者也不给点餐。于是，开车来的朋友分头去汽车后备箱里找合适的鞋，菁英会主席曾凤珠女士竟从自己车里翻出了五双鞋！大伙儿折腾了半个多小时，也不管男式女式，各自找到一双鞋子套上，遮住裸露的脚背。侍者这才按部就班地给我们安排早餐。

晨辉和煦，整个球场很安静，餐厅更安静。在餐厅一隅，李嘉诚正与一位讲普通话的朋友轻声交谈。李先生见我们进来，点头示意，我们微笑回礼。大家礼貌而默契，气氛里透出一份从容，深入到骨子里。

看着球场上来回奔跑的球童和乘球车打球的老者，我突然想到一则趣事。据说，球童都很喜欢为李嘉诚服务，因为他不较真儿。为了讨老爷子欢心，球童会悄悄把球移近洞口，让他超水平发挥，不断打出 BIRDIE 球、EAGLE 球甚至 ACE 球。老先生自然也明白球童的把戏，并不戳穿，赏钱照给，乐得大家高兴。

这故事是真实的吗？我没有去求证。似乎也无需求证。想象着李先生当时和蔼的模样，心里却浮现出他前不久接受路透社书面采访时说的话："此时此刻要不招风雨，确实不易。""你到了我这个年纪，便会懂得怎样不为外界噪音所动。我不肯定那些噪音是否有计划的，但对那些莫须有的指责，我已经习惯了。"

深水湾，真是一湾深水啊！

邓兆伟先生喜欢书法，听说我也是中国传统文化的爱好者，特意给我带了一帧自己的行书墨宝，上书杨慎的《临江仙》：

滚滚长江东逝水，
浪花淘尽英雄。
是非成败转头空。
青山依旧在，
几度夕阳红。

白发渔樵江渚上，
惯看秋月春风。
一壶浊酒喜相逢。
古今多少事，
都付笑谈中！

长相思·深水湾

深水湾，浅水湾，
一抹斜阳半片天。
清波碧浪前。

山如烟，水如烟，
多少风流转瞬间。
沧桑谁与谈！

飞艇赴云天

且偷半日闲，飞艇赴云天。
凝碧三千水，点苍八百山。
层层叠叠浪，缕缕丝丝烟。
青雾缠绵处，长桥隐约间。
新知聊异事，旧雨侃闲篇。
陈酿微醺后，翩然不羡仙。

　　粤语里，把一天半天的短时间游玩，乘车称作"游车河"，乘船称作"游船河"。乘船游览维多利亚港及其附近海域，是最富香江特色的旅游项目。高天丽日之下，浪遏飞舟之时，一众新朋旧友，谈古论今，临风吟啸，何其快哉！

　　传统上，这个游船河项目有三条热门线路。第一条是往返维多利亚港，进出由 IFC 和 ICC 两幢摩天楼隔岸组成的香江之门，饱览维港两岸景色。潇洒的太平山天际线，林立的高楼大厦，美仑美奂的"幻彩咏香江"音乐灯光秀，让人流连忘返。这是一条经典线路，初来香港或短期停留者可作首选。

第二条线路是绕行香港岛，重点是港岛南边海域，近距离感受深水湾、浅水湾和赤柱湾的风情，遥望海洋公园掩映在苍山翠岭之间，领悟人与自然和谐共处之道。这也是一条极好的线路，特别是若能留出时间，踏上南丫岛，品尝一顿海鲜，美食美景相衬，那就更丰富了。

第三条线路是东出维港，经东龙洲北上，进入香港东北部清波粼粼的广阔水域。由于地球自西向东自转的关系，珠江流入伶仃洋的污染物都被甩到了西边，致使澳门周边的水质比香港周边的水质差了许多。在香港，也是东边水质好过西边。所以，这条线路是领略香港碧水青山的最佳选择。由南往北，清水湾、白沙湾、浪茄湾、大浪湾，湾湾相映，如一串明珠镶嵌在海天之间，美不胜收。

这三条游船河线路，给无数人留下了难忘记忆。我这里要说的，却是第四条，即西出维港，绕行大屿山岛。这条线路原本就是存在的，但去的人不多，估计是与其他三条线路比，缺乏独特之处。而今，港珠澳大桥横空出世，如画龙点睛，给这条线路注入了全新的魅力。

谷雨时节，恰逢周末，十余好友相约，去了这条陌生线路。谷雨是春天的最后一个节气，春的一切浪漫，都向你毫无保留地绽放。这便成了一场逐春之旅。

大屿山岛总面积一百四十二平方公里，是香港本岛的两倍。岛上耸立着香港第二高峰凤凰山，海拔九百三十五米。其实，与海拔九百五十七米的香港第一高峰大帽山相比，凤凰山的地形更加陡峻，天梯直落，云雾缭绕。大屿山岛风光好，名字也很有趣。"大"并不稀奇，常用于地名，比如大不列颠。有趣的是后面三个字，屿、山、岛在指称水体环绕的陆地时，是差不多同义的。像这样把指称同一事物的三个词叠在一起命名，似乎还没有第二例。况且，"大屿山岛"四个字连起来看，也没有一般命名所含的特称要素。这样的名字，让我想起北京大学的未名湖，想起四川小吃麻辣烫。

大屿山岛已存在千万年，这条环岛游船河线路引人关注，却是因了即将开通的港珠澳大桥。那天，我们完全是奔着港珠澳大桥去的，不曾想沿途风光亦是饶有趣味。

一路劈波斩浪，沐风而驰，第一场惊艳是穿越青马大桥。青马大桥一度是全球最长的铁路公路两用吊桥，横跨于青衣至马湾的海面上，乃是乘船绕行大屿山岛的门户。大桥全长二千二百米，两座吊塔各高二百零六米，离海面六十二米。青马大桥与马湾高架路、汲水门大桥（连接马湾和大屿山）一气呵成，首尾相接，似一道飘逸的彩虹绝波而起。旁边则是连接汀九与青衣的汀九桥，全长一千八百七十五米，与青马大桥呈七十五度角延展。汀九桥也是一条塔式斜拉索桥，观其劈空之势，并不亚于青马。"两水夹明镜，双桥落彩虹"，面对如此壮观恢宏的格局，无论是李太白的宣城双桥，还是陈逸飞的周庄双桥，都太小资情调了。

有了青马大桥垫底，后来穿越港珠澳大桥时，反而没那么激动了。此时此刻，倒可腾出精力来，欣赏这海天绝色。船绕大屿山岛，但见碧浪滔滔，烟波茫茫，本岛周围散布着众多小岛，苍翠盎然。山顶上天坛大佛凌空而坐，慈祥地注视着众生。雄鹰盘旋，与不时起降的飞机遥相呼应。港珠澳大桥卧龙临波，赤鱲角机场、迪士尼乐园隐于大野。细嫩的沙滩，嶙峋的山岩，精致的别墅，沧桑的渔村，交替呈现，蜿蜒曲折的海岸线由此变得厚重起来，别有生机和韵味。

大屿山岛坡多平地少，岛内人口最集中的地方是西南角的大澳村。大澳有"东方威尼斯"之称，从游船上望去，水道纵横交错，井然穿行于一排排高架铁皮棚屋之间，与零零落落的小舢板一起，烘托出独特的渔乡风情。

相对于西南角的古老渔村，东北角则是一个度假式高档住宅区 —— 愉景湾。整个愉景湾占地六百四十九公顷，是全港第二大单一开发地块，仅次于香港国际机场。这里有全港最长的泳滩，由数个海湾组成，包括稔树湾、蟹地湾、菜园湾、大白湾、二白湾、三白湾及四白湾。湾湾青峰，泓泓碧水，与绵延的沙滩融为一体。

我们把愉景湾作为此行的最后一站。相继弃船登岸，或在海水里畅游，或在沙滩上小憩，或择一凉亭，凭栏小酌，都不忍辜负这大好春光。

排律·飞艇赴云天

且偷半日闲，飞艇赴云天。

凝碧三千水，点苍八百山。

层层叠叠浪，缕缕丝丝烟。

青雾缠绵处，长桥隐约间。

新知聊异事，旧雨侃闲篇。

陈酿微醺后，翩然不羡仙。

画眉山偶得

　　新界西贡郊野公园内有一处小山，名画眉山，其东为牛耳石山，其西为鸡公山。三个山头，由蜿蜒的山路串联着，自东向西构成麦理浩径第三段。想想这些山头的名字，颇有童趣。一日，细雨初歇，与朋友同游，但见远山近岭，苍翠欲滴，白雾缭绕。喊一嗓，无意惊起一山鸟语；摔一跤，顺手抓来一把花香。画眉是典型的南方留鸟，生性胆怯，其鸣婉转，叫声时断时续，此伏彼起。置身其间，直觉人间仙境，惟有缘者得之。

> 半山细雨起无痕，一片仙居落俗尘。
> 薄雾轻纱舒卷处，漫坡苍翠若腾云。
> 悠然遗牯迎风走，婉转留眉越垄闻。
> 花落花开谁与共，无边春色有缘人。

　　内地朋友对香港的印象，车水马龙，灯红酒绿，是很难与乡郊联系在一起的。殊不知，郊野公园正是香港的独特之处。于山川景色，如是；于日常生活，尤然。

　　香港常因地产霸权被人诟病，土地开发却是十分节制的。迄今为止，这个享誉海内外的国际金融中心，有六七成土地还是乡郊。站在香港地图前，看着绿色的山野被蓝色的大海环绕，淡黄色的市镇区域星罗棋布着，很是收敛，深深感受到人类活动在大自然面前的谦卑。

香港郊野公园的建设，始于第二次世界大战结束后的经济恢复计划。当时，百废待兴，种植木材被作为一项经济措施予以推行。结果，木材市场并不如想象的景气，香港大多数土地也不适于栽种速生林。政府因势利导，干脆将市郊未开发的地方划出，建成康乐及保育用途的公园。几十年下来，无心插柳，竟成一绝。

广义的郊野公园包括两类"法定保护地"：一是具有休闲功能的郊野公园，二是旨在保护自然生态的特别地区。前者二十四处，后者二十二处，共占地四万四千三百公顷，是香港总面积的 40%。其中，有曲径通幽的山岭丛林，也有和风怡人的水塘和海滨地带。郊野公园深受各阶层人士欢迎，"行山"被视为最有益身心的康乐活动。每年前往郊野公园的游人，数以千万人次计，主要活动包括漫步、健身、远足、烧烤，以至家庭旅行及露营等。

四条远足径，把大多数郊野公园织成一张遍布全港的生态休闲网。东西向的两条，分别是全长一百公里的麦理浩径，几乎跨越整个新界南部；全长五十公里的港岛径，串连了港岛五个著名郊野公园。南北向的一条，即卫奕信径，全长七十八公里，由港岛南部的赤柱伸延至新界北部的南涌。另一条全长七十公里的凤凰径，则是蜿蜒起伏于整个大屿山的环状郊游径。

香港逼仄的街道和居住环境，因了郊野公园的存在而得到缓解。前不久读到一篇短文，文中充满诗意地写道：历史的车厢，只给香港卸下一千多平方公里的弹丸之地，无法让人们享受到宽裕的房子，却为他们打开一片高远的天空，走出家门，获得了大自然。对香港市民来说，会展中心和众多酒店是共用的客厅，各式酒楼食肆是共用的餐厅，广布的郊野公园则是他们共用的后花园。

在这个后花园里，人们不但可以欣赏和认识自然环境，还可以得到潜移默化的自然教育。不少郊野公园辟有自然教育径及树木研习径，沿途设有解说牌，以助游人了解相关动植物和各类生态。有关机构不时举办一些面向公众特别是青少年学生的教育活动，如"郊野公园义工计划""企业植林计划""自然三步曲实践"以及不同的讲座，让人们加深对自然护理的认识。

若单论郊野公园，国内外不少城市都有。而把郊野公园与城市结合得如此紧密，如此自然，却只有香港。无论你身处任何一处闹市区，只要步行不到一个小时，就可以抵达一处郊野公园。这可是真正的山野公园，不是市区的人造公园，行走其间，是与大自然最亲密的接触。并且，郊野并不是荒野，各种服务设施十分齐备，道路和补给点的设计亦很人性化。

放眼这被驯化的山野，有原始的灌木丛林，有修葺精致的盆栽苗圃，也有荒废经年的土埂田垄。那些荒废的人类耕作遗迹，仿佛在向你诉说历史的沧桑。香港大部分地区，以前也是以农耕为主。直到上世纪七十年代，经济开始腾飞，土地价格飙升，务农变得越来越没有吸引力，大多数农田农地才被废弃。

特别值得一提的是，香港人在放弃农业耕作时，对以耕牛为代表的农畜的独特处理方式。它们不是被宰杀，而是被放归山林，重新成为野牛！目前香港有一千多头野牛，大多数是黄牛，也有一些水牛。它们在郊野公园深处找到了自己的家，繁衍生息，成群结队，悠哉游哉。盛世有遗才，闹市有遗牿，也算一趣。

置身于新雨后的山景，丝丝缕缕白雾在丛林中缠绵，如梦似幻。看着重返自然的野牛群，其乐融融的样子；耳畔画眉悠扬鸣啭，声如天籁；眼前枝绿养眼，花香沁人，心下不禁陶醉。蓦然想起王阳明那段著名的心学对话：

王阳明和朋友到山间游玩，朋友指着一朵花对王阳明说：你经常说，心外无理，心外无物。天下一切物都在你心中，受你心的控制。你看这朵花，在山间自开自落，你的心能控制它吗？难道你的心让它开，它才开的；你的心让它落，它才落的？王阳明不慌不忙地回答：你未看此花时，此花与汝心同归于寂；你来看此花时，则此花颜色一时明白起来，便知此花不在你的心外。

七律·雨后画眉山

半山细雨起无痕，
一片仙居落俗尘。
薄雾轻纱舒卷处，
漫坡苍翠若腾云。
悠然遗牯迎风走，
婉转留眉越垄闻。
花落花开谁与共，
无边春色有缘人。

大帽山记游

　　香港以"石屎森林"闻名于世。而此次大帽山之游，却让我领略了香港茂林绿野、高山流水的另一面。

　　位于新界中部的大帽山，海拔九百五十七米，是香港境内最高的山峦。一个不足千米的山头，却成了第一高峰，多少有些"蜀中无老虎，猴子称霸王"的感觉。只是朋友相邀，游则游之，出去换换空气，熟悉熟悉地理，找寻一些山野之趣，也是好的。没想到，这无可无不可的一游，却游出一份意料之外的收获。

　　大帽山山体广阔，植被丰茂，远观山形如一顶大大的"绿帽子"，故而得名。登山的路径有很多条，东南西北皆可上去。我们这次是从大埔经梧桐寨，沿山的北麓向上攀爬。因为有熟悉的同事带路，我对乘叮叮、搭巴士、坐地铁，在车水马龙中匆匆穿行，都没有太多留意。只是到了由林锦公路转向梧桐寨的山路上，陡然见到茂密的森林，清新空气扑面而来，精神才为之一振：原来香港还有如此清幽的所在。

梧桐寨有成群的看家狗,可见这个地方的偏僻。村屋有些陈旧,村头巨大的榕树,估计有些年头了。过了梧桐寨,山路陡然变窄,周围更加幽静。时断时续地听见绿树丛中传来山涧的潺潺水响。我们一行三人的脚步声,也清晰可闻。这样的山路走了约半个小时,忽然出现一座黄色琉璃瓦的四柱牌坊,气势雄伟。牌匾上是"万德苑"三个烫金大字,牌柱上镌刻着一幅长联:"南山飞瀑耀映炉峰万丈光芒传盛世,梧桐仙迹洛书叠石蓬莱仙境现圣宫"。穿过牌坊上行约五分钟,一组依山而建的宫观建筑群赫然在目。但见绿野之中,牌楼式山门古色古香,红墙黄瓦,高低错落,层叠而上。这就是香港著名的道教清修地——万德苑。

远看整个建筑群,有明显的中轴线,气势巍峨,蔚然大观。待我们走进山门,却发现建筑布局玲珑精致,除主殿"吕师殿"较大外,其余各殿都很小,依山势而建,灵活多变,满足了道教多神崇拜的需要。各殿宇供奉的神灵,以道教诸神为主,如玉皇大帝、三清天尊、吕纯阳祖师等,但也有佛教的观音大士、十八罗汉,以及民间信仰的关圣帝君和土地神,甚至诗仙李白也被尊为李青莲祖师供奉其间。这一点,同香港许多寺观一样,只要是尊者都可以供奉,英雄不问来路,逢神便拜,有福就求。有人说香港是"文化的荒漠",从万德苑看来,却不尽然,只是香港的文化自有其多元特色罢了。

离开万德苑，进入大帽山郊野公园的重点风景区——梧桐寨瀑布群。一路上行，只闻水声潺潺，却看不见瀑布真身。雨后薄雾缠绵，更添几分神秘。

> 隐隐泉声不见泉，
> 浮岚如缕自缠绵。
> 回身山石嶙峋处，
> 一线飞流万绿间。

当瀑布终于来到面前，带给你那份激动，是难忘的。瀑布群中最著名的当数梧桐三瀑：由下而上，先入眼帘的是神秘幽深的井底瀑，紧接着是水流湍急的马尾瀑，最后到达梧桐寨瀑布群的主瀑——长瀑。长瀑高约百呎，远看如白练荡谷，飘逸潇洒，近瞧又似万千碎珠悬空而泻，绚烂多姿。除了这三个大瀑布外，还有散发瀑、玉女瀑等一些较小的瀑布，错落分布于整个梧桐石涧。瀑布四周，林深草密，地势险峻。坐在瀑底水潭边的石头上小憩，听着山瀑清纯、动感而蓬勃的轰鸣，顿感神清气爽，尘世的喧嚣渐行渐远，脑子里一片空灵。

同样让人难忘的是，山径幽深，人迹罕至，却洁净有序。飞瀑清潭，水中并无半点废弃物，周围也是干干净净。旁边的垃圾箱满而不盈，不见随地乱扔的痕迹。是香港市民素质高，还是香港市政管理好，因为没做调查，不敢妄加揣评。但我突然想起邓小平的一句话，大意是说：

制度好，坏人也不敢放肆做坏事；制度不好，好人也无法充分做好事。

游完瀑布群，已经到了海拔五百多米的半山。继续在林间小路上穿行，远山近岭，层峦叠翠。汗湿了又干，并不感觉十分劳累，或许是负氧离子丰富的缘故。翻过一个山垭，眼前豁然开朗。临近山顶的景色迥然不同，完全是一片大草原的模样。蜿蜒的山路游弋于碧草之间，零星的松树挺拔于绿坡之上。起伏有致的层层梯土，残存的石垒土埂，隐约可见耕作的痕迹。据说这是一百多年前，村民开荒种茶留下的。算起来，那时候这片土地还没有被英国人"租借"过去。世事沧桑，现在已是多少个轮回了，而青山依旧。

登上大帽山顶，迎着阵阵凉风，沿崎岖的麦理浩径折向东南方向下山。麦理浩径长达一百公里，分为十段，把新界的若干山峰串连到一起，是每年香港毅行者活动的固定路线。整个大帽山，属于麦理浩径的第八段。我们沿第八段顺坡而下，到第八段与第七段分界处，转卫奕信径南行。路况平坦宽阔多了，沿途草色青青，树木葱茏，偶见小松鼠串跃其间，野牛群悠然自得，行山者缓急有度，山脚下城门水塘翠绿的水域若隐若现，好一派山清水秀、天人合一的至境。

轻风如缕拂轻尘，大帽山中好个春。

肥狗纳凉榕树下，老牛横卧桂花荫。

犹闻钟磬禅房远，欲见飞流草木深。

谁说人文荒漠地，我看此处正缤纷。

同事告诉我，二战期间，日本战机轰炸香港，毁了不少林木。可战后不过几十年时间，香港人在锻造国际大都市的同时，又把自己的家园植造得郁郁葱葱。看着山径旁一些植林护坡工程的标示牌上有 1960 年、1972 年等字样，联想到当时国家的境况，感慨不已。

从大帽山上下来，赶紧坐小巴，换地铁，去红墈体育馆观看一场文艺晚会。坐在冷气开得很足的体育馆里，衣服没来得及换，背包和伞放在脚前，大自然的野趣还留存于脑际，行山的热汗刚刚被风吹干，幸福的疲惫漫过全身。似懂非懂地听着主礼嘉宾精心准备的祝词和大会司仪们神采飞扬的插科打诨，欣赏着大大小小男生女伶粉面朱唇，引吭高歌，霓裳幻舞，隐约看见特首等一众高官应酬太多的倦倦笑容，仿佛又到了另一个世界。

闹就闹它个轰轰烈烈，千姿百彩；静则静得似仙风道气，物我两忘。这一闹一静之间，融车水马龙与山高地远为一体，展现了香港社会独特的张力。这大概正是香江的鲜活和魅力所在吧！

七绝·梧桐寨长瀑

隐隐泉声不见泉，浮岚如缕自缠绵。
回身山石嶙岣处，一线飞流万绿间。

七律·大帽山记游

轻风如缕拂轻尘，大帽山中好个春。
肥狗纳凉榕树下，老牛横卧桂花荫。
犹闻钟磬禅房远，欲见飞流草木深。
谁说人文荒漠地，我看此处正缤纷。

山水豆腐花

　　行山的诸般乐趣，难以一一道来。印象深刻的是，行山途中，饥渴难耐，偶遇山间食肆，吃上一碗山水豆腐花。青花碗中，白玉凝脂，赤砂糖似红霞般晕染开来。轻轻用勺子划开，慢慢送入嘴里，清凉甘甜，直奔心底，怎一个爽字了得！

　　此时，简朴的桌椅，随意的风光，让你的心安宁下来。但见浮云掠过山头，清风梳理着墨绿的蕨类植物或微黄的茅草，艳阳之下，似碧波起伏，你分明感受到山的柔软。山谷绵延处，则点缀着苍翠的松姿柏影，嶙峋巉岩杂然其间，又仿佛时刻提醒着你，山有山的骨气。刚柔之间，一阕《鹧鸪天》仿佛天外飘来：

> 古木葱茏石径斜，
> 大山深处有人家。
> 茂林流出清泉水，
> 老磨研来嫩豆花。

凝白玉，染红霞，

轻勺慢咽润而沙。

甘甜直奔心头去，

一缕岚风过野垭。

内地叫登山，或者爬山，香港叫行山。这或许是因为香港并没有什么高山大岭，最高的大帽山也才海拔九百五十七米，但是濒海山地丘陵众多，上坡下坎是经常的事，而郊游径又修整得很好，闲庭信步，"行"之即可，无需"登"或"爬"。

香港是一个行山的城市。有关行山的话题无处不在，气氛之浓郁，设施之完备，怕是世界上其他任何地方都无法比拟的。周末和公众假日，或三五结伴，或潇洒独往，漫山遍野都是喜水乐山之人。

行山友说，行山可以达到三个目的：一是锻炼身体，二是轻松心情，三是了解风物地理。求其一，行程要有一定难度；求其二，行山的伙伴要合得来；求其三，要设计一条好的行山路线。

或说，行山是最周全的运动方式。既可以强健体魄，也可以愉悦心灵。欣赏着沿途美景，还可以借景抒情，有话则长，无话则短，随意点评社会人生。一次成功的行山，无异于紧张生活的减压阀，让日益僵硬的身体和心情，都得到完全的舒展。

在香港这个地方，行山已然成为了一种生存状态。香港的生活节奏，即便不是全世界最紧张的，起码也是最紧张的之一。日程的安排，是精确到分的。每一饮茶都谈业务，每一餐饭都做交易，所有的聚会都有实实在在的目的。写字楼大多是全封闭的，人造空气总让你感受到一种压抑的浑浊。地价顽固地高企，香港大约已成为全球人均居住面积最小的地区。把人挤迫在如此窄逼的空间里，如果没有青山绿水，如果没有大汗淋漓，那种闷罐式的感觉怎样排解？这就难怪香港人特别喜欢运动，尤其喜欢行山了。

也许一些有钱人，是不中意行山的。对他们来说，要放松身心，另有适合身份的方式和场所。比如高尔夫，虽然游戏原理很简单，起源也很乡土，但它需要相当宽阔的草坪，需要相对封闭的私领域，需要一些繁文缛节般的礼仪和规矩，于是就成为高端人士的游戏了。或者，驾驶豪华游艇到一些没有公共交通的海滨，乘飞机到僻远的旅游地，晒太阳，品美酒，拥佳人，所作所为虽然并不稀奇，但耗费极大，专享性强，非一般人所能企及。还有那些高档会所，昂贵的体育器材，精致的娱乐设施，也是富人们画地为牢之所在。在他们看来，对山野之趣的珍爱和推崇，不过是"野人献曝"罢了。

最底层的穷人，比如失业者、流浪汉，以及从事"手停口停"的劳作勉强维持生计的人，大约也是不行山的。他们要把有限的精力集聚起来，在吵杂喧闹的人流中奔波，而不敢在空旷的山野间挥洒。

于是，行山一族的特征大致可以界定了：无衣食之忧，有过剩精力；比上不足，比下有余；怀"仁者乐山，智者乐水"之念，以求精神上的富足。当然，并不是所有这些该行山的人都会去行山。说到底，行山既是一种生存状态，更是一种生活态度，一种消遣选择。

消遣的方式多种多样，有积极的，也有消极的。哪些是积极的消遣？动者有动的妙处，如锻炼、飙车、上山入海；静者有静的精彩，如阅读、聊天、看戏听乐。消极的消遣亦是千姿百彩，各领风骚：比如在乌烟瘴气的酒吧里胡吹瞎侃，在周而复始的麻将桌旁豪情万丈，在日以继夜的睡榻上春眠不觉晓……

行山，无疑是一种积极的消遣，动静皆得宜，魅力长在。恰如那碗山水豆腐花，你要亲自尝过了，才懂得它的滋味。

鹧鸪天·山水豆腐花

古木葱茏石径斜，
大山深处有人家。
茂林流出清泉水，
老磨研来嫩豆花。

凝白玉，染红霞，
轻勺慢咽润而沙。
甘甜直奔心头去，
一缕岚风过野垭。

春到乌蛟腾

新界好山水，春来气自华。

蛟龙腾大野，帝女织云霞。

长堤分青浪，古藤蔓白崖。

起伏山着黛，咸淡水笼纱。

雨洗江天阔，松荫石径斜。

登高舒远啸，入舍话桑麻。

向晚迎新月，当空唤老鸦。

凌虚缥缈处，敢问是仙家。

一直以为这条山径就叫乌蛟腾郊游径。山径位于新界东北部海湾，全长十六公里，起伏蜿蜒于狭长的山脊上，确如蛟龙凌波，遨游浩淼。而乌蛟腾是一个古老村落，点缀在山径的北端，正是龙头的位置。

后来查地图，才知道山径名叫船湾淡水湖郊游径，乌郊腾郊游径只是其中一小段。山径起于乌蛟腾村，终于大尾笃村，围绕船湾淡水湖逶迤而行，周边则是印洲塘和赤门海峡，都是风景绝佳之处。

想来，以船湾淡水湖这一地标性工程命名是有道理的。该湖建于上世纪六十年代，据称是全球第一次在海中兴建的食用水库。之所以叫"船湾"，乃是源于水库的英文名 Plover Cove Reservoir。Plover 是十九世纪中叶英国的一艘测量船，1842-1846 年间曾与另两艘测量船 Starling 及 Hebe 一起，负责测量中国海岸。Cove 则是苏格兰方言，意为小海湾。

在目前香港十八座食用水库中，船湾淡水湖的面积是最大的，约一千二百五十公顷，容量则次于七十年代兴建的万宜水库。面积大而容量相对不大，意味着湖岸线更长，地形更丰富，风光更美。环湖山径已存在多时，但被政府辟为郊游径的时间并不长。作为法定郊游径，沿途需增设指示牌，亦需修葺十分难行的碎石山道。当然，即便做了如许工夫，这条山径由于高低起伏甚多，且全程没有支路退出，仍被公认为全港最富挑战的郊游径之一。

我与这条郊游径结缘于 2009 年。是年 3 月 21 日，恰逢春分次日，春暖花开之时，几个同事朋友相约前往。我们选择的路线是逆龙脊而上，即从龙尾到龙头，以大尾笃为起点，乌蛟腾为终点。

不曾想，一开始我们便迷路了。从船湾淡水湖主坝起步，穿过两公里长的大坝，上了一个叫"三门墩"的小山头。由于前几天下雨，有一段行山小路被树叶泥土覆盖住了，此时天空也下着毛毛雨，未能辨别出来。我们在灌木丛中摸索前行，稀里糊涂走到一个无名海湾。海湾不大，能看见对面的山径，但悬崖峭壁，无路可通。要么原路返回主坝，多花一个多小时，可能天黑前就赶不到乌蛟腾了，而晚上走山路十分危险。要么泅水过去，可大家都没带换洗衣服，全身湿透走十几公里山路是难以想象的。何况，一起的还有女士。

正当为难之际，海面上竟出现两艘打渔的小船。我们连忙挥手，呼喊，渔船掉头朝我们驶来。船主明白我们的处境后，毫不犹豫地让我们上了船，三两分钟就到了对岸。我们由衷地向船主表示感谢，要付船钱，他们坚辞不收，并催我们快走，祝我们"好彩"，顺利完成挑战。

这个小插曲，使走错路的沮丧变成意外的乐趣，让我们高兴了好一阵子，行程一度变得轻松起来。不过，轻松转瞬即逝，山路的崎岖难行超出了我们的想象。整条山径高低起伏，沿途以"头"命名的地点特别多，诸如白沙头、东头洲、刀头咀、虎头沙、石芽头、赤马头、横岭头、马头峰等等。另一些地点，则以墩、岭、山、门、顶、峒、滘、角、排、坳等命名。还有个山头，竟叫"跌死狗"，可想其险峻。短短十几公里山路，有各类地名近三十个，地形地貌之独特，可见一斑。

眼见一个山头接一个山头，不知何时是尽头。同行有位李先生，他和太太都是军人出身，以为香港的行山就是花园散步，压根儿没想到会是这个样子。李太穿着高跟鞋就出了门，到山脚下才发现情况不妙，就近在士多店买了双软底胶鞋。谁知这条山径有好几段沙石路，软底胶鞋可让她的双脚吃了大亏，差点儿没叫救护直升机。要真是叫了直升机，一次行山，交通就海陆空俱全了。当然，苦归苦，累归累，后来大家见面谈起这个事，满满都是愉快的回忆，友谊也仿佛加深了。看来，有些友谊是磨练出来的，难怪有"一起下过乡，一起扛过枪"的说法。

撇开道路之艰难不谈，一路美景，倒是物有所值。所谓脚力尽处，风光正好。微雨过后，薄雾，骄阳，晚霞，妆点着多姿多彩的景物。峭壁上，藤蔓旁，野花嫣然；山深处，雾霭起，别有洞天。更奇妙的是，山径一边是海水，一边是湖水，咸淡之间，水雾的形状、厚度、色彩各呈异象。忽而乌云翻滚，山雨欲来。忽而霞晖如泄，海面上映出云朵的斑斓，湖面上则微漪如缎。湖对岸是鼎鼎有名的八仙岭，其腾跃起伏之势，与脚下这条山径颇为神似。湖中的倒影，动画般生动，竟分不出是此岸的山，或者彼岸的山了。

终于，我们来到乌蛟腾。整个行程仿佛找到灵魂，体力的劳累有了精神的归宿。

临近乌蛟腾，连地名都变得温柔起来，再不是岭、峒、峰之类，而成了九担租、三担箩、上苗田、下苗田、新屋等充满人间烟火味的名字。我们抵达时，天已完全黑下来了。但见乌鸦盘旋，山蛙齐鸣，新月初升，灯火零落，山村因之显得尤其地静。在村民的小院里歇脚喝茶，随意的交谈，似乎都带禅意。疲惫的幸福浸透身心，如美梦后的倦乏，久久不去……

排律·春到乌蛟腾

新界好山水，春来气自华。

蛟龙腾大野，帝女织云霞。

长堤分青浪，古藤蔓白崖。

起伏山着黛，咸淡水笼纱。

雨洗江天阔，松荫石径斜。

登高舒远啸，入舍话桑麻。

向晚迎新月，当空唤老鸦。

凌虚缥缈处，敢问是仙家。

107

春游沙螺洞

来到沙螺洞，果然一洞天。

古村残院外，荒径野溪前。

绿薮翩千鹤，青峰醉八仙。

暗香盈草径，碧色赴云巅。

溪浅亲流水，林深喜闹蝉。

霁风犹念雨，零露渐成岚。

多少沧桑事，悠悠付远山。

　　沙螺洞，香港新界的一个山间盆地，占地八十余公顷。整个盆地被八仙岭诸峰环抱，颇有洞天福地气象。盆地开阔处是三个古村落遗址，即张屋、李屋和老围，其始祖于清乾隆年间来这里垦荒种地，开枝散叶。村民大多以种植水稻维生，村庄附近是成片的稻田，村头茂密的风水林在漫山原始森林的浓荫中静静生长。

　　如果说沙螺洞是一首田园诗，鹤薮水塘则是诗眼。水塘位于幽深的山谷之中，附近树木成荫，多条溪流汇入，不同种类的动物、鸟类和昆虫栖息。溪流底部大大小小的石块形成许多水潭，成为不少特种鱼类的孕育之地。鹤起深渊，鱼翔浅底，猕猴在藤蔓间跳跃……

数百年来，人与自然和谐共处，沙螺洞成为一个世外桃源般的存在。而沙螺洞进入公众视野，却是因为所谓"沙螺洞事件"。

沙螺洞事件比较典型地反映了开发与保育的矛盾。据有关法例，沙螺洞 60% 的土地归政府所有，40% 的土地归当地百余户村民所有。1979 年，一间名为"沙螺洞发展有限公司"的开发商开始收购当地村民的土地，准备与政府合作，将沙螺洞盆地打造成一个高尔夫球场及住宅综合项目。项目包括一个十八洞高尔夫球场，六十六幢低密度别墅，约两百个公寓单位，一百六十幢新村屋。整个项目占地八十五公顷，其中三十二公顷属于八仙岭郊野公园范围。

由于开发商承诺给村民的回迁补偿条件十分优渥，该计划深得村民拥护，征地拆迁工作很快完成。1986 年，开发商将开发计划提交郊野公园管理委员会。委员会研究认为，该计划能改善沙螺洞的郊游设施及行车道路，有助于当地发展，经四年反复评估，于 1990 年予以批准。

一切都按部就班地进行着，不曾想开发计划遭到多个环保团体的极力反对。环保团体担心开发行动污染和破坏溪流水塘，摧毁野生动植物的生存环境，危害生物多样性。沙螺洞作为香港惟一的淡水湿地，独特的生态价值可与米埔湿地媲美。这里孕育了近六百种保护植物和一百七十种草药，一百多种雀鸟，多种淡水鱼，以及全港近六成半的蜻蜓品种和三成半的蝴蝶品种，其中不乏香港地区特有的物种。

环保团体向最高法院提请司法复核，理由有二：一是郊野公园管理委员会的决策程式不完整，所作决定与多个前置研究报告和规划相冲突，合法性存疑；二是建设高尔夫球场将使公共郊野空间变成受限制的收费场所，且靠近集水区可能导致饮用水质下降，利益由一小部分人获得，损失和风险却由社会共担，公平性欠奉。1992 年，最高法院裁决环保团体胜诉，开发计划被中止。

此后，开发商和村民为一方，环保人士为一方，政府为一方，展开了旷日持久的拉锯战。尽管各方都试图做一些妥协，但迄今没有彻底解决的迹象。

吊诡的是，开发商"发财梦"和村民"豪宅梦"破碎的同时，沙螺洞的保育也陷入困境。开发公司拥有几乎一半的土地权属，而公司并没有保育生态环境的义务和激励，政府又需要尊重业主的权利，无法放手做保育安排。结果，由于管理和保育措施缺失，沙螺洞成为非法钓鱼、越野赛车、野战游戏的热门地点，溪流排污司空见惯。号称"植物杀手"的薇甘菊野蛮生长，致使一些植物缺乏养分和阳光，奄奄一息。

这种仿佛双输甚至三输的局面，一直僵持着，并继续发酵。目前，沙螺洞大致维持原貌，但不是结果，而是过渡状态，接下来的走向充满了不确定性。从现场铺天盖地的标语广告看，村民和环保人士的诉求各执一端，但都十分注意争取公众的同情和支持。古村落遗址上，残垣历历，苔痕苍苍，野花悄然而开，倒是别添了一份雅致，却也弥漫着一种隐忧。

若有所思间，无来由地想起 CCTV 不久前播放中央环保督察组向海南省回馈督察意见：财政过分依赖房地产，开发商指到哪儿，政府规划跟到哪儿，向海岸线要地，向海洋要地，严重破坏了生态环境。又想起"敦煌女儿"樊锦诗那瘦弱的身躯：她一趟一趟往北京跑，全力阻止资本对莫高窟的侵犯，可阻止不了狂热的游客一批又一批到这里朝圣，越来越多，最后人们的呼吸都成为对壁画的伤害。

不能牺牲公众的权益，去满足少数人的利益，这是对的。然而，牺牲少数人的利益来维护公众的权益，就天然合理吗？何为少数，何为公众，因人因事而异。坐在由村屋改建的简陋食店里，喝着村民自酿的土酒，思绪有些迷离。周边的村屋破败不堪，依稀可见昔日山村生活的痕迹。港府已将沙螺洞荒废的村屋列为香港二级历史建筑，村民的拆迁致富梦似乎遥遥无期。远处山岚霭霭，白云悠悠，见证了多少沧桑事，成为过眼云烟。

生态保育雄踞在道德高地上，看不见蚁民渴求的眼神。开发商撩拨着芸芸众生的欲望，不肯放过地球上最后一块净土。政府需要有所作为，亦需平衡各方关系，包括人与自然的关系。想想这世界，也许并无对错，只有博弈。

排律·沙螺洞记游

来到沙螺洞，果然一洞天。

古村残院外，荒径野溪前。

绿薮翻千鹤，青峰醉八仙。

暗香盈草径，碧色赴云巅。

溪浅亲流水，林深喜闹蝉。

霁风犹念雨，零露渐成岚。

多少沧桑事，悠悠付远山。

精致的盆栽

香港岛如一枚精致的盆栽，俏立于南中国海的碧波之中。这是我十几年前刚来香港时，最突出的感觉。

精巧细致，是为精致。精致之物，既指精细周密，也指情致妍好。香港的精致是可以眼见的。或者是可以耳闻的。或者是可以触摸的。或者是可以品味的。或者是可以触景生情的。俯仰之间，这份精致随处可见，香港因之成了一个小巧玲珑的大都市。置身香港，就置身于精致之中了。

从我跑马地聚文街宿舍的南窗望出去，可以看到右手边一组自成体系的建筑。晨晖下，金碧辉煌的主体小楼参差勾连，周围各色或大或小的建筑物，几株高高的棕榈，几丛矮矮的灌木，相互间匀称和谐，借景取势。那份把握大局而不忽略细节的风格，让你惊叹之余，回味不尽。

错落有致的城市布局就不去说它了，只要注意一下每条小巷中那些醒目到近乎弱智的"望左""望右"标识，就足见规划者心思之缜密，考虑之周全。维港沿岸，大到海港码头，小到街头巷尾，一石一木一楼一阁，件件桩桩，无不恰到好处。人行天桥的设计尤见功力，以人为本，不厌其精，不厌其烦。它可以借坡直行，可以顺势拐弯，可以就地旋转，转承启合，行人的方便总是被考虑到极致。

跑马是香港文化的特色之一，马场具有某种象征意义。不跑马时，马场则是另一番趣味。走进历时一百七十余年的跑马地马场，精致感扑面而来：修葺整齐的花草树木，婉约有致的大小跑道，功能齐全的运动设施……散步、跑步各安其所，玩球、体操自得其乐。在这里，看不到赌马博彩的狂热，看不到流金溢彩的奢华，看不到高度控制的森严。严格的管理看不见摸不着，却在你的感觉里无处不在。

最让人感慨不已的，是郊野公园中密如蛛网的行山径。港岛径全长五十公里，主线分为八段，加上若干支线，每一段路都被精心地规划过。路程有多远，难度有多大，景色怎样变化，无不清清楚楚。路标指示明确，树木排列有序，亭台虚实相宜，整个香港岛仿佛被当作一个大公园来管理。每条山径上，大约相隔五百米就立着一个标距柱，以英文字母和阿拉伯数字确定坐标。行山者在任何一个地方遇到困难需要帮助，都可以找到附近的标距柱，拨通电话就会有直升飞机赶来救援。山径旁的护坡，也足以显示这种精致感：不适宜硬化的泥坡上，是收拾利索的尼龙护网，必要的地方加上了铁丝护网；硬化的水泥坡上，则有一个个滤水小孔，小孔里伸出小小的排水塑胶管，稍大一些的滤水孔更是匠心独运地栽种着一株绿色的藤蔓植物……这种精致给人的感觉，哪里是在山里，简直就是在私家花园，或者居家阳台，甚至像是在电脑里。

精致之极，便是算计。精致成了香港人的一种生存方式。生活、工作、运动、休闲，包括社会交往，都被精致地安排和规范着。无以数计的行业社团、同乡会、兴趣组织，一个一个人脉小圈子，织成立体的网。每个人都在这张网中拥有一个坐标点，不然他就会感到不踏实，似乎不是真实的存在。一个坐标点连接的网线越密，渗入的圈子越多，它所代表的那个人就越有社会地位。一个人坐标点的连线逐渐减少，则预示着他的交往面逐渐缩小，与社会开始疏远，人生的光谱也就日渐暗淡了。

初到香港，你可能会迷惑于街头巷尾千奇百怪的标语传单，好奇于报刊杂志空穴来风的花絮传闻，惊诧于广播电视无所不用其极的批评论战。吵吵嚷嚷，芝麻大的事也被媒体炒得不亦乐乎，一片乱七八糟。其实不然，吵归吵，闹归闹，事情该怎么走还得怎么走。矛盾中的和谐，纷乱中的秩序，这就是香港。

香港的精致是张扬的，咄咄逼人的。在这样的精致面前，你很难想到还可以做出违反常规的事情，比如随地躺一躺，任性地喊喊歌，光着脚丫子撒撒欢。在这样的精致面前，你会感受到一种无形的压力，进而激发出一种近乎绝望的拼劲儿。要么跻身其间，要么被淘汰出局。在这里，你无从散淡，闲云野鹤没有栖身之所。叛逆的冲动有时会让你不由得想变化点什么，弄乱点什么，破坏点什么。然而，这样的念头也许刚刚冒上来，你又会不自觉地把它压下去。因为你无从下手，或者没有下手先就丧失了勇气。你只得顺从它，皈依它，在既定的轨道上按部就班地行进。

面对这种无孔不入的精致，置身其间，我们除了称奇之外，是不是也感觉到某种拘谨甚或海市蜃楼般的虚幻？在当今世界各种外力内力的撕扯下，这精致的盆栽，将何以自处，魅力依然？

夕阳西下，又一次来到太平山顶看落霞。海阔天远处，鸥鹭如剪影飞过。般般记忆漫上心头，眼角竟湿润了。天边飘飞的云彩，依稀化作涅槃的凤凰……

> 春日斜阳照路台，清风无语影徘徊。
>
> 虬枝吐蕊迎新意，淫雨放晴洗旧霾。
>
> 八百华楼堆画去，三千秀色入盆来。
>
> 谁人能解沧桑事，一片江山任尔裁。

七律·港岛印象

春日斜阳照路台，清风无语影徘徊。

虬枝吐蕊迎新意，淫雨放晴洗旧霾。

八百华楼堆画去，三千秀色入盆来。

谁人能解沧桑事，一片江山任尔裁。

跑马场

马照跑，股照炒，舞照跳，这是当年邓小平向撒切尔夫人解释香港回归中国后"一国两制"构想的一个形象化比喻，媒体通常将其解读为让香港保持资本主义生活方式五十年不变的承诺和写照。

当年听到这个说法时，隐隐觉得跳舞、炒股、跑马应该不是什么好东西，只是中国政府为了收回香港而作的妥协，是一种权宜之计。后来，中国内地也允许跳舞、炒股了，一度还很狂热，才知道它们原来并不都是资本主义腐朽生活方式。只剩下跑马了，内地还不允许，可能"腐朽"的成分要多一些。来到香港后，因工作关系，去过两次跑马场，近距离观察思考，对此也有了一些新的认识。

香港的跑马场有两处，一个在跑马地，一个在沙田。跑马地马场 1846 年启用，历史悠久但规模较小，通常每周三跑马。我到香港的第一天恰逢周三跑马日，傍晚时分到的，单位宿舍正好在跑马地，堵车的长龙让我见识了一回香港人对跑马的热情。沙田马场 1978 年才启用，场地水平世界一流，每周末和特定节假日的跑马盛事在这里举行。

那是一个星期天，当地朋友邀请我去沙田马场，和他的家人一起看跑马。一个轻松愉快的下午，在淡雅、恬静的气氛中度过。那种感觉，使我对跑马的看法清晰起来：跑马虽是以赌博的形式进行的娱乐，但它和完全意义上的赌博并不一样。

进入马场要求着装整齐，两场跑马之间到遛马场去看马，更需要男着西装，女着裙衣。看台和下注柜台，井然有序，几乎不见喧哗。这就无形中让人收敛，让人有所顾忌，不至于像纯然的赌场那般放肆，不顾一切，歇斯底里。

一个下午共计跑十场马，持续五个多小时。每一场跑马之前，有差不多半个小时的间歇。可不要小看这半个小时，它不但用来观察遛马，分析马况，决定下注，而且是一个必不可少的休整期、冷静期，可以让发热的头脑重新清醒。赌马的输赢，不只是简单的碰运气。有经验的下注者，需要准确把握马场态势，包括马匹的往绩和现场表现，骑手的风格，以及马场中众人的分析议论，以便出手有据。于是，跑马在某种程度上成为一种智慧的博弈，思维的较量。这种张弛有度，思路缜密，哪是那些乱哄哄的人人急红眼的赌场所能见到的？加之，赌马的输者和赢者，并不直接见面，下注者仿佛是在同整个马会角逐。这也是一种缓冲，大大减弱了赌徒短兵相接的血腥味。

朋友相聚，家人团圆，马场会员厅无疑是一个好去处。这里窗明几净，视野开阔，热闹而不嘈杂。数人围坐一桌，自取可口的吃食和饮料，慢声细语，或谈马经，或叙亲情，或论时事，或讲逸闻……有兴致时，不妨下一小注，赢固然喜，输亦不悲。所谓"小赌怡情"，妙处正在于此。

这里甚至可以作为恋人约会的场所。马场人多眼多，但人人都聚精会神地分析马情，专注于自己下注的马匹。置身其间，无异于独处。会心的对视，悄声的交谈，亲密的接触，基本上是不受打扰的。并且，一个人在马场的表现，特别是在赌马各环节的取态，可以从一个侧面看他对人生的领悟和把握，反映出他的为人和处事。恋人之间，心气相通，彼此和谐不和谐，真真可以由此看出端倪。

骏马奔腾，争先恐后，总给人一种激昂的感觉。这种感觉，无论你在看台上，还是在荧屏前，都是同样地强烈。当一种飞扬的精神，融入本能的赌博心态，那种神奇的体验，可不是纯粹的输赢感所能取代。如果把握得好，押马下注是可以催人奋进的，单纯的赌博却只能让人沉沦。个中因由，大概就在这里。

人的本性中是有赌博欲的。我们其实很需要找到一个办法，既能满足人的赌博欲，又可以让这种欲望适可而止，不至于酿成大错。从这个角度看，跑马作为赌博游戏，也许不失为一种积极的赌博，一种文明儒雅、可以"发乎于情止乎于礼"的赌博。当然，一个人如果非要在这里历险，非要放纵自己，拼个你死我活不可，马场也是一个自由的地方。餐叉可以杀人，利剑也可以作为文明的信物。

或许，人生本就是一场赌博。为事业，为爱情，大赌小博，关键是要把握一个度。这个度，通常是由赌博的方式和心态决定的。谋事在人，成事在天，凡事尽力就是了，勉强不得。"不成功便成仁"的狂赌，于己于人，都是十分危险的。沙田马场会员厅入口处，那幅用以警醒赌马者保持理性的张贴，颇耐人寻味：Are you gambling longer than planned?

> 旷野茫茫奔骏马，迎风驰骋真潇洒。
> 自从来到世尘间，游戏役劳鞭子打。
> 人马相逢过此生，问谁高尚问谁傻。
> 将身寄与名利场，终是到头一轮耍。

七律·跑马场

旷野茫茫奔骏马，迎风驰骋真潇洒。
自从来到世尘间，游戏役劳鞭子打。
人马相逢过此生，问谁高尚问谁傻。
将身寄与名利场，终是到头一轮耍。

123

所谓早春二月，在南国香江，已是仲春时节了。香港要踏青寻春，最好是在春节期间，到韵味悠然的新界去。

这天周末，我们十几个同事，相约去新界骑自行车郊游。大家分头乘港铁到沙田站，从 A2 口出来后，不远处便见一溜出租自行车的店铺。办完租借手续，各自骑上心仪的单车，濒海湾，穿林荫，过隧道，久居拥塞的港岛而形成的空间压迫感霎然而逝。一路凉风习习，眼前是无尽延展的开阔，天上飘着若有若无的细雨，神清气爽，好不惬意。

游目骋怀，浮想联翩。在一般印象中，香港之所以为香港，主要是有港岛的高楼大厦，九龙的灯红酒绿，新界仿佛是可以忽略不计的。其实，新界作为香港三大地域之一，面积逾九百七十平方公里，占全港 90%，居住人口近三百九十万，占全港 52%。无论怎么看，都是真正的大户。

鸦片战争以前，南疆作为边陲之地，港岛相较于新界更加偏远。越是靠近内陆的地方，文明程度越高。这从当时科举考试的情况可以看出来：自康熙至同治两百多年间，香港地区考中进士一名，文武举人二十名，贡生和生员各一百多名。这些功名大都出自今天的元朗、大埔、粉岭、上水一带，港岛一个也没有。位于元朗屏山的邓氏宗祠，据族谱记载，至今已有七百多年历史。

关于香港"开埠"前是不是一个小渔村的争论，显然忽略了一个前提：香港是单指港岛，还是指整个香港地区？若只就港岛而论，1840年代虽然已存在多条村落，人口达五六千人，但生计以渔业为主，勉强还可以算作小渔村。若论整个香港地区，今天的新界一带除了发达的农业渔业外，还有晒盐、印染、制香等手工业，并建有颇具规模的学堂、书院、寺庙等，完全是一个成熟的中国农耕文明区了，与小渔村何干？

所谓小渔村，更有可能是缘于一场口舌之误。《穿鼻草约》签订后，英国公使义律于1841年初率兵攻占香港岛。外交大臣巴麦尊很生气，他本来想让义律在舟山群岛抢一个岛，义律却自作主张拿了香港岛。巴麦尊给了义律一顿臭骂，说他拿一个"几乎了无一屋的荒岛"有鸟用。这句话后来被反复引述，谁想到只是一个英国人骂另一个英国人的气话！史料表明，香港进入英国殖民统治时，并不是文明空白，而是带上了深厚的中华文化烙印。

港英政府以港岛为据点，经过六十多年的经营，一步步向北推移，把深圳河和沙头角河以南的全部土地收入囊中。英军在新界遭到了顽强的抵抗，迫使港英当局决定对新界采用间接管治，即由乡绅来治理，并尊重土地等私人财产权，民间风俗依旧不变。结果，因缘巧合，新界成为保留中国传统习俗最完整的地区。中国传统文化在这里既没有受到港英殖民政府的系统改造，也没有经历内地的新文化运动和社会主义文化的冲击。

我们一路骑行，很快来到全港最大的市民公园——大埔海滨公园。公园内，建有一座香港回归纪念塔，1997年与公园同步开放。据称，当年英国人从满清手里接管新界，就是从这里登陆的。纪念塔下的碑记说，新界乃乡民立根之地，创业之源。新界乡民在英国接管初年，武装保卫乡土；日占时期，奋起抗战；后来积极参与香港发展，做出重大贡献。碑记追古怀远，文意畅达，颇值一读。"况此公园，负山濒海，风光旖旎，登楼闲眺，赏景怡情，正是一湖烟水，百载沧桑，容易引人启发思潮；然缅怀先烈前贤之彪炳功业，其热爱国家民族之高尚情怀，当不会因时而变，因人而异也。"

通常讲，港岛是都市，九龙是市井，新界是乡村。也可以说，港岛是时尚，九龙是杂烩，新界是传统。完整的香港印象，离不开新界的青山绿水、旧雨新知演绎的多样性。山峰、海湾、新市镇之间，古朴的村落散布着，小河蜿蜒流经耕地或荒田，传统的乡郊特色与现代化居住社区无缝对接。村头的风水林，树老荫深，紫气缭绕，不知凡几百年。倘徉其间，偶有所悟，仿佛在听历史的述说。

我们且行且聊且歌，霏霏细雨不知何时已经完全停了。约末两个小时，到达此行的终点大美督。大美督原名大尾笃，因位处八仙岭龙脉之尾端南麓而得名。"笃"在粤语里是"豚"的借代字，指身体的最尽处，即屁股。这与八仙岭北麓的龙尾村同义，皆有神龙摆尾呈吉祥之意。然而，十几年前，当地村代表认为尾笃意义不好，发起了雅化地名运动。2007 年，地政署应村民要求刊登宪报，正式改名为大美督。支持者认为新地名时髦大气，反对者则认为矫枉过正。我曾就此请教新界乡议局副主席张学明，他说大尾笃名字有历史文化价值，改名后与地理环境割裂了。

在新界，这样的故事很多，反映了新旧文化的交融和冲突，也反映了悠远的文脉正受到现代生活的侵蚀。港英时期，新界不仅地理距离遥远，心理距离更远。港岛九龙是割让，政府舍得投入建设；新界是租借，任其自然发展。新界毗邻内陆的地区，更是被辟为垃圾堆填区。然而，此一时彼一时，现在的新界北部，恰恰是香港融入粤港澳大湾区的前沿。如果说昔日新界是指新纳入的僻壤，今日新界已成为新希望的滥觞。

细雨初歇，清风徐来。登高远望，但见绵绵群山怀抱着繁忙的吐露港，衬映着旖旎的印洲塘，百年宗祠斑驳的老墙上青枝横斜，新蕊初绽。春日暖阳下，新界的山山水水，正焕发出新生的风采。

> 埋头案牍竟晨昏，浑忘南乡是早春。
> 今日偷闲来野外，方知叶茂蕊缤纷。
> 徘徊老树安浮躁，沐浴清风洗倦尘。
> 斑驳宗祠新雨后，斜阳款款送流云。

七律·新界之春

埋头案牍竟晨昏，浑忘南乡是早春。

今日偷闲来野外，方知叶茂蕊缤纷。

徘徊老树安浮躁，沐浴清风洗倦尘。

斑驳宗祠新雨后，斜阳款款送流云。

微雨中的海洋公园

凭窗听雨向南洋，
海雾腾腾云垒墙。
百屿凌波争翠色，
孤帆一片入苍茫。

感悟诗中的意境，有几个前提：雨幕，云墙，居高临下，心境阔远……微雨中的海洋公园，正好。

初夏时节游海洋公园，遇到下雨是很寻常的。游兴正浓时，天空突然一暗，雨点子说来就来，四处寻找躲雨的地方，难免有些沮丧，还有点儿狼狈。不过，今天的经历告诉我，只要心态好，雨中游园，并不是件扫兴的事，反而别有其趣。

记不得是第几次来海洋公园了。作为香港的标志性景点，来这里似乎不需要特别的理由。每逢周末节假日，与家人来，与朋友来，与同事来，方便可行，又略有仪式感，不经然便成了休闲的首选。

今天来海洋公园，本是出席香港青年联会主办的一项慈善活动 —— 青联爱家日。这个活动每年春夏之交举行，邀请一千个基层家庭游园。类似亲子活动，培养爱心和家庭观念。对一众青年领袖来说，还是难得的基层体验。主礼仪式结束后，我和妻走出礼堂，但见和风暖阳之下，鸟语花香之中，数千人身着活动恤衫，扶老携幼，其乐融融，心情不觉大好，也兴致勃勃地加入了游园行列。

海洋公园位于港岛南区一个名叫黄竹坑的半岛上，占地九十余公顷。1977 年 1 月开园，迄今已逾四十年。海洋公园既是海洋馆，也是动物园，还可以看作游乐场，是一座集海陆动物、机动游戏和专项表演于一身的大型主题公园。2005 年香港迪士尼乐园建成后，海洋公园的客流量一度受到影响，但终以其本土特色、丰厚内涵和弹性化经营模式，很快就扭转过来了。尤其是引入新技术新设计，依市场需要，推出若干新项目，颇受欢迎。多年来，一直位居全球最受欢迎、入场人次最多的主题公园之列。

公园依山而建，分山下山上两个部分，以登山缆车和海洋列车连接。坐在熟悉的登山缆车上，俯瞰青山绿水，极目骋怀，十几年的旅港生活，如幻灯片在脑海里闪过。不知不觉到了山顶，视野更加开阔。山路蜿蜒起伏，游人散布在各种游乐设施和绿树丛中，施施而行，恬然自得。

雨，就是这时候下起来的。一开始，雨点子很稀疏，三三两两，大家并不在意。渐渐地，雨点子密了起来，竟化作雨丝，与山风一道，撩拨着游人的衣衫。看来，不避避雨是不行了。我们就近站在路边一柄大伞下，伞下已有七八个菲佣，大家都很安静。对面树荫下一小块干的地方，被慢慢洇湿，直至树冠流下一道道雨线……

年轻人已经等不及雨停了，他们玩上了一个名叫"热带激流"的漂流项目。雨不再是妨碍，而成了助兴。坐在橡皮艇上，激流奔涌之中，一时潜入黑暗洞穴，一时冲进茂密森林，穿越一个接一个旋涡飞瀑，体验连串的湿身感受。沿着弯曲的水道，架设着一排排水枪。路过的游客特别是孩子们，兴高采烈地向激流中的探险者发射。这也勾起了我的童趣，跟着一帮孩子玩起了水枪。年过半百，显然业务不熟，试探着压下把手，水柱跳跃而出，歪歪扭扭地射向溪流中的橡皮艇。笑声和尖叫声传来，与周遭的鸟鸣，雨滴打在阔叶上的滴哒声，形成大自然的和奏。

当然，微雨中的海洋公园，妙处远不止于此。最能体现公园魅力的，还是透过闲闲的雨帘，凭窗望海。

这便有了我与岚湾茶座的邂逅。岚湾茶座位于海洋公园山顶部分的东南角，面朝大海，山青水绿，一览无余。在这里，你可以一边品尝特色美食，一边欣赏美丽的海景。南国的海，地形多变，岛屿错落。深水湾、浅水湾、春坎湾，赤柱湾，湾湾相连；鸭脷洲、熨波洲、头洲、银洲，洲洲争秀。山水一色，随意铺陈，百态千姿，尽收眼底。浓淡得宜的海雾，层层叠叠，更是平添了一份苍茫和神秘。

既得山趣，又揽海韵；不乏高雅，仍贴近大众；保持传统，却不断创新。海洋公园的魅力，是需要细品的。不过，再往深处一想，香港很多地方不都给人这样的感觉吗？或许，这方水土几百年来独具魅力，奥妙正在于此吧。

通常说起海洋公园的景致，人们津津乐道的是山下的"海滨乐园"和山上的"高峰乐园"。其实，海洋公园与其他主题公园最大的不同，还在于山外的无敌海景。这山下、山上、山外各呈其胜，又相互呼应，浑然天成。国际游乐园及景点协会博览会2012年向香港海洋公园颁发"全球最佳主题公园"大奖，确也实至名归。

雨帘外，天海间，烟波微茫处，一叶帆影翩然而去。望远能知风浪小，凌空始觉海波平。欧阳修的《蝶恋花》浮上心头，虽不似越女采莲秋水畔的意境，同样令人想入非非：雾重烟轻，不见来时伴，隐隐歌声归棹远……

七绝·海洋公园听雨

凭窗听雨向南洋，
海雾腾腾云垒墙。
百屿凌波争翠色，
孤帆一片入苍茫。

「西环码头」歇业了

　　又逢岁末，习惯盘点盘点自己的日子，想想一年来的轨迹。千头万绪中，浮出西环码头。西环码头是一个货运码头，同时也是一家食店，两者相距不远。2017年发生了很多大事，这两天在脑子里萦绕不去的，却是这家名叫"西环码头"的街边店，悄没声息地歇业了。

　　那是十个月前，2月末的一个傍晚，我如常陪妻子到海边散步。走到坚尼地城新海旁道与爹核士街的交汇处，蓦然发现开在街口的食店关张了。门楣上"西环码头"的四字招牌还在，路灯光冷冷地照着。落地卷帘门上贴满了寻租的小广告，一串串电话号码，蜷缩在灰白阴冷的铝铁皮上，默默地与我对视。

> 十年旺铺一朝休，
> 灯火阑珊老码头。
> 最忆当初兄弟在，
> 临风把盏话春秋。

　　一丝意外和失落漫上心头。十几年前，我刚到香港工作不久，同事便带我来了这家店。从此，我就喜欢上它了。离上班的地方近，固然是一个原因。主要还是装修风格和菜式合我的口味，很能体现香港人的某种特质，单纯中透着精致。桌是简单的长方桌，凳是简单的长条凳。墙上的水管和电路裸露着，走线却井然有序。菜品不多，菜价也不贵，简洁而清爽。有街边店的随和，而无通常街头小馆的邋遢。三五好友，点几个熟悉的菜，临窗而坐，把盏而谈，心会渐渐宁静下来。兴致若起，偶行酒令，亦是难得的轻松和愉悦。

> 德辅西头有酒家，
> 香酥肘子盐焗虾。
> 倾杯击箸谁行令，
> 飞入春江逐浪花。

据说"西环码头"是张柏芝投资开的，时不时会有明星同家人朋友来这里吃饭。这么多年来，我并没有碰到过张柏芝，或者是碰到了没有认出来。在香港，你会在行山时遇到梁朝伟，乘渡轮时看见周润发，公园跑步时碰上谢霆锋，彼此一笑，并不觉得有多么稀罕。

香港是一个拥挤的城市，给人的感觉总有些咄咄逼人。而"西环码头"是另一款味道。从这家小店里，你可以感受到一份淡然，恰如山高峰让月，船小水亲人。这份淡然，不是荒郊野外的寡淡，而是闹市中的恬淡，是大隐隐于市。它甚至是一个缩影，吻合了我对整个西环的印象。

市政意义上的西环，包括西营盘、石塘咀、坚尼地城及周边区域。不过，人们习惯上的西环，是专指港岛西头的坚尼地城一带，俗称"西环尾"，也称"西角"（West Point）。地名来自坚尼地爵士（Sir Arthur Edward Kennedy），他 1872-1877 年总督香港期间，填海筑埠，使西环成为香港最早期开发地区，经济活跃度居全港之首。后来城市重心东移，这一带才逐渐冷清下来。研究香港发展史，有"西环时期"和"中环时期"的说法。

西环的海边，是没有沙滩的。大小街道如蛛网密布，已伸进了海港。当然，这并不意味着西环就没有可人之处。在街道拐角或楼盘背后，时不时会留出一块空地，见缝插针地布置成一个微型公园，供市民小憩。被誉为"天空之镜"的西环货运码头，连同硕果仅存的西环泳棚，最宜观赏落日晚霞，是摄影发烧友必到之地。

西环一带旧时痕迹很多，如建于晚清时期的鲁班先师庙、银禧炮台、东华痘局遗址等。顺坡而起的西环七台 —— 太白台、羲皇台、青莲台、桃李台、学士台、李宝龙台、紫兰台，均以唐代诗人李白相关物事命名，是历史悠久的华人住宅区。街头巷尾散落着各式各样的小庙或简易拜台，天天香火不断。背靠摩星岭，有诸多关于灵异的传说。成规模的法事活动，也不时举行。今年香港道教联合会举办历来最大规模的"罗天大醮"，启坛大典就设在西环码头上。老码头斑驳的苔藓，黄了又绿。旧货仓零落的标牌，悬挂在某个不起眼的角落，等闲秋月春风。

前几天，余光中去世。网上刷屏了对乡愁的感叹：那个写乡愁的人走了，这个喧闹的世界，还有什么能代表乡愁呢？不曾想，今天写西环码头，隐约中仿佛唤醒了我的乡愁。自十四岁离开家乡，北上南下，迄今居住生活时间最长的，竟是西环码头这方圆几公里的地方。

人生如逝水，码头换客勤。装卸货物的西环码头还在，食店的"西环码头"却歇业了。听说是由于地铁通到坚尼地城，这个区域房租大涨，原来的经营风格维持不下去了。取而代之的是街边一溜新开的酒吧和快餐厅。每家店大同小异，像流水线上的车间，或列车的车厢。客人来来去去，或饮或食，直截了当，除此便不曾有一点犹豫或彷徨。这样的氛围，想必是留不住乡愁的。

冬至，天黑得早。独自走在夜幕下的西环码头，兀见一面打醮后留下的彩旗，旗幡残破，当空而舞。在凛风的撕扯中，痴守一抹温柔的色彩，于我就是一份乡愁了。爱她，却终究走出了她；因为走出了她，所以更爱她。乡愁是岁月的馈赠，接受岁月，乃是善待自己。对远方抱一线希望，对周围多一分原谅。世界以痛吻我，我却报之以歌。诸多感慨，诗以记之，曰《迎风的旗》——

> 曾经的一面彩旗
> 被风撕成了碎片
> 迎着维港
> 猎猎招展
>
> 涛声依旧轰鸣
> 灯火却已遥远
>
> 残幡飞卷而起
> 分明又是躁动的火焰
> 扑向迷茫夜空
> 发出孤独的温暖

七绝·西环码头歇业记

十年旺铺一朝休，
灯火阑珊老码头。
最忆当初兄弟在，
临风把盏话春秋。

七绝·题西环码头

德辅西头有酒家，
香酥肘子盐焗虾。
倾杯击箸谁行令，
飞入春江逐浪花。

《画皮》与《色戒》

从内地来香港发展，闯出名堂的演艺明星挺多的。周迅算一个，汤唯算一个。

我年轻时喜欢看电影，但不追星，后来看得少了，更不清楚演艺圈的情况。对周迅的了解，起于偶然。大约十年前，几个文友相约，看《画皮》写感想。不曾想，这一随意邀约，竟对周迅留下难以磨灭的印象，并丰富了自己对香港社会的观察。因之而来的一些人生感悟，迄今仍在发酵。

《画皮》的故事取自《聊斋》，不过按香港电影通行做法，编剧从今人视角对故事进行了大刀阔斧的改造：周迅扮演的狐妖小唯，披人皮行走江湖，其所披人皮必须依靠吃人心来维持。小唯对王生一见钟情，千方百计取悦于他，最后却被王生对妻子的坚贞爱情所感动，决定放弃一切，终使自己灰飞烟灭。

看完影片，颇受触动，一口气写成了这首小诗《也谈画皮》：

> 每一个男人心里，都有一个妖
> 正如每一个女子，都怀一份痴情
> 妖与痴情相遇，是偶然，也是宿命
> 大家戴着一副面具，各自行走
> 结果男人把妖，当作了痴情
> 女人为了痴情，不管不顾施展妖术
> 世间便多了，无尽的恩怨情仇
> 长路漫漫，天地悠悠
> 毕竟人心和苍蝇，只是妖的食物
> 就像飞禽和走兽，被我们通通纳入皮囊
> 妖有妖道，人有人情
> 妖不遵道而灰散，人因情而苟活

江湖故事，气象万千。在其间行走，各种人情世故，自有分说。根据编导设计，妖精应当是无情的。所以，小唯，在付出真情那一刻，你就输了。

后来，在一次社交活动中见过周迅，一袭黑衣，很瘦，很静，弱不禁风的样子，我一下子就想到了《画皮》。其实，不止于此，自看过《画皮》以后，我总把周迅饰演的其他角色与小唯比，而把其他人饰演的类似角色与周迅比。《画皮》只看过一次，回想何止百十遍。

看《色戒》的时间要早一些，是在数码港百老汇戏院看的第一部电影。影片的故事很简单：汤唯扮演的抗日义士王佳芝，奉命暗杀汉奸易先生。在执行计划过程中，王佳芝爱上了易先生，导致计划失败，她和战友被一网打尽，悉数枪决。

尽管《色戒》的故事情节与《画皮》完全不同，但两者反映的江湖生态、揭示的江湖道理大同小异。妖精换成了义士，义士也同妖精一样，应当是无情的。所以，王佳芝，在付出真情那一刻，你就输了。

我对《色戒》中汤唯的印象，不如对《画皮》中周迅的印象那么深刻，但有一点差不多：自看过《色戒》以后，我总把汤唯饰演的其他角色与王佳芝比，而把其他人饰演的类似角色与汤唯比。汤唯因出演《色戒》而被封杀，远赴英伦，在街头化妆卖艺的形象，或油彩花旦，或白粉艺伎，或用旧报纸撕出大概的衣服样子，再用大头针别在身上的小丑扮相，也固执地留在了我的脑子里。

香港电影大致奔着两个路数：一是市井白描，家长里短，挖掘人间真情；二是谍影仙踪，故事很夸张，以想象奇绝见长。两类影片，江湖味儿都很浓，尤其后者。这大约与香港作为一个移民城市的文化传统有关。各路人马云集，把香港打造成了一个"庙小妖风大，池浅王八多"的地方。在这里，只有故事，没有意外。

一些完全不相干的画面，浮上脑际。好比一幅蒙太奇拼图，从中可以管窥香港世态。张子强的绑架故事，陈振聪的风水官司，血雨腥风中不乏温情。赤身偷渡客可以通过拼搏奋斗，成为亿万富翁。间板房丫头可以通过寒窗苦读，当上行政长官。想当年，香港市民自发救助逃港的内地同胞，拦警车，施衣食，冒险收留，何其血浓于水。货车司机黄福荣，只身前往玉树震区救灾，数次进出摇摇欲坠的房屋救人而罹难，何等大爱无疆。多少豪门恩怨，归于儿女情长。小唯和王佳芝为了真情而输得干干净净，恰是导演所讴歌的。

因了这样的社会生态，香港的政治历来很热闹。比如2012年特首选举，当媒体调来八台吊车围绕唐英年九龙塘豪宅现场直播时，当坊间八卦梁振英助选团队参加流浮山涉黑饭局的前世今生时，谁还认为那只是一场政治竞选？此次修例风波，更是一个照妖镜。它所反映出来的世道人情，江湖恩怨，或焦虑，或恐惧，或同情，或傲慢，林林总总，不一而足。至于那些煽风点火之徒，使人火中取栗，惟恐天下不乱，其心可诛，不说也罢。

不过，在这里呆久了，你会从一片纷乱中发现，香港自有其真诚单纯的一面。在小食杂店，街头巷尾，郊野公园，不经意间就可以碰上，让你心生感动。香港有一句名言：太傻太天真。的确，经历了那么多的故事之后，我还是忍不住天真地想：在无休止的江湖缠斗中，能不能营造这么一个环境，或者创设一个机制，让坏人受到惩罚，正义得到彰扬，又能让付出真情的小唯和王佳芝们，不输呢？

那种快乐，突然被我需要。这是杨千嬅成名作《再见二丁目》中的一句歌词——

满街脚步，突然静了
满天柏树，突然没有动摇
这一刹，我只需要，一罐热茶吧
那味道，似是什么，都不紧要
唱片店内，传来异国民谣
那种快乐，突然被我需要……

一年一度的潮人盂兰胜会，今年在维多利亚公园举办。八月二十五日（农历七月十五日）晚，我和妻子去了趟维园，算是领略了这胜会之盛。整个维园，赶庙会一般：戏台上大俗大雅的表演，展板上图文并茂的说明，彩扎的亭子，寄意的小吃，扮相千奇百怪的导赏员……

香港是个华洋共处、新旧并存的多元文化社会。节日多，而且每个节日都过得煞有介事，是这里的一大特色。有的节日特别高大上，有的节日却非常接地气。比如鬼节，就和端午重阳、佛诞圣诞、回归纪念日等各类节日，并行不悖，水乳交融。香港的鬼节有两个，一中一西：缘于中国的盂兰节，缘于西方的万圣节。

盂兰节又称中元节，俗称七月半。道教以农历一月、七月、十月之十五日为上元、中元、下元：上元天官赐福，中元地官赦罪，下元水官解厄。祭拜三元，有很多讲究。港人过盂兰节的风俗是极盛的，拜神祀魂，放灯焚纸，派平安米，演神功戏，前后持续一个月。其中的高潮，便是潮人盂兰胜会，2011 年被列入了国家级非物质文化遗产。胜会以农历七月十五日为中心，前后延续数日，从开关祭神到送神闭关，一整套道场做下来，加上若干配套仪式，内容很是丰富多彩。

盂兰是梵语音译，意为"倒悬"，盂兰节起源于"目连救母于倒悬"的传说。中国的鬼文化，一直有着浓厚的家庭宗法特色。因此，盂兰节不同于万圣节，它与祖先崇拜密切联系。虽为鬼节，却也被视为中国传统的祭祖节日。经过长期演变，盂兰节已与除夕、清明、重阳一起，并列而为中国的祭祖大节。这是盂兰鬼节相别于西方或其他鬼节的最大特点。

香港早已发展成为国际大都市，仍有很多传统风俗留存。七月十五日前后，每当夜幕降临，人行道上，广场边上，街头巷尾，随处可见市民焚烧纸钱香烛，祭奠亲人，超度游魂。由于祭祀对象的多元化，祭祀活动的随意性和便利性，盂兰节在总体气氛上并不悲戚，或者说不够庄严，有时甚至表现出某种洒脱和幽默。坊间流传的一则笑话，颇耐人寻味：

> 七月半那天晚上，我在街上溜达，想去超市买点吃的，一摸兜没带钱，就打电话叫家里人送点钱来。看见有几拨人在烧纸祭祖，走过去跟一老头闲聊。老头说在给家人送钱，问我这么晚了

在这干啥？我说，在等家里人给我送钱呢。老头一听脸都白了，掉头就跑。我赶紧解释，喊：大爷别跑，我真是在等家里人给我送钱来呢！顿时，街上所有烧纸的都跑了……

盂兰节的另一个突出特点，是它的社会属性。以祭祀的形式，加强乡党间的联系，互帮互助，抑恶扬善，是盂兰节被赋予的教化使命。活动过程中，派米抢孤等环节，则承担了扶贫济困的责任。与主流宗教团体施粥行善不同，盂兰节是把这份善意内化于娱乐性活动中的。受施者在获得物质救助的同时，还享受了精神愉悦，并最大程度地维护了自尊。

漫步维园，任由思绪游走。直到活动结束方才出来，竟是意犹未尽的感觉。倘佯在七月半的街头，沐浴着入秋的风，品味万家灯火。一轮明月，悬挂于清冷的穹窿之上。夜渐渐深了，阴阳相融的味道浓郁起来。不知不觉，我有些沉迷了。

在凄美而宁静的月色下，一切姹紫嫣红都被简化了，天地间仿佛一幅大写意的水墨画，浑然而成。不由想起前几天在西泠印社看到一幅余任天的印刻作品：去妍返质。当年李太白独坐敬亭山下，众鸟高飞尽，孤云独去闲，相看两不厌，只有敬亭山。而今，在太平山的剪影下，一脉淡淡思绪，竟与诗仙相通：

> 人鬼情难了，风尘苦自怜。
>
> 高天悬冷月，相约共缠绵。

由这月色，又想到近代画家林风眠。林风眠是开宗立派的角色，画风以清明淡雅见长，被称作"孤独的苦味的诗"。画家原名林绍琼，自改名林凤鸣，后再改为林风眠。林中之风，听风而眠，已然于喧嚣中透出一份冷静来。

林风眠一生坎坷，幼年即遭家庭变故，母亲因通奸被逐出家门；青年留学法国，妻子因分娩时染疾，与刚出生的婴儿一同亡故；壮年遭遇文化浩劫，亲手毁掉了自己耗心尽力的大部分画作；晚年寓居香港，边回忆边创作，重塑自己的水墨人生……

半生孤鸿，一世温良，终成大家。遥想林风眠的画案前，孤月悬空冷，清风伴我眠，勘破穷达，等闲生死，好一抹干净简洁的"秋林夜月"意象——

> 秋林入夜别无妍，
>
> 蝉语悠悠月影闲。
>
> 老凤不鸣新曲调，
>
> 清风静听好成眠。

五绝·盂兰节

人鬼情难了，
风尘苦自怜。
高天悬冷月，
相约共缠绵。

七绝·林风眠

秋林入夜别无妍，
蝉语悠悠月影闲。
老凤不鸣新曲调，
清风静听好成眠。

圣诞的动与静

> 昨夜烟花去岁愁，
> 随风散尽入江流。
> 微醺陈酿酣然梦，
> 不觉朝晖已照头。

一觉醒来，天已大亮。初升的阳光，透过落地玻璃窗洒满小屋，窗外传来小鸟的叫声。

今天圣诞节，无事。躺在床上，想着不用上班，身心都很放松。昨晚的平安夜，是如此安静。下班后，沿维港漫步回家。海风有些凉，但不冷。回家后，也不着急，就着一碟花生米，一块豆腐干，一个松花蛋，半杯威士忌，恬然独酌，心静如水。夜里睡得很踏实。这样的睡眠，不常有，每每遇上，便很喜悦。

在香港，圣诞节是一个大节。若遇周末，常常能凑成三四天假期。很多香港朋友，就利用这个时间出国休假。我的圣诞节故事，是从二十年前德国科隆大教堂开始的。

那是我第一次出国，应艾伯特基金会之邀，去联邦德国做半年访问学者。像我这个年纪而不曾出过国的人，对圣诞这样的洋节，心下总是隔膜的。

正是在科隆大教堂，我过了平生第一个圣诞节，也有了一些关于圣诞节的感悟。平安夜的礼拜堂里，坐着的，站着的，满满都是人，却鸦雀无声。凝重的气氛，吸铁石一般，吸尽了所有浮躁的微尘。唱诗班的童音，如天籁，飘飞在洁净的空气里。

走出教堂，广场上，装饰华丽的圣诞树，节日盛装的孩子，小食亭出售的各种小吃，还有一种叫做 Grün Wein 的加热葡萄酒，共同酝酿着喜气祥和的气氛。以前，圣诞节于我只是书本上的概念。以后，圣诞节也似乎与我渐行渐远。科隆大教堂的圣诞之夜，便像一座里程碑，默立在心路之上。没想到，五年后来到了香港。在这里，我再次与圣诞节相遇。而且，此后每隔五年，便有一个别样的圣诞。

如果说在 1999 年的科隆，圣诞节是静谧的，反省的。在 2004 年的香港，平安节却是欢腾的，迷醉的。兰桂坊的平安夜，把港人过圣诞节的狂热淋漓尽致地展现出来。

圣诞节应当是动的，还是静的？心想，西方人洒脱不羁，却总会在每年的平安夜去教堂，静静地对自己的所作所为进行梳理，为了新一年更好地上路。中国人则不然，平时瞻前顾后，却在每年的春节来一次身心大释放，也算是对自己的补偿。这种补偿，多少有一些不玩白不玩的心态，有一些过了这村没那店的放肆。

可以说，西人的圣诞是心灵漂泊的港湾，是旅人跋涉的补给站。我们的春节却是欢客消遣的夜场，是水手寻乐的码头。港人虽效法西人过圣诞，但毕竟还是中国人。一些基督徒去了教堂，更多的民众却留在了街头酒馆。对后者，圣诞节便成了狂欢节、饕餮节、酗酒节，成了又一个春节。

于是，在2004年的平安夜，我比较西人的圣诞、国人的春节以及港人的圣诞，得出一个结论：圣诞节应当是静的，而不是动的；应当是反思的，而不是放纵的。祈祷和赞美诗，不可以同耍龙舞狮、滑稽小品混为一谈，更不可以成为酗酒作乐的伴奏曲。从这一点看，西人的圣诞节，比我们的春节过得积极，过得文明，过得有内涵，也比港人异化的圣诞节过得有价值。

十五年过去了，这个理所当然的结论，却慢慢地发生着变化。这期间，我又经历了两个印象深刻的圣诞节。一个是在2009年的九寨沟，那是天人合一的至境。冬日的天格外透亮，风时缓时急，水半融半冻，三三两两的行人，呼吸着沁人心脾的新鲜空气，美得让人感到奢侈。另一个是在 2014 年的哈尔滨，那是冰火两重天的浪漫。当我与八百名香港青年学生一道，乘专列从零上二十五度的南疆来到零下二十五度的北国体验冰雪天地，对大自然的敬畏感油然而生。

经历了种种不同的圣诞，而今夜，又一个五年过去了。我独自坐在柔和的灯光下，品着小酒小菜，有一搭没一搭地看着电视里兰桂坊平安夜的喧闹，因了修例风波的影响，比往年落寞了许多，心里仿佛有了某种顿悟。在圣诞节里，你当然可以是反省的，也可以是狂欢的；可以是休闲的，也可以是忙碌的；可以是玩乐的，也可以是工作的。动有动的好处，静有静的精彩。动和静都是形式，积极与消极，全在于自己的修养，在于内心与外在的互动，在于你能否跟这个世界和谐共处。

脑子里，浮现出多年前作的一首调侃闲诗，名曰《休假》。其中后四句是这样写的：躲进小楼梦庄周，风起云涌在天外；其实人生尽意处，不过一碟下酒菜。

北宋理学家张载问程颢，心总是安定不下来，怎样才能去除外物对内心的扰乱？程颢答道：所谓定者，动亦定，静亦定；无将迎，无内外。意思是说，动和静是相对的，定则超越动与静，无论是动还是静，都可以保持定。圣人之道是以自己的性情顺应外物而自然生发，当喜则喜，当怒则怒，而非枯木死灰无动于衷。君子之学是要保持内心的廓然大公状态，物来顺应，自然而然，没有任何纠结与烦恼。

圣诞，终究只是一个人为的节日。动与静，随遇而安，生活才是自己的。

七绝·无题

昨夜烟花去岁愁，
随风散尽入江流。
微醺陈酿酣然梦，
不觉朝晖已照头。

锅处雪舟

在林林总总的火锅中，印象鲜明的，一是重庆麻辣火锅，二是北京涮羊肉，三是日本火锅。火锅集中体现了各自菜系的风格：川菜火辣，盛夏六月也在火炉旁赤膊寻开心；北京菜是个大杂烩，一年四季都可以吃东来顺；日本火锅则以其轻描淡写之态，展示了日本菜的素雅。

冬天是吃火锅的季节，而香港的冬天并不太冷，最适宜日本火锅。"锅处雪舟"正是一家日本火锅店，位于铜锣湾开平道。

来香港十几年，日餐吃了不少，但能记住店名的不多。有点像看文章记不住作者，看电影记不住导演。这次算是个例外，或许是因为锅处雪舟几个字比较别致。我对日餐的喜爱，并不是慢慢习惯的结果。第一次尝试，就为它所吸引。世间美食，天南地北，大致可以分为三类：中餐，西餐，日餐。正如世间美人，千娇百媚，也大致可以分为三类：林黛玉型，麦当娜型，维纳斯型。食色相通，以此为证。

中餐素以"食不厌精，脍不厌细"著称，追求到极致，就难免形式大于内容了。读过《红楼梦》的人，想必都记得书中不厌其烦地描述一道小菜"茄鲞"的制作工序："你把才下来的茄子把皮刨了，只要净肉，切成碎丁子，用鸡油炸了。再用鸡肉脯子合香菌、新笋、蘑菇、五香豆腐干子、各色干果子，都切成丁儿，拿鸡汤煨干了，拿香油一收，外加糟油一拌，盛在瓷罐子里封严了。要吃的时候儿，拿出来，用炒的鸡瓜子一拌，就是了。"

经过这样一番折腾，茄子大约是很难找到了。即使在诸多"丁子"中检到一两粒，也不知道还有多少茄子的味道。当然，贾母请刘姥姥吃这个茄鲞，也不是要吃茄子，而是吃那个派头。恰巧，当时在场的，就有林黛玉。所谓林黛玉型美人，楚楚动人，我见犹怜，但正如这茄鲞一般，巧极而似矫揉造作，慧深而陷挑剔刻薄。我有时甚至疑惑，在盛行缠足的清代，林妹妹是不是该有一双三寸金莲？

相比林黛玉型美人的含蓄细腻，麦当娜型美人就太过奔放生猛了。这就像与精细的中餐相比，西餐往往是一大块半生不熟的牛扒猪扒，一大盘连皮带须的土豆玉米，野性十足。日餐却不然，它与维纳斯型美人好有一比：精致而不做作，自然而不粗野。吃日餐的感觉，可以用"轻""清""卿"三个同音异形字来描述。

"轻"即轻盈，指日餐的烹饪方式。日本料理总体上轻烹调，重食材；去繁复，求简洁。日餐不需要中餐那么多的炒爆溜炸焖，氽卤涮酱熏，煲烫煎煮蒸，灼焗煸烩烹，不会把清清楚楚的食材整制成模模糊糊的食品。加工过程顺其自然，清爽而精细，让你觉得仿佛是在未经加工的真材实料中吃到美味佳肴。

"清"是讲佐餐的清酒。在世界各大知名酒类中，清酒是少有的以低酒精度而保持酒体清澈的酿造酒。清酒的主体原料是大米，但不是整粒的米，而是把米去掉两端，磨去外皮。清酒等级标准中有一个"精米步合"指标，俗称精米率，指的是磨过之后的白米芯占原米的比重。比率越低，纯度越高，通常要到 50% 以下才能称作大吟酿。一粒米尚需分段打磨，清酒之讲究，由此可见一斑。饮用的时候，纯度低的清酒可以加热，纯度高的吟酿只能冰着喝，否则酒香会变得浑浊。

"卿"是会意字，甲骨文字形，乃二人向食状，本义为"飨食"，即用酒食招待客人之礼仪。吃日餐，无论是环境布置，餐具摆放，还是服务方式，总能让人感到一种浓浓的仪式感。侍者静静穿行，慢声细语，亲切而有距离。每张餐桌上都有一件别致的摆件，每个人的餐盘和酒杯也都各不一样。有一句话形容日本人过度的仪式感：客人已经背身离去，有教养的做法是对着背影也要鞠躬的。

锅处雪舟是一家连锁店，名称来自日本室町时代的水墨画家雪舟，雪舟亦是一名僧人。店堂布置简单明快，门帘上一个大大的"道"字，格外引人注目。在锅处雪舟用餐，似乎隐隐体现出某种禅意。儒家文化里，道是一个高深莫测、高不可攀的东西，所谓"朝闻道夕死可矣"。日本却把道世俗化了，生活中存在着各种各样的道：茶道，花道，剑道，书道，拳道……

> 北风骤起忽飔飔，老友相邀到雪舟。
> 牛柳鱼生盛玉盏，豉香芥辣佐珍馐。
> 岁寒偏要冰吟酿，天晚正来好兴头。
> 但问卿卿何所以，一锅腾沸百愁收。

周末小聚，在若有若无的音乐声中结束。点的菜品吃得干干净净，雪白的空碟和整齐的桌面，完全不见一丝狼藉。连涮锅里的汤，仿佛也是清亮的。从店里出来，漫步在微凉的夜风中，饱而不胀，醺而不醉，别有一种清明的感觉。这莫非也是"得道"了？忽然想起王阳明的弟子王艮说的一句话：百姓日用即为道。

七律·锅处雪舟

北风骤起忽飕飕，老友相邀到雪舟。
牛柳鱼生盛玉盏，豉香芥辣佐珍馐。
岁寒偏要冰吟酿，天晚正来好兴头。
但问卿卿何所以，一锅腾沸百愁收。

四余之乐

苏东坡有诗云："醉饱高眠真事业，此生有味在三余。"诗人把国计民生、经天纬地放在一边，视酒足饭饱、酣然入梦为真事业，显然是调侃之语。儒生向来以修齐治平为追求，这种话要么是怀才不遇的自嘲，要么是言不由衷。但诗中乐三余、读闲书的雅趣，想必是真的。

所谓三余，即冬者岁之余，夜者日之余，阴雨者时之余。这是三国时有"儒宗"之称的董过讲的，意思是叫人珍惜光阴，利用一切空余时间来读书。我借题发挥，在三余之外加上一余：诗文者公务之余。享受这四余之乐，是我驻港期间的难得体验，再加上一段有趣的故事，倒也不辜负"此生有味"四个字。

写诗作文，很多人都有这个爱好。但要有所积累，还需某种契机。记得是 2008 年中秋夜，几个同事相约，在赤柱海天径一朋友处饮酒赏月。海雾苍茫，朗月半掩，山风习习，唤起了大家的兴致。忘了是谁起的头，大伙儿饮酒行令，吟诗作对，一时间好不热闹。不知不觉午夜已过，大家意犹未尽，相约今后把诗情文意记录下来，相互唱和。以此为由头，成就了随后一段颇有意思的日子。

最常见的情况是随机唱和。某个人有感而发，写了首诗或填了个词，用手机或电邮发给大家，感兴趣的就和上一首，或者发几句评论。写者随兴而作，读者会心一笑。虽然写作是非常私人的事，但唱和之间，时有高山流水之意，灵犀一点，回味无穷。

另一种形式是围绕某个主题创作。印象比较深的有那么三四次。一次是到长洲岛品酒联诗，吟咏沧桑伶仃洋。一次是有人出差北京和武汉，正逢全年月亮最圆最大的日子，相约北京、武汉、香港三地赏月，描写各地月色。一次是看电影《画皮》，分头写自己的感想。还有一次是纪念海天径聚会。这就产生了一批风格各异的主题作品，有写诗填词，有散文随笔，有做长短句，或诙谐，或严肃，或淡然，引发诸多真性情、真智慧，妙趣横生。

还有一种比较有意思的游戏，是作藏头诗。这个就更随意了，任取一个场景或一句话，以之为藏头，联诗应和。这样的诗自然是不讲平仄的，也不追求微言大义。越是刁钻古怪，越有意外之乐。

在一次聚会上有人笑谈，现在夸女孩子，绝不能夸她善良。最好是说漂亮，不然说有风度，再不然说气质好，最不济也要说她有才华。只有当这些词都实在说不出口时，才夸她善良，说善良等于就是骂她了。于是，大家以"绝不善良"作藏头，做了多首趣作。我有一首是这样写的，既合藏头的要求，又含当场三位女士的名字：

> 绝色从来招天妒，
> 不论美珂还灵玉。
> 善哉一泓深秋水，
> 良辰何必叹朝露。

另有一次在东莞聚会，时逢深秋。晚宴很尽兴，酒酣耳热之际，人人面若桃花。有人提议，现在不是桃花盛开的季节，何妨参照反季蔬菜之意，以"反季桃花"作藏头诗。我随即成了两首，其中一首获得认可：

> 反作正时正亦反，
> 季风微醺绕头转。
> 桃红李白未必春，
> 花开时节在东莞。

更有趣的是以人名作藏头，由于一些姓氏很难组词，联诗的难度大大增加。正因其难，而乐此不疲，一旦做成，别有妙趣，颇似李清照"险韵诗成，扶头酒醒"的快感。这类诗挺多，但涉及人名，就不便引用了。

繁忙的工作之余，这种唱和是很有意思的。古人说，诗言志。流沙河认为，诗言志的"志"不是我们通常理解的"志向"或"愿望"，而是"记录"，相当于地方志的"志"。他在晚年甚至把《诗经》里的每一首诗都做了现场复原。我没读过流沙河这部著作，但对他的观点很是认同。至少我们这种唱和，往往都是有事件背景的。

把日常有趣的事件特别是其间的感悟记录下来，娱己娱人。意趣相投者相互切磋，遣词造句，推敲琢磨，性情为之陶冶，智慧为之凝练，乃至忧乐与共，拓展了一块新的交往空间。一些工作的压力、生活的单调和人际的烦恼，无意中得到化解，心地变得清净。

大家深以为然，乐在其中而不觉时光飞逝。2008年转眼就过去了。新年将至，我们中一位积极分子倡议，以纪念海天径聚会为题，把自己对流年的感悟写下来。大家都写了，我作的是一首自由体的小诗：

> 以海天为起点
> 心路能不辽阔吗
> 以明月作牺牲
> 灵魂能不通达吗
> 登高临水
> 无意唤醒诗情
> 三地共约
> 有心采撷雅兴
> 人生百年堪忆处

三五知己谈笑间

生活这把琴

各拨各的弦

为我们这个小群组命名的事，也被提了出来。有说
"海天诗社"的，有说"明月俱乐部"的，有说"香江笔会"
的。但出于种种考虑，命名的事终究没有做。

谁曾想，这份雅聚之缘却不意间开始淡了。从 2009 年
4 月起，陆续有人调离香港。十年时间匆匆过去，香江两
岸，就剩我孑然一身了。昔日文友，天各一方。联系倒是
没有断，偶尔也有诗文往来，不过再也形不成唱和之势。
思及昔日点点滴滴，每每感怀不已。

藏头诗·绝不善良

绝色从来招天妒，
不论美珂还灵玉。
善哉一泓深秋水，
良辰何必叹朝露。

藏头诗·反季桃花

反作正时正亦反，
季风微醺绕头转。
桃红李白未必春，
花开时节在东莞。

此心安处

地名作为一种文化符号，既体现地域概念，也体现地域精神，可以说是一个地方的名片。

前几天，到广州出差，抽空拜会副市长黎明女士。黎副市长是我党校同学，知道我对人文历史问题感兴趣，送了我一本《名在花城——广州地名文化读本》。入睡前，随手翻阅，竟不忍释卷。夜阑人静，想起一件旧事。

2018 年 8 月，与联合出版集团董事长傅伟中先生、集古斋总经理赵东晓先生一起，去杭州出席一个青年文化交流活动。该活动由集古斋和西泠印社共同主办，以"触摸人文江南，发现中华艺术之美"为题，组织四十名喜爱中国书画篆刻艺术的香港青年，课堂教学与实操体验相结合，展开深度文化交流之旅。大家先在香港集古斋听取相关课程，随后前往杭州，由西泠印社名家指导，实地感受百年西泠文化，学习篆刻技法，制作印章碑刻拓片。同时，参观浙江省博物馆、西湖美术馆等文化单位，与当地青年艺术家座谈。

闻名中外的西泠印社，坐落在西湖孤山上，是中国成立最早的印学社团。作为海内外研究金石篆刻历史最久、成就最高、影响最广的学术团体，西泠印社以"保存金石，研究印学，兼及书画"为宗旨，在诗词书画、篆刻印石诸方面成就卓越，并以丰富的艺术收藏享誉海内外，被誉为"天下第一名社"。

仰孤山之名，久矣！这个高不足四十米，阔不过二十公顷的湖中小岛，果真是文物胜迹荟萃之地：放鹤亭、玛瑙坡、文澜阁、清行宫、一眼泉水、敬一书院……碧波环绕之中，花木茂然而陈，建筑错落有致，自然美与人文美融为一体。徜徉在这个韵味十足的文化道场里，走过亭台楼阁，欣赏泉流碑刻，平添了一种朝圣般的感觉。遥想当年，白居易且行且歌，孤山寺北贾亭西，水面初平云脚低；林和靖梅妻鹤子，疏影横斜水清浅，暗香浮动月黄昏，千古风流，感怀不已。

在西泠印社负责人引领下，我们信步山石，入阁出亭，寻幽拾趣，品评着沿途题刻，不经不觉聊起地名来。天马行空之间，对地名反映的城市特色，颇有一些心得。比如北京的地名，无论宣武、崇文，还是天坛、地坛，处处透出皇家气派。杭州则不然，像藕舫路、清波街、知足亭、文晖阁，枫桦、隐秀、闻涛、古翠、明月桥等地名，文风雅韵，隐然而现，成了这座江南名邑万般风情的直观解读。

那么，广州的地名又是怎样的呢？一句话，满城正能量。虽然从流花湖、渔唱街、白云路等地名看，南国水乡的痕迹还在，但鲜明地表达某种教化含义的地名更多一些。如中山路、博爱路、解放路、先烈路之类，英雄主义洋溢，反映了广州这座革命传统城市的特征。或者就是惠福路、长寿路、诗书路、高第街之类，赤裸裸的祝愿，简单而粗暴。

回头说香港的地名，大致有四种情况。最常见的是英文译音，如坚尼地城、麦理浩径、弥敦道、维多利亚公园等。这类地名，在港岛、九龙尤其多，新界少一些。说起来，港岛中环半山有一个地名，颇为有趣。那个地方叫列拿士地台，译自英文 Rednaxela Terrace。据说，当时本打算以 Alexander 命名，但华人官员习惯由右至左书写，把 Alexander 写作 Rednaxela。结果，亚历山大便成了列拿士。这一类地名，显然是殖民统治留下的痕迹。不过，纯粹的英文音译地名，无论是亚历山大还是列拿士，对当地人来说，都只是一个代号而已。地名所承载的风土人情、文化内涵，是不会有的。

第二种情况也与殖民统治有关，但不是直接音译，而是按中文习惯命名，表达一定含义。诸如西营盘、跑马地、炮台山，以及上环、中环、西环等，这些地名的背后，都反映着香港殖民开发的某段历史。还有始建于1841年的皇后大道，作为香港开埠之后建设的第一条主要道路，本来应该是女皇大道。因为当时英国并无皇后，只有女皇——维多利亚女皇。这个美丽的误会，可能缘于负责翻译的华人师爷，他不知道Queen既可以是皇后，也可以是女皇。港英当局曾于1890年予以澄清，但错译的中文名称还是将错就错沿用至今。

第三种情况，是完全的本土地名，如长洲、屯门、铜锣湾、白泥村、春坎角、黄泥涌、大尾笃等。这些地名乡土味极浓，却反映了当时当地的地理环境或民风民俗。

第四种情况比较特殊——双地名，即同一个地点有两个地名，一个中文名，一个英文名。通常，双语地名都是翻译的，要么音译，要么意译，要么音意结合，比如香港译作Hongkong，深水湾译作Deep Water Bay，薄扶林译作Pokfield。这类地名，说到底还是同一个名字，只是语种不同而已。双地名却不是这样，两个地名互不相干，音不同，意也不同。比如，香港仔与Aberdeen，赤柱与Stanley，太平山与Victoria Peak，浅水湾与Repulse Bay，等等。这种情况的出现，反映了两种文化的旗鼓相当：某个地点已经有了广泛使用的本土地名，殖民者来了之后为了显示自己的存在，又给它取一个新名字，当地人却不买账。于是，两个名字并用，英语中用新取的英文名，汉语中仍用原来的中文名。

有人说，旅游无非是从自己住厌的地方到别人住厌的地方去。所谓诗和远方，不过是对未知的一种想象。千愁万绪的故乡情结，是游子才有的。人生一世，行走天下，惟求心安。这便有苏东坡那句"此心安处是吾乡"的感悟，得以穿透千年，注入所有文化人的心中。

杭州之行回来后，一日，与大公文汇传媒集团董事长姜在忠先生相聚于跑马地，谈及此行体会。有感于古代文人，诗书画印，无一不精，而今天的文人，能擅其中一二已很难得了。在姜董事长的帮助下，特请香港篆刻学会总召集人王泉胜先生，制作了平生首枚印章。印面是四个篆字：此心安处。边款题刻了一首小诗：

> 日照山前晨运径，
> 月笼窗下夜光杯。
> 人生其实无他事，
> 早上出门晚上归。

七绝·无题

日照山前晨运径，
月笼窗下夜光杯。
人生其实无他事，
早上出门晚上归。

惟有
读书高

感谢韬奋基金会的赵从旻老师，让我有机会在香港张罗了一场读书活动。

这场读书活动，是一个全国性读书活动的一部分。韬奋基金会为庆祝新中国成立七十周年，特别策划了"七十年七十城联读"，旨在以城市为坐标，推动全民阅读。鉴于香港目前局势，联读活动要不要在香港搞，他们原本有些疑虑。可在中国城市中，香港的独特性又是毋庸置疑的，如果没有香港参与，难免有些遗憾。直到整个活动快结束了，赵从旻老师才找我商量，能不能想办法在香港推动。说来也巧，我们正在发起凝聚正能量的"爱的周末"系列活动，此时组织一场读书活动，让香港青少年通过阅读加深对祖国的历史、地理、文化认知，不正是满满的正能量吗？

各种机缘巧合，使香港的读书活动成了"七十年七十城联读"的收官之作，受到媒体广泛关注。整个活动包括三场读书分享会，分别由香港青年协会、香港华菁会、汉鼎书院承办，各有特点。青协以漂书为特色，主要面向香港本地青年；华菁会请来海归精英导读，主要面向内地出国留学返港的青年；汉鼎则是家长、学生、老师、嘉宾共读，内容丰富而立体。

我参加了汉鼎书院和华菁会的读书活动，除了履行义务代表支持机构致辞，还留下一段佳话。与几位朋友相约，为汉鼎书院读书活动设计了一个"嘉宾诵读"环节。诵读文本几经商量，决定采用我为香港回归祖国二十周年创作的长诗《南中国的星光》。这首诗最初在 2017 年 7 月 1 日《人民日报》发表（本书《香港的诗和远方》一文有收录），颇符合当下对香港局势的期许。朗诵者包括中银香港钟向群先生、联通国际孟树森女士、中通服傅毅先生、农银国际郝运女士以及汉鼎书院徐莉校长。我们六人之前并不彼此认识，大家工作也挺忙，但都对这场朗诵活动很上心。徐校长是中文系科班出身，她根据我们各自声音特点分派角色，并把每人要读的内容断句，以增强节奏感。活动前夕，我们天各一方，或办公室，或家里，或旅途中，通过微信群聊练习。活动当天，我们着装、站姿和神态都煞有介事，现场感十足。活动结束后，大家意犹未尽，为此而建的"嘉宾诵读"微信群，成为一个内容丰富的交流平台，线上线下十分活跃。

从最广泛的意义上讲，人生在世，每个人都是读书人，每时每刻都在读书。读书，好比修禅。并不是只有静坐敛心才可以修禅，行走时，饮食中，起居处，皆可修禅。同样，并不是焚香沐浴案明几净才可以读书，随时随地都可以读书。

此次联读以"文化行走，阅读中国"为主题，很有张力。正如清代文论家张潮论述读书与游山水的关系：善读书者，无之而非书，山水亦书也，棋酒亦书也，花月亦书也；善游山水者，无之而非山水，书史亦山水也，诗酒亦山水也，花月亦山水也。所以，文章是案头山水，山水是地上文章。能读无字之书，方可得惊人妙句。

诗人北岛有句名言：一个人行走的范围，就是他的世界。我想把这句话改两个字：一个人阅读的范围，就是他的世界。在阅读的世界中，你能感受到地理的空间，历史的纵深，你的交往会得到拓展，智慧会得到提升。南极洲的企鹅遥不可及，你因为阅读而走近；汉唐雄风威震天下，你因为阅读而领略；世上原本没有林黛玉，你因为阅读而相识；修身齐家治国平天下的道理何其高深，你因为阅读而懂得。

有人问饶宗颐，一个人精力有限，能精通一门学问就很不容易了，饶老却能在很多领域出类拔萃，成为泰山北斗，到底是怎么做到的。这位学贯中西、诗书画印无所不精的大师，很平静地说：因为阅读而好奇，因为好奇而专注，坚持下去，必有所得。

在当下这个过分热闹的社会，读书是最便宜的消费，一本十几万字的书，不过一碗汤面的价钱；读书也是最奢侈的享受，没有一定的心性和修为，很难品出书中的味道。

明代高僧莲池大师认为，人处于世，各有所好，各随所好以度日。世间爱好，有清浊之分。浊好偏重物质，清好偏重精神。浊好有三：好财，好色，好饮；清好有四：好古玩，好琴棋，好山水，好吟咏。而这七好之上，另有一好，就是读书。所谓开卷有益，诸好之中，读书为胜！

一个人的爱好，决定了他的生活品味。有人爱好多一些，有人爱好少一些，但完全没有爱好的人，恐怕没有。人生百年，各种爱好都可以尝试。可诸般爱好，都会因经济条件或身体条件而受限，惟有读书，可以终老。古人说，万般皆下品，惟有读书高。这次读书分享活动，让我对这句话有了新的理解：在世间万事万物中，读书是最有品味的，看一个人品味高不高，就看他爱不爱读书。

不由地想起五十岁生日前后，写过两首与读书有关的诗。一首是七律，抒发天命之年的闲情逸趣，题为《静夜星空》：

> 半世江湖始念家，忍将夙愿付天涯。
> 功名未就身先倦，闲趣渐浓气自华。

最是情牵书与友，由来心醉酒和茶。

平生回顾无他好，静夜星空雨后花。

另一首是绝句，没有标题：

举目谁人不客家，

分明咫尺却天涯。

何当灯火阑珊后，

半卷诗书一碗茶。

这首无题诗，是即兴之作。当天晚上，香港客属总会在会展中心举办新一届执委会就职礼。我与一众主礼嘉宾坐在台上，只见大堂内冠盖云集，热闹不已，心思有些游离。客属总会是联系香港客家人的社团，想想这世间，谁跟谁不是客家呢？在精神世界里，每个人都是独行侠。一个人只有内心足够强大，才无需从他人获得认同感，只需要自己对自己的认同。这时候，独处并不意味着孤单，反而更容易让人放飞内心。读书，既是完成内心修炼的途径，也是心如化境后的载体。

话题扯远了，还是回到此次读书活动。虽然读书可以对一个人产生多方面的影响，但读书在很多时候并不是个人的事。尤其是学堂读书，更负有文化传承的责任。基于这点，以一首藏头诗，祝贺汉鼎书院成功举办读书活动，也是对书院未来的期许：

汉风唐韵起悠悠，

鼎鼐调和天下馐。

书写杏坛新故事，

院门开处正金秋。

七律 · 静夜星空

半世江湖始念家，忍将夙愿付天涯。
功名未就身先倦，闲趣渐浓气自华。
最是情牵书与友，由来心醉酒和茶。
平生回顾无他好，静夜星空雨后花。

七绝 · 客家

举目谁人不客家，
分明咫尺却天涯。
何当灯火阑珊后，
半卷诗书一碗茶。

七绝 · 汉鼎书院

汉风唐韵起悠悠，
鼎鼐调和天下馐。
书写杏坛新故事，
院门开处正金秋。

对话

与生命

南国的季节轮替，仿佛都是奔着夏天来的。秋是夏的尾声，处处残留着夏天的记忆，冬不过是一个短暂的转折，而春则是夏的序幕。清明谷雨，本应春意盎然，南粤大地却分明感受到暑热的气息。香港这座城市，向以"活力之都"著称，匆匆的脚步，更添了一份燥热。

然而，今年清明时节，我参与了一场特别的青年文化交流活动——中国残疾人艺术团"与生命对话"赴港交流演出。如一缕清风掠过，消散了暑热，也安慰了内心，让你去感受人间四月天。

"与生命对话"是香港全青委员协进会主办的一个系列活动，因其参与感强而在众多青年活动中脱颖而出。该活动邀请各领域青年才俊，与青年学生面对面分享人生轨迹和心路历程，在相互对话中吸取生命营养，以期实现共同成长。

香港全青委员协进会创会主席施荣忻是该活动的发起

人。他认为，"与生命对话"活动着重生命之间的互动，生命遇上高低起伏实属平常，人需要经受磨炼，才能够走向成熟。面对逆境和挑战，要学会处变不惊，要懂得统筹不同的资源去处理困难，解决问题。而一个生命要活得精彩，并不是自己好好活着就足够了。人类生命的意义，在于用生命影响更多的生命，一起追寻有价值的人生。

近年来参与"与生命对话"活动的嘉宾，先后有钢琴家李云迪、艺术家周春芽、奥运金牌得主杨扬、5G 通信技术领军人物陈山枝、蛟龙号潜航员杨波等。他们结合自己的经历，分享了如何把握机遇，直面逆境，勇往直前，让自己不断踏上一个又一个人生高峰的生命感悟，令香港青年学生获益良多。

此次邀请中国残疾人艺术团与香港青少年开展"与生命对话"活动，是香港各界青年纪念"五四"运动一百周年系列活动的一部分。主办方希望香港年轻人能够透过残疾人艺术家们的演出和分享，领悟他们精彩动人的表演背后自强不息的故事，振奋精神，激发斗志，珍惜生命，并从中学会奉献和感恩。

头天下午的分享会已让我感念于心，次日晚上的演出活动更让我感怀不已。精湛的艺术伴随生命的跃动，歌声舞影，数日不去，汇成心底的诗行——

轻盈得像一缕风送来春天的芬芳
柔软得像一片云晕染冷月的苍凉

仿佛沉睡的残垣悄然开出野花
仿佛雨后的断枝悠悠发出新芽

当你向无声的世界舞蹈
寂静中传来天籁
当你对无色的世界歌唱
黑暗中映出彩霞

你在残缺的世界与世界和解
你用独特的生命与生命对话

人生是一场爱与美的行走
把委屈和焦虑轻轻放下

论说，要讲命运的不公，这些残疾人艺术家不是比我们任何人都更有资格么？可他们没有停留在抱怨上，而是以超乎寻常的通达，通过顽强的意志和不懈的努力，把人生演绎成一场爱与美的行走。

我们身处的社会，充满焦虑。技术发展太快，物质财富增长太迅猛，人类的精神和灵魂进步跟不上这个速度。

好比尤瓦尔·赫拉利在《人类简史》中描述的场景：

> 偶然的基因突变，使人类从生物链的中端一下子跃升到顶端。狮子、鲨鱼等其他生物链金字塔尖的动物，得花上好几百万年的演化才站上这个位置，生态系统有时间发展出种种制衡，避免他们对环境造成过大破坏。这些生物链顶端的肉食动物，总是威风凛凛，霸气十足，数百万年的统治让它们充满自信。相比而言，人类登上生物链顶端速度之快，不仅让生态系统猝不及防，就连人类自己也不知所措。不久之前还是大草原上的小可怜，整天充满恐惧和焦虑，转眼间就可以睥睨天下，为所欲为。地位跃升而底蕴不足，让人类更加残酷和危险。人类历史上众多的灾难，不论生灵涂炭，还是生态浩劫，其实都源于这场过于仓促的地位跳跃。

每一个人生，都是在与生命对话。台上的演员在与生命对话，幕后的组织者在与生命对话，大厅里的观众又何尝不是在与生命对话！我们的精神空间，需要群体的救助，也需要个体的救赎。

红旗猎猎
耀紫荆

清晨，维港岸边，金紫荆广场旭日晕染，呈现出浓浓的典礼气氛。

看着广场上金灿灿的紫荆花雕塑和高高耸立的香港回归纪念碑，便知道金紫荆广场所蕴含的地标性意义。正是在这里，每年"五四"青年节，香港十四家青少年制服团体选出升旗手，组成护旗队，在银乐队、合唱团伴奏下列队入场，将五星红旗和紫荆花区旗冉冉升起……

今年是"五四"运动爆发一百周年，香港各界青年举办了系列纪念活动。其中，一年一度的金紫荆广场"五四"升旗礼，也由此有了新的寓意，引起各方面特别关注。

怎样纪念"五四"运动，更好地领悟这场伟大运动的真谛，香港社会有不同看法。作为深刻影响了中国前途命运的划时代历史事件，"五四"运动既是一场爱国革命运动，又是一场社会革命运动，同时还是一场传播新思想新文化新知识的的思想启蒙运动。"五四"运动本身所具有的丰富内涵，为相关争论提供了依据。而分歧的焦点之一，是对思想启蒙的指向有不同的理解。

自晚清以降，中国始终面临积弱积贫、救亡图存的困局。对当时的进步知识分子来说，救亡本就是思想启蒙的触发点，是启蒙背后社会积弊已久的因由。第一次世界大战和俄国十月革命的成功，则促使知识界对资本主义体系产生怀疑，思想舆论与政治态势明显左转。在如此时代背景下，思想启蒙显然离不开国家和人民的现实需要，生存发展问题首当其冲。

换言之，面对"救亡图存"的现实需要，思想启蒙的指向并不局限于"德先生"和"赛先生"，还包括其他社会改造学说，特别是马克思列宁主义。思想启蒙的多元指向，使投身"五四"运动的学生领袖，各自走上不同的社会改造之路。有的继续留在文化领域，或积极批评时政，或集中精力于传统文化的深层批判；有的则走出文化圈子，走向社会大众，从文化启蒙转向社会革命。投身革命的热血青年，也由于政见不同，而分成不同的阵营。

整个中国近现代史，可以归结为中华民族的复兴史。回首这一磅礴进程，"五四"运动和新中国成立无疑是两个重要的分水岭。现代中国两大政治力量共产党的诞生和国民党的改组，其精英力量大都来自"五四"运动唤醒的热血青年。而新中国在"五四"运动三十年后成立，则可以看作是"五四"精神感召下的一代仁人志士浴血奋斗，探索救国救民道路的历史性选择和最大制度成果。"五四"运动一百周年，恰逢新中国成立七十周年。这"一百年"和"七十年"，显然不是两个互不相干的数字，两者之间有着强大的历史逻辑。

诗人冯至1947年写过一首纪念"五四"运动的抒情长诗，名《那时……》，形象地揭示了这一历史逻辑。诗中写道：

> 那时觉得既然醒了
> 就不该 关着阴暗的门窗
> 那时觉得既然醒了
> 就应该 放进窗外的光明
>
> 那时谁也不会想
> 在前途 有无限的艰难
> 那时谁也不会想
> 艰难时 便会彼此分手
>
> 如今走了二十多年
> 却经过 无数的歧途与分手
> 如今走了二十多年

看见了 无数的死亡与杀戮

如今的平原和天空
依然 照映着五月的阳光
如今的平原和天空
依然 等待着新的眺望

那五月的觉醒，经历二十多年坎坷，如今依然等待着新的眺望。那新的眺望，穿透硝烟和迷茫，指向了两年后毛泽东主席在天安门城楼上那一声庄严宣告：中国人民从此站起来了！

孙中山说，做人最大的事情，就是要知道怎么样爱国。中华民族的复兴，是近现代所有爱国者的最大诉求。基于这个认识，香港各界青年发起纪念"五四"运动一百周年系列活动，确立了一个共同主题：民族复兴与青年责任。这个主题的确立，将纪念"五四"运动一百周年与庆祝新中国成立七十周年结合起来，凸显了当代中国青年运动的主题和方向 —— 为实现中华民族伟大复兴的中国梦而奋斗。

系列活动的开篇，是四月初开始的一场大型图片展。三百余幅珍贵历史图片在香港中央图书馆展出半个月，吸引了七千余人前往观展。图片展由三部分组成：第一部"风起云涌"，展示"五四"运动的发生发展；第二部"峥嵘岁月"，展示"五四"运动影响下的中国革命进程；第三部"走向复兴"，展示新中国建设成就。三个部分紧扣民族复兴主线，突出一代代中国青年的历史使命和责任担当。从中可以清晰地感受到，"爱国、进步、民主、科学"的"五四"精神，是以爱国主义为核心贯穿始终的。"五四"运动缘起于救国救民于水火，成就于国富民强的伟大复兴。

系列活动还包括主题论坛、参访体验、网络快闪、文艺演出等，思想引导与事业发展并重，线上线下联动，持续近两个月。活动的广泛性和立体性，为香港青少年提供了一场丰富的爱国主义精神大餐。

其中一场重头戏，是香港青年"追寻百年足迹"学习体验之旅。从四月下旬开始，延续一个月，各用三四天时间，分六条线路展开："红船精神"浙沪分团，探索精神之源；"星星之火"湘赣分团，领略力量之本；"进京赶考"京冀分团，思考胜利之师；"潮起珠江"大湾区分团，体验改革之路；"全面小康"巴蜀分团，感受脱贫攻坚之战；"融荣与共"台港澳分团，展望民族团圆之梦。所以，追寻百年足迹，乃是追寻"五四"运动一百年来的爱国精神，追寻新中国成立七十年来的奋斗精神，追寻改革开放四十多年来的创新精神。六个分团的足迹，向我们铺展开一幅中华民族百年奋斗走向复兴的波澜壮阔的历史画卷。

以这样的历史纵深，纪念"五四"运动百年沧桑，既是对"五四"运动精神实质的升华，也是对共和国历史观的升华。

当然，系列活动中，以金紫荆广场的两场活动最具标志性。先是由香港各界青少年活动委员会策划的一场别开生面的"国歌快闪"活动。二百余名来自青年团体及政商演艺界的知名人士和市民，在金紫荆广场连袂上演。活动视频一经发布，旋即成为网上热点。五月二日央视新闻联播报导后，更是引起世界性关注。

紧接着，"庆祝中华人民共和国成立七十周年及纪念"五四"运动一百周年金紫荆广场升旗礼"隆重举行。特区政府、中联办、外交公署、驻港部队负责人以及各界嘉宾、青年学生两千余人出席。报刊、电台、电视台、网络媒体连篇累牍报导。香港社会高度重视这场升旗礼，除了关注"五四"精神的解读，还缘于升旗礼上各制服团体采用不同的步操形式。

正如冯至在《那时……》没有想到，前行中充满无数的艰难、歧途与分手，爱国主义的培育也不是一帆风顺的。像香港这样经历了一百多年殖民历史的地方，爱国主义的情感表达，还需要平台和机缘。

升旗礼上，二千余名嘉宾和青少年齐声诵读《"五四"

宣言》：新青年，心系家园；献青春，服务人民；知荣辱，遵纪守法；树新风，扬荣弃耻；共奋进，团结互助；爱祖国，努力向上；构和谐，民族共融；当自强，振兴中华。然而，这整齐洪亮的朗诵声，终究掩不住不同的步操形式呈现出的不同节奏。

所谓不同的步操形式，是指十四家青少年制服团体入场离场时采用英式步操还是中式步操。传统上，香港纪律部队和青少年制服团体的步操均由警队或驻港英军传授。整套仪式形成于二战结束初期，当时的警务处长麦景涛是苏格兰人，步操形式脱胎于英军伫列操，步操时采用的音乐多源于苏格兰高原音乐，节奏比较缓慢。这就是通常所讲的英式步操。中式步操则源于解放军步操形式，节奏激昂有力，伴奏音乐亦较明快。

曾担任过香港辅警警校校长的高级警司何明新，对步操仪式颇有研究。根据他的解释，中式步操与英式步操的最大分别，在于手脚的摆动。中式步操时，脚向前提至较高位置，整个脚掌着地，手部弯曲并向左右摆动。英式步操只是向前跨步，脚跟先着地，手伸直并向前摆动。在何明新看来，如以军操计，中式步操节奏感较强，看起来更精神；如以表演性质计，英式步操比较柔和，更具观赏性。

因此，中式步操还是英式步操，单从步操形式上讲，各有特点，无所谓孰优孰劣。采用何种步操，实际上成了一种象征。直观地看，它是主动融入国家治理体系还是沉湎于恋殖情绪的象征。一些制服团体的高层认为，步操仪式是制服团体的灵魂，改变制服团体的步操，如同改掉制服团体的灵魂。制服团体大多是港英时期成立的，驻港英军曾为制服团体提供训练，不少制服团体迄今仍保留英式传统。而"九七"回归之后，英军变解放军，制服团体受场地、教练等因素制约，慢慢向中方靠拢，现时主要靠一些"老鬼"坚持传统。笔者曾听某制服团体负责人讲，他们每年要花钱从英国请退伍军人来港帮助训练。对此，我颇有些疑惑：解放军就在身边，有什么必要舍近求远呢？

我的疑惑，也是时事评论员屈颖妍的疑惑。她在报章上公开质问：回归二十多年了，为什么香港的纪律部队无论步操、口令、仪式、布局，都仍沿用过去了的英国式？连举手敬那个礼，都是英式礼。想想一个中国人，向一面五星红旗敬个英式礼，是何等荒诞的画面。那种格格不入，就像看到一个回教徒走进天主教堂上香，总觉有什么不对劲似的。每次听到风笛吹奏，苏格兰格子裙飘扬，就觉得大家仍沉醉在英国人的安魂曲中……移风易俗，需要莫大勇气。希望终有一天我们会看到香港所有纪律部队都会奏起国歌，操出正步，换掉那条不属于我们的苏格兰格子裙，昂首承诺：我们会保家卫国！

也许，把屈颖妍对步操仪式的疑问放到更大的历史跨度看，更有启发性。一百年前的"五四"运动，起缘于列强对中国主权的私相授受。主权命运任人宰割，哪有什么话语权？今天，我们不但可以自己的命运自己主宰，而且积极参与国际竞争，从追跑到并跑，再到某些领域领跑，越来越对国际规则的制定发挥巨大作用。在国际竞技场上，中国日益迈出自己坚定的步伐。

回头再看金紫荆广场的"五四"升旗礼，制服团体步操方阵尽管多数还是英式的，但在主办方的引导推动下，中式步操已从前年的一个方阵，到去年的两个方阵，再到今年的六个方阵，事情正起着积极的变化。我作为升旗礼上宣读《"五四"宣言》的监誓人之一，近几年来目睹这一变化，不由心生感慨：

> 遥想他年风雨路，从来国难青春赴。
> 喜看今日少年郎，挥洒英姿中式步。
> 银乐嘹嘹天外来，红旗猎猎云间去。
> 会当华夏梦圆时，还就紫荆妍若故。

爱国是宏大的，也是具体的。爱国主义自古以来就流淌在中华民族血脉之中，去不掉，打不破，灭不了。这一强大的精神动力，来源于历史文化记忆，也来源于日常养成。爱国主义作为社会的核心道德要求，其认知和养成，统一于现实的、多样而立体的爱国主义教育过程之中。爱国主义情结，在一些特定的地方，特殊的时刻，显得愈加深沉。比如在香港这样"一国两制"的前沿，比如身处国外，比如节庆时，灾难时，战争时……

这一点，可以从另一场活动中清晰地感受出来。今年"五四"期间，中国海军171舰艇编队应邀访港。四月三十日抵达，停靠五天，前后接待了一万三千余人登艇参观，在香港市民特别是青少年中掀起热潮。中国海军与新中国同年诞生，市民近距离感受中国海军七十年建设发展成就，想必也能感受到新中国前进的步伐。

五月五日上午，当完成访港任务的171舰艇编队，在驻港部队领航舰的引导下缓缓离去，维多利亚海湾舟来船往，繁忙依旧。两岸高楼默立，天空云雾苍茫。看着军舰上迎风招展的五星红旗、八一军旗和紫荆花区旗，我仿佛看到了中日甲午海战中邓世昌的悲愤面孔，看到了香港政权交接时谭善爱"你们下岗，我们上岗"的铿锵宣示，看到了世界历史上大国崛起的波诡云谲……

耳边，回响起习近平主席在人民大会堂对全国青年朋友的谆谆告诫："中国社会发展，中华民族振兴，中国人民幸福，必须依靠自己的英勇奋斗来实现，没有人会恩赐给我们一个光明的中国。"

七律·金紫荆广场升旗记

遥想他年风雨路，从来国难青春赴。
喜看今日少年郎，挥洒英姿中式步。
银乐嘹嘹天外来，红旗猎猎云间去。
会当华夏梦圆时，还就紫荆妍若故。

香江之叹

百年风雨起山阿，半路巫师唱大歌。

自恃借来西土咒，浑然不理棒头喝。

螳螂着意身前物，黄雀欲掀劫后波。

尽问炉峰千万客，何当壮士挽天河。

今天，香港，我为你深深叹息。

这声叹息，已隐忍了三年多。三年前的秋天，"占中"运动爆发之初，一种情绪便开始积淀下来了。开篇这首诗，就是当时写的，草蛇灰线，伏脉千里，直到 2018 年 2 月 6 日的今天，难言的情绪才不得不予以抒发。这一天，香江发生了三件意味深长的事：国学大师饶宗颐去世，恒生指数单日暴跌一千六百多点，"占中"搞手黄之锋等三人被终审法院放生。

我是 2004 年 9 月来香港工作的，于今已近十四年。中间发生了很多事，但改不了我对香港难言的感情。我属于这么一种人，在香港生活了十多年，却是在内地出生和长大。我为两地取得的成就自豪，也为两地发生的糗事尴尬。我在香港人面前为内地辩护，在内地人面前为香港辩护。

金庸说，香港有了饶宗颐，便不再是文化沙漠。我有幸结识饶公，久矣。印象最深刻的，却是两件小事。一个是在港大饶宗颐学术馆，饶公让我试他的手劲。这只九十多岁的手，握着我四十多岁的手，使劲攥着，向右一扭，沉稳的力道传来，让我感受到一种岁月的印痕。第二件事发生在君悦酒店皇朝会，一场餐聚结束，我自然起身准备扶先生往外走。他却调侃道："你属龙，我属蛇，我比你小一岁，该我扶你。"果然，我手臂上又一次感受到那股沉稳的力道。

一代宗师离去，对香港究竟意味着什么？饶公的学术人品，我无权评价。先生学问渊博，尤以敦煌学见长。记得汤因比说过，如果可以选择出生的时代与地点，他愿意出生在公元一世纪的敦煌，因为当时那里处于佛教文化、印度文化、希腊文化、波斯文化和中国文化等多种文化的交汇地带。不知道对饶公来说，二十世纪的香港，是否也是这样一个多元文化交融的海上敦煌？饶公有一幅书法作品，庄子的《逍遥游》，是他壮年时的作品，挂在礼宾府的走廊上。我每次到礼宾府，都会为那一份潇洒自如而陶醉，而折服。

香港，还有没有这份潇洒自如？港股一天暴跌一千六百多点，是因为美股化，还是 A 股化？黄之锋等"占中"搞手被免入狱，是法治的胜利，还是对违法的纵容？香港似乎已经失去了对是非的辨别力。

前些天，一篇题为《我们与香港终于不告而别》的网文流传甚广。文章对昔日的香港充满膜拜："那时的香港，让多少人魂牵梦萦。每一寸街道，都可能是电影布景；随便拦个行人，都可能是天才演员；金庸的江湖，尚未远去；卫斯理的冒险，仍在继续。红磡鼓声一响，全亚洲的歌迷，心脏要偷停几拍。"然而，这并不是作者本意，文章借古讽今，话风一转，不无惋惜地说："香港正变得越来越小，越来越封闭，港味的传承看起来遥遥无期。那个自由的香港，正在自建围城。"

当记者向林郑月娥行政长官提起这篇文章时，她先是感到惊讶，进而煞有介事地回应："香港是个非常自由的地方，有人喜欢留在香港，有人喜欢离开香港都是没有问题的。但如果有人说香港没有了自己的优势，那么今天在场的每一个参会者都会告诉他，不是这个情况。香港仍然是个非常有优势，非常有吸引力的地方。"

难为林郑月娥女士了，她没有读过这篇文章，但作为特首，她只能这样回答。可问题是，香港的吸引力究竟是在增强还是在减弱？无风不起浪，吸引力的减弱即便不是事实，也表明了一种担忧。而担扰，总是有缘由的。

也是在 2 月 6 日这一天，湾仔会展中心如期举办一年一度的新春酒会，尖沙咀洲际酒店隆重举行百仁基金新一届理事会就职典礼。维港两岸，冠盖如云，商贾如市，全然感觉不到大师仙逝留下的空白，感觉不到股市暴跌的恐慌，感觉不到"占中"运动司法翻盘带来的隐忧。

今日香港，正处于时空漩涡之中。今日之事，当不限于今日，而是历史旧账与未来命运的集结；香港问题，本就不只是香港的问题，它更多地体现了两地关系的变迁和国家之间的博弈。有道是：

> 由来漂泊三千里，
> 不过风光几十年。
> 试问蜃楼何处去，
> 莫非别岛再偏安？

七律·何当壮士挽天河

百年风雨起山阿，半路巫师唱大歌。
自恃借来西土咒，浑然不理棒头喝。
螳螂着意身前物，黄雀欲掀劫后波。
尽问炉峰千万客，何当壮士挽天河。

七绝·香江之叹

由来漂泊三千里，不过风光几十年。
试问蜃楼何处去，莫非别岛再偏安？

200

香港的诗

和远方

中秋节前夕，广深港高速铁路全线开通。举世瞩目的港珠澳大桥，即将投入运营。香港正迈入一个崭新的时代，这一路一桥，无异于新时代的剪彩礼。

香港是一首诗，是史诗，也是抒情诗。

回顾中国历史，由于特殊的机缘，在偏安中创造奇迹，成就多元文化交融的"应许之地"，陆上有敦煌，海上有香港。

于香港而言，这个过程是痛苦的，却也是奋进的。英国史学家弗兰克·韦尔什说，香港曾经是大清皇室和大不列颠皇室都不待见的私生子。而今，香港以其独特的魅力和实力，成为东西方的宠儿。

中华民族复兴的历史起点，或者说中国梦的历史起点，正是鸦片战争以及随后香港被割让。新中国成立后，香港成了打破西方封锁、破解中苏交恶大棋局的气眼。改革开放，深圳特区的建立，也充分考虑了香港因素。善长桥牌的邓小平，以香港为桥，内联外引，虚虚实实，打出了一手大满贯的好牌。好比国医圣手，用一剂偏方，治愈传统计划经济的沉疴。

改革开放国策与"一国两制"国策几乎是同时提出来的，两者互相促进，相辅相成。其间，香港既是获益者，也是贡献者。改革开放，使香港从东西方夹缝中的转口贸易港和加工基地，蜕变为国际金融、贸易、航运中心；"一国两制"，使香港得以充分发挥自身优势，从资金、技术、管理以及广泛国际联系等方面，为中国改革开放作出独特贡献。波澜壮阔的改革进程，深深地留下了香港的烙印。

香港回归祖国后，中央政府对港工作思路，在"一国两制"总方针下，经历了一个过程。中央对特区的管治，从不干预徐图之，发展到不干预有所为，进而落实全面管治权。香港与内地的关系，从加强两地交流合作，发展到支持香港融入国家发展大局，要把实行社会主义制度的内地建设好，也要把实行资本主义制度的香港建设好。"一国两制"从执政党治国理政的崭新课题、重大课题，成为新时代坚持和发展中国特色社会主义的基本方略。

正是在这样的历史背景下，建设粤港澳大湾区，作为三大区域性国家战略之一，既是新时代推动形成全面开放新格局的新尝试，也是推动"一国两制"事业发展的新实践。通过大湾区建设，充分发挥粤港澳综合优势，进一步提升整个大湾区在国家经济发展和对外开放中的支撑引领作用。这样，改革开放和"一国两制"两大国策在大湾区实现了交汇。如果说"九七"回归开启了香港历史的新篇章，大湾区建设则让香港再度迈上了新征程。

放眼大湾区建设，将以科技创新为引领。而素以创新创艺著称的香港，在传统三大中心基础上，正着力打造国际创科中心。过去是诗，未来是远方。诗和远方，妆点着香港的梦想、奋斗与轮回。

从广袤的夜空俯瞰地球
南中国海闪烁着一簇耀眼的星光
交融华夏与西洋最美的风景
你是当代的海上敦煌
把脉传统与现代深沉的命运
你是国手的治世偏方

香港，记忆中一个遥远的名字
遥远到海上丝绸之路飞扬的船帆
遥远到满清王朝腐朽的龙床
一路苦痛一路激情一路沧桑
你从风里雨里热血里走来
承载着中华民族的求索与梦想

主权的漂泊，战争的洗礼
社会的裂变，文明的激荡
你在东西方的夹缝中顽强生长
区区几百万人口一千平方公里土地
演绎一场场流行文化的盛宴
奏响一曲曲自由经济的乐章

怀旧的传说渐行渐远
拍岸惊涛分明不再是亘古的海浪
新世纪的曙光悄然升起
古老的土地正吸取新鲜的营养
"一国两制"空前丰厚的内涵
充实着五千年苍凉的胸膛

你的来路，铺满了斑驳的诗行
你的去途，涌动着绚烂的希望
请看运送抗美援朝战略物资的船队
请看奔腾不息的北水东江
跨过深圳河走南闯北的弄潮儿
共同筑起血浓于水的殿堂

香江，不是桨声灯影里的秦淮河
不是月光下的田园诗渔火晚唱

狮子山托起不懈的拼搏精神
把小渔村锻造成气势磅礴的国际港
莫让抱残守缺玷污你伟大的性格
开放的脚步永远在路上

谁说头顶的星光仿佛暗淡了
那只是周围的星光更加明亮
当珠三角城市群联动起来
南中国的星空已呈现崭新的模样
踏上港珠澳大桥飘逸的彩虹
大湾区会告诉你什么是诗和远方

狮子山与太平山

2019 年的香港，多事之秋。七月一日是香港回归纪念日。那天，天气有些反常。清晨五点，天还没有大亮，我们从住处集体乘车前往长沙湾政府合署。然后，换乘政府安排的大巴，到昂船洲附近的一个市民码头，乘船去金紫荆广场，参加回归二十二周年升旗典礼。

从地理上看，香港由火成岩组成，地形崎岖不平，水湾密布，山头很多。最高的是大帽山，海拔九百五十七米，最有名的则是狮子山和太平山。两山隔海相望，维多利亚港蜿蜒其间。

我们乘坐的客轮名"翠华 38"，自西向东而行，左边是狮子山，右边是太平山。山峰被白雾缭绕着，只隐隐可以看出山体的轮廓。狮子山状若雄狮，山头虽然不大，却十分醒目。与之相比，太平山显得有些模糊。

维港还没有完全苏醒过来，水面上船不多，周围很静，只听见客轮破水的声音。可这种静，并不给人一种安宁的感觉，似乎在酝酿着什么。天空也让人起疑，东方欲晓，旭日当升，但见墨云叠染，白雾苍茫，一抹红霞在天边若隐若现，既像是雨后初晴，又像是风雨欲来。

> 墨云淡淡起天边，
> 融入苍茫白雾间。
> 隐隐清风吹拂处，
> 红霞一抹出山巅。

这略显诡异的景致，让人浮想联翩。如烟的思绪，飘向两个白雾缭绕的山头。狮子山和太平山之所以有名，是因为它们已经成为某种象征，分别从两个方面讲述香港故事，演绎香港精神，勾勒香港形象。

狮子山位于九龙新界之间，传统上被视为市区与乡郊的分界线。放眼更广阔的社会历史背景，这座形神兼备的象形山峰，因其特殊的地理位置，伴随近代以来香港被割让、租借的历史命运，有了特别的地标意义。它以精致的维港两岸和广袤的新界郊野为舞台，把同样实行资本主义的香港，分隔成了泾渭分明的两种社会形态：现代商业社会与传统宗法社会。

狮子山的盛名，得自于一部记录香港崛起过程中普通民众喜怒哀乐，名叫《狮子山下》的电视连续剧。这部连续剧长达二百余集，香港电台 1973 年至 1994 年播放，持续二十二年，为千家万户所耳熟能详。剧中反映了香港草根阶层挣扎苦斗、守望相助、逆境求强的励志生活。主题曲《狮子山下》脍炙人口，有"香港市歌"之誉。

2002 年 11 月，香港正遭遇金融风暴，经济面临巨大困难。时任国务院总理朱镕基访港，在礼宾府欢迎晚宴上，深情朗诵了《狮子山下》的歌词，勉励香港同胞发扬狮子山精神，奋发振作，自强不息。朱总理的激情演讲，迄今听来，仍让人振聋发聩："我就不相信香港会搞不好。若香港搞不好，不单你们有责任，我们也有责任。香港回归祖国，在我们手里搞坏，我们岂不成了民族罪人？不会的！"

香港终于从困难中走出来了，国际金融、贸易、航运中心的地位更加稳固，连续多年被评为全球最自由经济体，活力充沛。然而，随着经济持续增长，社会深层矛盾也在发酵，频繁的政治纷争导致社会氛围紧张，社群关系撕裂，校园内，大街上，议会中，乱象不断。狮子山所代表的团结奋斗精神，似乎渐行渐远。

太平山是香港岛的主体山脉，人称"山顶"。登上山顶广场，鸟瞰维港两岸，东方之珠的璀璨，尽收眼底。外地游客来港，山顶是必去的景点。太平山取其"太平"之意，通常被视为香港繁荣稳定的象征。太平山精神，亦作为香港精英精神的借代，与狮子山精神相对应。近年来，香港社会出现种种乱象，则被形容为"维港深处暗流急，太平山下不太平"。

客轮停靠金紫荆广场码头，上午八时整，升旗典礼按时举行。遗憾的是，嘉宾只能在室内观礼，这是回归二十二年来首次。上千嘉宾，齐聚会展大厅，透过荧屏观看升旗仪仗队在肃穆的广场上迈出整齐步伐，五星红旗和紫荆花区旗在嘹亮的国歌声中冉冉升起，两架分别悬挂国旗和区旗的直升机从维港上空呼啸而过……与往年升旗礼相比，庄严感依旧，喜庆气氛却减弱了许多。远处抗议示威的人群堵住路口，警察严阵以待，争吵声、口号声隐约可闻。

奇特的天气持续了一整天，天色一直都不明朗，欲雨似晴，欲晴还雨。这一天，香港发生了太多令人悲愤的事，比如侮辱性黑旗事件，大规模抗议游行，乃至暴力冲击立法会，占领破坏长达三小时。

回归纪念日，本是喜庆的日子。香港各界庆典委员会举办的各种纪念活动，确也搞得有声有色。可是，今年6月以来，反对派发动的几场反修例大游行，使香港政治气氛陡然升温，并开始出现极端暴力。七一游行虽是例牌，今年人数却创了新高。每次这样的示威活动，主办方报出的数字都比警方公布的数字大了许多，用以渲染气势。其实，只要参加者数以万计，具体数字已不那么重要了。不管几万，十几万，还是几十万，它所反映的政治民粹和社会撕裂，都不能不让有识之士感到忧心，不能不引起各方高度重视。

正如陈弘毅教授事后写给一群法律专业学生的信中所说：虽然香港社会严重撕裂，但 what unites us is greater than what divides us，我们同坐一条船上，全体香港市民是一个命运共同体，必须同舟共济，同甘共苦，荣辱与共。大家在一场严重的争执后，理应冷静下来，尝试修补关系，各方和解，互相宽恕，重建信任和合作。就让我们本着这种精神，一起守护这个自由、法治、多元、开放、宽容、和平及仁爱的我城香港，守护这颗发出"一国两制"光芒的东方之珠。

在信的末尾，陈弘毅教授与大家分享了一段祈祷文：

上主，求你用我成为你的和平使者，
去有仇恨的地方，传播仁爱；
去有伤害的地方，传播宽恕；
去有猜疑的地方，传播信任；
去有绝望的地方，传播盼望；
去有幽暗的地方，传播亮光；
去有忧愁的地方，传播喜乐。

然而，只是大爱的呼唤，没有切实有效的行动，无论多么殷切，也是解决不了问题的。"一国两制"实践二十二年来，方方面面都发生着深刻变化。世界处于百年未遇之大变局，风口浪尖上的香港，焉能不出现诸多新人新事。即便是旧人旧事，也会因环境变化而被赋予新内容。矛盾淤积，冲突累加，社会神经绷得太紧。加之外国势力虎视眈眈，煽风点火，更增添了香港问题的复杂性。

船行深水，暗流涌动。狮子山下，潘多拉魔盒被打开，香港注定经历一段乱局。人间正道是沧桑。太平山的理想，终究得靠狮子山的团结奋斗去实现。惟愿历经风雨的香江，尽快消弭戾气，走出新天！

依稀曙色中，红霞冉冉，心中再度响起《狮子山下》的歌声——

> 放开彼此心中矛盾
> 理想一起去追
> 同舟人 誓相随
> 无畏更无惧
> 同处海角天边
> 携手踏平崎岖
> 我哋大家 用艰辛努力写下那
> 不朽香江名句

七绝·无题

墨云淡淡起天边，
融入苍茫白雾间。
隐隐清风吹拂处，
红霞一抹出山巅。

守护香港及其他

暴徒冲击立法会的时候
我选择了沉默
因为我已厌倦政客们无谓的争吵

暴徒冲击元朗的时候
我选择了沉默
因为我不中意公园里的粗声大叫

暴徒冲击上水的时候
我选择了沉默
因为我也嫌水货客太多太闹

暴徒冲击沙田的时候
我选择了沉默
因为我住在十里外的九龙港岛

暴力却像瘟疫弥漫整个城市

我没有理由沉默了

我害怕一片繁华只余下空落的街道

我不能再沉默了

我真想留住你往日的安宁和欢笑

（一）

2019 年 7 月 20 日，星期六，阵雨。这天下午，添马公园举行了一场"守护香港"大集会，主办方称三十万人参与。大集会前夕，我把这首诗和大集会的海报发到朋友圈。不到两分钟，妹妹从千里之外的老家微信给我，连发数问："守护香港？很乱吗？你也要参加？安全不？"并追加了一个感叹句："反正必须要安全！"

我向她解释，这个活动是和平集会，安全是有保障的。她又发来信息："最近比较感性，今天看到你的信息和上次爸爸打电话说妈妈在医院检查身体时一样，瞬间红了眼眶。还好，一切安好！可能是变老的原因。"

是啊！家里排行老小的妹妹，都在感慨"变老"了。我是四兄妹中的老大，四十岁来港工作，迄今已近十五年。最好的年华，连同一腔激情，都留在这里了。岁月不居，记忆长驻，对香港的爱惜之情，发自肺腑。也许是这份爱太过深切，眼见今日诸般乱象，更有切肤之痛。

香港的确需要"守护"了。一个多月来，从港岛到新界、九龙，激进分子以各种借口发起暴力冲击，谴责暴力的人士遭到骚扰和围攻，法治的权威被削弱，社会秩序陷入前所未有的混乱。此次集会，以"守护香港"为主题，旨在集结力量，向社会发出清晰声音，反对暴力，维护法治。尽管下了好几场阵雨，集会人数还是创下香港回归以来同类活动新高，表明活动抓住了社会痛点，吸引了爱国爱港力量的最大公约数。如果加上当天到旁边会展中心参观一年一度书展的二十万人，希望香港安宁的沉默大多数，当是民意的主流。

参加集会的人群展现出多样性，老中青都有，基层民众居多，富人也不少。他们共同展示了香港多元社会的集体理性：香港社会尽管面临诸多深层次问题，但不应通过街头运动来解决；破坏法治的结果只能是混乱，进而失去前进的动力；香港需要冷静下来，在修复法治权威的基础上凝聚共识，重新出发。

然而，面对同样的问题，却有不同的诉求表达方式。就在大集会的第二天，香港发生了比集会规模更大的抗议游行，矛头却不是指向暴力行为，而是指向特区政府。游行参与者认为，他们才是在"守护"香港，并指责集会群众是政府"恶政"的帮凶，没有守护香港的资格。

社会的撕裂显而易见。更严重的是，大游行仿佛成了暴力升级的催化器。游行结束不久，夜幕降临，香港相继发生了三场暴力事件：一是在西环，暴徒冲击中联办污损国徽；二是在上环，暴徒与警方发生激烈冲突；三是在元朗，数百名白衣人袭击黑衣人，而而受袭的黑衣人大多是从西环和上环冲突这样分析撤下来的暴徒）。

三场暴力接踵而至，引起社会广泛忧虑。次日，《明报》社评这样分析：

> 冲击中联办，污损国徽，声称要成立临时立法会，公然为港独张目，是挑战国家主权，触碰"一国两制"底线；暴力示威者向警方投掷砖头、燃烧物和汽油弹，使用由雨伞等改装的长矛，迫使警方施放催泪弹，事态非常严重；大批白衣人深夜手持木棍、藤条、铁通等，在地铁站及附近街头逞凶，袭击穿黑衣的路人，并非一般斗殴，外界普遍相信有政治动机。几场暴力冲突虽然形式有别，惟同样关乎香港生死。

蔓延的暴力，已经远离反修例的初衷，也超越了向政府表达抗议的极限。现代法治社会，暴力不能解决任何问题，反而会滋生更多暴力。若有人认为可借助暴力"极限施压"，与政府玩"胆小鬼"博弈，将是非常危险的政治赌博。正如林郑月娥特首所说，对政府不满并不等于要纵容暴力，暴力只会令目前的问题更纠缠不清、难以解决，令香港社会陷入十分焦虑和危险的境地。这种所谓"玉石俱焚"的做法，会将香港推上一条不归路。

对此，香港立法会首任主席范徐丽泰也有分析。她说，情况令本港"乱糟糟"，当市民有感安全受威胁，特区政府就不得不按照《基本法》请解放军来，届时西方国家及台湾台独势力就有理由指"一国两制"失败，亦令香港市民成为磨心。

国际关系和大国博弈，增添了香港问题的复杂性。一位朋友痛心地说，目前香港的局势，让他想到了所罗门审判。"所罗门审判"典出圣经，讲的是两个女人争抢一个婴儿，都说自己是婴儿的母亲，请所罗门明断。所罗门说：那就把孩子劈成两半，每人一半好了。一个女人说：这样也行，如果不能把孩子判给我，也不要判给她。另一个女人急忙说：不！我宁可他不在我的身边，也希望他健康地活着。所罗门立即作出判决，后一个女人是孩子的母亲，因为母亲出于本能会保护孩子。前一个女人宁肯孩子毁灭也不放弃，说明她并不是真正爱这个孩子。

现在香港是这个孩子，真正的母亲只能是祖国！母亲的克制和隐忍，是希望孩子健康地活着。在亲人眼里，安全永远是第一位的。正如谈到守护香港大集会时，妹妹对我的关心，感性而真诚。

（二）

社会各界高度关注暴力事态，对暴力制造者及其背后势力的谴责，力度之大，前所未有。面对暴力泛滥并不断升级，采取强硬措施平暴的呼声，在社会上获得不少人响应。迅速平息暴乱，以解燃眉之急，渐成主流民意。

当前事态，也引发了一些深层次的思考。暴力行动遍地开花，形势空前严峻，但真下了决心，解决起来未必没有办法。依法止暴，有着清晰的法律依据。运用政权机器以暴制暴，哪怕出动解放军平暴，并不是什么不可想象的事情。一些专家甚至认为，主动权一直在中央政府手上，一旦时机成熟，果断出手，该抓的抓，该判的判，还可顺势解决国家安全立法、土地房屋政策、教育传媒乱象等久不能解决的问题。狠狠乱一下，让他们感到痛，再来一个大变革，未必是坏事，甚至是好事。

至于外部势力插手问题，立法会前主席曾钰成的观点有一定代表性。他认为，国际上存在敌视中国的力量，是毫无疑问的；敌对力量不会放过任何机会给中国制造麻烦，包括破坏香港在"一国两制"下的繁荣稳定，也是不足为奇的。但外因要通过内因而起作用，正如保持身体健康强壮是防止病菌入侵的根本保证，抗拒外部敌对力量的最有效办法，是把自己的事情办好。

换言之，处理暴力抗争，防止外力干预，只是问题的一个方面。我们有足够信心，也有足够实力。然而，以7月21日的事态为例，夜间三场暴力冲突的影响固然恶劣，但终究是冰山一角，同样需要慎重对待的，是下午那场俨然暴力背景板的大游行。几乎每次暴力冲击，都发生在大游行之后。和平示威的市民，成了暴徒的掩体和人质。联想到近段时间以来，几十万人的大游行已发生了四五次，正正是水面下庞大的冰山！它们以一种极端的方式，真切地反映了香港社会的深层次问题，反映了社会各阶层的生存状态和政府的管治现状。

　　香港产业结构单一，就业虽然充分，却严重两极分化。少数人跻身金融、地产等高门槛行业，绝大多数人在酒店、餐饮、环卫、交通等行业的低端服务岗位上打熬。地产懒钱和金融快钱带来的超额利润，抽空了发展其他产业所需的资金和人才。垄断暴利成就了香港，也惯坏了香港。中端就业无处容身，低端就业也失去了上升空间。

　　由于产业结构和分配结构长期失衡，社会问题严重到了怎样的程度？《香港01》社评尖锐指出：

　　　　香港出现"平行时空"，一方面有大量亿万富豪，港府也长期录得财政盈余；另一方面成为"劏房之都"，许多基层市民苦苦轮候公屋，理应安享晚年的老翁亦要"执纸皮"。

董建华任上，情况尚未如此严重。出于商人出身的政治家的敏感，他一度想突破这个困局。先后推出数码港计划发展互联网产业，硅港计划打造高新技术基地，中药港计划开发生物医药。无奈，这些今天看来颇有先见之明的构想，连同雄心勃勃的住房"八万五计划"，最后都因传统行业的强大和既得利益者的反噬，或胎死腹中，或扭曲变形。香港有自由的环境，健全的法制，完善的科研体系，勤勉敬业的劳动力，却因资本的短视和逐利，让香港错过了回归初期最好的十年。

正是在这十年里，全球产业结构和贸易格局大调整，互联网技术方兴未艾，中国经济腾飞举世瞩目。香港本应抓住主权回归百事鼎新的契机，利用资金和人才优势，实现经济结构调整，同时完成社会价值观改造和人心回归，打造一个全新的香港。可惜，十年蹉跎，风光不再，大好年华让给了铆足干劲抓机遇、一门心思谋发展的深圳河北岸。有内地朋友在网络上感叹：

> 我们都曾经那么热爱香港，迷恋那些让人仰望的传奇富商，灿如星辰的影视明星，天马行空的音乐、电影、武侠小说，美丽的维港和相容并包的美食……小时候，亲友们能去一次香港，都会引以为荣，吹牛大会能持续一周，遭致周围人或羡或恨的目光。谁都不曾想到，我们印象中的美好香港，现在完全变成了另外一个样子。

此情此势，让人唏嘘之余，不禁想起李白那首著名的《行路难》：

> 金樽清酒斗十千，玉盘珍羞直万钱。
> 停杯投箸不能食，拔剑四顾心茫然。
> 欲渡黄河冰塞川，将登太行雪满山。
> 闲来垂钓碧溪上，忽复乘舟梦日边。
> 行路难！行路难！多歧路，今安在？
> 长风破浪会有时，直挂云帆济沧海。

香港的基尼系数在世界发达经济体中是最高的，意味着贫富极悬殊。当富人们金樽清酒斗十千，玉盘珍羞直万钱的时候，广大基层民众却充满焦虑，手停口停，欲渡黄河冰塞川，将登太行雪满山，不知前路何在。城市的管理者坐享高薪高福利，按部就班，束手无策，回避矛盾，置身事外，真好似闲来垂钓碧溪上，忽复乘舟梦日边。有识之士看在眼里，急在心里，笼罩着一种深深的无力感：停杯投箸不能食，拔剑四顾心茫然……

曾有领导人引用此诗的最后一联"长风破浪会有时，直挂云帆济沧海"，以激励港人的奋斗精神，表达对香港的美好祝愿。可光明的前景，终须经历痛苦的涅槃。行路难！行路难！多歧路，今安在？李太白千年一问，已然穿过历史的沧桑，回荡在香江两岸。

香港病了，有急病，也有慢病。病象不只表现在政治、经济、社会等抽象层面，还具体表现在市民的心理健康上。香港大学医学院7月11日公布了一份跟踪研究报告，指出本港疑似抑郁症比率，由2011年至2014年的1.3%，于2014年"占中"期间升至5.3%，至最近6月至7月修例风波中攀升至9.1%。该院院长梁卓伟形容，社会已弥漫"精神健康疫症"，而且没有疫苗，亦未能评估是否已达高峰，情况令人担忧。的确，一个社会差不多十分之一的人疑似抑郁，可不是令人担忧？

荒诞派戏剧大师欧仁·尤内斯库（Eugene Ionesco）有句名言：意识形态将我们分开，梦想和痛苦却让我们紧紧相连。

（三）

如然，香港问题错综复杂，核心并不是街头暴力，而是社会治理。暴力是表象，治理是根本。民怨淤积而久不得疏解，反映了治理的扭曲和失效。修例的火头，遇上民怨的干柴，被暴力制造者所利用。

关于当前乱局，有一个广泛流传的三段论表述：多年来香港在众多国际竞争力排行榜位居前列，全赖良好的管治水平、法治基础、营商环境及监管制度。现实的政治危机，正动摇着这一系列核心竞争力，导致经济环境恶化，进而伤及香港筋骨。政府是这场危机的始作俑者，有责任回应社会诉求，设法让社会回复平静。

照此逻辑，香港过去的成功，都归于良好的管治。其实，香港这个弹丸之地，被历史选中而走向成功，更多的是国际关系博弈中的一个偶然。与其说是积极管治的产物，不如说是自然生长的结果。以自由为圭臬，无为而治，是解开香港之谜的终极钥匙。回归二十多年来，积极不干预主义大行其道，特区政府偶有几次大作为的政策，都以无所作为而告终。技术官僚惯于以行政思维处理政治问题，风平浪静时很有效率，一旦遇上大的政治风波，难免进退失据，宽严皆误。

香港的危机，并非始于今日之乱。长期以来，过分强调"两制"，强调"不变"，使得香港越来越不适应因中国崛起而带来巨大变化的发展环境。"一国两制"的制度红利，把香港养成了温室里的花朵。当新加坡、韩国、日本、俄罗斯等周边国家，都因应中国的崛起而调整政策时，香港还津津乐道于"河水不犯井水"，把强起来的中国视为威胁而不视为机会，自矜于自己的特色和模式。口口声声保持特色，参照系却是过去的港英管治。试想，即便港英管治是成功的，时过境迁，岂能以不变应万变？历史上更加成功的贞观之治、康乾盛世，不也被放入历史的博物馆了吗？当今世界面临百年未有之大变局，香港体量不大，对外依存度高，与内地融合发展已深入方方面面，何以闭关自守？

英国全球政策与分析智库"欧亚未来"负责人亚当·加里（Adam Garrie）一针见血地指出：世界一直在变，而一些香港人故步自封，对"想象过去"比"适应未来"更感兴趣。他们从中国为全世界带来积极影响的改革开放政策中，没有学到什么东西。

这种不适应，体现在各个层面。社会矛盾一直在积累，中央政府爱屋及乌，不断出台挺港惠港政策，却被大商家"截胡"，市面上维持着表面的繁荣，特区政府意识不到危机。基层民众可走的路却越来越少，影响决策的渠道也不通畅，上流无望，上书不达，只有上街了。

人心的隔膜，是这种不适应的根源，也是它的结果。网上流传一篇讨论两地关系的文章，作者是内地来港的专业人士。开篇就讲：

> 香港和深圳实际上是一座城，所谓罗湖桥，只是一座不到一百米的小桥，深港之间，很多地方只是一条小河沟。很多香港人，包括中环写字楼里的高级白领，他们甚至从没有去过深圳，但对深圳（实际代表着内地）却有一种莫名其妙的畏惧和鄙视，说深圳社会治安多么坏，多么脏乱差。香港经济这些年一直在走下坡路，加上政治

摩擦，市民的心情并不愉快。整个社会徘徊停滞，戾气弥漫，族群撕裂，在媒体煽惑下，一些人逢中必反。香港并没有墙，但不少港人心中有一面墙，把自己同内地分隔开来。

心墙之下，顾影自怜，终会局限自己的视野。不能拥抱新的发展机遇，再雄厚的家底，也经不起折腾。走过千山万水，香港能到今天不容易，未来的命运，莫非真受阻于这面心墙？

> 走过千山一面墙，
> 未曾开口已心凉。
> 由来多少沧桑事，
> 堪与他人论短长。

六年前，"占中"运动尚在酝酿中，香港本土作家陈冠中发表《我们这一代香港人：成就与失误》的长文，深刻剖析了战后婴儿潮一代的特点及其对香港社会的影响。文中提出一个发人深省的观点：

> 我们的一些作为，决定了今日香港的局面。我们这一代人的问题是太自满于自己的优点，却看不到内部的盲点，更落后于急剧变化的外部形势。相信香港不会像扬州、威尼斯般，由区域枢纽都会一落千丈只剩下旅游。不过看到英美一些工业城市一衰落就是几十年，也有可能香港转型需要漫长的一段时间。

文章对香港的批评已然不客气了，更有意思的是，香港中文大学学生会作为"港独"思潮泛滥的重灾区，在Facebook发表这篇文章时，写了这样一段按语：

> 对香港现状有兴趣的人不得不看这篇。所谓本土城邦派，最大的害处是把香港所有的问题指向内地人，然后好像香港本身是个神话，只要把内地人都赶走，把香港锁起来，这个神话就得以永续。这分明是无视了我们一路走来的错误，忽视了香港政府甚至香港人对这个城市应有的责任。

香港已经走到临界点，何去何从？此次修例风波，暴露了香港经济社会结构中的深层问题：香港的自由资本主义已经完全蜕变为垄断资本主义，发展方向与世界潮流背道而驰。对这种管治模式进行根本性改造，是治国理政绕不开的大课题，也是香港继续繁荣发展的保障。

怎样走出当前困境，各利益攸关方尚未达成共识。香港大学社会科学院前院长卜约翰 (John P Burns) 形象地说："香港，像巢破了，一行一行的蚂蚁，找出路，也想尽一点力"。显然，香港面临的问题，不是单纯的守护可以解决得了的。或者说，守护香港，不应消极固守，而应积极前行。话事者要始终掌握主导权，不能跟着暴乱者的议题走，既不要一味迁就，也不要意气用事，更不要幸灾乐祸。

闹事的主要是年轻人，但问题的根源不在年轻人，不能把工作思路建立在打压年轻人上。首先要把少数暴徒与二百多万香港青少年分开，并将矛头对准年轻人背后鼓动他们、利用他们的势力。对年轻人要进行价值观引导，更需要对他们的处境抱有同理心。

今天的香港，并不是一个对年轻人友好的城市。那些熠熠生辉的高档场所，纷纷扰扰的城中话题，没有几个是属于年轻人的。可是，未来是属于年轻人的。修例风波中喊出了"听日香港，我哋话事"的口号，一语双关，成年人听来也许不舒服，长远看却是无需证明的事实。香港的前途，需要刮骨疗毒，去腐存菁，重新焕发年轻人的生机活力，再现东方之珠的青春风采。

对此，我是审慎乐观的。审慎者，盖因香港问题牵一发而动全身，既得利益者数量多能量大，处理起来有诸多投鼠忌器的地方，稍有不慎，满盘被动。乐观者，缘于中央的战略定力，缘于国家的发展潜力，缘于两地人民血浓于水的同胞情谊。

风波尚未平息。当务之急，是止暴制乱，恢复秩序。特区政府正常运转，有效施政，是一切变革的前提。大乱之后，必有大治。登高远眺，莫为浮云遮望眼，风光无限。填一阕《忆江南》，描述此情此景，以表祝愿：

　　千般恨，

把盏倚南窗。

日出云开风雨去，

船来舟往客行忙。

极目是香江。

七绝·心墙

走过千山一面墙，未曾开口已心凉。
由来多少沧桑事，堪与他人论短长。

忆江南·极目香江

千般恨，
把盏倚南窗。
日出云开风雨去，
船来舟往客行忙。
极目是香江。

失衡的青春躁动

　　一场修例风波，让所有人都失去了对香港局势的判断力。特区政府进退失据，建制派完全没有了方向感。反对派呢？种种迹象表明，他们其实也没料到"胜利"会来得如此猛烈。各持份者见步行步，社会如惊马脱缰，徒然耗费着治理成本。

　　修例风波作为香港回归以来面临的最严峻挑战，起因并不是青年问题，但年轻人是运动的主体，对青年一代的负面影响也是巨大的。

　　特区政府不只是被迫中止了立法程序，而且管治权威尽失，无论做什么说什么，再无法得到年轻人的认可。反修例与反送中被直接挂钩，导致年轻一代对内地体制愈发不信任，对国家的抵触情绪进一步加剧。特区政府和中央权威不断受到侵蚀，年轻的抗争者食髓知味，对现存秩序的破坏变得肆无忌惮。进而，反对派通过区议会选举，在高达七成投票率的授权下，一大批年轻政治素人控制区议会运作，将其作为实践价值理念的现实平台。社会全面政治化，严重威胁着香港作为国际金融中心和自由经济城市的根基。

一直以来，香港以良好管治著称于世，香港警察则被誉为专业性最强的纪律部队。然而，修例风波持续大半年，局势屡屡失控，仿佛老房子着火，把昔日的冠冕堂皇烧得干干净净。是怎样走到这一步的？分析这场运动及其根源，我们分明看到了社会的种种失衡。

从政府管治看，建制失去了公民社会。香港社会的运作不仅体现在"小政府、大市场"上，而且存在一个非常发达且国际化的公民社会。线上线下，各种社团群组十分活跃，而特区政府墨守成规，缺乏与公民社会有效互动。近年来的社会运动，从关注某个议题到发酵成微型政治组织然后爆发，周期非常短，可能都来不及察觉，人群就已经上街了。建制派无条件支持政府，结果被捆绑在一起脱离公民社会。传统青年团体作为建制的一部分，也与基层民众、与主流青年、与现实社会问题脱节，小圈子现象突出，自娱自乐。

从族群关系看，社会失去了包容性。香港本是一个移民社会，族群和而不同，包容共济，是其传统优势。可是，近十年来，情况正在起变化。不同族群的青年人相互隔膜，自说自话，有愈演愈烈之势。新港青年很难融入本地圈子，也自认为有国际视野，对部分本地青年中存在的本土保护主义意识不以为然。本地青年则认为新港青年来港抢学位、抢工作、抢资源，将生活竞争压力归咎于他们。两类青年互不买账，甚至相互攻击，未能在建设香港、融入国家发展大局等重大问题上形成合力。近年来香港社会的种种撕裂，包括黄、蓝阵营的尖锐对立，其实都是这种缺乏包容的社会环境滋生的毒瘤。

从经济结构看，劳动力市场失去了上升通道。香港产业结构固化，地产和金融业高度垄断，所能创造的优质就业岗位却极为有限，大量就业人口沉积在低端服务业。基层青年对现状感到无奈、迷惘和愤怒，且难以向上流动。他们认为自己是被这个体制抛弃的人，对在现有体制中找出路不抱希望。要知道，最可怕的不是贫穷，而是绝望。职业上升通道淤塞，还加速了中产阶层的分化，大部分人的收入呈隐性下降趋势，安全感降低。

香港理工大学讲师邹崇铭撰文指出：我们的城市愈来愈专注于金融，那是单一最赚钱的行业。若要让更多人同时赚快钱，我们则选择了旅游业，特别是专门接待内地旅客的旅游业。因此，我们的社区和街道可以什么也没有，仿佛只需要有金铺、药房和电器铺便足够。自从 2003 年"沙士"后内地开放港澳个人游，十七年来我们一直财源滚滚，换来的则是经济和产业结构急剧单一化。若遇风吹草动，驾轻就熟的谋生之道便异常脆弱。

香港弹丸之地，有数所世界知名大学。不加细想，会以为香港的劳动力市场受高等教育的比例一定很高。其实不然。全港每年中学毕业生大约八万人，政府资助大学的本科学额却不到两万。香港名牌大学的知名度，主要是靠研究生打出来的。研究生多为外籍学生，尤以内地生为主。

入读政府资助大学的两成多本地学生，万千宠爱集于一身，精英意识爆棚，滋生出某种政治浪漫主义。其余近八成的年轻人，通过各种职业培训学校，甚至中小学直接辍学，进入劳动力市场。他们的个人素质和社会职业结构，限制了事业发展空间。加之香港舆论生态很不正常，煽动反政府、把人生不如意归咎于社会的多，鼓励努力奋斗、自己对自己人生负责的少。怨怼的干柴不断积聚，只差一粒火星去点燃。

更有甚者，以繁华见称的香港，五光十色之下，还存在另一种现实：由寮屋、劏房、笼屋、棺材房、楼梯底、天台屋、阁仔等等组成的世界，隐藏了二十万未能分享社会发展成果的边缘人群。城市的璀璨，终究没有照进他们的家中，如果这也能称作"家"的话 —— 区区千呎单位，密密麻麻摆满三层铁笼，住了二百多人，满屋子的汗味和烟草味，混杂着老房子特有的霉变味道。还有四口之家挤住在四十呎的劏房里，一张双层架子床占据了大部分空间，全家吃饭和孩子写作业都在床上，灶台与马桶紧挨着。在这样的地方，奢谈隐私和尊严是残酷的，甚至是不道德的。那些生于斯长于斯的年轻人，被千儿八百块钱收买上街闹事，我最深切的感受不是痛恨，而是痛心。

互联网加剧了这种失衡。作为互联网时代的原住民，很多年轻人生活在网络世界里。他们习惯于隔着电子屏幕与人交流，对现实交往反而冷漠。获取信息碎片化，发表意见情绪化，言行偏激，却受到朋辈的加持和鼓动。于是，在互联网对传统秩序的解构过程中，少数精英的政治浪漫主义，遭遇相当比例基层青年对前途的失望情绪，混合成一种扭曲的青春躁动。别有用心者将其作为借口和人质，致使整个香港被要挟，被揽炒。

己亥之夏，赤日炎炎，边岛乱局终以毫无理性的态势漫延。

> 漫卷黄云一念间，
> 风生水起舞蹁跹。
> 等闲天下兴亡事，
> 不问苍生不问天。

七绝·己亥之夏

漫卷黄云一念间，

风生水起舞蹁跹。

等闲天下兴亡事，

不问苍生不问天。

重阳望香江

2019 年 3 月 26 日，星岛新闻集团举办八十周年晚宴。集团主席何柱国向林郑月娥特首及满堂嘉宾致辞，称赞香港营商环境好，说朋友告诉他，去大陆做生意，一返香港就"成身松晒，如沐春风"。

谁曾想，短短几个月，春风变了秋风。

何柱国当时讲这番话，是针对特区政府正在推动的《逃犯条例》修订。他说，香港的成功全靠普通法，如果条例是与普通法国家接洽，商人好安乐，亦好乐意接受。但两地有不同法治制度时，便要"谂得好清楚"，要想办法消除商界的忧虑。香港最紧要的是"一国两制"，而"一国两制"最重要的就是普通法，做任何考虑时都不要冲击普通法。

言犹在耳，一场风波劈头盖脸而来，让人猝不及防。想必所有香港 Stakeholders 都没有预计到，原本是一个微不足道的条例修订，一个弥补司法漏洞的法律行为，竟会酿成这样一场惊天动地的政治风波。

一乱千伤！当昔日繁华的面纱被撕下，这社会，竟是千疮百孔。

无论风波如何收场，问题终会解决，秩序总要恢复，但有两大后遗症注定落下了：一是法治传统、规矩意识和专业精神遭到侵蚀，香港社会温和、理性、包容、多元的神话戛然破灭；二是民粹主义和抗中情绪泛滥，两地民众间的不信任感已然生根。

事情究竟是怎样起来的？特区政府的立法过程一开始就不按常理出牌，后来处理示威暴乱的手法也不高明。但这只是表面原因，根本上讲，还是香港社会病了，而别有用心之徒又在这病体上胡作非为。

香港之病，首在教育。回归二十多年来，国民教育严重缺失，历史教育支离破碎，家庭教育进退失据。对 Critical Thinking 的偏执，使学生失去内省和反思能力。人生的一切挫败都归因于社会，内地负面事件则被无限放大。当政务司长公布迄今被捕的三千多暴乱分子有三成是十八岁以下的未成年人，当中文大学对话会上校长被围攻、内地生被辱骂，当维护国旗尊严的市民被殴打，当网络欺凌无所不用其极，一股痛彻心扉的感觉袭来。是什么样的教育，才能培养出如此是非不分、无法无天的孩子？

与此同时，产业结构和分配结构的畸形，剥夺了基层青年的职业上升空间；变态的媒体环境，让自由扭曲成罪恶的遮羞布；所谓争取民主的斗士，不遗余力地把年轻人推向违法乱纪的漩涡。在这生态退化的土壤里，教育失控的罂粟花蓬勃生长。成人病了，却让孩子去忍受催泪弹的硝烟，甚至血溅街头。看到两个遭枪击受伤的蒙面暴徒，还都是中学生，心下凄恻不已。

任何社会问题，终级责任都可以归结为管治问题。不管是特区政府，还是中央涉港部门，都应当问一问，在对香港行使管治权时，哪些该硬，哪些该软，该管的是不是管到位了，该放手的是不是放出了足够空间。人心问题是很微妙的，不可以想当然。正如成都武侯祠那幅著名的"攻心联"所言：能攻心则反侧自消，从古知兵非好战；不审势即宽严皆误，后来治蜀要深思。

关于时局，网路上流传着一个段子：全世界都在分食香港这具尸体，美国得到了更多的贸易谈判筹码，中国内地收获了更大的民族凝聚力，新加坡分得了更多的外汇和人才，日本韩国澳门瓜分了游客和消费。不惜代价为自己的权益抗争的香港，却失去了自由、资金、人才、安全和未来。

重阳时节，本是香江好天，理应趁艳阳，沐秋风，相约登高。无奈，今年重阳阴雨绵绵，满城笼罩在混乱和担忧之中。朋友在微信朋友圈发了一阕《朝中措·重阳望香江》，抒发萧瑟凄惶、风雨霹雳之意。余颇有同感，随即和之：

> 秋风骤起话凄惶，
> 人道又重阳。
> 岁岁清晖碧水，
> 而今风雨苍黄。
>
> 沉疴痼疾，
> 魑魅魍魉，
> 一乱千伤。
> 但唤惊天霹雳，
> 扬威护我香江。

我把这首词也放上微信朋友圈，很快收到一位媒体朋友的回复："惊天霹雳啥时来啊，爱国弟兄们快撑不住啦！"其实，所谓惊天霹雳，并非什么通天大能，而是蕴藏于人民群众中的正能量。一旦正能量聚合起来，将形成摧枯拉朽之力，对不合理的东西加以改造，创出新天。

正能量的聚合需要时间。特区政府前中央政策组首席顾问刘兆佳教授认为，骚乱的时间拖得长一些，效果未必不会更好。香港人在经历这场动荡后，能提升自身政治现实感和成熟度，知道什么事情可以做，哪些目标可以达到，政治底线在哪里。这是一个痛苦的过程，其中势必发生争斗和抗拒。但世界大势已定，在中国强势崛起的背景下，香港需要重新在亚洲和东方找到自己的位置，想继续作为西方世界的一部分已不可能了。

一声叹息！有些事情，必定要走完自己的逻辑，才看得见出路。好比一个受损的生态系统，假以时日，终会得以修复。只是人不可能两次踏入同一条河流，被修复的系统将不再是原有系统的重启，而是一个脱胎换骨的新系统。

朝中措·重阳望香江

秋风骤起话凄惶，
人道又重阳。
岁岁清晖碧水，
而今风雨苍黄。

沉疴痼疾，
魑魅魍魉，
一乱千伤。
但唤惊天霹雳，
扬威护我香江。

又回乌镇

又回乌镇，又来阅读梦里水乡与互联网编织的童话。

从喧嚣的香港来到这个江南小镇，不过两小时飞机，一小时半车程，却俨然两个世界。小镇正举办世界互联网大会，天下英才云集，无疑也是喧嚣的，可此喧嚣非彼喧嚣。香江风雨如磐，地铁码头，大街小巷，处处不得安宁；乌镇火树银花，车溪两岸，古巷深处，直入梦幻之境。两相对照，叫人如何不感慨！

世界互联网大会举办了六届，我是第三次参加。在主会场外的走廊上，有一个题为《乌镇智变 —— 当乌镇遇见世界互联网大会》的多媒体展览。展览序言写道：

> 这是一个从 2014 年深秋开始的故事，世界互联网大会永久落户乌镇，五年来，千年水乡触网而变，因网而兴。以乌镇互联网医院等为代表的互联网产业正在形成集聚；以宇视科技等为代表的智慧制造异军突起；以中国电科乌镇基地、凤岐茶社等为代表的创业创新平台不断涌现。如今，智慧政务、智慧养老、智慧旅游、智慧交通

和智慧医疗等智慧民生项目，已浸润到小镇经济社会的方方面面，润物细无声。乌镇作证，这是非凡与风云的五年。

"2014 年深秋"，这个时间节点让我内心略噔一下。正是在那个时候，香港经历了长达七十九天的"占中"运动。潘朵拉的盒子自此打开，终至今日，由反修例风波引发一场数月不息的骚乱……

业界流传一个说法，香港互联网产业与内地相比，二十年前处于领先地位，十年前互有短长，今天已经全面落后。我个人对互联网产业了解不多，但由于工作职能调整，从"占中"事件第二年起与香港资讯科技界有了联系，开始关注相关话题。一些有趣的故事，如思维碎片，时时在脑海里浮现。

一个是关于八达通的故事。八达通是香港日常生活的标配，不仅适用于大众交通，还可用于小额购物和其他消费。只要随身携带一张八达通，便可维持日常生活。在开通信用卡自动增值之后，更免去了排队充值的烦恼。这一安全方便的支付手段，早在 1997 年便广泛使用于香港全境，进而成为全球多个国家和地区发展电子收费系统的样板或参照对象。

然而，二十多年过去了，八达通始终停留在实体卡阶段，虽然能够满足市民大部分日常需求，却已经远远落后于内地的支付宝、微信支付等更先进的电子收费系统。面对信息技术的飞速发展，一切优势都可能在短时间内被冲淡。对过往辉煌的路径依赖，往往成为发展新技术的障碍。这被称作"八达通式危机"，反映了香港社会创新动力的缺失。

另一个是关于数码港的故事。1998 年初，刚刚熬过亚洲金融风暴，时任特首董建华就着眼于产业优化，公布了打造"香港硅谷"的数码港计划，旨在为高科技产业提供高增值服务。该计划旋即得到国际社会广泛回应，短短一个月，包括惠普、IBM、甲骨文、雅虎、爱立信、诺基亚等在内的三十四家企业签署了入驻意向书。当时，信息技术方兴未艾，今天声名显赫的国际互联网巨头尚处于初创期。香港已得风气之先，通往第二硅谷的路似乎并不遥远。

时至今日，数码港计划实施了二十余年，发展得怎么样？据数码港 2017/2018 年年报显示，入驻的初创企业超过了一千家。企业看起来不少，却没有一个具有全球影响力。而数码港计划提出时尚未成立的腾讯、阿里巴巴，如今已成为可以碾压整个数码港的庞然大物。

还有一个是关于李泽楷出售腾讯股权的故事。1999年，李泽楷投资腾讯一百一十万美元，占股 20%。现在看来，真是太有眼光了！不过，2001年李泽楷准备收购香港电讯，为了筹钱，需要出售旗下非核心业务，就以一千二百六十万美元将手中的腾讯股份卖给了南非MIH集团。短短两年时间，赚了十多倍，"小超人"素来对自己的财技充满自信。当然，若以今天腾讯市值近四千亿美元计，20%的股权价值是可以问鼎亚洲首富的。

李泽楷之所以不看好腾讯，固然是因为腾讯与香港电讯相比，不可能成为自己的核心业务，更因为当时谁也说不清楚腾讯怎么能赚到钱。世上没有早知道，现在李泽楷持有的香港电讯股份市值，还不及当初卖掉的腾讯股份市值的1%。对此，他不止一次地感到可惜，并视之为自己人生中一个"极大的教训"。

那么，这个极大的教训，具体指的又是什么呢？李泽楷说："那个教训就是要有危机感，细微之处也要看清楚。"

风起于青萍之末。缺乏危机感，势必丧失对潜在趋势的敏感把握。这其实也是二十多年来，香港创新科技发展步履蹒跚的深层原因。一年前，在一个有马化腾、李泽湘、沈南鹏等创科大咖出席的论坛中，真格基金创始人徐小平当着特首林郑月娥、创科局长杨伟雄的面，毫不客气地说，他只能给香港的创新科技打零分。逆水行舟，不进则退。创新科技的滚滚洪流，不会等待顾影自怜的香港。

今次互联网大会开幕，恰逢农历九月二十二，入夜时，但见半轮明月，晴空朗照。再过两天，便是霜降，深秋的景色淋漓尽致地铺陈开来。晚风带着阵阵凉意，吹散了最后一丝暑热。通常，霜降作为秋季的最后一个节气，也标志着沿海地区台风季节的结束。看着眼前诸般景致，遥想香江急风骤雨，不知何时结束，怎样结束。俗话说，风水轮流转。在悠悠风水中，季节更替，天道轮回。触景情生，端的是：

风悠悠，水悠悠，
明月半轮送晚秋。
车溪日夜流。

车溪流，词人游，
曲巷回廊无尽头。
一杯销万愁。

长相思·又回乌镇

风悠悠，水悠悠，
明月半轮送晚秋。
车溪日夜流。

车溪流，词人游，
曲巷回廊无尽头。
一杯销万愁。

将身浪里狂

香港的局势牵动全国人民的心。从此时此刻的香港，来到首都北京，参加这样一场读书活动的盛典，竟觉得有些奢侈。感谢主办方给我这个机会，代表"七十年七十城联读"活动收官城市香港发言。连读活动历时半年，覆盖七十二座城市，而首发城市重庆，是我出生和长大的地方，是我的故乡。因此今天的活动，于我有特别的意义。

（一）香港的阅读符号

在中华民族的历史记忆里，香港有着极强的符号意义。一个是政治符号，香港被割让作为近代中国屈辱历史的承载物，1997 年回归祖国被视为中华民族走向复兴的一座里程碑。另一个是经济符号，香港作为"亚洲四小龙"之一，半个世纪的经济奇迹，使之成为当之无愧的国际金融中心和中国改革开放的重要引擎。因了它的政治符号，我们对香港抱有特殊的偏爱，甚至有些娇纵。因了它的经济符号，我们对香港格外重视，在经贸安排、大型基建、区域规划等方面时有迁就。

这两个符号如此强势，以致我们对香港的历史阅读，在很大程度上被符号化了。说起香港，每每强调的都是它的政治价值和经济价值。我们在很多时候忽略了，香港作为中西文化充分交融之地，始终拥有自己的社会风格和文化含义。它的社团文化、咨询民主、法治传统、契约精神，处处彰显着自己的独特存在。

（二）香港的文化特征

香港是文化沙漠的说法，曾经风行一时。后来又有人说，有过饶宗颐，香港不再是文化沙漠。这两个表述，出于同样的思维逻辑，反映了经院主义的文化观和所谓主流文化的傲慢。其实，只要我们用包容的心灵去感悟文化的多样性，就会发现，香港的文化土壤从来不曾板结，香港的文化产品任何时代都没有缺席。

在香港的文化大观园里，固然有饶宗颐清矍的身影从国学殿堂翩然而来，也有四大天王的流行旋风从香江之滨掠过神州大地。金庸梁羽生的武侠江湖，激昂着几代人的精神家园；遍布全港的快速路和天桥网，如城市血管流淌着以人为本的建筑理念；六大宗教和众多民间信仰，各有各的道场，相辅相生……还有生机勃勃的郊野公园，古韵悠悠的原住民村落，超现代的高楼大厦，老照片一般的街头巷尾，共同构成了一片生意盎然的文化绿洲。这种多元文化的荟萃，举世无双，也许只有盛唐时期的敦煌，堪可比拟。

（三）香港的阅读视野

香港的人口构成，决定了它的阅读视野。二战结束时，香港只有五十万人，到 1953 年骤增至二百五十万人，仅 1949 年就增加了近八十万人。这些人多数来自内地，不管是来自广东的，上海的，福建的，或者大陆其他地方的，他们的文化认同都是内地或内地某个城市，而不是香港。南来的知识分子，更有一种文化上的"国族想象"，与 1949 年迁徙台湾的知识分子一样，不免生出"花果飘零"之叹。所以，那一代人的阅读视野仍以修齐治平为魂，以大江南北为根。金庸笔下的武林豪杰，驰骋南岭北漠，纵横西域东海，天下之大，岂是香港这区区边岛容得下的。

然而，随着香港与内地的长期区隔成为既成事实，战后"婴儿潮"一代逐渐走入社会。对他们中的多数人来说，中国内地慢慢变成一个"带点恐怖"的陌生邻区。生活在殖民统治下，他们没有寄人篱下的感觉，而是平凡地长大着，把香港看作一个城市，生于斯长于斯的地方。渐渐地，香港的阅读视野开始向本土转移。在这个转移过程中，七十年代的"麦理浩之治"具有标志性意义。正当壮年的金庸，1972 年 9 月完成最后一部武侠小说《鹿鼎记》后封笔，可以看作香港阅读视野变化的风向标。而外表顽世不恭内心江湖道义的韦小宝，或许正是金大侠给新旧交替中香港人的画像。

（四）香港修例风波与读书活动

回归以后，香港的阅读视野重新投向整个国家。但是，过程充满曲折，冲突时有发生。这次修例风波，把两者之间的矛盾推向极致。中资机构、内地籍大学生、说普通话的人，都成为冲击对象。暴力不断升级，极端主义者甚至提出"揽炒"口号，以香港百年基业为人质，大有港独不成便同归于尽的嚣张和癫狂。

正当风雨如磐之际，在赵从旻女士的促成下，香港青年学生参与了"七十年七十城联读"活动。整个活动包括三场读书分享会，分别由香港青年协会、香港华菁会、汉鼎书院承办。青协以"漂书"为特色，主要面向香港本地青年；华菁会请来海归精英导读，主要面向内地出国留学返港的青年；汉鼎则是家长、学生、老师、嘉宾共读，内容丰富而立体。

经过这场修例风波，相信会有越来越多的人意识到，香港的角色和作用已然今非昔比，关注重心应从政治、经济的硬件比拼中，更多地转向教育、文化的软件发展上来。在中华民族伟大复兴的征途上，让香港充分利用国际性城市的特色和对外联系广泛的条件，更好地发挥中西文化交流的纽带作用，承担起国家双向开放桥头堡的历史责任，积极主动地促进国际人文交流，传播中华优秀文化，讲好中国故事。如然，我们这场读书活动，就恰逢其时，风云际会，进入历史的大视野了。

一百多年来，香港一直都在适应环境，不断书写传奇。今天，这颗饱经沧桑的东方之珠，又处于新一轮深刻变革之中。在这里，我想与大家分享一首小令：

> 风微凉，水微凉，
> 鸟语啾啾晚菊黄。
> 白沙隐约霜。
>
> 好儿郎，沐朝阳，
> 天作锦衾海作床。
> 将身浪里狂。

这首《长相思》令，本来是我前几天去香港浅水湾晨泳时填的。当时诸般感受，时节不居，凉意渐起，噪音不已，还有弄潮儿搏浪的激情，正正切合了当下对香港的期许。

长相思·将身浪里狂

风微凉，水微凉，
鸟语啾啾晚菊黄。
白沙隐约霜。

好儿郎，沐朝阳，
天作锦衾海作床。
将身浪里狂。

风正再扬帆

在两个重要时间节点，习近平总书记来到了前海。

2012 年 12 月 7 日，习近平首次来到前海。就在数天前，11 月 29 日，当选总书记不久的习近平，率新一届中央政治局常委，到国家博物馆参观"复兴之路"展览。在那里，他第一次阐释了"中国梦"的内涵。一个星期后，习近平开始他的基层视察之旅，首站便选择了前海。

习近平对前海寄予厚望，希望前海依托香港，服务内地，面向世界，发扬特区敢为天下先的精神，实现一年一个样的变化。鼓励前海人做第一个吃螃蟹的人，实行比特区还要特的先行先试政策，打造最浓缩最精华的核心引擎，精耕细作，精雕细琢，画出最美最好的图画。

当时的前海，还是一片滩涂！这不由人不想起当年的深圳，一个南国小渔村，也是依托香港，服务内地，面向世界，敢为天下先，终成为中国改革开放的重要引擎。此时此刻，习近平着眼于民族复兴中国梦，向全体中华儿女发出了改革开放再出发的号召。可以说，大潮起珠江，深圳引领了改革开放壮阔征程；新时代再出发，中国梦的巨轮从前海启航。

此后，前海便成为广东省、深圳市主官履新调研第一站。先是 2012 年 12 月 25 日的广东省委书记胡春华，再是 2015 年 3 月 31 日的深圳市委书记马兴瑞，前海都是他们调研首站。2017 年，更见频繁。1 月 7 日，由深圳市长转任市委书记的许勤，虽然已在深圳工作九年，对前海情况十分熟悉，第一次到基层调研，还是选择了前海。4 月 13 日，王伟中就任深圳市委书记后，调研第一站依旧是前海。11 月 6 日，十九大后履新广东省委书记的李希，首站调研又到了前海。

主政者履新后第一次考察调研去哪里，讲些什么，往往向外界传递出他们的关切点，传递出未来的施政思路。前海的标杆意义，便在一次次书记首站调研的行程中，愈发凸显出来。这也预示着，前海之路，任重道远，只能成功，不容有失。

2018 年 10 月 24 日，时值中国改革开放四十周年之际，习近平再次来到前海。昔日的滩涂，如今已是树影婆娑、绿草如茵、楼宇林立，一派勃勃生机。习近平由衷地说，看到前海的巨大变化，虽然是意料之中的，但仍然感到很开心。实践证明，改革开放道路是正确的，必须一以贯之、锲而不舍，再接再厉，必然成功。

在前海开发区滨海休闲带的开阔处，伫立着一块两米多高的黄蜡石，上书"前海"两个彤红大字，人称前海石。前海石，是沧桑巨变的有力见证者。习近平正是在前海石前，两次就前海、深圳乃至中国的改革开放作出重要指示。总书记外出视察，在同一个地点，两次发表讲话，是极其难得的。从中可以领略到，这位新时代领航者的殷殷期望之所在。

前海既是中国广东自贸试验区前海蛇口片区，也是前海深港现代服务业合作区。全区面积二十八平方公里，其中前海区块十五平方公里，蛇口区块十三平方公里。蛇口在中国改革开放进程中知名度极高，它是昔日逃港潮的偷渡点之一，也是率先喊出"时间就是金钱"，杀出改革血路的地方。正在建设中的前海区块，则由桂湾、前湾、妈湾三大片区组成。整个自贸片区，"三城一港"的格局已然可见：桂湾金融商务城、前湾综合产业城、妈湾自由贸易城以及蛇口国际枢纽港。

从地理位置上看，"香港—深圳—广州"构成了粤港澳大湾区打造世界级城市群的主轴，而前海正是其重要节点。深港机场连接线建成后，前海至香港机场及深圳机场的车程均只需十分钟。前海独特的功能定位，可以从三个方面体现出来：现代服务业发展集聚区和体制机制创新区，香港与内地紧密合作先导区，珠三角地区产业升级引领区。

毫无疑问，一座滨海新城，正在迅速崛起。深圳被称作"一夜城"，是指它在短短几十年间，从一个落后的小渔村蜕变为一座现代化大都市，创造了世界城市发展史上的奇迹。前海作为"特区中的特区"，必将创造"奇迹中的奇迹"。

在这奇迹的创造过程中，香港的角色不可取代。正如当年深圳腾飞，香港的作用举足轻重。2012 年习近平第一次视察前海时，谈到前海的发展定位，首当其冲的便是依托香港。2014 年全国两会期间，习近平明确提出，前海要增强与香港的关联度，为香港结构优化发挥杠杆作用，为香港发展拓展空间。这次来到前海，习近平进一步强调，要扎实推进前海建设，拿出更多务实创新的举措，探索更多可复制可推广的经验，深化深港合作，相互借助，相得益彰，在共建"一带一路"、推进粤港澳大湾区建设、高水平参与国际合作方面发挥更大作用。

前海着力在"一国两制"框架下深化与香港合作，目标是到 2020 年，每平方公里 GDP 达到一百亿元人民币，成为国际一流的现代服务业合作区。由深港两地青年组织与前海管理局共同打造的"前海深港青年梦工厂",位于前海开发区黄金地段。那是 2014 年 12 月 7 日,习近平视察前海两周年之际,正式挂牌开园的。四年来,梦工厂已经培育了一百多支深港青年创业团队,创新之风,方兴未艾。我有份参与了其中一些工作,真切地感受到,中国梦已成为两地青年的共同梦想,引领着时代风尚。

在前海展览厅内,赫然印着八个大字:世界前海、中国窗口。由前海而珠三角,由粤港澳大湾区而"一带一路",中国正向世界宣示:改革不停顿,开放不止步,以创新为不竭动力的中国人民,将翻开新的历史篇章,让世界刮目相看。凭栏远眺,天高海阔。一曲《水调歌头》,潮水般从心头涌起——

秋露凝珠水,明月下青山。

何处当年偷渡,回首已茫然。

杀出一条血路,换得通衢华宇,弹指四十年。

南粤春潮起,天下敢为先。

过蛇口,倚前海,望三湾。

几片滩涂旧地,次第展华颜。

但凭湾区支点,联动九州杠杆,丝练舞人寰。

放眼新时代,风正再扬帆。

水调歌头·风正再扬帆

秋露凝珠水，明月下青山。

何处当年偷渡，回首已茫然。

杀出一条血路，换得通衢华宇，弹指四十年。

南粤春潮起，天下敢为先。

过蛇口，倚前海，望三湾。

几片滩涂旧地，次第展华颜。

但凭湾区支点，联动九州杠杆，丝练舞人寰。

放眼新时代，风正再扬帆。

港珠澳大桥

港珠澳大桥年内就要开通了，城中热议不绝。于我而言，近年来因做粤港青年交流工作的缘故，有关话题并不陌生。而3月8日那天，与大桥的一次生动接触，却令我怦然心动。是日，我出差归来，乘早航班从天津返港。飞机降落过程中，蓦见春雨初歇，云雾缭绕，初生的港珠澳大桥如一道彩虹，横卧于万顷碧波之上，与绵延逶迤的苍山翠岭相映生辉。

这个怦然心动，恰似十年前我在旧金山初见金门大桥时的感觉。金门大桥与其说是一座桥梁，不如说是一个象征：象征着大工业时代的昂扬激情，象征着凯恩斯主义的蓬勃时光，象征着以创新科技独步天下的旧金山湾区破茧而出。

金门大桥诞生于二十世纪三十年代大萧条时期，建筑历时四年，耗用钢材十万多吨，不仅造就了近代桥梁工程的奇迹，而且有着巨大的历史学、经济学和美学价值。大桥雄峙于联接旧金山湾与太平洋的金门海峡之上，两岸陡峻，跨度一千九百多米。整个大桥造型简洁，通体呈朱红色，碧海白浪之间，如巨龙凌空，活力四射。当夕阳西下，华灯初上，红霞与朱桥辉映，天高水远之感尤其强烈。正所谓：

> 峡高千仞一桥横，
> 万里波涛锁海门。
> 赤练腾空吞落日，
> 漫天血色话前尘。

旧金山不是单一中心的大都会，湾区里有数个相对独立的城市中心。正是以金门大桥为代表的几座跨海大桥建成后，湾区经济要素加速整合，诸城市在协同化发展上迈进一大步。随后，才有硅谷的迅猛崛起，构成旧金山湾区发展的最大推力。

回头再说港珠澳大桥。这座跨海大桥的建设，首先基于一个前提：珠江三角洲作为中国改革开放的排头兵，珠江两岸的发展并不平衡，西岸明显滞后。

鉴于香港在广东改革发展中的特殊作用，这个情况有其必然性。香港位于珠江东岸入海口，与珠江西岸的交通，陆路需绕行号称"天下第一堵"的虎门大桥，水路则受天气影响较大。且海运更适合大宗货物流通，对散货机动和人员往来并无多大帮助。修建港珠澳大桥，可望形成快速跨越珠江东西两岸、贯通珠三角城市群的环状高速公路网络和综合运输体系。

当然，建设港珠澳大桥并不只是珠江西岸的需要，甚至不只是广东省的需要。长期以来，香港作为国际金融、贸易和航运中心，对周边地区发挥着重要的辐射作用，同时又依托周边的广阔市场和丰富资源保持自己的活力。近些年遇到的一些发展瓶颈和经济社会矛盾，越来越反映出一个深层问题：香港需要更大的腾挪空间。澳门是一个微型经济体，以博彩、旅游和金融保险为支柱产业，更是高度依赖粤港澳长期形成的产业分工格局。

随着广东省经济规模的持续膨胀，以及香港产业结构升级和澳门经济多元化的迫切需要，构建更加便捷的粤港澳交通体系，推进珠江东岸的发展纵深，挖掘西岸的发展潜力，逐渐成为各方的共同愿景。一句话，珠江三角洲需要上新台阶，香港需要开拓发展空间，澳门需要产业配套。修筑港珠澳大桥的建议，便首先由香港特区政府提了出来，随即得到广东省政府、澳门特区政府的认同和中央政府的积极回应。

港珠澳大桥 2009 年 12 月开工，2018 年 2 月竣工。历时八年多，建成世界上最长的跨海公路桥。大桥全长五十公里，桥隧一体，似蛟龙戏水，腾空入海，怡然自如。三藩市湾区凭藉雄奇壮观的金门大桥，把浩瀚的三藩市湾变成了自己的内陆湖。粤港澳大湾区则以飘逸潇洒的港珠澳大桥，把伶仃洋和珠江下游广阔的水域变成自己的内陆湖。港珠澳"一小时生活圈"由此形成。在生产力诸要素的流通中，人的流通是核心。人通了，一通百通。

尽管由于社会制度不同，粤港澳融合还需假以时日，而发挥各自优势形成互补已是三地共识。食材已然齐备，一锅靓汤正在熬制。这锅靓汤，食材是丰富的，因而具备了足够的密度；但各种食材还需充分交融，才会有浓度。打造国际一流湾区和世界级城市群，决不是轻而易举的事。粤港澳三方都需要创新思维，更需要协调配合，方能共同做好这篇大文章。

千山翠色舞青龙，万顷清波托彩虹。
为有神州融港澳，敢教教广让时空。
滔滔怒水长桥锁，渺渺烟云大邑通。
一俟湾区从此起，珠江何必问西东。

想当年，文天祥"惶恐滩头说惶恐，伶仃洋里叹零丁"，给这片海域笼上了一层无奈的悲情。而今，七百多年过去了，沧海桑田。俯瞰珠江三角洲，粤水如碧，即将开通的港珠澳大桥，正在修建的深中通道，车水马龙的虎门大桥、黄埔大桥，由南往北，横卧其上。仿佛丹青妙手恣肆铺陈的一座珠光宝塔，顶部广佛同城，右为莞深港，左为中珠澳，周边则以惠州、肇庆、江门的青山绿水点染，如朵朵祥云环绕。高速干线蛛网密布，万家灯火星耀其间，一个崭新的世界级大湾区正阔步迈上人类历史的舞台。

在今年全国两会上，习近平主席由衷地说："这个大湾区搞起来不得了。"

七绝·金门大桥

峡高千仞一桥横，
万里波涛锁海门。
赤练腾空吞落日，
漫天血色话前尘。

七律·港珠澳大桥

千山翠色舞青龙，万顷清波托彩虹。
为有神州融港澳，敢教敖广让时空。
滔滔怒水长桥锁，渺渺烟云大邑通。
一俟湾区从此起，珠江何必问西东。

追梦神州

三月五日全国人大会议开幕当天，北京芳草地举行了一场青年座谈会。六十五名"港青追梦神州之旅"参访团成员，与三十余名在北大、清华就读的港籍大学生，十几名出席全国"两会"的港区全国人大代表、政协委员，以"国家发展战略与香港青年机遇"为主题，展开了热烈讨论。

座谈会吸引了二十余家港澳、内地和国外媒体，报纸、电视、网络争相报导和评论，一时成为热议。林郑月娥行政长官在会上讲的一个观点引起高度关注：香港融入国家发展大局，不能只是政府和商界的融入，广大青年的融入是不可或缺的。

的确，青年的融入，既有实际价值，也有象征意义。想当年，改革开放大潮初起，深圳特区应运而生。从罗湖桥北上的年轻港客，带去的不仅仅是资金，也带去了观念和风尚。甚至他们的着装，墨镜西装喇叭裤，一度成为开放和时髦的标志。

港人抓住内地改革开放的机遇，利用国家对外资外商的政策优惠，跨过深圳河，到神州大地发展，成为四十年来没有中断的一道流动风景线。北上港人大致分为三批：一是地产商，随着内地资产大幅增值，赚得盆满钵满；二是工厂主，利用内地廉价劳动力开办纺织厂、玩具厂、纸板厂、沙发厂等等，也卓有成就；三是专业人士，发挥自身特长，提供专业服务，创新创意创业，在相关领域已崭露头角。

如今，中国以"一带一路"建设为标志的大开放格局，以"粤港澳大湾区"建设为标志的区域战略，以"创新型国家"建设为标志的未来走向，为香港融入国家发展大局提供了新的宝贵机遇。不过，这个机遇是动态的。国家和香港都站在了与以往完全不同的坐标点上，世界科学技术日新月异，我们习以为常的资本、技术、管理单向输出输入的时代过去了。现在是融合的时代，你中有我我中有你的时代。

时代变了，游戏规则变了，参与角色也得变。最近看到一份《深圳市未来产业发展思路》的材料，触动很大。过往的一些重要产业，如旅游、地产、来料加工等，完全没有提及。通篇都是新业态，比如七大战略性新兴产业：生物，互联网，新材料，新能源，新信息技术，文化创意，节能环保；四大未来产业：海洋，航空航天，生命健康，机器人及智慧设备，等等。虽然其中很多内容我没有深想，但感觉到一个全新的深圳正扑面而来。

香港的情况如何？香港具备很多传统优势，但这些优势怎样才能注入产业发展，推动产业提升，似乎还在摸索之中。楼价高企，股市繁荣，空气清新，创造活力则明显不足。种种迹象表明，这里仿佛更适合有钱的"寓公"和"职业革命者"生活，不适合奋斗中的年轻人。

引一段网络上的话来说明香港的"寓公"现象：香港是一个有钱人扎堆把持话语权的地方，建立起了非常稳固的政策制度、产权制度来保障各种有钱人的权益不受损失。这样的地方一定不适合屌丝逆袭，但是很适合有钱人养老，最终形成的结果就是有点钱的人都期望来到香港。说白了，年轻人求新求变，老年人求稳求好，仅此而已。

至于"职业革命者"，是一个形象化的说法。他们以"革命"为职业，却并不在意革命的结果，而是革命的过程，在香港通常被称作"民主派"或"反对派"。为了方便说明问题，不妨再引一段网文：从逻辑上看，所谓民主派根本不是也没有动机去追求民主，而是利用追求民主的群众力量吸纳选票。久而久之，他们已经成了"右普选"的既得利益者。为了保持"争民主"的政治力量道德光环，他们绝不会让香港有民主。这也解释了为何有时大家觉得他们表现"怪怪的"。

　　基于特殊的政治、经济和社会原因，多数香港人生于斯长于斯，离开香港，似乎就无处可去。不少人蜗居在三四十平方米的公屋里，一辈子跟父母生活在一起，依靠政府的福利体系过日子。看不到前途，所有的怨气都会出来，而由于认知局限，他们压根儿不知道是什么造成这个样子，便简单地把怨气发泄到社会上。不断滋生的怨气，相对完备的福利安排，成熟的法治环境，造就了"职业革命者"的土壤。

　　那么，没有资格做"寓公"，也不愿意做"职业革命者"的年轻人，出路何在呢？答案越来越呼之欲出：北上神州，打通各种物理和心理上的区隔，以内地巨大的纵深，开创一片新天地。痛则不通，通则不痛。有些问题，局限在一个狭小的空间里是无解的，一旦腾挪的空间足够大，就压根儿不是什么问题了。

　　"港青追梦神州之旅"参访团由一批近年来在内地发展、事业初成的香港青年才俊组成。其中，既有顺丰快递的王卫、云洲智慧的张云飞等大咖，也有迷你仓、港你知等小创业者。出席座谈会前，一行人还参观了"英雄互娱""DD 出行"等互联网企业，随后又走访了京津地区的一些高新产业开发区。三天行程，中间恰逢"惊蛰"，正是万物复苏的节气！惟愿这批先行者，成为一缕缕清风，慢慢吹散维港上空的雾霾；成为一粒粒种子，为更多的香港青年生长出希望来。

> 适逢两会赴京津，惊蛰一来万物欣。
> 华夏风云方际会，香江才俊正青春。
> 相邀北上寻机遇，且待他年报捷音。
> 斗转星移多少事，期期不忘是初心。

七律·咏港青北上

适逢两会赴京津，惊蛰一来万物欣。

华夏风云方际会，香江才俊正青春。

相邀北上寻机遇，且待他年报捷音。

斗转星移多少事，期期不忘是初心。

寻找精神的力量

2018 年 6 月 1 日至 3 日，由三十余名香港华菁会会员组成的"寻找精神的力量"学习访问团，经西安到延安，展开了一次寻根之旅。这是一批内地成长、海外求学、香港发展的青年专业人士，来自金融、法律、传媒、创科等领域。此次延安之行以"寻根"为衷，目的地有三：梁家河，寻新时代之根；杨家岭，寻中国革命之根；黄帝陵，寻中华民族之根。

访问团是夜幕降临时抵达延安城的。当车行驶到宝塔山下，猛一看到那座心仪已久的宝塔，在周围山水组成的灯光秀中，一柱擎天，晶莹剔透，大家伙儿忍不住兴奋起来，旅途疲乏一扫而空。我和大多数团员一样，是初次来到延安，却没有一点儿陌生感。这种故地重游般的感觉，缘于心中有一座宝塔山，已挺立了几十年。一时诗兴起，口占一绝：

> 一路匆匆未解鞍，
> 西安过后是延安。

不辞千里奔波苦，

为有心中宝塔山。

宝塔山因山上这座始建于唐代的楼阁式砖塔而得名。塔高九层，共四十四米，耸立在海拔 1135.5 米的山体上，颇有凌空之势。宝塔原本是一座佛塔，而今禅意尽褪，经历精神涅槃，成为中国革命圣地的标志和象征，展示着延安这座位于黄土高坡上的小城继往开来的大格局。此情此景，填一曲《定风波》记之：

冷月长风落远山，

秦川自古漫硝烟。

汉魄唐魂三万里，雄起，

直将热血洒边关。

板荡神州传马列，猎猎，

千年华夏启新篇。

一塔为峰天下小，破晓，

未来从此问延安。

延安的大格局，可以追溯到中华民族始祖轩辕黄帝的辟地开天之功，追溯到大汉盛唐秦川大地的风云叱咤之威。汉魄唐魂，一脉相承，伟大的精神涅槃诞生于近代中国的烽火硝烟里。在军阀割据的混战局面中，延安成了一座不灭的灯塔，引领着成千上万优秀中华儿女趋之若鹜。

这股"朝圣"般奔赴延安的人流，成为当时政治格局下的一大景观。此番胜景，不妨引述两段当时的文字。

一段是作家何其芳写的：

> 延安的城门成天开着，成天有从各个方向走过来的青年，背着行李，燃烧着希望，走进这城门。学习，歌唱，过着紧张的快活的日子。在青年们的嘴里、耳里、想象里、回忆里，延安像一支崇高的名曲的开端，响着洪亮的动人的音调。

一段是国际记者爱泼斯坦的妻子黄浣碧写的：

> 到了心驰神往的圣地，每天都很兴奋。他看到一个充满生机、朝气蓬勃，有理想、有目标的中国共产党领导的"心脏"，看到了人心所向。他采访了毛泽东、朱德、周恩来等中共领导人，以及许许多多为抗战而奋斗的军民。他说，延安，使人感到未来的中国已经在今天出现。

延安是中国的希望。这个远在西北一隅的小城，尽管物资匮乏，条件艰苦，但不妨碍它成为温暖、明朗、蓬勃向上的圣地，成为青年人梦寐以求的理想所在。这样的魅力，显然不来自物质，而来自精神。有道是，陕西是民族之根，延安是民族之魂。此"根"不难理解，黄帝陵是中华文明的精神标识，汉唐雄风让中华民族巍然屹立于世界民族之林，这都是发生在陕西的故事。而以今日视角，回望当年延安，此"魂"之要者，一是先进主义的引领，一是自始至终的人民情怀。

延安的故事还在继续。我们从梁家河知青住过的土窑洞里，分明能感受到杨家岭土窑洞同样的气息 ——

> 一样胸怀一样情，
> 泱泱大道与民行。
> 初心宛在山坡上，
> 一孔土窑一点灯。

习近平主席说，他人生第一步所学到的，都是在梁家河获得。梁家河七年知青岁月的最大收获有两点：一是懂得了什么叫实际，什么叫实事求是，什么叫群众。这是获益终生的东西。二是培养了自信心。所以，他告诉我们："不要小看梁家河，这是有大学问的地方。"

访问团最后一站，来到心仪已久的黄帝陵。晨光熹微，元神充盈，在中华始祖陵前，肃立鞠躬，敬香焚烛，源远流长的中华文化，注入一众青年朋友的血脉 ——

> 久有登临意，今朝始拜山。
> 晨风来万里，夜柏越千年。
> 虎踞龙盘处，神闲气定间。
> 仙台无一语，恳恳护轩辕。

七绝·延安情

一路匆匆未解鞍，
西安过后是延安。
不辞千里奔波苦，
为有心中宝塔山。

定风波·宝塔山

冷月长风落远山，
秦川自古漫硝烟。
汉魄唐魂三万里，
雄起，
直将热血洒边关。

板荡神州传马列，猎猎，
千年华夏启新篇。
一塔为峰天下小，
破晓，
未来从此问延安。

七绝·土窑灯

一样胸怀一样情，
泱泱大道与民行。
初心宛在山坡上，
一孔土窑一点灯。

五律·黄帝陵

久有登临意，今朝始拜山。
晨风来万里，夜柏越千年。
虎踞龙盘处，神闲气定间。
仙台无一语，悬悬护轩辕。

一路青春
一路情

在纪念"五四"运动一百周年大会上，习近平主席要求各级政府和全社会都要充分信任青年，热情关心青年，严格要求青年，关注青年愿望，帮助青年发展，支持青年创业，做青年朋友的知心人、青年工作的热心人、青年群众的引路人。

过往印象中，纪念"五四"运动，主要着墨于鼓励广大青年弘扬"五四"情神，树立远大理想，为国家和民族做贡献。此次纪念大会，除了一贯强调的内容外，还浓墨重彩地提出了关心帮助青年的要求，让人印象深刻。我由此想到了"五四"前夕，在花城广州启动的粤港澳大湾区青年职业发展 5A 行动。

所谓"5A 行动"，是围绕青年职业生涯中学习、实习、交流、就业、创业等五个方面（Aspect），推动港澳青年抓住大湾区建设机遇，融入国家发展大局，实现事业发展和人生价值。

粤港澳大湾区建设，作为习近平主席亲自谋划、亲自部署、亲自推动的重大国家战略，自提出以来，就把青年的参与作为重要内容。《粤港澳大湾区发展规划纲要》二十七次提到"青年""青少年"，而支持港澳青年在大湾区发展，加强粤港澳三地青年交流，共建宜居宜业宜游的优质生活圈，成了贯穿其中的一条主线。大湾区建设领导小组组长韩正强调，要大力鼓励港澳青年在大湾区就业创业，为港澳青年提供更多就业机会和更好工作条件。

去年 11 月，习近平主席会见香港澳门各界庆祝国家改革开放四十周年访问团，嘱托大家要为港澳青年发展"多搭台、多搭梯"。大湾区建设全面铺开，无疑为港澳青年发展搭建了最大的台、最宽的梯。可从现实情况看，港澳青年到大湾区发展仍面临一些困难和障碍。香港民调显示，尽管 71.3% 的受访青年认为大湾区是"事业发展的机遇"，但只有 39.1% 认为会"增加就业机会"，26.1% 认为会"增加创业机会"。而愿意去广东就业的只有 23.4%，愿意去创业的 19.2%，愿意去学习的才 15.5%。这表明，香港青年虽然宏观上认可大湾区带来的机遇，具体到个人发展层面，信心还不足。

针对这种情况，"5A 行动"整合粤港澳三地政府和社会资源，联通大湾区十一个城市，通过出台扶持政策，搭建服务平台，打造落地项目，加强对青年人特别是港澳青年的支持，真正让他们在大湾区发展有得问、有得帮、有得靠。

同时，"5A 行动"亦是基于香港青年学历结构进行的新探索。香港青年直接升读大学的比例并不高，2018 年中学文凭试考生中，只有约一万三千人获得八所政府资助大学的学士课程学额，仅占全部考生的 22%。而以职业训练局为代表的香港职业教育，在青年教育体系中占有极其重要的地位。职训局每年培训学生约二十万人，其中全日制学生五万人。加上其他培训机构，接受职业教育的青年人数远远超过本科教育的人数。

香港职业教育不仅涉及面广，而且品质很高，特别是酒店管理、厨艺、文创、旅游等培训，享有世界声誉。珠三角地区的职业教育也居全国前列，与香港有广泛的合作空间。"5A 行动"把青年工作的对象从大学生延伸到职专学生，对拓宽普通青年职业发展渠道，整体提升大湾区职业质素有着特殊意义。

另有资料显示，青年人创业，科技创新类由于门槛较高，只占 5% 左右，文化创意类则占 50% 以上，其余 40% 是传统产业的商业模式创新。"5A 行动"注重从香港有特色、内地匹配度好的专业行业领域切入，通过推出一些务实的项目，比如厨艺、中医药、装帧设计等，满足青年人多样化的创业需求。

近年来，各地政府和社会各界围绕青年学业、就业、创业做了不少事情。事实上，处于不同学历背景、社会阶层和成长阶段的青年人，对职业发展的需求是不同的。为了帮扶更加精准，施策更加配套，"5A行动"在学业、就业、创业之中，增加了实习和交流。这使青年职业发展链条更加完善，更能适应青年人在不同职业发展阶段的特定需求。

"5A行动"一经提出，旋即得到粤港澳三地青年的积极回应。五百余名来自大湾区"9+2"城市的青年学生齐聚羊城，出席"5A行动"启动大会，宣读"5A行动"倡议书。随后，兵分三路，以"南粤印象""创新科技""文化创意"为主题，亲身体验大湾区广阔的发展空间。

云山下，珠水畔，青春的激情，承载着全社会的关爱。因了这抹行走的风景，千年花都，分外妖娆。

据载，广州建城，始于番禺建县。公元前214年，秦始皇设南海郡。番禺乃首置县，并为郡治所在地。秦末汉初，赵佗自立为王，名南越，定都番禺。汉武帝平定南越后，重划郡县，番禺仍为南海郡治，属交州。后来交州被分为交、广二州，广州州治即设于番禺。可见，广州作为一个城市，早期大致是与番禺重合的。经过两千多年沿革，番禺治所不断南移，辖地大为缩小。今日番禺作为广州的一个市辖区，无论地理位置、行政隶属，还是人文风俗，与昔日番禺都不可同日而语。要不是高铁广州南站设在番禺，外地人已很难对番禺有多少印象了。千秋南粤，几度沧桑，或可从一部番禺沿革史中，领略一二。

俱往矣！大湾区扑面而来，世界级城市群，伴着青春的气息，犹如一幅壮阔的时代画卷，徐徐展开——

> 云山珠水绕花城，
> 一路青春一路情。
> 莫道番禺多故事，
> 湾区画卷正纷呈。

七绝 · 青春湾区

云山珠水绕花城，
一路青春一路情。
莫道番禺多故事，
湾区画卷正纷呈。

青·机·战
年　遇　略

2018 年 6 月 25 日至 29 日，来自香港社会各界的一百五十名青年才俊，组成"国家发展战略与香港青年机遇"参访团，从深圳出发，乘高铁北上，跨珠江、长江、黄河，一路参访企业，听讲座，看展览，最后以人民大会堂一场高规格座谈会完美收官。

这是一次学习体验之旅，追求奋进之旅，也是一次寻根之旅。参访团所到的深圳、武汉和北京，正是粤港澳大湾区、长江经济带、京津冀协同发展等三大区域战略的枢纽城市。这批来自工商界、专业界、传媒、基层的年轻人和大学生，以其融入祖国、放眼世界的独特视角，从中寻求新时代香港青年的发展机遇。

参访团选择从深圳莲花山顶邓公铜像前起步，缅怀改革开放总设计师，剖析香港与改革开放的不解之缘。正是改革开放带来的历史机遇，成就了一代香江青年，也成就了今日香港。同样，中国四十年改革发展的足迹，也深深打上了香港的烙印。今日中国，无论是用工制度、土地政策、城市建设，还是流行文化、生活方式，处处都能看到香港的影子。

然而，三十年河东，三十年河西。当这批香港青年来到深圳博物馆参观改革开放四十年成就展时，看着一帧帧旧照片和文物，联想到几十年来深圳河两岸的风物变迁，心情定然不会平静。深圳河无声地流淌，却仿佛蕴藏着地覆天翻的轰鸣……

与以往考察活动大多偏重于城市的土地开发、基础建设、主题公园等硬件不同，此次参访以考察创科项目为主线贯穿全程。这是与建设创新型国家战略相呼应的，也是为香港打造国际创科中心探路觅航，寻找契机。

看今日世界，创科战硝烟弥漫，已不仅仅是商业之争、产业之争，俨然成了国运之争、未来之争。一路高铁，风驰电掣，串起了深圳的腾讯公司、海能达通信，武汉的光谷高新区、烽火科技，以及北京的中科院创新成果展。作为香港年轻一代的代表，参访团员们在惊叹之余，想必也被点燃了心中的创科之火吧！

参访团还走访了数个富有特色的历史文博机构，以探索华夏文明之脉、中华民族之根。不知道各位青年朋友，是不是认真地想过：我们为什么要去欣赏曾侯乙编钟穿越三千年的袅袅音韵，去倾听单霁翔院长讲述故宫的六百年沧桑，去凭吊圆明园的残碑断柱寂然向天……

日理万机的韩正副总理与参访团全体成员举行了座谈。面对自己主管港澳工作以来会见的第一个香港团组，韩正向大家提出了两点最朴实的期望：一是学习，一是实践。为什么要学习、实践？学习什么，实践什么？言简意赅，意味深长。

> 菁彦生南国，相邀赴北乡。
> 青春歌一曲，铁骥过三江。
> 读史新天地，创科大战场。
> 殷殷期望重，帆劲梦飞扬。

学习无止境，实践也无止境。近代以来，香港人一直以学习能力强，富于机遇意识和探索精神而著称。今天，面对瞬息万变的世界局势和日新月异的科技进步，香港社会却时不时泛起孤芳自赏、抱残守缺的沉渣，令发展的步履有些蹒跚。

想起参访海能达通信公司时，有人提问为什么不多雇用一些香港员工（整个公司只有三名香港员工）。快人快语的陈清州董事长沉默了一会儿，边思考边说：文化背景差别不大，人工也差不了多少，香港年轻人还很敬业。但从知识结构看，偏重法律和商科，科技功底不够。并且，香港本是国际化程度很高的城市，近年来却有些内化，只关注本地的事，很多年轻人的国际视野反而不如内地年轻人。陈清州的看法有多大的代表性？答案也许见仁见智。有一点却很清楚，香港要建设国际创科中心，并不比建设国际金融、航运、物流中心容易，任重而道远。

莲花山上，一百五十名香港青年与七十余名深圳青年齐声诵读《青春献辞》的场景历历在目：

大鹏展翅，莲花呈祥
缅怀邓公，山高水长
改革开放，振兴华夏
一国两制，光耀香江

新时代，新征程
新青年，新希望
携手并进，共担"两个建设好"历史重任
同心勠力，共享民族复兴伟大荣光

历经风雨来时路
满怀豪情赴天涯
融入中国梦
青春再出发

高铁车上，张明敏的歌声仍在回荡：长江长城，黄山黄河，在我心中重千斤。无论何时，无论何地，心中一样亲……

五律·追梦神州

菁彦生南国，相邀赴北乡。
青春歌一曲，铁骥过三江。
读史新天地，创科大战场。
殷殷期望重，帆劲梦飞扬。

青春作伴赴敦煌

　　香港与敦煌的缘份由来已久，如今又结新缘。2019 年 8 月 19 日，第四届"吕志和奖—世界文明奖"获奖名单出炉，其中"正能量奖"颁给了八十一岁的敦煌研究院名誉院长樊锦诗。此奖由香港嘉华集团主席吕志和设立，一年一度，设持续发展、人类福祉、正能量三个奖项，用以表彰为世界文明发展做出杰出贡献的各国人士。

　　看到这个消息，我想起一桩旧事。2017 年夏天，香港各界青年为庆祝回归二十周年举办了系列活动。青年大讲堂是其中之一，首场讲座 6 月 6 日在培正小学钱涵洲纪念楼举行，请到了金一南将军和樊锦诗院长。金将军的演讲照例激情澎湃，樊院长却是娓娓道来。祖籍杭州、生于北平的樊锦诗以花季之年远赴敦煌工作，一待半个多世纪，被誉为"敦煌的女儿"。她给青年朋友们分享了以莫高窟为代表的敦煌石窟文化，以及自己的人生道路和心路历程。追古抚今，云淡风轻中蕴含了惊天动地，在场青年学生无不动容。

大家深受触动的，不只是丝绸之路与莫高窟的故事，还有樊院长的经历。她说，当时去敦煌工作，也没想那么多，组织分配的。这么多年，做了一些事情，但谈到贡献，微不足道，反而是敦煌给了她一个大舞台，成就了她的人生。辛苦，只要是自己的兴趣，就感觉不到了。成功，怎么衡量？钱虽然不多，也够用了，自己感觉人生过得有价值，成为人类文化传承的一部分，很有意义。

无论是金将军的激情澎湃，还是樊院长的娓娓道来，都让我感怀不已。看着满礼堂稚气的面孔和渴求的眼神，不禁想，他们的人生路上，终会以怎样的作为和精神与这个世界互动？上一辈的期望和教导，将以何种方式并在多大程度上作用于他们的内心？我们这些青年工作者，无非一拨一拨的摆渡者，如何以一片真诚和热心，把他们送上健康成长的轨道？口占一绝，记下当时心景：

半厢鸡血半鸡汤，

苦口婆心布道场。

但引香江丝路去，

青春作伴赴敦煌。

次日早晨，我去樊院长下塌的港丽酒店为她送行，也感谢她为香港青年作的精彩演讲。她很平实地说，传播敦煌文化，已成为自己生命的一部分，只要有人愿意听，她就愿意讲。

这话还真不是虚言。樊院长是 6 月 5 日下午到的香港。当晚，有一家涉台青年团体举办年度聚会，主办方得知樊院长在港，很希望她能去给大家讲讲敦煌文化。想到樊院长已是七十九岁高龄，我心下很是忐忑，又不忍一帮青年朋友失去机会，便试探性地向她提起，她竟毫不犹豫地答应了。到了现场，宴开几十席，闹闹嚷嚷。她半开玩笑地问我：这个场合不适宜讲这么文化的题目吧？我有些不自在，想做些解释，樊院长却不受干扰，从容登台，让文化的涓涓细流滋润周遭的浮躁……

言谈中，我聊到自己还没去过敦煌，樊院长流露出一丝难以置信的眼神。仿佛在说，年过半百的人了，不到敦煌，还算文化人么？我连忙表示，早就想去了，争取尽快成行。她便很高兴，连说欢迎欢迎，届时如果她在，一定亲自给我介绍，让我收获一个别人看不到的莫高窟。

今年暑期，宿愿终于得了。8 月 14 日傍晚，我和香港商报的几位朋友，驾车从青藏高原来到敦煌。第二天一早，就急不可待地去了莫高窟。樊院长不巧外出，承蒙她的助理杨雪梅小姐联系，请了一位颇有文化气质的女士（在敦煌浸淫久了，大概都有这样的气质吧）给我们详细讲解，带我们看了好几个特别的洞窟。我们一边欣赏雕塑壁画，一边品味历史沧桑，上了一堂难忘的现场教学课。

莫高窟俗称千佛洞，始建于十六国的前秦时期，历经千年兴建，到明代中期形成世界上规模最大、内容最丰富的佛教艺术圣地。现存洞窟七百余个，壁画四万多平方米，彩塑两千余尊。在我们看到的有限几个洞窟中，印象最深刻的，当属第45窟的盛唐彩塑群。

唐代是莫高窟的全盛时期，这组彩塑群至今完好地保存了一佛、二弟子、二菩萨、二天王，形神兼备，宛若盛唐时期不同人物的写照。彩塑群生动地刻画了佛陀与弟子各自的身份和性格，佛陀的庄严，弟子的谦恭，菩萨的柔媚，天王的威严，都得到恰如其分的展现。以佛陀为中心，左右大体对称排列，塑像神态各异，低眉垂目。而当你于窟龛前跪拜或下蹲仰视时，却发现每身彩塑都慈祥地凝视着你。你的心，会一下子静下来。

另一个让人难忘的洞窟，是俗称"藏经洞"的第17窟。它的难忘，却不是因为丰盈和美好，而是因为空落和颓废。当我们站在小小的洞窟前，凝望着几乎空无一物的石室，仿佛看到了曾经堆放在这里的五万卷震惊中外学术界的经文书画，也仿佛看到了二十世纪第一个初夏的早晨，畏畏缩缩的王道士那麻木而精明的眼神……

绝域阳关道，胡沙共塞尘。在诗人笔下，敦煌，这座位于河西走廊西头的极边之城，是何等苍凉。然而，遥想当年，金戈铁马，丝路绵延，又何其荡气回肠！丝绸之路历经汉唐宋元千年繁盛，到朱明一朝逐渐衰落。莫高窟也随之进入五百年尘封，直到王道士冒失地把它推到世人面前。可以说，当时的中国和世界，都没有做好接纳这份文明宝藏的准备。

敦煌是民族的，也是世界的，每个人心中都有自己的敦煌。

我们此次入住的敦煌山庄，1994 年由时任香港青年联会主席王敏刚投资兴建。因为做青年工作的缘故，我与敏刚结识多年，不止一次听他讲起当年的故事。出于对丝路文化的热爱，他沿兰州、张掖、敦煌、乌鲁木齐等丝路沿线城市考察不下二十次，最后看中了莫高窟和鸣沙山，决定投资一亿五千万元建造敦煌山庄。

据敏刚回忆，敦煌山庄开工奠基时，狂风大作，黄沙漫卷，连主席台都被吹散了架。一些笃信风水的朋友劝他放弃这个项目，敏刚却说，他舍不得大西北的风土人情和厚重历史，只要施工现场门口的木棚没被吹走，他就留下来接着干。一年后，敦煌山庄落成，汉唐结合的建筑风格，与鸣沙山周边的沙漠景观融为一体，受到海内外游客的青睐。

不过，由于当时的旅游市场还不成熟，敦煌山庄的经营状况并不理想。直到 2013 年国家提出"一带一路"倡议，相关的发展空间和机会得到拓展，山庄的赢利模式才趋于稳定。敏刚很兴奋，数次邀我去看看敦煌山庄，去感受一下大漠皓月、边塞黄沙，还说下一步打算在敦煌建立一座玄奘博物馆，继续传播兼收并蓄的中华文化。他对"一带一路"的热情一发不可收拾，跟我商量要发起一个香港"一带一路"青年大使计划，培养选拔青年人才，同时向"一带一路"沿线国家广泛宣传香港。

青年大使计划如期推进，具体方案已讨论完善了两次，敏刚却病了。也许这一病，让他对生死有了特别的敏感。

岭南一带向来重视过冬至节，有"冬大过年"的说法。去年冬至期间，敏刚分别于 12 月 22 日、23 日连续在朋友圈发了两则微信："缅慕 2018 辞世亲朋：家父、饶老、铁木尔主席、晓晖、廼强、复礼大师、金庸大侠、炳湘、还有……""铭思兄、明权兄、霍韬诲大德、郑晓松……走得人实在太多了。"除了这些悼念文字，他还把过世亲朋的照片贴成九宫格，一个一个，音容宛在。

看着敏刚在朋友圈笑容满面的大头像，下面是整齐排列的亲朋遗像，我心中一凛。万万没有想到，仅仅过了两个多月，身为全国人大代表的王敏刚，在出席"两会"期间，也随自己的亲朋走了……

置身于敦煌山庄雄浑苍劲的大堂上，漫步在古朴典雅的回廊之间，享受着服务员热情周到、不卑不亢的港式服务，我不时回想起与敏刚交往的点点滴滴。他那爽朗的笑声，仿佛仍在亭台楼阁间回荡。世事难料，终是没有机会与敏刚在敦煌山庄把盏赏月、畅叙人生了。而我们入住敦煌山庄之夜，恰逢农历七月十五前夕，正是祭奠亲人的日子。冷月高悬，秋蝉劲鸣，一曲《临江仙》，悠悠流出：

> 万里黄沙丝路上，
> 悠然佛窟神龛。
> 千秋功过与谁干？
> 玉门关外月，
> 不说塞尘烟。
>
> 趁得青春追梦去，
> 由来赤子情缘。
> 二十五载弹指间。
> 山庄依旧在，
> 何处故人颜？

香港与敦煌的渊源，还有很多。一群喜爱敦煌艺术的热心人士，2010 年成立了一个"香港敦煌之友"会，九十五岁高龄的饶宗颐先生亲自出席成立仪式。众所周知，饶老先生的敦煌学研究，融学术、艺术、传播于一体，在许多方面具有开创性。

南饶北季，素来相提并论。当香港大学的饶宗颐先生在敦煌学的沃野上开疆拓土的时候，北京大学的季羡林先生这样述说他的敦煌之情：世界上历史悠久、地域广阔、自成体系、影响深远的文化体系只有四个——中国、印度、希腊、伊斯兰，再没有第五个；而这四个文化体系汇流的地方只有一个，就是中国的敦煌，再没有第二个。从内心深处，我真想长期留在这里，永远留在这里。真好像在茫茫的人世间奔波了六十多年，才最后找到了一个归宿。

多元文化交汇，多国贸易往来，共同成就了敦煌。其实，当我们把目光从古代拉到现代，从陆上拉到海上，不难发现，今日香港正是昔日敦煌。香港因其特殊的历史机缘，成为中国人的西洋景，西方人的唐人街。如果说古代陆上丝绸之路的节点首推敦煌，当代海上丝绸之路的节点，香港当之无愧。

回首改革开放四十年，正是中国全面走向世界的四十年。在这浩荡的历史进程中，香港作为最重要的桥梁和窗口，活脱脱充当了盛唐时的敦煌。香港回归祖国二十周年之际，我写过一首抒情诗《南中国的星光》，回归纪念日在"梦之夜·青葱再出发"香港青年音乐节上朗诵，并发表于当天的《人民日报》。开头这样写道：

> 从广袤的夜空俯瞰地球
>
> 南中国闪烁着一簇耀眼的星光
>
> 交融华夏与西洋最美的风景
>
> 你是当代的海上敦煌
>
> 把脉传统与现代深沉的命运
>
> 你是国手的治世偏方

多元文化交汇之地，每每华丽而璀璨，但由于没有深厚的本土文化支撑，往往又是脆弱的。想当初，繁盛千年的莫高窟，因为朱明王朝闭关锁国而埋入黄沙，寂然沉睡。观乎今日香港，面对世界百年未有之大变局，却故步自封，终致进退失据，乱象横生，不免唏嘘。惟愿这颗东方明珠历此劫难，凤凰涅槃！

七绝·青年大讲堂

半厢鸡血半鸡汤，
苦口婆心布道场。
但引香江丝路去，
青春作伴赴敦煌。

临江仙·敦煌

万里黄沙丝路上，
悠然佛窟神龛。
千秋功过与谁干？
玉门关外月，
不说塞尘烟。

趁得青春追梦去，
由来赤子情缘。
二十五载弹指间。
山庄依旧在，
何处故人颜？

298

冰雪寄情

　　岁末年初，不知什么原因，关于中国东北问题的讨论骤然热了起来，"一带一路"和粤港澳大湾区的话题也持续升温。看到这些讨论，联系香港的变化，我想起三年前的一桩旧事。

　　2014 年 12 月 26 日，首届"香港青年学生京哈冰雪体验专列"起程。八百名二三十岁的年轻人，朝辞维港暮辞京，一路直奔哈尔滨，高铁车厢成为他们青春飞扬的流动舞台。尽管二十多个小时兴奋得没怎么合眼，抵达哈尔滨车站时，个个仍是龙精虎猛。一天一夜，经历摄氏五十度的温差，仅此一点就让人激动不已。随后几天，茫茫大平原，冰雪大世界，机器大工业，在他们面前打开一个全新的世界。

> 朝辞维港暮辞京，一路直奔哈尔滨。
> 故友新知方八百，欢歌笑语已三更。
> 寄情冰雪千般媚，追梦神州万象欣。
> 偏是严冬偏要去，从来任性趁年轻。

然而，他们并不知道，这一神奇之旅，差点儿胎死腹中。持续七十九天的"占中"事件，改变了很多事情的发展轨迹，也改变了很多人对事情的看法。香港青年与内地的交流，变得敏感起来。筹备京哈专列活动的几个青年团体负责人，开始打退堂鼓。他们担心会不会有学生撑黄伞，拉标语，或者在重要场合做出不合适的举动。去还是不去？考验我这个青年工作部长的定力和担当。大家深入分析可能出现的风险，反复讨论利弊，决定做足预案搏一把。结果一切顺利，所有预案都备而未用。

香港青年学生为什么要去东北，而且是乘火车？东北与香港有关系吗？打开中国地图，以香港为起点，经北京到哈尔滨，可以看到一条很重要的地理分界线。大致而言，右边是人口稠密、经济发达的沿海地区，左边是人口较少、经济欠发达的西部地区。沿这条线北上，一路以年轻敏锐的心去感悟，与同龄人面对面交流，领略不同的文化地理环境和经济社会发展状况，必将成为这些青年学生成长的养料。

京哈冰雪体验专列连续办了三届。每年元旦前后，数百名香港青年学生踏上这条难忘之旅。今年不统一组织了，但品牌感召力仍在。好几个青年团体，各自组织了较小规模的冰雪交流。此时此刻，或在大庆，或在哈尔滨，或在长春，香港青年学生正与当地年轻朋友一起滑雪、溜冰、座谈、联欢……

中国东北和香港一样，人口以二三代移民为主。这类地方，受社会历史变迁的影响特别大。改革开放四十年来，国家天翻地覆，东北历尽沧桑。1978 年，GDP 全国排名前十的城市，东北有四个：长春第五，哈尔滨第六，沈阳第七，大连第九。到 2016 年，这四座城市的全国排名分别是：长春第三十，哈尔滨第二十七，沈阳第十九，大连第十七。从 2017 年前三季度的情况看，排名还在继续降。只有大连勉强留在前二十，其他三个城市都落到三十名以后了。一路下行，个中甘苦，不难想见。

那么，香港在国家改革开放壮阔征程中，走出了怎样一条轨迹？未来何去何从？近来讨论很多，争论很激烈。但有一点没有争议：香港正处于大变革的前夜。正是在这个背景下，去年 12 月 15 日发生了四件事，从某种意义上可以看作是对三年前那场街头运动的回答。一是林郑月娥特首到北京述职，与国家发改委签订协定，中央政府支持香港全面参与"一带一路"建设。二是港交所宣布同股不同权的公司可以申请来香港上市。三是香港大学第一次迎来内地出生并在内地接受大学教育的海外华裔学者担任校长。四是立法会通过旨在反"拉布"的议事规则修正案。

同一天发生的四件事，释放出一种强烈信号，使这一天具备了标志性意义。香港融入国家发展大局，从此进入快车道。投身"一带一路"和粤港澳大湾区建设，给了香港重新焕发活力清晰的地缘定位。港交所的 IPO 新政，明显吸取了阿里巴巴未能来港上市的教训，充分考虑到内地创科企业在发展中遇到的新情况。港大作为香港的代表性学府，聘任内地成长背景的校长，开创性不言而喻。至于立法会成功"剪布"，联想到近年来特区政府和香港社会深受"拉布"困扰，而大多数被"拉布"的议题又与内地相关，其指向性也是很明显的。

大势之下，各种偶然汇成必然。有道是，惟一不变的，是变化本身。年轻人应当有世界眼光。什么是世界？诗人说，一个人行走的范围，就是他的世界。同样，一个人交往的范围，就是他的世界。一个人思想的范围，就是他的世界。一句话，走出去才是世界，做鸵鸟是没有出路的。今日世界，谁也不能忽略中国的强大存在；离开今日中国，谈不上真正看世界。香港与内地的交流融合，不是为不为的问题，而是主动而为还是被动而为的问题。主动赢得先机，被动坐失良机。

香港人熟悉一种食物：牡蛎，俗称生蚝，据说是壮阳的。牡蛎有一种特别的本事，它能够根据环境转换性别。通过这种转换，确保在任何环境下都可以繁衍生息。经过养殖场对比试验，发现在相对优越的营养和环境条件下，雌性牡蛎占多数；条件转差时，雄性牡蛎占多数。当月平均水温为 13℃-20℃ 时，雄性比例高；月平均水温升至 20℃-30℃ 时，两性比例接近；水温再下降时，雄性比例又增高。看来，相对恶劣的环境和寒冷的温度，可以激发雄性激素的生长。

不少朋友跟我谈起香港青年问题，都说现在的年轻人生活太安逸了。太安逸了就不思进取，不敢冒险，要让他们吃苦，离开舒适区。一味迁就和迎合，只会害了他们。几十年来，天时地利人和，香港的确在温柔之乡待得太久了。山中方七日，世上已千年。现在的发展环境不复以往，留给香港的时间窗口不多了，这片土地亟需唤醒蕴藏其中的雄性。如果说粤港澳大湾区是一剂良药，东北的冰天雪地，正是最好的药引子。

七律·冰雪寄情

朝辞维港暮辞京，一路直奔哈尔滨。
故友新知方八百，欢歌笑语已三更。
寄情冰雪千般媚，追梦神州万象欣。
偏是严冬偏要去，从来任性趁年轻。

一路沧桑　一路随

近年来，关于香港的发展定位、发展前景与发展方向问题，越来越引起各方高度关注。

究其原因，一方面，香港自身的一些深层次矛盾亟待解决；另一方面，香港与国家的关系、中国与世界的关系正发生着深刻的变革。这是百年未有之大变局，中国从追赶时代到与时代同步，某些方面开始引领时代。这一大变局，也深刻地改变着香港的角色。

一个世纪以来，香港的主要角色是对外，充当中国国际联系的桥梁和对外开放的窗口。随着国家全面开放格局的形成，对外开放发展到双向开放，香港的角色将逐步从对外联系转向对内对外双向联系，成为中国与世界互动的桥头堡。

自鸦片战争以降，中国对外联系，总体上是落后对先进。香港的独特角色，天然有一种优越感。现在角色的转换，导致社会利益格局调整。香港社会历来是敏感的，伴随这种调整而来的某种焦虑情绪开始弥漫。朝野上下皆有，青年人尤甚。

在很多人看来，内地发展迅速，香港却因产业空心化，地产金融高度垄断，转型困难，发展空间愈益狭小。深圳、广州等大湾区城市在人才、资本、生活方式等方面对香港形成越来越大的压力，港人在与内地交往中的话语权逐渐减弱，难免产生失落感和沮丧情绪，有的发展到怨恨和偏激。香港某知名财经人士认为，年轻人"上楼"难，"上位"难，"上流"难，于是只有"上街"表达不满。

的确，香港本地生产总值占中国国内生产总值的比率从改革初期的 20% 多到今天不足 3%，香港在国家对外开放中的传统功能正被其他城市分解，两地交往民间冲突个案时有发生，而特区政府消解社会冲突、促进经济发展的努力遇到重重困难。有识之士看在眼里，急在心里。各种药方都在开，却难以真正解决问题，反而在社会气氛上加剧了这种焦虑。

此时此刻，国家主席习近平会见香港澳门各界庆祝国家改革开放四十周年访问团，发表了重要讲话。讲话提出要充分认识和准确把握港澳在新时代国家改革开放中的定位，支持香港澳门抓住机遇，培育新优势，发挥新作用，实现新发展，作出新贡献。言之谆谆，细读之，有一种拨云见日的感觉。

解决未来问题的钥匙，往往蕴藏于过去的事实之中。习主席开宗明义地指出：在国家改革开放进程中，港澳所处的地位是独特的，港澳同胞所作出的贡献是重大的，所发挥的作用是不可替代的。这个"地位独特""贡献重大""作用不可替代"，不但是对港澳过去成就的充分肯定，也为香港进一步认清定位，把握机遇和优势，更好地以香港所长贡献国家所需，实现共同发展，带来深刻启示。

把香港打造成国家双向开放的桥头堡，更加积极主动地助力国家全面开放，这是新时代香港的定位。在国家扩大开放过程中，香港一旦把自己国际联系广泛、专业服务发达等优势同内地市场广阔、产业体系完整、科技实力较强等优势结合起来，国际金融、航运、贸易中心地位将进一步提升，国际创科中心建设将全方位提速。可以想见，在这样的格局下，香港的地位和作用只会加强，不会减弱。

国家改革开放是香港发展的最大舞台，共建"一带一路"，建设粤港澳大湾区，为香港发展提供了新的重大机遇。想当年，改革开放大潮初起，珠三角各种招商引资的优惠措施，使香港本地制造业面临巨大冲击。那一代香港人，其中大多数是二三十岁的年轻人，并没有停留在抱怨上，而是抓住机遇，挖掘潜力，或跨过深圳河北上，或留在香港发展，创出一代辉煌。

而今，中国已站在一个全新的平台上，香港更需积极主动融入国家发展大局，特别要从投身大湾区建设中探索新路向，开拓新空间，增添新动力。我们知道，有些问题在狭小空间里是解不开的结，在更大范围里就不成其为问题了。香港的未来在大湾区。习主席指出："建设好大湾区，关键在创新。"香港是一个小而美的活力之都，素有创新创意传统，在这方面必将大有可为。

内地发展快，不应被看作香港面临问题的原因，而恰是解决香港自身问题的机遇。共建大湾区，不应纠结于"被规划"的疑虑，而恰是发挥香港独特优势的舞台。香港的真正价值，不体现在统计资料的硬比拼，而体现在不可取代的软实力。作为多元文化共存、中西文化汇聚的国际性城市，香港有着不同于内地任何城市的独特魅力。发挥好"一国两制"的制度优势，保持自己特色，练好内功，扎稳底盘，外联内引，必能走出新天。

由此回溯香港与国家的历史，那种休戚与共、血浓于水的联结，每每让人嘘唏。鸦片战争以及随后香港被割让，是中国梦的历史起点。从革命到建设，从僵化到改革，从封闭到开放，香港同胞与全体国人一同走过。到本世纪中叶，"两个百年"目标实现，中华民族复兴，当是中华儿女的共同节日！且填《南乡子》一首，表达此情此感：

往事可堪追，

南国硝烟起翠微。

世纪离愁长夜冷，同悲。

一路沧桑一路随。

改革启帆桅，

海角天涯不复回。

携手并肩圆大梦，腾飞。

两个百年共举杯。

南乡子·一路沧桑一路随

一路沧桑一路随。

世纪离愁长夜冷，同悲

南国硝烟起翠微。

往事可堪追，

一路沧桑一路随。

改革启帆桅，

海角天涯不复回。

携手并肩圆大梦，腾飞。

两个百年共举杯。

310

木木 著

缘于行走

诗语背后的故事

下册

责任编辑：杨歌

装帧策划：木木

设计制作：李洛霖

排版：肖霞

印务：刘汉举

缘于行走
—— 诗语背后的故事（下册）

□
著者
木木

□
出版
中华书局（新加坡）有限公司
新加坡亨德申路 211 号亨德申工业大厦 # 05-04 室
电话：(65) 6278 3535　传真：(65) 6278 6300
电子邮件：info@commercialpress.com.sg
网址：http://www.chunghwabook.com.hk

□
发行
香港联合书刊物流有限公司
香港新界荃湾德士古道 220-248 号荃湾工业中心 16 楼
电话：(852) 2150 2100　传真：(852) 2407 3062
电子邮件：info@suplogistics.com.hk

□
印刷
美雅印刷制本有限公司
九龙观塘荣业街 6 号海滨工业大厦 4 楼 A 室

□
版次
2020 年 11 月第 1 版第 1 次印刷
© 2020 中华书局（新加坡）有限公司

□
规格
32 开（200 mm×140 mm）

□
ISBN：978-981-14-8175-8

目录

明月半轮正好秋

墨香不忍江湖远

乌镇味道

乌镇是一个有颜色有味道的地方。历史上，乌镇以车溪为界，分为乌、青二镇。1950 年两镇合二为一，统称乌镇，车溪亦改名市河。何以叫乌镇、青镇？清康熙年间编撰的《乌青文献》如是说："大都江山自开辟以来，何有其名字？皆世谛流布相承耳，如'齐鲁青未了''澄江静如练'，是为山水传神写照语也。乌青之义盖类此。"所以，乌镇之"乌"，或因碧波荡漾的河流，或因乌黑肥沃的土地，或因粉墙黛瓦的民居建筑……

乌镇的颜色切合了中国传统审美，它是素净的，像一幅水墨画。乌镇的味道却是丰富的，最浓郁的有三道：一是烟雨古镇，二是千秋文脉，三是世界互联网大会。

江南以水乡著称，而水乡名邑首推苏州杭州。苏杭二州一北一南，乌镇居其间，距两地各八十公里，以大运河水系贯通。历千百年，苏杭已成大都会，唯乌镇被誉为最后的枕水人家。朝晖夕阴里，高桥低洞，凌波而来；木廊石巷，绕阁而去。

乌镇最长的古巷西栅大街上，紧邻昭明书院，有一家"书生羊肉"面馆。清晨，微雨，身着蓝衣、撑着紫色小伞的志愿者姑娘，三三两两，款款而过，时空悠悠穿越——

千年前的雨滴

敲打着冷冰冰的青石板

千年来的书生

品尝这碗热腾腾的羊肉面

摩登女郎飘然走进悠长的古巷

闻到了千年不变的羊肉香

一朵盛开的紫荆花托住

千年前的雨滴

烟雨中漫步街头，宁静得有些奢侈。但若就此认为乌镇只是小桥流水，小家碧玉，那就错了。乌镇从来是有大气派的。茅盾这样描述他的家乡：乌镇是两省三府七县交界，地当水陆要冲。清朝在乌镇设同知，衙门大堂上一副对联"屏藩两浙，控制三吴"，宛然两江总督衙门的气派。

乌镇以弹丸小镇而具烟火万家，文脉渊远流长。沈约陪昭明太子读书，已成佳话。自宋至清，这里出了六十四名进士，一百六十一名举人，又有例贡一百六十人，荫功袭封一百三十六人，人才鼎盛，济济成风。近代以来，亦有茅盾、木心等文艺大师，续写一方风流。

坐在小河边的廊棚下，体验着小镇浓郁的文化氛围，仿佛感受到丰厚的文脉在汩汩流淌。而今，古老的江南水乡，竟然成为世界互联网大会的永久会址！千年水乡的古色古香与现代互联网气息融合共生，其张力之大，本身就是一个颇有诗意的象征。

互联网宛如一张天网，短短几年，网尽天下英才，网来天下财富。数据为器，无往不利；漫步云端，别有洞天。2017年全球市值最高的五家公司，都是互联网企业。

可是，当我们的世界一点一点被资料占领，人文精神是不是逐渐边缘化了呢？这时候，互联网与乌镇相遇了。它让我们警醒，互联网不应只是技术现象、资本现象，发展互联网不能单纯地"斗技"，单纯地"斗钱"。互联网的本质特征是互联，而互联的对象是人，不是冷冰冰的资料。正如苹果公司 CEO 蒂姆·库克在致辞中说：不担心机器会像人一样思考，却担心人像机器一样思考。

连续两年参加互联网大会，住过景区里的民宿，也住过景区外的酒店。当我走出画里的乌镇，走进市井的乌镇，好似来到完全不同的世界。浑浊的河水，乌黑斑驳的旧民居，街头无所事事的"迁二代"，每每让人反思，互联网真正融入市民生活，实现良性"普惠"，还有多长的路要走？

很喜欢这个关于互联网的传说。普林斯顿大学校报记者采访爱因斯坦：作为当代最伟大的科学家，您觉得什么是这个时代最重要的科学问题？爱因斯坦沉思了十五分钟，回答说：年轻人，如果真有什么最重要的科学问题，我想就是，这个世界是善良的还是邪恶的。记者一下子懵了：爱因斯坦先生，这难道不是一个宗教问题吗？爱因斯坦微微一笑：不！如果一个科学家相信这个世界是邪恶的，他将终其一生去发明武器，创造壁垒，把人隔得越来越远。如果一个科学家相信这个世界是善良的，他就会终其一生去发明联系，创造连结，把人连得越来越紧密。后来，这个年轻人成为互联网的创始人之一。

乌镇正为我们演绎着什么是人文的互联网：一边是互联网之光博览会和各种论坛，炫目张扬；一边是木心美术馆和昭明书院，大气内敛。动若狡兔，静若处子，刺激中不乏沉稳，前卫中透出单纯，这便是乌镇的味道。木心说：生活的最佳状态是冷冷清清的风风火火。他还说：不爱孩子，爱孩子气的成人。

乌镇归来，意犹未尽，试以绝句三首，书写乌镇三昧：

（一）

日履清波夜枕流，

廊桥烟雨锁春秋。

一弯石巷千年老，

不觉沧桑不觉愁。

（二）

雨后清风分外酥，
乱云吐出一轮孤。
夜阑不忍高声语，
院内昭明在读书。

（三）

千秋古镇启新猷，
天下英才一网收。
流水小桥皆往矣，
互联路上逐风流。

七绝·乌镇味道之一

日履清波夜枕流，
廊桥烟雨锁春秋。
一弯石巷千年老，
不觉沧桑不觉愁。

七绝·乌镇味道之三

千秋古镇启新猷，
天下英才一网收。
流水小桥皆往矣，
互联路上逐风流。

七绝·乌镇味道之二

雨后清风分外酥，
乱云吐出一轮孤。
夜阑不忍高声语，
院内昭明在读书。

成都印象 二则

（一）

金沙村里问成都，遥望沧桑近却无。
诗圣诗仙文不老，礼佛礼道信如初。
惯看岁月驰苍狗，只教新桃化旧符。
闲啖街头麻辣烫，临江茶肆话三苏。

讲成都，是一件很费力的事。讲不好而又非讲不可，便不讲成都本身，而从成都周边着墨。这周边，亦是十分了得，动辄以"天下"谓之，比如青城天下幽，峨眉天下秀，剑阁天下险，夔门天下雄。

四川素称"天府之国"，全赖成都平原。成都平原位于四川盆地腹心地带，气候温和，物产丰富，山川秀丽，自然条件得天独厚，人文传统源远流长。有史以来，成都作为中华文明的西部重镇，以其富庶、神秘、多样性闻名天下。

如果从李白、杜甫的诗句里认识成都，你会对那份荒凉和粗野无可奈何。李白说，蜀道难，难于上青天。锦城虽云乐，不如早还乡。杜甫说，八月秋高风怒号，卷我屋上三重茅。南村群童欺我老无力，忍能对面为盗贼。公然抱茅入竹去，唇焦口燥呼不得，归来倚杖自叹息。

可当你有缘看过成都近郊的金沙古蜀文化遗址，看过离成都不足八十公里的三苏祠，必定会是另一番完全不同的感受。

金沙古蜀文化遗址位于成都市西北郊金沙村，是中国同时期出土象牙、金器、玉器最多的遗址之一，被誉为二十一世纪中国第一个最为重大的考古发现。作为成都地区迄今发现的规模最大的商周时期文化遗址，金沙遗址展示了神秘的古蜀文化和独特的青铜文明。那些祭祀用品、鼓缶鼎鼐、权杖面具，不经意便引发你内心的脉动，成为你与古文明对话的信物。

在中国文化史上，我固执地认为，只有苏东坡当得起"前不见古人后不见来者"的全才称号。苏轼时乖命蹇，亦如他豁达的人生态度，举世无两。何况，人家还是"一门父子三词客，千古文章四大家"，这需要何等丰厚的文脉滋养！

说到成都，你不能只想起名闻遐迩的街头小吃，只想起演绎慢生活的盖碗茶，只想起市民公园里的小麻将。那样，你会认为成都太世俗，太缺乏宗教精神。你还需要去领略青羊宫的香火，文殊院的磬声；去触摸宝光寺的罗汉，昭觉寺的佛像；去感悟青城山的道统，峨眉山的禅宗。

成都的文化内涵太丰富了，实难以全面细叙。时逢农历新年，千家万户张贴春联，不妨说说楹联文化。春联作为楹联的一个类型，家喻户晓，但楹联的范围要比春联大得多。凡是由两组等长、成文、对仗工整、平仄合律的汉字构成的文体，都可以称作楹联。楹联是与诗词曲赋并列的独立文学形式，几乎可以用于任何场合。据史书记载，第一幅楹联诞生于五代十国时期的成都。964年除夕，后蜀皇帝孟昶心血来潮，在自己寝宫门悬挂的桃符板上写下"新年纳余庆，嘉节号长春"，成为春联的鼻祖，也是楹联的鼻祖。

迄今，成都的楹联发展仍处于全国领先地位。大街小巷，亭台楼榭，随处可见的楹联已成为成都的文化地标之一。楹联荟萃之地，首推杜甫草堂、文殊院、武侯祠，望江楼公园、百花潭公园亦不遑多让。似乎没有几幅拿得出手的楹联，便不好意思在寺庙公园队伍里混了。

杜甫草堂工部祠的这幅楹联，精辟地概括了诗圣的成就和影响："自许诗成风雨惊，将平生硬语愁吟，开得宋贤两派；莫言地僻经过少，看今日寒泉配食，远同吴郡三高"。杜甫在成都时，曾被举荐为检校工部员外郎，后人尊称杜工部。工部祠正中设杜甫神龛，两侧分别是黄庭坚和陆游。所谓开得宋贤两派，乃指黄庭坚开创江西诗派，陆游开创剑南诗派。远同吴郡三高，则是指太湖之滨彰扬隐逸文化的三高祠，祀越人范蠡、晋人张翰、唐人陆龟蒙。

文殊院中有幅楹联："见了便做，做了便放下，了了有何不了；慧生于觉，觉生于自在，生生还是无生"。寥寥数语，道出了破解人世迷惑的真谛，于深刻哲理中散发着一种淡淡的澄明之气。驻足阅罢，韵会于心，久久不去。

武候祠的"攻心联"更为著名："能攻心则反侧自消，从古知兵非好战；不审势即宽严皆误，后来治蜀要深思"。清人赵藩撰写此联，谈古论今，意在对当时的四川总督岑春煊进行劝谏。其实，古往今来，多少为政者的所作所为，恰恰是既不能"审时度势"，又不能"攻心为上"，自然就难免"宽严皆误"了。

南怀瑾说，三千年读史不外功名利禄，九万里悟道终归诗酒田园。可不要被成都街头巷尾氤氲的市井气息迷惑了，见不到它的深邃。成都历尽沧桑，有容乃大，天翻地覆也寻常。成都底蕴丰厚，从容不迫，腹有诗书气自华。

（二）

太白雄文唱大荒，

洋洋蜀地尽沧桑。

金沙不语三千岁，

化作一坛水井坊。

"噫吁嚱，危乎高哉！蜀道之难，难于上青天。蚕丛及鱼凫，开国何茫然。尔来四万八千岁，不与秦塞通人烟……"成都的格局，被李白这篇《蜀道难》，一下子撑得无限大。

此次随同香港菁英会"追寻百年足迹"学习体验团到访成都，除了例牌的金沙遗址博物馆，还特意去了水井坊博物馆，感触颇深。记得去年在成都过春节，留下一篇《成都印象》，主要讲成都平原丰厚的文化底蕴。这次的成都印象，想写写成都人大气从容的生活态度。

金沙遗址，与其说展示了三千年前辉煌灿烂的古蜀文明，不如说反映了这一伟大文明的戛然中断。在随后的三千年里，成都平原究竟发生了多少惊天动地的大事件？谁可以告诉我，蚕丛鱼凫的成都，李白杜甫的成都，与我们今天的成都，有哪些相同，哪些不同？

水井坊博物馆是一个酒类专题博物馆，以展示水井坊老窖池及其酿造工艺为主线，涉猎全球主要蒸馏酒品类。

在蒸馏酒谱系中，中国白酒独树一帜。按香型分类的中国白酒，清浓酱米兼，各有千秋，但以浓香型为主打，约占全国 70% 的市场份额。其中，产自成都平原及其周边地区的五粮液、国窖 1573、水井坊、剑南春、沱牌舍得，号称"五朵金花"，一直位列浓香型白酒第一军团。

从金沙村寂然沉睡三千年的太阳神鸟，到水井坊连续使用六百年的老窖池，透过历史重重迷雾，我隐约感受到某种文化性格的传承。这传承，历经沧桑，一步步走到今天，走到公园河滨随处可见、因陋就简的麻将桌上，走到街头巷尾名称怪异、各有特色的小吃店里，走到寻常百姓顺手拈来、幽默诙谐的笑话段子中。

成都人常说，他们的幸福生活很简单，无非是打点小麻将，整点麻辣烫，躺在沙发上看点歪录像……

这份从容，这份调侃，貌似云淡风轻，却是意味深长。成都人经历过大阵仗，也承受过大悲痛！远的不说，近五百年来，就见识过张献忠屠城的血雨腥风，也领略过保路运动的风起云涌。湖广填四川，荒年走西口，让成都人视漂泊如寻常，把坎坷当常态，乐天安命。有一首竹枝词这样写道："大姨嫁陕二姨苏，大嫂江西二嫂湖。戚友初逢问原籍，现无十世老成都。"当然，这些历史故事，无论多么沉重或豪迈，今人终归无法亲身感受。我们或许可以从十年前，面对五·一二大地震，成都人沉着镇定的表现中，看出一些端倪。

五·一二汶川大地震后，余震不断，波及成都。市民时不时被地震警报从睡梦中惊醒，到开阔地上躲避。一套程式动作周而复始，渐渐地，躲地震变成了等地震：拉起照明灯，安上麻将桌，喝着小啤酒，地震你爱来不来，老子照样悠哉乐哉。甚至编起了段子：成都人等地震，就像小姑娘等男朋友，怕他不来，又怕他乱来……

成都街头，散布着一种叫"苍蝇馆子"的小饭馆。苍蝇，言其小而无所不在，也指卫生条件不尽人意。其实，"苍蝇馆子"是昵称，并非贬义，隐含着成都人的幽默和自嘲。这些小馆子的饭菜或许不是最好吃的，却一定有它特别的味道和吸引力，让人欲罢不能；环境或许不尽人意，却一定有着最热情的老板和宾至如归的亲切感；这里有公道贴心的价格，别致精巧的厨艺，倾心尽力的创意，以及无所顾忌大快朵颐的酣畅气氛。

三五好友，在狭小得只能摆下几张桌子的小馆子里，噪杂声中，与邻桌的陌生人背贴着背。地上有散落的吃食，墙上是油烟熏出的痕迹。一碗豇豆面，一盆蹄花汤，一盘热腾腾的烤脑花，没有贵贱高低，只有喜欢与否。不管你是骑着自行车来的，还是开着奔驰宝马来的，都删繁就简，在这里找到纯粹食客的感觉。

今年春节前夕，成都发起了一场"天府之歌"全球征集活动，受到社会各界广泛关注。一首名叫《烟火人间》的说唱歌曲，瞬间红遍大江南北——

烟火了人间三千年
有什么百态人生没有见
有一种生活是信步悠闲
看风景跌宕让内心平坦
把苦辣酸甜全都尝遍
让欢喜慢慢经过你的岁月
有一些日子要用来清闲
紧绷的弓弦一定会断
当东南西北微风拂面
在路上相见成为朋友向前
烟火了人间三千年
有什么百态人生没有见
于是繁华之极是轻描淡写
一杯茶摆出一片天
烟火了人间三千年
有什么风起云涌没有见
所以再大困难也谈笑风生
从容优雅每一天

无疑，这首歌在一定程度上道出了成都人的生活态度。这是看过世间百态，仍然对生活充满热爱的气定神闲。人生漂泊，世态炎凉，在喧嚣的城市里，街坊里弄的古朴是每个人心中最真实的烟火人间。也许正是因为这个原因，出生于成都的台湾歌手陈彼得，在夜游锦江时，静静地听着这首歌，潸然泪下。

七律·成都印象之一

金沙村里问成都，遥望沧桑近却无。

诗圣诗仙文不老，礼佛礼道信如初。

惯看岁月驰苍狗，只教新桃化旧符。

闲啖街头麻辣烫，临江茶肆话三苏。

七绝·成都印象之二

太白雄文唱大荒，

洋洋蜀地尽沧桑。

金沙不语三千岁，

化作一坛水井坊。

颐和园之秋

颐和园之秋，是极美的。北京金秋独特的韵味，淋漓尽致地渗透了园子里的山水、亭廊、垂柳、荷花，还有风……

其实，颐和园之美，与季节无关。从山水建筑的布局看，万寿山、昆明湖构成其基本框架，精致的人工景观与起伏的山势、开阔的湖面和谐地融为一体。皇家园林的恢弘气势中，充满了自然山水的洒脱灵动，虽由人作，宛自天开。整个园子大小适宜，构思巧妙，疏密适度，丰富而不杂乱，整齐而不拘谨，富丽堂皇却不盛气凌人，处处充满情趣。

像颐和园这种集中国园林艺术之大成者，任何季节、任何角度去观赏，都是无可挑剔的。我这里单说颐和园之秋，不过是一个偶然。三十年前，我初来北京，第一次游颐和园，是在秋天。那是我来京后游览的第一个公园，不曾想就游了个"中国四大名园"之首。其无与伦比的气派，在我心中定格。从此，颐和园成为我遍游中外园林的参照系。这次事隔多年后再游颐和园，恰巧也是在秋天。

欧阳修说，醉翁之意不在酒，在乎山水之间也。而山水之乐，终不过演绎人情与世故。游览颐和园，面对美不胜收的自然景色，想得更多的，却是因这园子而联结起来的诸般人物和趣事。也许，颐和园之美，正在于它丰厚的人文内涵。

与颐和园最有相关性的人物，自然非慈禧太后莫属。次之，则是光绪皇帝了，还有溥仪。围绕他们与颐和园的正史野史、典故传说，常说常新。不过，当我漫步在斜阳余晖中，脑子里却浮现出毛泽东与柳亚子有关颐和园的一段佳话。

柳亚子因与毛泽东几十年的诗词唱和而见诸史册。两人 1926 年相识于广州，正值第一次国共合作时期。在国民党要人中，柳亚子算得上是最早认识到毛泽东价值的。他 1929 年曾作过一首《存殁口号》，这样写道：

> 神烈峰火墓草青，
> 湘南赤帜正纵横。
> 人间毁誉原休问，
> 并世支那两列宁。

"两列宁"指谁，柳亚子自注：孙中山、毛润之。在柳亚子看来，唯这两人能担当起统领中国革命之历史责任。其时，孙中山已去世，"两列宁"只余其一，而毛泽东还是一个三十几岁的年轻人，可见柳亚子对其期望之高。1945年国共重庆谈判期间，柳亚子进一步称誉毛泽东是"中山卡尔双源合，一笑昆仑顶上头"。毛泽东那首横空出世的《沁园春·雪》，也是交由柳亚子发表的。

1949年3月，柳亚子应毛泽东之邀，与一批民主人士一道，由香港北上，共商建国大计。他被安排住在颐和园，风景优美，吃住也不错。可是，十天过去了，毛泽东除了一次小范围宴请，包括陈叔通、郭沫若、沈钧儒、黄炎培、许德珩等数人，此外并看不出多少让他在新政权中大显身手的意思。柳亚子不免有些失落，写了一首七律呈送毛泽东，发牢骚指自己一片丹心却怀才不遇，暗示要回老家隐居。一个月后，毛泽东和诗如下：

> 饮茶粤海未能忘，索句渝州叶正黄。
> 三十一年还旧国，落花时节读华章。
> 牢骚太盛防肠断，风物长宜放眼量。
> 莫道昆明池水浅，观鱼胜过富春江。

毛泽东在诗中回顾了与柳亚子在广州、重庆的交情，劝其放开心胸，并以昆明湖比富春江，规劝柳亚子不要像东汉的严光那样隐居，留京参与建国工作。

柳亚子深感欣慰，随即回应了多首七律，其中有"昆明湖水清如许，未必严光忆富江""倘遣名园长属我，躬耕原不恋吴江""名园真许长相借，金粉楼台胜渡江"等句，表示自己会安心留在北京。不曾想，后来却讹传为柳亚子赋诗向毛主席索要颐和园，遭到毛的痛叱：莫说没有权力给你，就是有权力给你，把造兵舰用的八百万两银子都给你，让你像慈禧太后那样好不好？两个大诗人，借颐和园表明心迹的一段佳话，生生被演绎成了笑话！

昆明湖心有一个小岛，名曰南湖岛，以著名的十七孔桥与东堤相连。岛上主体建筑涵虚堂，与万寿山佛香阁遥相呼应。涵虚堂内有一个关于慈禧、溥仪等人老照片的展览。步入展厅，迎面醒目处悬挂着毛泽东、周恩来款待溥仪等人的一组照片。上方印着毛泽东 1960 年 5 月 9 日接见外宾时的谈话："有一个皇帝，他在北京，名叫溥仪，他从三岁到六岁统治全中国，统治我们，后来被推翻了。他现在很有进步，他已经被赦免，不是战争罪犯了，恢复了他的自由，他说他现在真正解放了。他是这样的人，我们也并不杀他，改造好了，还有工作能力，只是不能再做国王就是了。"这组照片的斜对面，挂着溥仪戴老花镜补袜子的摆拍照。看着那穿针引线的认真劲儿，颇让人感慨。

南湖岛往南，东堤与西堤交汇处，是一座造型独特的圆拱桥 —— 绣漪桥。绣漪桥位于号称帝都龙脉的"昆明湖—长河"水系要冲，素有昆明湖第一桥之称。清代帝后来颐和园，常从西直门外倚虹堂或乐善园上船，经长河进入昆明湖。为满足行船需要，绣漪桥被建成了高拱单孔桥，北京人习惯称之为"罗锅桥"。桥拱两旁一幅石刻对联，唯美而潇洒：

螺黛一丸银盆浮碧岫
鳞纹千叠璧月漾金波

站在绣漪桥高高隆起的石板路上，望着斜阳下碧波万顷，轻舟游弋，垂柳依依，荷叶田田，想着颐和园的前世今生，仿佛这园子的安谧，正经过桥下的湖水，连接着近代中国的风云激荡……人事有代谢，往来成古今，果真是天凉好个秋。

游园杂思

　　徜徉于秋日暖阳下的颐和园，山水亭廊之间，诸般景致，或静或动，每每引发对人生的感悟。想来，人的一生，不过游一遍园子。心应景，景随意，以七律一首，首颔颈尾四联，依序状之。

> 十里回廊十里堤，清风许许柳依依。
> 碧波万顷长桥锁，老树千年幼鸟啼。
> 落日应怜新菊冷，轻舟好趁晚荷稀。
> 满园秋色留连处，一抹斜阳读古诗。

　　首先步入颐和园的标志性景观 —— 长廊。长廊位于万寿山南麓，全长七百二十八米，曾为慈禧太后御用走廊，被吉尼斯纪录认定为世界上最长的走廊。长廊在北，东、西各一长堤逶迤向南，沿着昆明湖，构成一个闭环。绕其一周，湖光山色，尽收眼底。当然，这闭环是有很多出口进口的，各自通向不同的方向。仿佛人生之路，漫长而曲折，终是从哪儿来回哪儿去。而沿途轨迹，仍有许多偶然。究竟走出怎样一番风景，不在起点，而在转折点。

园林由长廊和双堤所串联，雕梁画栋，勾心斗角，不胜其繁，不胜其精，不胜其心裁别出。但一路下来，历尽迂回往复，最美还是清风徐徐扬柳依依，自然而随意。恰似我们少年时代，阳光明媚，笑声单纯，不加雕饰的快乐充盈其间。常言腹有诗书其气自华，我看人若单纯其貌也妍。

年轻时，都喜欢那种天高任鸟飞，海阔凭鱼跃的状态，很难领会孙悟空翻不出如来佛手心的寓意。殊不知，昆明湖万顷清波锁于一弯十七孔桥，使浩浩湖水有了归束，却也成为旖旎湖景的点睛之处。人生百态如然，规矩是束缚，亦是凭依，把握得好，便是成功的杠杆。湖边古树，虬枝苍叶，一派惯看风云的大气魄。听任小鸟在枝叶间穿梭往来，或啄食，或鸣唱，自由自在。正所谓：长桥锁碧波，空间贵有限；古木哺幼鸟，生命在传承。

树间几丛雏菊，紫黄白各色，有的已伸展开花瓣，有的才隐现花骨朵，贪婪地追逐着斑驳的阳光。斜阳西去，换得晚霞一片，久久不忍落下西天。其情其状，宛然与这花期有约。仿佛人之将老，对年轻的美好，自然生出一份呵护和关爱。而年轻的心情，则是轻舟趁得晚荷稀，瘦茎萎朵之间，追风逐流，不忍时光磋跎。世代相袭，赓续不绝，并无稀奇之处。

满园秋色，信步入眼，果然没有一丝悲凉的味道。不过，也全不似刘禹锡那般豪迈之情。他的《秋词》这样写道：

自古逢秋悲寂寥，我言秋日胜春朝。
晴空一鹤排云上，便引诗情到碧霄。

我留连于秋色的，是那抹微暖的斜阳，透出一份淡淡的温柔和洒脱。加措活佛说，一切都是最好的安排。我想，那种感觉定然是好的。顺其自然，讲起来容易，却需要半辈子的经历去领悟。

一路诗情画意，来到昆明湖南口，东堤与西堤会合处。那里有一拱俏丽的石桥，其下是一道水闸，都有些年头了。旁边立有一个金属牌子，上面是关于昆明湖水系的说明。看过说明，方知昆明湖并不只是游园湖，而是始于元代初年郭守敬的一个重大水利工程。经过历代疏浚，最终形成"玉泉山—玉河—昆明湖—长河—护城河—通惠河—大运河"水系，既解决了西郊水患，又为城市供水、农田灌溉、漕运以及园林建设提供了充沛的水源。昆明湖成为北京历史上第一个大型水库，在北京水利史和京杭大运河史上具有举足轻重的地位。如今，昆明湖沿岸仍有大量码头、桥梁、石碑、涵洞、水闸等水利工程遗迹。

皇室御用，会于民生之需。翰墨雅兴，起于山水之情。这世间，山川草木，飞禽走兽，庶民贵胄，原为一体。

金秋时节游园，思绪如缕，却只写了一篇颐和园风物典故的文字，没有对这些思绪进行整理，总觉得缺了点什么。直到仲冬大雪时节，再游颐和园，已是完全不同的景致。湖面开始结冰，北风呼呼而过。长廊内外，游人很少，雕梁画柱默然而立。游客围脖手套，棉帽绒衣，作瑟瑟状。鸟儿也稀少了，却依旧吱吱喳喳，起落自如。树木凛冽了许多，花朵是一片也寻不到了。有道是，春生夏长，秋收冬藏。编筐织篓，重在收口。天道人情，何其相似。至此，终于为这篇随笔找到了作结收尾的感觉，是为《冬游颐园记趣》：

猫冬无杂事，起兴到颐园。

池浅风尤烈，廊长客自闲。

可怜人怕冷，何若鸟争喧。

大雪如期至，一年复一年。

七律·颐和园秋色

十里回廊十里堤，清风许许柳依依。
碧波万顷长桥锁，老树千年幼鸟啼。
落日应怜新菊冷，轻舟好趁晚荷稀。
满园秋色留连处，一抹斜阳读古诗。

五律·颐和园冬趣

猫冬无杂事，起兴到颐园。
池浅风尤烈，廊长客自闲。
可怜人怕冷，何若鸟争喧。
大雪如期至，一年复一年。

青藏高原

多少凭栏寄傲，
化作经轮长号。
五亿个春秋，
不过仰天一啸。
知道！知道！
人老沧桑不老。

　　只有身处青藏高原，才能理解藏民族的情怀。在这片绝世独立的土地上，你能感悟到一种超越生死的纯粹。当无处不在的经轮无时不在转动，当遥远的夜空传来长号和喇叭的呜咽，沧桑感油然而生，心却变得平静而空灵。

　　2006 年 7 月，青藏铁路全线通车。是年暑期，与家人一起到青藏高原旅行。这里是全世界旅游资源最丰富、最集中的地区，有高山大湖，有森林草原，有沙漠戈壁，有长河深峡……青稞酒，酥油茶，磬声唐卡，风情万种的藏文化，化作绵延不绝的莽山清风，洗涤着心尘。乘火车，坐汽车，骑骆驼，半个月的游历，收获了前所未有的视觉和心灵震撼。多年后回想起来，仍是激动不已。

在地球六大板块中，印度洋板块与亚欧板块一道干了件大事。曾几何时，印度洋板块决定向东北方向运动，遇到了亚欧板块的强大阻遏，两不相让。于是，一个埋头俯冲，一个巍然不动，两股倔强的力开始了惊天动地的碰撞与咬合。这一僵持，竟是五亿年的执着——

四亿年前，阿尔金山地成陆；

三亿年前，昆仑山地成陆；

两亿年前，唐古拉山地成陆；

一亿年前，冈底斯山地成陆。

终于，在五千万年前，藏南成陆，喜马拉雅山诞生。青藏高原，这片神奇的土地，有了它最初的模样。一个前所未有的庞然大物，开始从地壳隆起。其间，有缓慢的爬行，也有猛烈的抬升；有整体的运动，也有撕裂和断塌；有山崩地陷，桀骜狂躁，也有雾野银妆，分外妖娆……

诗人说，西藏是一块孤独的石头，坐满整个天空，没有任何夜晚能使人沉睡，没有任何黎明能使人醒来。面对大自然的神奇，人类除了敬畏，已经没有了欣赏和判断的能力，甚至思考也显得多余。面对这份顶天立地的尊严和孤独，我们一切的伤感，都变得渺小，似乎是为懦弱找来的遮羞布。每一份渴求高尚的灵魂，都将在这里接受无言的拷问。

当汽车在高速公路上静静行驶，你会真切地体验到行走天路的感觉。笔直的大路伸向天边，路的尽头接着淡淡的云彩。仿佛路与天齐，天穹伸手可及。窗外，高山草原姿意地铺展着。透明的阳光下，白云在草地上走，走出一片浓浓的影。牛羊在云影下吃草，不理会荫凉来自何处。

天路飞驰，游目骋怀，遥想万里河山，三级地势腾跃而下。低处如蚁的人群，密集的高楼，演绎着周而复始的繁华。滚滚红尘，只不过我们脚下的喧嚣。

人生的高度，终究是由精神界定的。在青藏高原上行走，你不能不想到藏传佛教格鲁派的鼻祖宗喀巴大师。大师生于青海湟中，七岁出家，十六岁只身前往西藏，从此再没有回过老家。在宗喀巴大师的身后，是六百年来根深叶茂的宗教源流，如昆仑般高远，达赖和班禅两脉弟子代代传袭。遍布青藏高原的黄教寺庙，诉说着一种精神的追求如何成就了世俗的伟业。

青藏高原还在成长着，一如既往地踏着自己的节律。天地间，惟有它静静地，默默地，演绎着真正的伟大和永恒。

如梦令·青藏高原

多少凭栏寄傲，
化作经纶长号。
五亿个春秋，
不过仰天一啸。
知道！知道！
人老沧桑不老。

悲情
日月山

两座不大的山头，一南一北，兀立在青藏高原的边沿上。如果不刻意提醒，相信没有人能感觉出它们的特别。对峙的山头，犹如门户，守护着高原的神奇传说。藏语称其为"尼玛达娃"，蒙语称其为"纳喇萨喇"，都是太阳月亮的意思。这便是著名的日月山了。

一山担日月，两翼各春秋。日月山位于亚欧大陆季风区与非季风区的交界处，黄土高原与青藏高原的叠合地带。这里是农耕文明与游牧文明的最后分界线，东侧是高原农耕区，阡陌纵横，蔬果庄稼盎然有致；西侧是一望无际的高山草原，牛羊成群，一派苍茫塞外景色。

自古以来，日月山便是"羌中道""唐蕃古道"的重要关隘。南北朝时期，由于河西走廊受阻而开辟的"丝绸南路"，亦是翻日月山，过青海湖，经柴达木盆地通往西域。独特的地理位置，使日月山成为历史上会盟、和亲、战争等众多大事件，以及茶盐、茶马互市的见证。

日月山古称"赤岭"，盖因山体绵延九十余公里，平均海拔四千多米，山顶几乎寸草不生，全由第三纪紫色砂岩组成。当你临风而立，极目土石皆赤，经幡猎猎，赤地不毛之感，油然而生。其荒芜之状，从民谣"过了日月山，两眼泪不干"可见一斑。赤岭何时改称日月山，无从查考。与此相关的，是一个凄美的传说。

公元 640 年，唐贞观十四年，文成公主奉旨和亲吐蕃，曾驻驿于此。夕阳西下，公主登高远眺，永别故土的愁绪漫上心头。她不禁取出临行时皇后所赐"日月宝镜"，镜中出现长安景物，如梦似幻。公主悲从中来，不慎失手，将宝镜摔成两半。顿时，日月辉映，山川增色，乃汉藏睦好之兆，赤岭遂被唤作日月山。

文成公主和亲的经历，让我对史载"贞观之治"的强盛有了疑惑。贞观八年，松赞干布遣使入唐，得知突厥和吐谷浑都娶了唐朝公主为妃，也提出要迎娶一位唐朝公主。唐太宗认为吐蕃无足轻重，拒绝了这一要求。贞观十二年，松赞干布以唐朝拒婚是吐谷浑从中作梗为借口，出兵大破吐谷浑、党项、白兰羌，直逼松州（今四川松潘）。随即，再派使者前往长安提出和亲要求，并声称唐太宗若不答应，吐蕃便要大举入侵唐朝。

唐太宗仍未应允。松州都督韩威率守军迎战，被吐蕃击败。邻近的阔州刺史、诺州刺史相继归附吐蕃，周围的羌族部落也纷纷倒戈，唐朝西部边境为之震动。唐太宗不得不重视了，命吏部尚书侯君集统率重兵出击。此战结果如何，双方各执一词。西藏文献认定吐蕃获胜，唐太宗在武力威胁之下被迫同意和亲。唐朝文献则记载，松赞干布慑于唐军之威决定撤军，退出占领的吐谷浑等地，遣使长安谢罪，并反复恳求和亲。最终结果是，贞观十四年，文成公主奉唐太宗之命远嫁西藏。

史书怎么写，似乎已不那么重要了。我心中挥之不去的是这样一个场景：当送亲的人马翻过日月山，文成公主再不能回眸唐山汉水，熟悉的农耕风光渐行渐远，辽阔的高山草地疯一样铺满十七岁少女的视野，孤独和无助的潮水从心底涌起……

> 停车落轿望长安，半片残阳别远天。
> 人说英雄生草莽，谁怜帝女走荒原。
> 孤烟袅袅飞幽梦，漫野苍苍入冷毡。
> 边将不知何处去，江山万里一裙衩。

文成公主，此时此刻你在想什么？父母的疼爱，皇命的不可违，边将的无能，还是未来生活的莫测和凄苦？你可曾读过刘细君的《悲秋歌》？江都公主刘细君，汉武帝时远适乌孙王。她铭心刻骨地描述了和亲之痛，悲苦哀伤跃然纸上，那是一种常人无从体味的思乡之愁。

吾家嫁我兮天一方，远托异国兮乌孙王。

穹庐为室兮毡为墙，以肉为食兮酪为浆。

居常土思兮心内伤，愿为黄鹄兮归故乡。

　　故乡是回不去了，前路一片迷茫。纵然是完全未知的前途，文成公主也知道，那决不是小桥流水，儿女人家。此情此景，此番心思，有诗人这样咏叹：

　　　　你不是盘桓在眷恋上的
　　　　更不是游戏于唐诗的浩瀚
　　　　你迷惘于陌生的图腾面前
　　　　那无数图腾叠起的可汗王权
　　　　对你来说充满着敧侧的号角
　　　　那婉转而低沉的号声
　　　　历来在凄风苦雨中寻找
　　　　超越或者解脱的门槛

　　文成公主究竟非同一般。历史上，和亲使者很多，大汉盛唐亦不鲜见。但像文成公主那样成功完成和亲使命的，恐就屈指可数了。她将一切的留恋抛之于苍凉的日月山，义无反顾地踏上漫漫唐蕃古道，使自己的人生在浩翰而厚重的史书里抒写出撼人魂魄的篇章。

　　文成公主入藏后，孜孜以弘传佛教，为藏民祈福消灾，同时带去了五谷种子，教导藏民种植。据说，而今藏民极其依赖的遍地青稞，有些品种就是由她带去的麦种变异演化而来。在文成公主远嫁途中停留最长的白纳沟山坡上，迄今依然可见她当年教人开荒种地的遗迹。文成公主以一弱女之躯，为边境安宁和文明传播作出的巨大贡献，岂不让藩吏边将们汗颜！

文成公主的故事，尤其是被史书修饰后的结局，倒是吻合了尼采讴歌审美人生而提出的"日神精神"和"酒神精神"：就算人生是个梦，我们要有滋有味地做这个梦，不要失掉了梦的情致和乐趣；就算人生是幕悲剧，我们要有声有色地演这幕悲剧，不要失掉了悲剧的壮丽和快慰。

让人感慨不已的，是造化弄人。历史的小小偶然，将彻底改变个人的命运。要是松赞干布第一次遣使入唐求亲，唐太宗就应允了，文成公主当时不过是山东济宁的一个十一岁的远支宗室女，这一使命想必是落不到她头上的。那么，她当然要度过完全不同的人生，而另一个姑娘，又会演绎出怎样的故事呢？

七律·悲情日月山

停车落轿望长安，半片残阳别远天。

人说英雄生草莽，谁怜帝女走荒原。

孤烟袅袅飞幽梦，漫野苍苍入冷毡。

边将不知何处去，江山万里一裙牵。

林芝随想

问君何以逐风流？
高处不堪寂寞愁，
滚滚红尘一梦休。
莫强求，
最是随缘上二楼。

　　见到林芝，想到灵芝。灵芝是一味名贵中药材，味甘，性平，有滋补、养心、镇静和强身健体的效用，其药性贵在温补。林芝是西藏的一个地级市，位于雅鲁藏布江中下游。林芝得名并不缘于灵芝，而是由藏文"尼池"或"娘池"音译而来，意为"娘氏家庭的宝座或太阳的宝座"。

　　那么，林芝与灵芝，有没有关系呢？还是有的。全世界二百多种灵芝，能够食用的主要有六种：赤芝、黑芝、青芝、黄芝、白芝、紫芝。有一种生长在高海拔地区的稀有品种，外表接近普通有柄赤芝，而肉色为雪白色，味奇香，具有补气安神、止咳平喘、抗缺氧、延年益寿的功效，常用于高原反应、眩晕不眠、心悸气短、神经衰弱、虚劳咳喘。这种灵芝被命名为西藏灵芝，主要产于林芝市。

当然，由林芝想到灵芝，主要还不是因为林芝是西藏灵芝的主要产地。而是初到林芝之时，这方水土以其凝天地精华、得阴阳清和之魅力，切合了灵芝依天法地的药性，让我怦然心动。

到林芝之前，我已在香港住了两年。香港给人的感觉是温润的。不管气候，食物，还是人际关系，温润的感觉无处不在。甜津津的，暖洋洋的，温吞而黏乎，抓不实看不透，一种可意会不可言传、欲说还休的味道弥漫四周。

与之截然相反的，则是前几天刚刚经过的昆仑山口。直面莽苍苍的昆仑山，最强烈的感觉是震撼。每一块岩石，每一条山脊，每一弯沟壑，都与你裸裎相见。强劲的山风，荡涤着内心深处的块垒，把一切悲情和狭隘幻化成透明的云彩。万山之祖以她无与伦比的博大和自信，逼视着你的心灵，让你无从回避，无从遮掩。

我一度对温润的香江津津乐道，更为苍莽昆仑所感动。可是，又觉得那温润之中缺点阳刚，苍莽之外少些阴柔，总不免有一丝遗憾。而当我踏足林芝，透心的清爽扑面而来，遗憾便荡然无存了。

林芝的特别，缘于得天独厚的地理环境。喜马拉雅山脉和念青唐古拉山脉由西向东平行伸展，与横断山脉对接。东南低处正好面向印度洋开了一个大缺口，顺江而上的印度洋暖流与北方寒流会合，在这片区域造成热带、亚热带、温带、寒带多种气候带并存交融的奇观。大洋暖流常年鱼贯而入，大山植被终日吐故纳新，使雪峰皑皑、古木森森、绿草茵茵处于平行时空。高原的凛冽与海洋的潮热完美结合，孕育出这片清新清凉的天择之地。

林芝素以雪域江南著称。最初听到这个说法，我是有些不以为然的。大凡国人都有好比拟的习惯，什么远东威尼斯、东方巴黎、塞外苏杭之类。这种比拟有助于弥补想象力的贫乏，虽不免牵强，却能给人直观的印象。不过远东威尼斯终究不如威尼斯，东方巴黎肯定逊色巴黎，塞外苏杭也只是苏杭九牛一毛。没想到，林芝这处雪域江南，却不是江南胜似江南。

江南有青山，林芝也有；江南有绿水，林芝也有。可林芝有雪峰，有雪峰下千里铺展的大草原，江南却没有。这是海拔的造化。至美，是需要有高度的。

江南繁华太久，历朝古都，车水马龙；林芝却孕于深山，自生自长。一个充分地张扬，一个厚积而薄发。这是精神的落差。至美，是需要有涵养的。

江南交通太便利，姹紫嫣红，人人可以轻易得之；林芝却天远地隔，深藏不露，不历经千辛万苦，不可以近其身。这是大自然的矜持。至美，是需要有距离的。

西藏是诗歌，林芝是诗眼。西藏是岁月，林芝是春天。这春天，始于山野桃花冒出第一个花骨朵。林芝的桃花全是野生的，桃树林绵延百里，总面积超过五百亩。目之所及，一片片苍劲的桃树依山而上，粗壮结实的树干和灿烂的花朵相得益彰。不禁让人感叹，生在林芝，长在西藏，连花朵都会变得壮美。

由物及人，别有气象万千。观人性种种，有君子、小人、圣人之分，众生皆可以此为坐标，找到自己的影子。君子性若水，清清爽爽，坦坦荡荡；小人性若油，润滑细腻，八面玲珑；圣人性若峰岩壁立，傲视万物，拒人千里。如果说熙熙攘攘的香港，华洋杂处，空间狭小而精明之人事太多，时不时让人体味到小人的氛围；万里昆仑，遗世独立，成就了圣人的气度；那么，群山环抱的林芝，钟灵毓秀，孤芳自赏，则展示了盈盈君子之风。

大凡人之安身立命，居高处不堪寂寞，于底层又受不了那份浑浊。故有苏东坡遗世绝唱：我欲乘风归去，又恐琼楼玉宇，高处不胜寒，起舞弄清影，何似在人间。亦有屈夫子仰天而叹：举世皆浊我独清，众人皆醉我独醒，是以见放。

高寒低不就，风雅之士，何以自处？劝君不妨上二楼。二楼是一种状态，也是一种心态。如药中灵芝，滋阴而不腻，壮阳而不燥；如人中君子，身处红尘而不染，心沐清风而不孤。居易随缘，清浊自得，这正是林芝带给人的审美享受。

　　千年回眸，犹见渔父莞尔而笑，鼓枻而歌：沧浪之水清兮，可以濯吾缨；沧浪之水浊兮，可以濯吾足。

忆王孙·林芝随想

问君何以逐风流？

高处不堪寂寞愁，

滚滚红尘一梦休。

莫强求，

最是随缘上二楼。

大漠水韵

平生愿，
驱驾在高原。
千里飞车天路上，
一川戈壁白云间。
绿水自缠绵。

正如到一马平川的青藏高原去看山，你会特别震撼，到长年干旱的柴达木盆地去看水，瀚海碧波，别有一番神韵。

立秋时节的德令哈，早晚十分凉爽。或许是因了轻微的高原反应，夜里睡得并不踏实。早晨起来，便有些头晕，腿也有点打飘。这种感觉，在清凉的晨风吹拂下，竟隐约生出些微醺的妙处来。

按照行程安排，今天游览哈拉湖。哈拉湖位于绵延的雪峰之下，到那里要翻越层峦起伏的柏树山。柏树山因成片的祁连圆柏而得名。祁连圆柏亦称青海云杉、青海岩柏，是白垩纪的古老物种，高大苍郁，树龄长达四五百年，与水杉、银杏一样被誉为活化石植物。黑刺树梢如被人削平，嶙峋地生长着，远看如盆景一般。这里也被称作森林，可与东部森林的茂密完全不同。一棵一棵古柏，独立而顽强地生长，相互守望，却不攀援。每棵树的周围，方圆十米，寸草不生。高原生态脆弱，每一棵兀立的古树，都是生命的奇迹。

柏树山最高海拔四千余米，但由于地处世界屋脊，相对高度并不明显。倒是从柏树山延展而出直达天际的戈壁草原，让人印象深刻。这里有最干净的蓝天，最纯粹的白云，最谦逊的草原，最悠闲的牛羊群。路程并不远，一百多公里，但都是崎岖不平的山路。一路颠簸，越野车疾速向前运动，乘车人却夸张地上下运动……

猛然，一泓黛绿的水，如梦似幻般铺陈在清凉的阳光中，波澜不兴，含情脉脉。这就是哈拉湖了！"哈拉"是蒙语音译，意为黑色。据牧民介绍，没有风的时候，哈拉湖波平如镜，水面隐隐呈黑色。碧透近墨，万里无垠，雪峰镶边，哪一位美人敢消受，这方凝聚天地精华的宝镜？

远处的雪山，是祁连山脉的主峰 —— 团结峰，海拔六千六百多米。终年积雪，没有草木，没有雾霭，一座一座冰峰绵延开来，与你坦诚相对。每一道雪痕，每一块岩石，都清晰呈现，以最原始最简单的美，直击你麻木的心灵。此时，微风拂面而来，带着雪山的清凉，掠过空旷的戈壁原野，把天地万物，连同你的内心，清理得那样澄和明亮，纯净简洁。

我的神思有些恍惚：昂首挺拔的雪峰，仿佛天神，披着白色的大氅，在这块离天最近的土地上行走。那泓清澈的湖水，则是天神的眼，袒露出厚生之德……从哈拉湖返回德令哈，已是后半晌。我们马不停蹄赶往大柴旦，夜幕降临，把略显疲乏的身体浸泡在雪峰温泉里。一轮明月从东山冉冉升起，高原清爽的晚风，吹拂着袅袅蒸气，飘飘如仙岚。这时候，你什么都可以想，什么都可以不想，不就是天人合一的境地么？

原本以为，哈拉湖的冷艳，雪峰温泉的柔情，就是大漠水韵的极致了。不曾想，第二天还有另一番别致的水韵，在大漠深处等待着我们。

那别致的水韵，并不来自七彩幻影的翡翠湖，也不来自天空之镜的茶卡盐湖。这两处水上奇景，因矿物结晶之后的光线折射而形成色彩斑斓的景观，美丽而又诡异。但它们已被无数的网红打卡，于我们不再新鲜了。让我们惊叹不已的，是大漠中的另一处水境：水上雅丹。

从大柴旦到乌素特的水上雅丹地质公园，要经过一段堪与美国六｜六号公路媲美的高原天路 —— 三一五国道。黝黑的柏油路面，笔直地穿过茫茫戈壁，略有起伏，像一匹黑色的绸缎，柔柔地向天边延伸。千里飞车，驰目骋怀，心旷而神怡。

水上雅丹地处柴达木盆地北丘陵自然区及西丘陵自然区，形成年代并不久远。由于大气热效应，发源于昆仑山西段的吉乃尔湖水面扩大，逐步淹没这片干旱地带，造就了中国西部荒漠中的千岛湖奇观。黄沙万里，绿水依依，随意散落的螺洲千姿百态，倒映在粼粼波光之中。雅丹地貌的苍凉和桀骜，被这片无中生有的水驯化了，天地一下子变得柔软而温情。

看过水雅丹，奔向旱雅丹。火星一号公路并没有硬化，时速一百八十公里的越野车扬起冲天尘埃，更凸显了这片万里无人区的僻远。雅丹兀立，荒原延展。回想起来，整个柴达木盆地，都给人这样一种奇特的印象：近看是山，远看是川，高原上的平川疯了一般铺满你的视野。尽管野旷天低，寂寞单调，一路的辽阔和壮美，却把沿途的颠簸和辛劳，化为无形。

数小时的车程，转瞬即逝。穿过戈壁滩，到达冷湖镇，所谓"孤城当瀚海，落日照祁连"，烟火人间的气息扑面而来。冷湖镇因境内的呼通诺尔湖（蒙语"冰冷的湖泊"）

而得名。当我们领略了大漠的冷峻，再度见到那片温柔的碧色，感动之情无以言表。泰戈尔的名句漫上心头：

大地的眼泪，让她的微笑，始终如鲜花盛开（It is the tears of the earth that keep her smiles in bloom）。

忆江南·大漠水韵

平生愿，
驱驾在高原。
千里飞车天路上，
一川戈壁白云间。
绿水自缠绵。

361

延安之晨

也许是初次到延安，有些兴奋，早早地便醒来了。天刚麻麻亮，一看时间，还不到五点。本想再眯一会，睡意却如一缕细微的风，隐隐从脑门飘走，越来越淡。索性起床下楼，问了问道，沿延河上行，去瞻仰心仪已久的宝塔山。

初夏时节，延安的早晨还带些许凉意。虽然时间还早，河堤上的人已经不少了。主要是些晨运者，有的在跑步，有的在做拉伸，有的在打太极拳，中老年人居多。几个摄影爱好者，扛着"长枪短炮"，在等日出。像我这样信步闲庭的，也有一些，看起来都是外地游客。

延河的河床并不窄，但六七成是沙土，干湿相间，上面零星地长着杂草。河水弯弯曲曲地流淌着，从容淡定，与河堤上晨运的人倒是协调。薄雾之中，清风拂垂柳，鸣蝉闹枝头，相谐成趣。

约莫走了四十分钟后，穿过一座桥，拐过一道弯，蓦地，宝塔就那么突兀兀地耸立在我的面前。此刻，青山吐出一轮白日，朝晖洒落在塔身上，金光灿灿。宝塔周边的绿树，也跟着艳丽起来。贺敬之的诗句刻在石壁上，红亮得耀眼：几回回梦里回延安，双手搂定宝塔山！

延安是一座英雄城市。共和国从这里走出来的领袖、将军，专家、学者，不计其数。一些具有划时代意义的思想和方略，在这里酝酿成熟。我们这一代人，五十年代末六十年代初出生，文革中读完小学和中学，几乎所有的英雄主义情结，都是与延安联系在一起的。后来改革开放，关于英雄的话题，时不时被解构和重塑，争论不断，一些符号和象征变得模糊。唯延安深藏于心，未曾褪色。

今天这个安详的早晨，当我徜徉于延安街头，伫立在宝塔山下，蛰伏多年的年少时的英雄记忆，一下子被唤醒了。脑海里像放幻灯一样，想象着七八十年前在这片土地上演绎的英雄岁月……

沉思中的时间过得飞快。不知不觉过了两个小时，晨运的人渐渐散了。上班时间临近，路上的车辆行人明显多了起来。驰骋的思绪，终究被拉回现实。心中不禁疑惑，昔日那么波澜壮阔，眼前如此安宁祥和，这真的是发生在同一个地方吗？它们又是怎样无缝对接的呢？

想起一个故事。抗战时的边陲小城延安，要养活那么多军政人员，负担是很重的。一个叫伍兰花的农民，家里实在揭不开锅了，与催要公粮的干部发生冲突，大骂："前一阵子打雷，怎么不把毛泽东打死！"此事惊动了中央保卫部，被当作一个大案办理，要枪毙伍兰花。毛泽东知道后，亲自了解伍兰花一家的困境，然后叫来保卫部长钱益民，让他马上把这个妇女放了，并派专人护送回家。向当地政府讲清楚，她没有什么罪过，是个敢讲真话的好人，要帮助她家解决困难。

随后，毛泽东若有所思地问钱益民："你的名字是谁给起的？"钱益民回答："是我爹给起的。"毛泽东又问："你爹为什么给你起这个名字？"钱益民有点儿懵了，说："家父当年给我起这个名字，可能是希望我长大后，能多做些有益于人民的事情吧。"毛泽东感慨道："一个父亲，都知道让儿子多做一些有益于人民的事，何况我们一个党呢！"

这句发人深省的感慨，似乎让我触摸到了昔日延安与今日延安、英雄延安与寻常延安的对接处。英雄的责任和使命，不就是让千千万万的伍兰花们过上富足安乐的生活吗？为群众服务，革命者不能离开这一初衷，否则是要付出代价的。至于芸芸众生，平时不像战时，没有金戈铁马，但照样有事业需要奋斗，有挑战需要面对，日常生活也可以过成史诗。

宝塔山青延水瘦，小城雾起凉微透。

沿河翁媪正精神，鸣柳蝉蛾当景候。

白日融融岭外来，清风许许林间漏。

几回梦里念英雄，却见英雄晨运处。

晨曦中的延安街头，向我们展示着某种人生寓意：每一个有情怀，有追求，注重生活品质的人，都是平民英雄。其实，领袖也有这样的英雄观 —— 喜看稻菽千重浪，遍地英雄下夕烟。

七律·延安之晨

宝塔山青延水瘦，小城雾起凉微透。
沿河翁媪正精神，鸣柳蝉蛾当景候。
白日融融岭外来，清风许许林间漏。
几回梦里念英雄，却见英雄晨运处。

黄河壶口瀑布

山飞海立动秦州，

万里长河一壶收。

但遣巨龙东土去，

巍巍华夏衍千秋。

"山飞海立"四个字，镌刻在壶口瀑布边的崖壁上，以形容瀑布恢宏磅礴的气势。试想，万里黄河穿山越岭而来，滚滚洪水骤然被山崖挟持，从四百米宽的河面收束为五十米，再从二十余米高的断崖一泻而下，跌入三十米宽的石槽之中。此时此刻，但见激流飞溅，波翻浪涌，奔腾怒啸，山鸣谷应，势如五岳飞崩，四海倾泄。这是何等气派，尚书《禹贡》只用了八个字概括：盖河漩涡，如一壶然。

欣赏壶口瀑布的奇观，自然会想到其他一些著名瀑布，比如广西的德天瀑布，贵州的黄果树瀑布，当然还有庐山的三叠泉瀑布。这些瀑布也是飞流天降，烟雨弥漫，落花溅玉，气势逼人。不过，与壶口瀑布相比，感觉上总有点不一样。是哪里不一样？一时竟想不出来。

这种不一样的感觉，引得我久久流连不愿离去。漫步在壶口瀑布沿岸，感受着龙马腾跃、雷霆轰鸣之威，畅想着这股黄色洪流的前世今生……蓦然间，心念一动，壶口瀑布的不一样，正是因了黄河。

有黄河衬托的壶口瀑布，特别之处首先在于它的颜色。其他瀑布大都是清流碧水，悬挂于青峰翠岭之中。壶口瀑布则是世界上最大的黄色瀑布，举目尽黄：水黄，土黄，崖黄……黄河每年生产十六亿吨泥沙，其中十二亿吨流入大海。壶口瀑布位于黄河中游的晋陕峡谷，峡谷两岸是广阔的黄土高原，土质疏松，水土严重流失，加之此段黄河支流水系特别发达，区间支流平均每年向干流输送泥沙九亿吨，占全河年输沙量的 56%。这是黄河流域泥沙来源最集中的地区，壶口瀑布则因其富有质感的黄色，隐约透出一种厚重来。

有黄河衬托的壶口瀑布，特别之处还在于它的"来龙"和"去脉"。其他山涧瀑布不过是林中一景，景之妙在瀑布本身，美则美矣，却难免有些单调。壶口瀑布则不然，它不是孤立的景观，而是滔滔黄河的一个节点，承载着黄河的宏大气魄。黄河之源卡日曲，万里之外，千山之巅。一路东来，开沟凿谷，沉砂造陆，九曲十八弯，纳百川千流而成其大，历跌宕起伏而继其远。壶口瀑布便有了五千米高原的雄浑底蕴，有了八百里秦川的风雨积淀。

"来龙"固长，"去脉"亦远。黄河全长五千四百六十四公里，壶口以下一千三百多公里的流域成就了华夏文明的摇篮，黄河因之被誉为中华民族的母亲河。从壶口南下约两百公里之后，黄河在潼关附近急折向东。潼关至郑州段南岸，洛水、伊水及嵩山周边，乃史籍中连篇累牍描述的河洛地区。这里西倚关中平原，东临豫东平原，北通幽燕，南达江淮，雄踞中原数千年。以河洛文化为核心的中原文化，破土而出，交汇融合，光耀东方。多少故事演绎至今，沧桑历历，仿佛都是从壶口瀑布流出来的基因。其滔滔不绝万马奔腾的恢弘气势，甚至被认为是中华民族精神的象征。

可见，壶口瀑布之所以带给人震撼，并不止于瀑布本身的壮美，更在于它无与伦比的源流、内涵和韵味。这正如登高之美，来自于攀援；婚姻之美，来自于恋爱；友情之美，来自于交往。有了过程的积累，美会变得更加丰满，更加隽永。

离开壶口瀑布，驱车走在新落成的沿黄观光公路上。一路听着导游介绍途中如珠链般串起的众多名胜古迹、自然风光、人文掌故，思绪愈发地幽远。刚刚结缘的壶口瀑布，于我竟似相知日久的故人，窖藏多年的陈酿，回味无穷。

七绝·黄河壶口瀑布

山飞海立动秦州，
万里长河一壶收。
但遣巨龙东土去，
巍巍华夏衍千秋。

鲁风儒韵

> 重阳时节鲁天好。
> 旧阜逶迤，新柳依依，
> 南下江鸥不忍飞。

> 尼山一脉千秋远。
> 杏影参差，信众熙熙，
> 雅韵儒风隐隐随。

曲阜实在太小了，似乎与它悠久的历史和盛名不相衬。这是一个只有二十余万人口的山水小城，位于山东省西南部。当今中国，动辄就是几百万、上千万人口的城市，区区二十万自然是无足轻重了。不过，人们说起曲阜，估计没有人在意它的大小。曲阜的丰富内涵和留给人的印象，早已超越了它的规模。

今年重阳节，我到位于曲阜的济宁干部政德教育学院参加培训，首次踏上了这片心仪已久的土地。济宁市有关负责人给我们介绍情况时，用了两句幽默的开场白：一是济宁的古人比今人有名，比如孔子、孟子、墨子；二是济宁管辖的市县比济宁有名，比如曲阜、邹城、梁山、泗水。这是我第一次知道，曲阜还是个县级市。

曲阜之名最早见于《礼记》，盖因"鲁城中有阜，委曲长七八里，故名曲阜"。曲阜北依泰山，南瞻凫峄，地势起伏绵延，多条水道蜿蜒贯通，成排连片的银杏和柳树点缀其间。虽然是县级建制，却没有人们脑子里通常的县城模样。整个城市干净整洁，绿化极好，建筑街道井然有序，大气从容。曲阜以其独具的内涵和魅力，先后入选国家历史文化名城、国家园林城市、国家森林城市。

曲阜有着丰厚的历史底蕴，绵长的圣学传承。传说中以凤鸟为图腾的东夷族先祖少昊，就曾以曲阜为中心，建立起庞大的氏族部落群。春秋战国时期，曲阜成为鲁国国都，孔子故里，儒学滥觞。数千年来，鲁风儒韵绵延不绝，曲阜被誉为"东方圣城""东方耶路撒冷"。

重阳日，无疑是曲阜最好的季节之一。清风丽日，乾坤朗朗，漫步在孔庙、孔府、孔林之中，一草一木，一廊一亭，一碑一柱，依稀可见文脉传承的痕迹。细细品味，仿佛在与圣人对话。

游孔庙，必游杏坛。杏坛位于孔庙正殿大成殿前甬道正中，传为孔子讲学之处。坛旁有一株古桧柏，郁郁苍劲，称"先师手植桧"。杏坛周围朱栏，四面歇山，十字结脊，二层黄瓦飞檐，双重半拱，威仪而灵动。据记载，北宋真宗年间，经朝廷批准，用当时建造泰山封禅行宫的剩余木材，对孔庙进行了大规模的改造。因《庄子·渔父》篇"孔子游乎缁帷之林，休坐乎杏坛之上"一语，将原讲堂旧基重建，瓴甓为坛，并在四周种上杏树，名曰杏坛。自此，孔子设杏坛施教化之说，千秋不衰。杏坛也由孔子讲学之地，演变为教书育人之地的泛称。

孔子出生于尼山，山上耸立着一尊高达七十二米的孔子铜像。沿台阶一路向上，走进展示大厅和巨大的塑像脚下，近距离瞻仰朝拜。遥想两千多年前，礼崩乐坏之际，圣人天降，攻难克艰，周游列国，终至三千弟子云集，七十二贤人拱列，那是一个多么生动的教化场面。

孔子开创的儒学，经历代传承而发扬光大。以儒学为主干，道学、佛学为辅翼的三位一体格局，构成了中国传统文化的主动脉。儒道释三大教化体系，差异互补，给中国人的内心世界提供了一个富有弹性的安身立命之所。

在中国文化里，儒道释主要不是宗教，而是哲学价值观，是教化之学。儒家聚焦于观"生"，重在现世；道家聚焦于观"复"，重在往世；佛家聚焦于观"空"，重在来世。形象地讲，儒学是教你拿得起，道学是劝你想得开，佛学是度你看得破。正所谓：得意时是儒家，失意时是道家，绝望时则皈依佛家。

正是这种"拿得起"的价值取向，这种"得意时"的进取精神，让儒学的价值凸显于道学、佛学之上，成为官方教化的主宗。毕竟，社会要发展，入世才有积极意义，出世、避世之风不是统治者提倡的。其实，拿得起、想得开、看得破，儒道释都有所涉及，只是各有侧重而已。比如，儒学经典《论语》开篇，讲的就是要因应不同境遇而调适心态：学而时习之，不亦说乎？有朋自远方来，不亦乐乎？人不知而不愠，不亦君子乎？

对《论语》的误读，是常有的事。这几句话，看起来很简单，我却经历了三次完全不同的领悟。其中"学而时习之"，念中学时，老师解读为要学习并经常复习；读大学了，老师又解读成要学习并不断实践。当时都觉得有道理，但心中有个疑惑一直未解：学而时习之，有朋自远方来，人不知而不愠，这是三件毫不相干的事，孔夫子把它们放在一起，还自得其乐的样子，究竟想说个什么道理呢？

这次到曲阜，听了孔子研究院院长杨朝明先生的解释，豁然开朗。原来孔子是在讲治学和修身的境界。学而时习之的"学"是指学问、学说，"时"是指时代、当时，

"习"是指采用、实践。三句话并列于《论语》开篇，讲的是孔子对自己学说的三种命运所持的态度：学说能在时下推行，当然好了；未被当权者采用，有朋友认同，也是快乐的；即便没有人理会，也不要生怨，那才是君子。这岂不与"修身齐家治国平天下""穷则独善其身，达则兼善天下"一脉相通！

孔子登东山而小鲁，登泰山而小天下。敬德仁恕的修养与经世济民的理想融为一体，一以贯之。邹鲁之风，历来是有大格局的。

采桑子·鲁风儒韵

重阳时节鲁天好。
旧阜逶迤，
新柳依依，
南下江鸥不忍飞。

尼山一脉千秋远。
杏影参差，
信众熙熙，
雅韵儒风隐隐随。

蒙山沂水大写意

董其昌是明朝山水画家，其画论独到精辟。他曾说过："读万卷书，行万里路，胸中脱去尘浊，自然丘壑内营，立成鄄鄂。"大意是，一个人通过多读书多游历，去芜存菁，山川走势、天地架构自然就了然于心了。这虽然谈的是作画技法，其实也是为学之道。

此次赴山东临沂开展体验式教学，所思所悟，正应了这句古话。

最初的感悟，来自临沂东夷文化博物馆之行。走出博物馆，我心中关于中华文明的起源和发展逻辑，完全变了。一直以为，以中原为中心，东夷、西戎、南蛮、北狄等化外之地，趋附之，拱卫之。如今看来，东夷，就其文明进化而言，当与中原并驾齐驱。若论及以东夷文化为主体、交融中原文化而成的齐鲁文化，在中华文明史上更是举足轻重。

所谓北狄、南蛮，或许含有贬意（从其偏旁"犬""虫"

可知），东夷、西戎却只有方位上的意义了。"戎"乃古代兵器之总称，弓、殳、矛、戈、戟为五戎。以西戎指代西部民族，当是勇猛好战之谓。"夷"者，据《说文解字》，从大，从弓，东方之人也。身负大弓的东方部落，以凤为图腾，并设置鸟官制度，与朝阳一道升起，给中华文明带来一抹灿烂的曙光。

我们熟悉的很多传说故事，与东夷有关。例如，开百王之先的太昊，统百鸟之尊的少昊；战神蚩尤，孝帝虞舜；后羿射日，嫦娥奔月……东夷文化分布范围极广，北起辽东半岛，南至苏北淮北，东起山东半岛最东端，西至河南东部。今天的临沂市及其周边，是其核心区域之一。所谓蒙山沂水，琅琊故地，也指这一带。

蒙山古称"东蒙""东山"，地处临沂市西北部，总面积一千一百二十五平方公里，为山东第一大山。主峰龟蒙顶仅次于泰山主峰玉皇顶，乃山东第二高峰，素称"亚岱"。孔子登东山而小鲁，登泰山而小天下。蒙山东北方的沂山，有"大海东来第一山"之称。沂蒙山区水流丰沛，主要河流为沂河和沭河，纵贯临沂全境，形成脉状水系，计有大小河流一千八百余条。

如此山水形势，恰与《易经》六十四卦之"蒙卦"吻合。蒙卦上艮下坎，艮为山，坎为水。山下有水之貌，正是千峰耸峙，万壑争流，山重水复，云蒸雾腾之境。更奇特的是，因涉水为险，蒙卦还有另一层寓意，即山下有险。逢此卦，仍不知进退，是为蒙昧，必遭殃；若能把握时机，行动适宜，则有启蒙和通达之象。这也与后面发生的故事暗合。

在这片大山大水孕育的土地上，齐鲁文化与楚文化灿然交汇，底蕴厚重，自古养成了大气派，锻造了大格局。《诗经·鲁颂》篇有云：泰山岩岩，鲁邦所瞻。奄有龟蒙，遂荒大东。至于海邦，淮夷来同。莫不率从，鲁侯之功。

继东夷文化、齐鲁文化之后，琅琊郡的历史和传说，成为这片土地上文明发展的又一高峰。琅琊之名，始终与神秘、豪侠、仁义、浪漫相伴随。由网络小说改编的电视剧《琅琊榜》空前热播，使世人只知有琅琊，不知有临沂。

秦设郡县制，凡三十六郡，琅琊为其一。东汉改琅琊郡为琅琊国，建都开阳城，即今临沂市区。历经魏晋南北朝，隋唐五代宋，千年以降，盛名之下，自成气象。从琅琊走出来的大人物，除了王羲之、诸葛亮之类泰山北斗，各路英雄俊杰，名卿志士，代不乏人；文武兼备，正邪两绝，风云天下。

然而，神秘光环的另一面，是贫瘠的土地和艰难的民生。

沂蒙山区大小山头近七千座，其中有一种由流水侵蚀而成的"桌状山"远近闻名。此山造形独特，顶部平展开阔，周围峭壁如削，放眼望去，酷似一座座高山城堡。当地称之为"崮"，素有沂蒙七十二崮之说。大巧如拙，雄伟峻拔，有审美之趣，却无耕作价值。并且，层峦叠嶂，沟壑纵横，以致"四塞之崮，舟车不通，土货不出，外货不入"。长此以往，存留在人们记忆里的沂蒙山区，固然是埋兵布阵的好去处，却到底是一片穷山。

　　山难，水亦难。春秋时期，齐国名相管仲曾有著名的"五害之说"：水，一害也；旱，一害也；风雾雹霜，一害也；疠，一害也；虫，一害也。此谓五害。五害之属，水最为大。清代诗人屈复写过一首排律《神水行》，描述1730年沂沭河大水灾，其情其状，令人震撼，亦令人嘘唏。诗中写道：

> 神水忽从天上来，平地波浪如山丘。
> 怒气喷风雷霆斗，鱼鳖跳跃戏高楼。
> 移时敝楼仅盈尺，屋颓人居屋上头。
> 雨声哭声水声里，哭声水声争咽喉。

　　常言道，穷山恶水出刁民。山东，自古以来匪患不绝。强悍的民风和尚武之风，使山东土匪以人数众多、分布广泛、组织程度高而闻名全国。水泊梁山，更是把中国土匪文化推向顶峰。

可奇怪的是，坊间关于山东土匪的印象，除了凶残，亦充满浪漫遐想。这关乎山东人的地域文化和族群性格：豪侠之中，宽厚仁爱，义气当先。千百年来，闯关东，下江南，北移南迁，广播天下。这仿佛又应了另一句俗语：山穷水恶民风淳。或许，山东能在近代中国成就大业，正得益于这样的性格基因。

真所谓：大岳之中，必藏大气，孕之一山，囿之亦一山；大河之畔，必有大邑，润之一水，患之亦一水。

治理齐鲁水患，兴利除弊，历朝历代皆有为之。然真正改天换地、一劳永逸者，是新中国成立前后发起的导沭整沂工程：劈开马陵山，挖通新沭河，疏浚大沂水，彻底根治鲁南和苏北的水患。渡江战役硝烟未散，这一惊天地、泣鬼神的水利工程就开始了。整个工程历时五年，先后动用民工一百十四万人次，技术工人四千五百人。工地绵延数百里，战酷暑，斗恶寒，龙腾虎跃。因治水而成就伟业者，虽大禹李冰，比之导沭整沂，亦不过九牛一毛。

百万中华儿女在沂沭河战天斗地之际，正值百万志愿军将士鏖战朝鲜半岛。那是怎样一个热血澎湃的激情年代！

时任中央美术学院院长徐悲鸿，受到这种激情感染，毅然放下手头的创作，抱病前往导沭整沂工地体验生活，誓用画笔书写千年不遇的劳动场面，创作现代版的《愚公移山》。他为治水英雄讴歌："模范同志们，你们英勇创造出来的纪录可与我们在前方抗美援朝战士们英勇光辉的战功同垂不朽，因为他们正在消灭猛兽，你们消灭洪水，洪水猛兽为害人类是一样的，我国古人常相提并论的。"

导沭整沂肇其始，兴修水利继其后。经过半个多世纪的接续整治，沂沭河流域已有各类水利设施九万余处，形成了以"大水源"为依托，"大水网"为骨架，河库串联、多源互补的水网体系。以河为轴，两岸开发，八水灵秀润沂城。今日临沂，已然是一方以水为魂的美丽家园，像一颗璀璨的明珠，镶嵌在沂蒙大地上。

与开山导水形成呼应的，是守山护林。一动一静，相得宜彰。千里蒙山，山深林密，昔日交通之大弊，却成今日生态之大利。蒙山迄今仍是一片原生态处女地，森林覆盖率98%以上，曾被中科院监测到空气负氧离子含量220万个单位/立方厘米，创我国最高纪录，被誉为超洁净地区。继国家地质公园、国家森林公园之后，蒙山亦被评为全国首座中国生态名山，举世公认的养生胜地。

当然，让蒙山沂水闻名于世的，绝非山穷水恶，亦非水秀山青，而是近代中国的一场风云际会。上世纪三四十年代，日本军队，国民党军队，共产党军队，在这里布下一局三方大棋，大开大合，波诡云谲。而国共两党的博弈，决定了中国的前途和命运。最终，历史选择了共产党。

整个抗日战争和解放战争时期，共产党领导山东斗争的党政军机关都驻扎在沂蒙山区。毛泽东非常重视山东的战略地位，他说："山东把所有的战略点线都抢占和包围了，只有山东全省是我们完整的最重要的战略基地。北占东北，南下江南，都主要依靠山东。"

历史最终选择了共产党，首先是人民选择了共产党。毛泽东坐镇延安，布局全国。他曾经说过，山东换了一个罗荣桓，山东的棋就走活了。山东的棋活了，全国的棋也就活了。那么，罗荣桓是怎么走的这步棋呢？最根本的是重视群众工作。

罗荣桓常说："有了群众，就有了粮食，有了战场，有了兵源，就一定能够由弱变强，夺取革命的最后胜利。"陈毅说得更直率："我进了棺材也忘不了沂蒙人民，他们用小米养育了革命，用小推车把革命推过了长江。"建国初，毛泽东与柳亚子游昆明湖。柳亚子问毛泽东，共产党何以短短三年就打败国民党，取得全国政权，用了什么锦囊妙计。毛泽东回答：人民群众是最大的锦囊妙计。

这个锦囊妙计能否有效，取决于两点：一是人民群众的取态，他们必须跟你走；二是人民群众要组织起来，一盘散沙是没有战斗力的。

共产党的组织动员力有多强呢？据统计，沂蒙根据地总人口不过四百二十万，竟有二十万人参军，一百二十万人支前，十万人为国捐躯。提供支前小车三十二万辆，担架六十一万付。做军鞋十五万双，军衣一百二十二万件，碾米磨面一万一千七百十六万斤。救护伤病员六万人，掩护抗日军政人员九万人。

这是一场什么样的战争？这哪里是国共双方军队在打？它分明是共产党领导人民群众，与国民党军队作战。或者说，人民群众自己在跟国民党军队作战，解放军是人民的子弟兵。当乡亲们喊出"最后一口粮，做军粮；最后一块布，做军装；最后一个儿子，送战场"的口号，这场仗尚未开打，胜负已定。

1947 年初夏，国共双方在蒙山沂水大棋局中下了一着胜负手 —— 孟良崮战役。

退守孟良崮的整编七十四师，全副美式装备，为甲等装备师，蒋介石的五大王牌师之一。师长张灵甫血性十足，自视甚高，舍身配合蒋介石的决战计划：以七十四师为"磨心"，调遣十个整编师增援，形成绞杀大磨，围歼解放军华野主力。

张灵甫，黄埔出身，抗战爆发时，以戴罪之身为将所起用，身经百战，一路从团长做到军长。灵甫其名，颇有寓意。"甫"为象形字，即田里长出新苗，古为男子之美称。"灵"的基本含义有二：一为灵敏，一为灵魂。

小时候看《南征北战》，以张灵甫为原型的张军长，恶恨恨地说出"不成功，便成仁"那副光棍形象，迄今记忆深刻。想当年，崖陡林深的孟良崮上，欲立不世之功的张灵甫，力拔山兮气盖世，无奈士气不振，援军不逮。率部三万余人，近两万人成了俘虏。十路援军在蒋介石、顾祝同再三严令下，最近的一路才推进到距孟良崮五公里处，炮弹已能打到孟良崮，但终未能解救张灵甫于重围之中。不过三个日夜，这位蒋氏政权的灵敏美男子，成了旷野死魂灵。乾坤已变，春风化霾，旧鬼何处托新生？有道是：

十载将军路，三天一梦殇。
春来孟良崮，无处话凄凉。

其实，在这场风云际会中跌落的，何止骄矜的张灵甫。看蒋介石本人，崛起于离乱之世，搏阖于混沌之局，亦是一代枭雄。而且，他还提倡新生活运动，几十年如一日坚持写日记，律己不可谓不严。但这些都是小节，若在大格局上输了，终不免被历史淘汰，为百姓万众所抛弃。

与此形成鲜明对照的是，明德英，大山里一个普通的聋哑农妇，因了这场风云际会而名垂史册。她用自己的乳汁，滋养了一位受伤的八路军战士。千千万万的沂蒙红嫂，则用自己的乳汁，滋养了多灾多难的中华民族。她们催生了新中国，并与新中国一起成长。这就是大格局。

往事如烟，数不尽天地沧桑，说不得苍生命运，道不完人间真情，化作磅礴的大写意，融入蒙山沂水之中。且填《满江红》一首，其意难尽，其情可追：

> 万里龟蒙，琅琊地、怅然寥廓。
> 想当初、东夷先祖，宇开荒拓。
> 太昊一呼丘壑应，舜虞百孝黎民和。
> 到而今、玉带绕珠城，江天阔。
>
> 沧桑事，弹指过；
> 求解放，从来迫。
> 看南征北战，漫天烽火。
> 崮上神威社稷定，村头鱼水亲情乐。
> 枉灵甫、趁几许风流，归零落。

五绝·灵甫之殇

十载将军路，
三天一梦殇。
春来孟良崮，
无处话凄凉。

满江红·蒙山沂水大写意

万里龟蒙，琅琊地、怅然寥廓。
想当初、东夷先祖，宇开荒拓。
太昊一呼丘壑应，舜虞百孝黎民和。
到而今、玉带绕珠城，江天阔。

沧桑事，弹指过，
求解放，从来迫。
看南征北战，漫天烽火。
崮上神威社稷定，村头鱼水亲情乐。
枉灵甫、趁几许风流，归零落。

387

草原放歌

　　一直想写写内蒙古，几次提笔，又都搁下了。那是我心中一块珍爱的乳酪，不敢轻举妄动。仿佛与那片土地，隐隐有一种前世结缘、此生守望的感觉。

　　这世上，有三样东西，以极致的单调，成就了非凡的浩瀚。一是草原，二是沙漠，再就是大海。当一株草、一粒沙、一滴水简单汇聚，形成规模，它所产生的无与伦比的震撼力，可以令世间一切惊心动魄，都显得有些可笑。

　　内蒙古，于我就有这样的魔力。我与内蒙古结缘，已有二十多个年头了。上世纪九十年代，我在中央编译局工作，组织了一个"跨世纪青年社会主义论坛"。论坛每年找一个地方开年会，1997年的年会在内蒙古莫力达瓦自治旗举行。7月下旬，北京正是桑拿天，闷热至极。来到内蒙古草原，别样的物候一下子就把我们吸引住了。沐着清爽的风，一个同事脱口而出：草原啊，你真他妈的广阔啊……

不过，让我内心产生强烈震撼的，却是七年后的一次经历。2004年10月，我已到香港工作。是月下旬，我们到内蒙古出差，趁机前往伊金霍洛草原，拜谒成吉思汗陵。连日来，艳阳当空，凉爽宜人，衣服穿得不多。不曾想，到了成陵，朔风劲吹，天上竟下起毛毛雨，冻得难以忍受。陵园里除了惯常的纪念性建筑，还独具匠心地布着一片黑黢黢的铸铁马阵，在瑟瑟寒风沥沥细雨中更显奔放遒劲。遥想当年，蒙古铁骑在浩瀚大漠上纵横驰骋，面对强敌、饿狼和恶劣的天气，刀光剑影，生死一线。成吉思汗幼年丧父，颠沛流离，却立下不世之功，彪炳千秋。这需要何其非凡的意志、胸襟和勇气。感慨之余，景仰之情顿生。

> 秋风瑟瑟祭成陵，隐隐金戈铁马声。
> 大漠狼烟腾霸气，长空冷雨铸雄魂。
> 三千广域骄今古，百部归宗泣鬼神。
> 过隙白驹何所以，扬鞭一啸到天庭。

后来读到一段文字，与我当时的感受十分吻合，每每把自己从萎靡中唤醒：

> 崇敬成吉思汗，不仅仅因为他从苦难中崛起，不仅仅把四分五裂、自相残杀的部落缔造成一个强大的民族，不仅仅带领这个草原民族开疆拓土走向世界，他还以海纳百川的胸怀，敢为人先的勇气，自强不息的坚韧，重情重义的忠

诚……把整整一个时代蒙古民族的精神文化积淀到了心灵深处。仰望成吉思汗跃马扬鞭的雕像，人与马浑然一体，昂首向前。这千古战神，面色从容，坚毅的目光投向远方，平实的表情里积蓄着万钧之力。都说拜谒您会得到精神和灵魂的洗礼，我双手合十，请赐予我千锤百炼的坚韧与勇气吧！

时间又过去了九年，一场文化盛宴，让我再度走近内蒙古。2013年7月1日，内蒙古民族歌舞剧院献演的"吉祥草原·祝福香港"专场歌舞晚会，在香港会展中心举行。晚会以蒙古族宫廷服饰表演拉开帷幕，且歌且舞，大气而唯美的风格淋漓尽致。宛转悠扬的马头琴独奏《成吉思汗的两匹骏马》，把晚会气氛推向高潮。

同日，别具风格的"大美内蒙古"摄影展亦在会展中心开幕。蒙古草原特有的风光、文化和民风，以辽阔、幽远、苍凉之貌铺陈开来，意味无穷。其间，有一幅名为《苍山如黛月如钩》的作品，令我怦然心动。除了图片不可言喻的意境，这个题目本身就很有画面感。

苍山如黛月如钩，且罢觥筹万籁休。
大漠孤烟何缈缈，马头长调几悠悠。
等闲生死随风去，任尔穷达付水流。
莫问青云名利客，各人自有各人愁。

此后，由于做青年工作的缘故，我与内蒙古的联系竟渐渐多了起来。香港青年学生很喜欢去内蒙古感受独特的草原文化，时不时需要我们帮忙联络。特别是从 2014 年暑期开始，内蒙古青联副主席斯琴塔娜女士发起"追梦大草原"活动，每年组织五十名香港大学生，到内蒙古有关企业去实习，并与当地大学生交流，持续播撒着蒙港青年友谊的种子。我应邀参加了当年在呼和浩特举行的启动仪式，两年后又参加了在海拉尔举行的总结分享会。每次去，都是一次难忘的经历。尤其是 2016 年仲夏之夜，呼伦贝尔的星空成了我此生遭遇的最美星空。那份美好铭刻于心，宛如浮躁世界里灵魂的归处。

当然，最没有料到的，是今年到中央党校学习，又一次与内蒙古不期而遇，并直接触发了我写这篇文字。9 月 12 日至 28 日，中央党校档案馆举办"草原放歌"妥木斯油画展。妥木斯生于 1932 年，是新中国培养的第一代蒙古族油画家。他以艺术家的敏感，以蒙古女人、蒙古汉子、蒙古马和草原风情为题材，向这片土地倾注了真挚而浓烈的爱。他说：

> 我喜欢这片土地上的人，他们有一种特定环境造成的坚强，而不固执；很智慧，却不卖弄；精着呢，但不耍奸；能吃苦，并不窝囊。蒙古女人是令人佩服的，她们不依附于男人，高度独立，自尊、自强、自信。蒙古马是更堪入画的符

号，我用马表达对人生许多问题的思考。纯朴、骄健的蒙古女人与蒙古马组合成画面，更能表现各自的魅力。

我明白了！这么多年来，我深爱内蒙古，固然是爱它辽阔的天空，爱天空下那一望无际的草原，爱从草原上拔地而起直达天庭的嘹亮歌声。但持久地拨动我心弦的，终究还是生活在草原上的人，男人，女人，还有马……

七律·成陵寒秋

秋风瑟瑟祭成陵，隐隐金戈铁马声。

大漠狼烟腾霸气，长空冷雨铸雄魂。

三千广域骄今古，百部归宗泣鬼神。

过隙白驹何所以，扬鞭一啸到天庭。

七律·草原放歌

苍山如黛月如钩，且罢觥筹万籁休。

大漠孤烟何缈缈，马头长调几悠悠。

等闲生死随风去，任尔穷达付水流。

莫问青云名利客，各人自有各人愁。

罗浮山与葛洪

云上罗浮有洞天，
鼎炉凛凛起青烟。
开宗立派医兼道，
毁誉千秋只为丹。

据说，苏东坡被贬惠州，磨磨蹭蹭走了一个多月才抵达惠州。第一时间却不去衙门报到，而是来到罗浮山，去参拜葛洪炼丹旧址，从中领悟生命的意义。

罗浮山是怎样一个所在，葛洪何许人也，能得到大文豪苏轼如此推崇？

罗浮山又名东樵山，地处惠州市博罗县境内，号称岭南第一山，有百粤群山始祖之说。据唐《元和郡县图志》记载：罗山之西有浮山，盖蓬莱之一阜，浮海而至，与罗山并体，称罗浮山。这是一座由大小四百余个山头组成的雄浑山体，方圆两百多平方公里。峰峦绵延，植被丰茂，幽泉密布，被道教尊为天下第七大洞天、三十四福地，被佛教称为罗浮第一禅林。传说刘伯温两度赴罗浮山，留下了"真龙横卧罗浮峰，百里盘桓豪气冲"的天机妙算。

神道之说，固可存疑。有史可查的是，晋人葛洪，四十三岁正当壮年之时，竟于赴任途中，辞官不就，携家带口来此隐居，直至八十一岁驾鹤西去。葛洪看中这片风水宝地，在这里悟道炼丹，著述授徒，悬壶济世，成就了一番开宗立派的大事业。

俗话说，出名要趁早。江南士族出身的葛洪，十六岁拜师求学，读五经修六艺，以聪慧敏捷闻名乡里。二十岁弃文从武，颇有战功，封伏波将军，后赐爵关内侯。然葛洪志不在此，自称少好方术，负步请问，不惮险远，每以异闻则为喜，久之，对神仙导养之法颇有心得。

时逢两晋乱世，葛洪见识了太多宦海起落、功来过往，深感"荣位势利，譬如寄客，既非常物，又其去不可得留也。隆隆者绝，赫赫者灭，有若春华，须臾凋落。得之不喜，失之安悲？悔吝百端，忧惧兢战，不可胜言，不足为矣"。遂于赴任勾漏（今广西北流县）途中，在广州刺史邓岳鼓动下，到罗浮山采药炼丹。其间，邓岳拟任葛洪为东莞太守，葛辞不就。

观葛洪一生，游历广泛，著述宏富，方药道术，世代传承。二十四史之《晋书》为其立传，述其在弘道、行医、炼丹等方面的成就。有各类著作六十余种，近千卷，堪与班固、司马迁比肩。

以神仙信仰为核心的道教，是中国唯一的本土宗教。葛洪是道教发展史上第一个集大成者，他在《抱朴子》七十卷中，首次将老子庄子的道家思想、秦皇汉武的寻仙活动、张陵张角的神迹医踪融汇贯通。至此，道教体系更加缜密，同时兼收诸子百家，以迎合统治者的需要。

葛洪系统总结了晋以前的神仙理论和修仙方术，包括守一、行气、导引和房中术等，并著《神仙传》十卷。他将修仙的方术戒律与儒家纲常名教、法家严刑峻法结合起来，提出欲求仙者，当以忠孝和顺仁信为本，若德行不修，但务方术，皆不得长生；强调积善立功，恕己及人，乃为有德，受福于天，所作必成；主张治乱世须用重刑，宜革除清谈之风，文章应与德行并重，立言当有助于教化。

道教自东汉张陵创立以来，便与行医制药结合在一起。葛洪的医学成就集中体现在《金匮药方》一百卷、《肘后备急方》三卷里，所涉甚广，而尤以对传染性疾病的防治见长。其中，防治天花、恙虫、脚气病为首录，防治结核、疟疾、狂犬病有独到之处。长期的医药实践，使葛洪对药材特性认识深刻，为现代制药业提供了诸多启示。2015 年诺贝尔生理学和医学奖获得者屠呦呦说，她在发现青蒿素过程中，面临研究困境时，就曾受到葛洪《肘后备急方》之治疟方"青蒿一握，以水二升渍，绞取汁，尽服之"的启发。

葛洪特别注重在人们的日常起居中留心种种病患，强调药物不在昂贵而在疗效，要让穷苦人也用得起。医者须以仁心居先，即所谓"有不忍人之心，斯有不忍人之政矣"，"方之出，乃吾仁心之发见者也"。葛洪遍采罗浮各类药材，精心炮制，巡游治病，影响广泛而久远。在香港颇受普罗大众朝拜的黄大仙，原名黄初平，传说即为葛洪弟子。

然而，无论是修道还是行医，葛洪的治学和实务都是同炼丹密不可分的。炼丹过程的神秘诡异，使葛洪的事迹也显得神秘起来，有些讳莫如深的味道，并成为数千年来对葛洪功过的最大争议点。

葛洪炼丹是有一定哲学依据的。《抱朴子》金丹篇有云：凡草木烧之即烬，而丹砂炼之成水银，积变又还成丹砂，其去草木亦远矣，故能令人长生。葛洪坚信炼制和服食金丹可得长生，固已成谬，但他和所有炼丹家一样，亲自采集材料，反复实验，有意无意地发展了原始化学。正如古希腊时期化学在炼金术的原始形式中出现一样，中国古代四大发明之一的黑火药，最初就是在唐代金丹家"伏火"实验中孕育出来的。英国李约瑟博士在《中国科学技术史》中称：中国炼丹家乃世界整个化学最重要的根源之一。

葛洪自称"虽见毁笑，不以为戚"，但围绕他的炼丹活动，确是争议不绝。这与中国人的思维方式有关，不大注重过程，而只关注结果，成败论英雄。所以现代实验科学长期未能发展起来，程序正义在社会生活中受不到应有重视。在此不赘述。有道是，文章是案头山水，山水乃地上文章。罗浮山的水木清华滋养了葛洪，葛洪的阴阳真火焠炼了罗浮山。人之名因山而来，山之名因人而扬。是罗浮山成就了葛洪，亦是葛洪成就了罗浮山。一自坡公谪南海，天下不敢小惠州。苏东坡寓居惠州两年多，每每为人津津乐道。其实，比苏东坡早一千年来到罗浮山的葛洪，已然使惠州这方山水名重史册。

南国秋长。深秋时节，与几位朋友游罗浮山。进山不久，便见葛洪洗药池，池边一座小石亭，名"东坡亭"。坐在亭子里的条石凳上，看着洗药池壁上斑驳的苍苔，远山一缕白雾飘过，思绪有些游移，杜甫的《赠李白》漫上心头——

> 秋来相顾尚飘蓬，
> 未就丹砂愧葛洪。
> 痛饮狂歌空度日，
> 飞扬跋扈为谁雄。

七绝·题葛洪

云上罗浮有洞天，
鼎炉凛凛起青烟。
开宗立派医兼道，
毁誉千秋只为丹。

云上贵州

2017 年 11 月 16 日，我随同香港 IT 界"大数据交流团"访问贵阳。发生了两件与贵州相关的事儿，对我触动很大。

第一件事儿，贵州茅台的股价 16 日首次站上每股七百元，总市值超过九千亿元。仅茅台"飞天"商标，就价值数十亿元。谁会想到，一家单纯做酒的国有企业，在落后的西部地区，而且是在严控公款消费的今天，能做到这样的规模！走遍世界，无论国有民有，还能找到第二家这样的酿酒企业吗？

另一件事儿，此次访问从 16 日开始，两天的行程安排得很紧凑，听取官员介绍情况，与业界座谈交流，参观大数据中心，考察互联网企业等。所见所闻，每每出人意料。特别是几家互联网企业展现出来的崭新经营模式和巨大发展潜力，一改我过去对贵州的印象，而且从根本上颠覆了"有形之物才是财富"的过时观念。

贵州位于中国西南部，简称"黔"，古夜郎国之所在。关于这片土地，有两个成语流传甚广，一个是"夜郎自大"，一个是"黔驴技穷"。两个成语都指向同一方向：贵州人地处偏僻，孤陋寡闻，自以为是。

有人为此打抱不平。据说，夜郎自大的故事，本来是夜郎国官员想了解汉朝使者的级别有多大，以便做好接待安排。黔驴技穷的驴，则根本不是贵州的，是"好事者船载以入"。根据故事，恰恰是勇猛的贵州虎干掉了虚张声势的外地驴。这个解释听起来很有道理，只是多数人想必都不会较真，成语该用的时候照用。可见，三人成虎，掌握话语权是很重要的。

不管成语故事的真相如何，贵州自古以来都是山高皇帝远的地方，当是无疑的。唐人张文昌诗称"江南恶溪路，山绕夜郎城"，李白更是感叹"我愁远谪夜郎去，何日金鸡放赦还"。有了这些成语、诗句垫底，加上"天无三日晴，地无三尺平，人无三分银"的民谚烘托，没到过贵州的人，对贵州的印象是比较负面的。虽不如古语形容的那么极端，大抵也离不了偏僻落后之类。

时人说起贵州，谈资亦显单调，无非是茅台的酒，遵义的楼，黄果树的瀑布天天流。国外知道贵州的，估计更少。曾听一位副省长调侃，说他每次出国，给外国人介绍情况时，都要先拿出地图，帮他们找到贵州的位置。

偏偏就是在这样一个落后之地，近些年却走在了时代前列。大数据搞得风生水起，数博会远近闻名。当然，以前与人谈起这个事，不乏半信半疑，多少还有些不以自然。直到此次访问，才算是开了眼界。我们走访的三家互联网企业，分别代表了三种业态："货车帮"运用大数据整合传统行业，"东方祥云"直接加工大数据产品，"白山云"则是用大数据为其他互联网企业服务。这岂不是又形成了一个新的产业链！

众所周知，大数据本身是不可以交易的，交易的是数据加工产品。或者说，大数据本身是不体现价值的，它的价值体现在大数据加工和在此基础上的应用。贵阳市分管互联网工作的副市长形象地说：每一片不下雨的云都是浮云。怎样才能让浮云变成积雨云，进而凝成雨滴，汇成溪流湖泊，是需要花功夫的。短短几年时间，大数据企业的三种业态都能在贵州落地生根，令人刮目相看。难怪习主席说："贵州发展大数据确实有道理。"

"大扶贫""大数据""大生态"被确立为贵州三大战略行动。抓住大数据时代的先机，以纲带目，实现跨越式发展，或许正是这个生态环境一流而贫困人口最多的西部省份，走出的一条截弯取直、后发先至的新路。这条新路的构筑，关键得益于政府、业界、企业的灵活性沟通。交流团顾问车品觉认为，这恰恰是最值得香港分享的经验。

贵州，本就是王阳明的悟道之地，也是中国共产党革命的转折之地。今天，在大数据的土壤上，一个新的贵州正破土而出。

穷人总喜欢夸耀自己的祖辈有多么阔，富人却总爱讲当年打拼时多么落魄。置身云上的贵州，忙于开采方兴未艾的大数据"钻石矿"，大概没有功夫去考证黔驴来自何方，也不会去理会夜郎国的种种传说吧。莞尔一笑，足矣！

所谓人在干，数在转，云在算，这真是云贵高原上一片神奇的土地。赋七律一首，名《云上贵州》，以为记。

> 借得东风到贵阳，尽收数据入行囊。
> 万车联网九州小，一酿飞天百域香。
> 犹记初心从遵义，何需悟道向龙场。
> 截弯取直开新路，漫步云端笑夜郎。

七律·云上贵州

借得东风到贵阳，尽收数据入行囊。

万车联网九州小，一酿飞天百域香。

犹记初心从遵义，何需悟道向龙场。

截弯取直开新路，漫步云端笑夜郎。

岳阳楼
怀远

有些景点是人人可游的，有些景点却有其特定的"适游"群体，并非人人可游。一般人不是不可以去，而是游不出它独特的好来。比如岳阳楼。

岳阳楼位于湖南省岳阳古城西门之上，临洞庭，望君山，倚长江，享有"洞庭天下水，岳阳天下楼"的盛誉。此地建楼始于三国时期，经历朝历代修葺改建，今天的岳阳楼是中国最大的盔顶建筑。主楼高 19.42 米，为三层纯木结构。四根楠木金柱直贯楼顶，周围绕以廊、枋、椽、檩互相榫合，整栋楼没有使用一根铁钉。楼顶承托在如意斗拱上，飞檐盔顶，曲线流畅，沉稳中不乏灵动。

相传，岳阳楼曾为东吴大将鲁肃的"阅军楼"，西晋南北朝时称"巴陵城楼"，唐中期始称"岳阳楼"。到这时，岳阳楼已被辟为宴乐之地。岳州乃是长江流域重要港口城市，交通发达，又有楼台胜景，遂"迁客骚人，多会于此"。唐开元四年，中书令张说贬官岳州，常约人赋诗作对，开启了登楼怀古的长河。嗣后，张九龄、孟浩然、贾至、李白、杜甫、韩愈、刘禹锡、白居易、李商隐等风邀云集，接踵而来，留下许多语工意新的名篇佳作。历经宋元明清，代有游人吟咏。其中，杜甫《登岳阳楼》，范仲淹《岳阳楼记》闻名天下，被誉为千秋绝唱。

岳阳楼建筑很美，但岳阳楼负盛名，显然不是因其建筑，而是来自楹联诗文。这些题写岳阳楼的楹联诗文，也往往"文不对题"，主要不是吟咏奇楼胜景，而是旁征博引，借题发挥，议景论人，喻物抒怀。乃至其他与岳阳楼相关的传说典故，如君山岛湘妃斑竹、吕洞宾三醉度柳之类，也都是这个路数。所以说，"从来迁客意，不在岳阳楼"。

以杜甫的《登岳阳楼》为例。首联"昔闻洞庭水，今上岳阳楼"平实入题，颔联"吴楚东南坼，乾坤日夜浮"豪迈夸张，颈联"亲朋无一字，老病有孤舟"身世飘零，尾联"戎马关山北，凭轩涕泗流"壮志难酬。全诗起伏跌荡，收放自如，确是一首绝妙好诗。但从内容上看，除了点出岳阳楼的名字，没有一个字是写岳阳楼的，包括写洞庭湖的两句，也不是实写，而是诗人的想象。

世人谈论此诗，讲得更多的是后面三联：颔联的意境，颈联的凄苦，尾联的抱负。我却对首联感触尤深，一个"昔闻"，一个"今上"，千般念想，万般无奈，都在其中了。站在暮年杜甫的角度，回首平生，昔有多少抱负，而今化作流水，徒留诗文千卷又有何用？正是借助这个"昔闻""今上"破题，后面的起承转合才显得自然而顺理成章。故有清人周元鼎撰联曰："后乐，先忧，范希文庶几知道；昔闻，今上，杜少陵始可言诗"。

说到楹联，值得一提的是，关于岳阳楼的诗词骈文固然很多，而楹联更多，且别有意趣。尤以清代文人题联比较集中。谐写的有李秀峰：吕道人真无聊，八百里洞庭，飞过来，飞过去，一个神仙谁在眼；范秀才更多事，五千年乡国，什么先，什么后，万古忧乐太关心。正写的有王褒生：放不开眼底乾坤，何必登斯楼把酒；吞得尽胸中云梦，方可对仙人吟诗。而其中表表者，当属清道光年间进士窦垿的一幅长联——

一楼何奇，杜少陵五言绝唱，范希文两字关情，滕子京百废具兴，吕纯阳三过必醉，诗耶儒耶吏耶仙耶，前不见古人，使我怆然涕下；

诸君试看，洞庭湖南极潇湘，扬子江北通巫峡，巴陵山西来爽气，岳阳城东道岩疆，潴者流者峙者镇者，此中有真意，问谁领会得来

此联一共一百零二字，范仲淹的《岳阳楼记》也不过三百六十余字。从篇幅上看，此联已算得上是一篇文章。其内容由人及景，纵横古今，恣肆张扬，也不亚于一般的骈文。

以范仲淹在《岳阳楼记》中提出的忧乐观为代表，题写岳阳楼的楹联诗文，不管是怀才不遇的，还是隐逸旷达的，大都离不了家国情怀的主题。

这里有个早年的故事值得一讲。南唐诗人江为，极富才气，年少轻狂。他曾题诗于庐山白鹿寺，为李后主见到，极其赞赏。江为也因此自命不凡，以为取功名易如反掌。谁知数次求官，总被各级官吏刁难，一气之下想叛投吴越，不料事泄，获罪处斩。他也写过一首《岳阳楼》，全诗如下：

倚楼高望极，辗转念前途。
晚叶红残楚，秋江碧入吴。
云中来雁急，天末去帆孤。
明月谁同我，悠悠上帝都。

诗写得漂亮，文雅意远，诉求也很直白。诗里那份"学成文武艺，货与帝王家"的殷殷念想，与杜甫的平生抱负何其一致。古往今来，多少文人士大夫，千秋抱负，一片痴心。所谓隐者，无非是在等待机会，哪有真正的超脱。还是孟子说得实在：穷则独善其身，达则兼济天下。

借景抒情，托物言志，何止岳阳楼，每一处景点其实都是为每一个"自己"准备的。正是个人的需求和感悟，决定了景点的价值。这才有欧阳修的千古一问：我每一醉岳阳，见眼底风波，无时不作；人皆欲吞云梦，问胸中块磊，何时能消？

如此看来，我今次得偿夙愿，赴斯楼一游，也不过千百年来，旧故事的新演绎而已。赋五言排律一首，以记之。

> 年少梦风流，楚天仗剑游。
> 等闲斑竹泪，任性洞庭舟。
> 一路追滕范，千秋问乐忧。
> 从来迁客意，不在岳阳楼。
> 水漫三山外，檐飞百埠头。
> 历经漂泊后，始解少陵愁。

排律·岳阳楼怀远

年少梦风流，楚天仗剑游。
等闲斑竹泪，任性洞庭舟。
一路追滕范，千秋问乐忧。
从来迁客意，不在岳阳楼。
水漫三山外，檐飞百埠头。
历经漂泊后，始解少陵愁。

410

北海随想

地处中国大陆南端，却叫北海。北海所产珍珠，则叫南珠。

广西北海市南部半岛，宛若一艘行将远航的巨轮，昂然驶入南中国海，亦像一头历经风雨的海鸟，疲惫中带着坚韧。北海市古属合浦、廉州，而北海之名来自昔日渔村 —— 北海村。该村位于北海半岛的北面避风港，其北边面海，故而得名。

北海市有一家南珠博物馆，馆内展示着一套仿制明朝龙袍，珠光闪闪，奢华无比。整件龙袍镶嵌了约五万颗珍珠，重达四十千克。作为配套的龙冠和龙靴，还分别镶嵌了约三千八百颗和一万一千三百颗珍珠。面对这件珠光逼人的展品，你仿佛能感受到三千年南珠文化的沧桑沉浮。

珍珠素有南珠、西珠、东珠之分。明代学者屈大均在《广东新语》中写道："合浦珠名曰南珠，其出西洋者曰西珠，出东洋者曰东珠。东珠豆青色白，其光润不如西珠，西珠又不如南珠。"据说故宫博物院陈列的珍珠多为合浦出产，慈禧太后凤冠上镶嵌的数千颗珍珠皆是合浦珠。

合浦之名，始于公元前 111 年。是年，汉武帝平南越国，划出南海郡、象郡交界处设置合浦郡，辖境大致以今天的北海市为主体，东至湛江，西至钦州。当地流传着一个"合浦还珠"的典故。合浦百姓向以采珠为生，一些官吏乘机贪赃枉法，巧立名目盘剥珠民。他们不顾珠蚌的生长规律，一味逼迫珠民去捕捞。结果，珠蚌逐渐迁移到邻近海域，在合浦能捕捞到的越来越少。珠民收入大减，连买粮食的钱都没有，不少人因此而饿死。汉顺帝刘保即位后，派孟尝任合浦太守。孟尝下令革除弊端，废除苛法，禁止渔民滥捕乱采，大力保护珠蚌资源。很快，珠蚌重新繁衍起来，合浦又成了盛产珍珠的地方。

今天的合浦，是北海市下辖的一个县。在县城东北及东南丘陵地带，分布着两千余座墓葬土堆及一些封土无存的地下墓穴，经考证是汉代墓葬群。方圆七十平方公里范围内，计有汉墓一万多座。墓主身份各异，既有漆棺宝器厚葬的郡守县令及各色富豪，也有穴室窄小葬器偏少的平民。格式之多样，葬品之丰富，天下罕有。区区海角一隅，凸显汉代丧葬之风。

从这些汉墓中出土的文物，迄今已有一万余件，包括大量来自波斯、斯里兰卡等地的陪葬品。结合史料可以看出，两汉时期的合浦郡，商贾云集，把来自中原等地的陶瓷、布匹、蜀锦等物品装船，从北部湾的港口出发，远航到印度，再转运西亚、北非、南欧诸国，这就是著名的古代海上丝绸之路。合浦，成为这条古代中国与海外交流路线的重要始发港。

斗转星移，两千多年来，合浦行政隶属关系多次变更。上世纪八十年代，在古合浦郡的中心地带，北海市作为中国改革开放早期十四个沿海开放城市之一，再度引起广泛关注。然而，一段时间以来，北海的发展似乎未如预期。倒是当年甚嚣尘上的房地产开发，满目疮痍的烂尾楼，成了人们北海印象中抹不去的阴影。

"那时的北海，每一条街都有烂尾楼。"这一太过鲜明的舆论符号，长期标签着北海的对外形象。在房地产泡沫破灭后的废墟上，北海经过三十年消化，才得以缓过劲来，渐渐发展成为一个产业开发与滨海旅游"双轮驱动"的南国特色小城。

转机是逐步到来的。其中，北海的王牌旅游景点十里银滩取消收费，或许可以视为一个标志。之前，十里银滩每人二十五元的收费，是北海旅游业的支撑。从 2003 年 5 月 1 日起，这笔收入没有了，北海人把创收的目光投向更广阔的发展空间。

这时候，北海抓住了两个历史机遇。一是 2005 年前后，广东开始实施"腾笼换鸟"战略，淘汰一批附加值低的小企业。北海趁机引进，当时主打的电子资讯企业多是从广州、深圳、佛山等珠三角城市搬迁过来的。小企业起来后，亦带来了相应的配套产业与物流的兴旺，如五金、包装耗材、吹塑等。二是 2009 年前后，全国性的房地产新一轮"黄金时期"启动，北海的一些烂尾工程得以盘活，正好为产业的多元化发展提供了辗转腾挪的资金。

正是在这样的背景下，北海坚持一手抓房地产历史遗留问题的解决，拉动房地产业的复苏和健康发展；一手抓园区经济和以高新科技产业、旅游业、海洋产业、现代农业为支柱的产业发展。一个底蕴丰厚充满活力的新北海，蓄势待发。

斜阳下，沐浴着略带咸腥味的海风，漫步在滩长平、沙细白、水温静、浪柔软的银滩上，流连于中西合璧骑楼建筑鳞次栉比的老街里，我的思绪悠悠穿越千年。1100年，贬居海南岛的苏东坡遇大赦，一路内迁，在廉州逗留两月，写下了九首诗篇和若干札记，还特地为纪念孟尝的海角亭题写了"万里瞻天"匾额。次年，生性洒脱的旷世文豪，病逝于常州。

正如海角亭柱联所书：海角虽偏，山辉川媚；亭名可久，汉孟宋苏。安居于南国一隅的北海市，自有千年气象百年风貌存于山山水水之间，那些牵系着历代文人情怀的名胜古迹丝路风雨，闪烁着老合浦新北海的风韵流彩。感慨之余，赋诗咏之 ——

> 偏偏北海贵南珠，遥望沧桑近却无。
> 合浦千秋丝路远，银滩十里晚风酥。
> 新门旧第相依老，绿女红男几若初。
> 春梦未醒秋梦起，终将岁月付屠苏。

七律·北海随想

偏偏北海贵南珠，遥望沧桑近却无。

合浦千秋丝路远，银滩十里晚风酥。

新门旧第相依老，绿女红男几若初。

春梦未醒秋梦起，终将岁月付屠苏。

別島喚

涠洲

　　南中国海有几个小岛，颇耐人寻味。一个是香港岛，面积约七十九平方公里，岛上诞生了无数传奇。一个是澳门半岛，面积不到九平方公里，发生的故事也不少。我这里要讲的却是另一个小岛 —— 涠洲岛，面积约二十五平方公里，大致是澳门半岛的三倍，香港岛的三分之一。

　　涠洲岛是何方神圣？想必很多人都会觉得陌生。其实，我也是因了一个很偶然的机会，才得知涠洲岛的存在。把它同香港、澳门相提并论，主要是对它过去影响力的想象，也是对近代以来南中国海历史变迁的感慨。

　　2014 年 5 月 17 日，香港青少年国情体验和创新创业基地在广西北海市启动。这是香港青少年国情教育的新尝试，力图把国情培训、生活体验、文化交流和创业实践有机结合起来，在体验中受教，在创业中成长，亲身感受内地的变化及商机，增强对国家发展的认同感、归属感和参与感。我与一众香港青年领袖，专程赴北海出席基地启动仪式。活动结束后，主办方强烈建议我上涠洲岛看一看，可以加深对北海历史文化和投资环境的理解。

涠洲岛距北海市区三十六海里，乘快船前往约需一小时。该岛位于北部湾海域中部，北临广西北海半岛，东望广东雷州半岛，西面越南下龙湾，南与海南岛隔海相望。作为中国地质年龄最年轻的火山岛，岛上遍布海蚀、海积及溶岩等景观，有"蓬莱岛"之称。由于特殊的地理位置，涠洲岛还是东亚地区候鸟迁徙印尼群岛、南中国海和中南半岛的重要中转站。

据记载，涠洲岛古属合浦郡，汉时即有渔民居住，宋时珍珠采养业已成气候。范成大在其《桂海虞衡志》中写道："珠，有池在合浦海中孤岛下，名'望断池'，池深可十丈，四周如城郭"。明万历六年，涠洲岛开始从雷州半岛移民来岛上垦耕，人丁渐旺。经过一个多世纪的发展，到明末清初成为遐迩闻名的南国渔村。遥想当年，心驰神往，歌以咏之：

> 别岛唤涠洲，长风逐白鸥。
> 花香幽径与，帆影滟滩收。
> 日落流霞醉，月升万籁羞。
> 有缘三五客，把盏话悠悠。

明万历十九年，有"东方莎士比亚"之称的戏剧大师汤显祖，被贬谪雷州半岛。一日，他游览涠洲岛，赏夕阳，看珠池，睹物思人，感慨万千，留下一首长律，名《阳江避热入海，至涠洲，夜看珠池作，寄郭廉州》。诗中写道：

> 日射涠洲郭，风斜别岛洋。
> 交池悬宝藏，长夜发珠光。
> 闪闪星河白，盈盈烟雾黄。
> 气如虹玉迴，影似烛银长。

然而，涠洲岛终归不是世外桃园。清康、雍、乾、嘉四朝，因涠洲岛"孤悬大海，最易藏奸"而发出封禁令，迫使涠洲居民三度内迁，驻岛行政机构裁撤，仅余少量寮民居留。咸丰末年，数以百计的客家人因避战乱，不顾官府之禁陆续来岛定居。同治六年（1867 年），鉴于岛上民居已成事实，官府重开岛禁，雷州、廉州一带船户客民纷纷移居岛上。至此，荒置百数十年的涠洲岛，渔歌再起，田庐重兴。

是时的中国，国门已开。葡萄牙人占据了澳门半岛，英国人占据了香港岛，法国天主教势力乘机染指涠洲岛。

在涠洲镇盛塘村，有一座天主教堂，被列为全国重点文物保护单位。该教堂由法国巴黎外方传教会的传教士所建，1869 年开工，历时十年建成，乃晚清四大天主教堂之一。主殿高十三米半，长五十六米、宽十七米，可同时容纳一千五百人。建材主要取自海底珊瑚沉积岩，是典型的法国哥特式建筑，高耸的尖塔以"向天一击"的动势，隐现天国神秘之感。

教堂往往是殖民地首批建筑之一，其规模反映了殖民者的影响力。当时的涠洲天主教堂，与香港 1865 年扩建的圣约翰大教堂、澳门 1885 年改建的望德堂不相伯仲。在一个远离大陆的孤岛上，建起这样一座气势雄伟的大教堂，印证了早期传教士的精神高度，也反映出他们十分看好涠洲岛的发展前景。

当然，后来的涠洲岛，并没有发展成为香港、澳门那样的国际都市。历史是怎样错过涠洲的？缘由种种，从根本上讲与法、英、葡三国的殖民经历有关，也从一个侧面反映了三地所依托的中国内地城市北海、深圳、珠海的发展轨迹。不过，对涠洲来说，失之东隅，收之桑榆，它得以完整保留了自己的原生态，从而被誉为中国最后一个处女岛。2005 年，《中国国家地理杂志》评选中国十大最美丽海岛，涠洲岛名列第二。2010 年，《北海涠洲岛旅游区发展规划》获批实施，涠洲岛成为继海南岛之后，第二个被明确定位为发展国际高端休闲度假旅游的海岛。

也许正是这样的机缘，成就了杨振宁与翁帆的涠州牵手。2004 年 10 月 6 日，八十二岁的学界泰斗与二十八岁的才女在这里擦出爱情火花。如静滩叠浪，备受娱乐江湖关注，也成为日后涠洲岛旅游最津津乐道的话题。记得我那次上岛，与同行的香港华菁会副主席田斌，一路好风景好心情，聊得最轻松的，便是把汤显祖的涠州诗附会到翁杨之恋上。八年后，杨振宁九十华诞学术纪念会在清华大学举行，比他年长一岁的许渊冲教授还即场赋诗：

> 振宁不老松，扬帆为小翁。
> 岁寒情更热，花好驻春风。

此时此刻，当我记录下这些思维的碎片，回想起五年前的涠洲之行，感怀这个南国小岛的历史命运，一句话浮上脑际。这句话是爱尔兰新锐女作家萨莉·鲁尼说的，貌似云淡风轻，却充满人生智慧：无论如何，生活还是会给予我们这些欢愉的时刻（Life offers up these moments of joy despite everything）。

五律·涠洲

别岛唤涠洲，长风逐白鸥。
花香幽径与，帆影滟滩收。
日落流霞醉，月升万籁羞。
有缘三五客，把盏话悠悠。

柳州二题

桂林与柳州并称"桂柳"。桂柳地区在广西的历史、文化和经济版图中，有着举足轻重的地位。桂林山水甲天下，人们耳熟能详。对柳州，就陌生多了。

然而，柳州却是大有来头。这里曾是人类活动最早的地区之一，生活于旧石器时代的"柳江人"，是东亚迄今发现的最早的晚期智人。柳州的建城史，则可以追溯到公元前 111 年。是年，汉武帝平南越，在此设立谭中县。柳州的现代工业发轫于中华民国桂系军阀统治时期，新中国成立后因沿海工业内迁而迅速壮大。2009 年，柳州成为继北京、上海后第三个汽车年产量超过一百万辆的城市，也是人均生产汽车最多的城市。

我曾两度到访柳州：2013 年春节与家人朋友自驾旅游，2014 年 4 月随"共和国之旅 —— 桂港青年共筑中国梦"专列团开展交流活动。两次停留的时间都不长，对柳州的了解湖光掠影，但印象十分深刻。其中，柳州的山水风貌和柳宗元的故事，多年后仍时时浮现脑际。

柳州作为典型喀斯特地貌的山水之城，奇山异水，随处可见。温家宝总理曾为其题词：山青水秀地干净。整个城市地形地貌呈"三江四合，抱城如壶"之势，故称"壶城"。柳江水系碧波如带，飘逸在绿荫城阁之间。城南有马鞍山，雨后登临，云蒸霞蔚，胜景尽揽——

登顶马鞍望柳州，

沿河翠影上华楼。

满城春色谁争艳，

雨后江天一壶收。

马鞍山不远处，便是著名的龙潭公园。绝壁下涌出的泉水汇成龙潭、雷潭，两潭有地下河相通。清澈的潭水蜿蜒如游龙般穿园而过，流经镜湖，终至莲花山下注入溶洞，了无踪影。潭水常年恒温 18℃-22℃，每逢隆冬季节，水汽蒸腾缭绕，故有"双潭烟雨""龙雷胜境"之称。

正是在这里，我想到了柳宗元。哪个柳宗元？对，就是那个写《独钓寒江雪》的柳宗元，写《小石潭记》的柳宗元，写《捕蛇者说》的柳宗元，写《黔之驴》的柳宗元。他晚年担任柳州刺史，曾在此地为民祷雨，著有《雷塘祷雨文》（龙潭古称雷塘）传世。如今，古韵犹存的祷雨文碑亭、祭台、雷塘庙掩映在绿树丛中，引人遐想。

柳州山水之胜，由此可见一斑。然山水情状，终究因人而异。如此旖旎风光，在离人眼里，却是另一番模样。柳宗元有一首题为《看山》的绝句，这样写道：

> 海畔尖山似剑芒，
>
> 秋来处处割愁肠。
>
> 若为化得身千亿，
>
> 散向峰头望故乡。

这首七绝，堪称思乡词之绝唱：水畔群山耸立恰似利剑锋芒，瑟瑟秋风中割不断缕缕愁肠，真希望化作亿万具肉身，站上每个山头眺望遥远的故乡。名曰"看山"，诗人却无心赏景，而是透过奇异的想象，独特的构思，把埋藏心底的抑郁之情，不可遏止地倾吐出来，让人倍觉凄婉。

身为一州之牧，缘何如此落寞？这还得从柳宗元的人生经历说起。柳宗元出身官宦之家，二十一岁即中进士，名动长安。不料，三十二岁时卷入朝廷党争，失败后被贬永州，四十二岁再贬柳州。北人南居，毁坏了柳宗元的身体，到了柳州之后又不服水土，先是罹患一种奇疮，险些送了性命，后又复得伤寒，治愈后身体更是衰弱。加之屡遭贬谪，壮志难酬，故乡远在天涯，同道者无缘再聚，精神苦闷不已。于是，旷古绝伦的一代文宗，感情世界丰富而脆弱，见山山愁，见水水悲。

不过，柳宗元终究不是一个甘于苟且因循的人。尽管身心交瘁，他仍在力所能及的范围内，为民众做了许多好事，留下众口交赞的政绩。其中表表者，有解放奴婢、鼓励经商、复兴文化、打井取水等。他作过一首《种柳戏题》，从中可以读出诗人兴利除弊、遗惠后人的拳拳之心：

> 柳州柳刺史，种柳柳江边。
> 谈笑成故事，推移成昔年。
> 垂荫当覆地，耸干会参天。
> 好作思人树，惭无惠化传。

这便是柳宗元的过人之处，他把自己的文学理想和人生抱负，跟柳州百姓的福祉联系在一起，融入国计民生的大格局。与之相比，号称"五柳先生"的陶渊明采菊东篱下，悠然见南山，不过是自娱自乐，在境界上自然稍逊一筹。有道是：

> 千古柳江遇柳公，
> 一潭烟柳伴苍松。
> 此间三柳相逢处，
> 不问南山五柳风。

在金庸、古龙的武侠小说中，屡次提及柳州之野盛产佳木，可以打造上好棺材，故有"吃在广州，穿在苏州，住在杭州，死在柳州"的说法。柳宗元死于柳州刺史任上，四十七岁便英年早逝。乡亲父老为表敬重，特意订购了一口柳州楠木棺材，殓装遗体千里迢迢运回老家山西安葬。路上经过好几个月时间，可运抵时打开棺材重新装殓下葬，却发现柳公的遗体依然完好无损，面容栩栩如生……

柳州百姓没有忘记这位才华横溢却屡遭贬谪的天才，更未忘记他在困顿之中仍为柳州人民兴利除弊、遗惠一方的德政。柳宗元遗体运回了老家，柳州百姓便在城东南的罗池畔修建了衣冠冢，并建起一座罗池庙。北宋时，柳宗元被追封文惠侯，罗池庙改称柳侯祠，四时香火不绝。

七绝·柳州印象之一

登顶马鞍望柳州，
沿河翠影上华楼。
满城春色谁争艳，
雨后江天一壶收。

七绝·柳州印象之二

千古柳江遇柳公，
一潭烟柳伴苍松。
此间三柳相逢处，
不问南山五柳风。

一桥风雨
话三江

日前，北京老友殷捷给我讲了一个故事——

中秋小长假，他和朋友去云南景迈山古茶园旅行。时近黄昏，一位同行者因在茶园里走了很远的路，膝关节有些痛，但离目的地尚早。当时，有不少茶农骑摩托车经过，只不过都是往相反方向的。他们就想试试，能否付费请哪位茶农帮忙送一下。第一位是个姑娘，她说自己技术不好，不敢载人。第二位是个小伙子，二话不说，调转车头，非常痛快地把同伴送到目的地。后来，同伴告诉大家，下车后要付小伙子车钱，小伙子坚持说一点儿小忙没什么，无论如何不要钱，最后开上车跑了。

殷捷兄感慨地说，这段故事，让我们这些生活在讨价还价之中的城里人，有些无语。连绵的大山深处，善良、责任和乐于助人的行为，在蓝天白云下闪烁着人性的光辉。人生，不过百年，遇到弱者或是有难处的人，一定记得不要去更多计较，能帮一把就帮一把。

老友的故事和感慨，不知怎么让我想到了 2014 年春天的三江之行。三江是广西自治区的一个侗族自治县，位于桂湘黔交界处的大山之中。那里交通很不方便，但原生态的山水民情，给人留下深刻印象。"百家宴""行歌坐夜"等独特民俗，古韵悠悠的侗寨风雨桥，迄今记忆犹新。

　　百家宴是侗族的一种特殊饮食习俗，又名"合拢饭""长桌宴"，在三江已有数百年历史。长长的宴席，沿着蜿蜒的石板街铺展，人头攒动，菜香四溢，平时寂静的村寨喧闹起来。身着民族服饰的姑娘们，抱着糯米酒在席间穿梭来回，且歌且舞，小伙子小爷们时不时就被灌上几大杯。本已热闹的场景，被各种俏皮的笑话和小游戏调动得愈加欢腾，人与人之间的距离仿佛一下子拉近了。

　　侗谚有云：吃百家宴，纳百家福，成百样事，享百年寿。赴百家宴，通常不是因了味蕾的吸引，而是出于仪式感，从中体验民风之淳朴，场面之盛大，氛围之热闹。对我们这些外乡客来说，最有趣的是巡席。当你拿着碗筷一席一席地吃下去，每席饭菜并不相同，从开头一席吃到最后一席，还可以随时坐下来跟不同席间的人们交谈聊天，那种感觉，仿佛尝尽了百家美味，也阅尽了人间百态。

　　城市生活久了，每天面对穿梭的车辆、匆忙的人群和林立的高楼，连最好的朋友也通过社交 APP 联系，几乎忘记了人与人之间原始纯真的交往方式。百家宴，让你从隔膜而程式化的城市生活中，走进乡村集镇的俚语风俗里，找到了人气满盈的存在感。

行歌坐夜的魅力，我是通过大型实景侗族风情秀《坐妹三江》领略到的。行歌即对歌，坐夜俗称坐妹，也叫玩夜。侗族小伙子和姑娘们大都是通过这种方式相识、相知、相爱，一步一步走向婚姻殿堂的。坐夜一般在午夜以后进行，一是为了不影响家里老人休息，二是通常认为年轻男男女女在老人家面前嬉笑打闹是对长辈的不尊重。

玩夜分为普通玩夜、结主玩夜两个阶段。普通玩夜即结伴坐夜，对歌对垒，是年轻男女间一种广泛的交际形式。在此基础上，有心相爱的人会逐步进入恋爱阶段的结主玩夜。普通玩夜不受次数及年龄的限制，一个人一生中可能有十次、二十次甚至更多次的普通玩夜。女人的普通玩夜始于青春期，一直到嫁入夫家。男人则可以玩到自认为年纪大了，不好意思再跟年轻姑娘玩夜时为止。

每到下半夜，街巷中长歌短调如潺潺流水，火堂里轻歌慢语如嘤嘤鸟鸣。阿妹坐守闺房，腊汉沿巷寻来。玩夜只能在火堂里进行，而且一定得亮堂，若在黑灯瞎火中玩夜，则被视为不轨之举。长者对年轻人玩夜从不干涉，反而感到欣慰。他们还会私下里给年轻人尽可能提供一些方便，譬如担心他们玩得太晚饿肚子，在橱柜里备下油炸香糯米之类的夜宵，天气冷了，就早早准备些木炭、柴火……

当你徜徉于坐夜行歌的石巷木屋，流连于百家宴上的坦诚嬉戏，你会觉得，像景迈山古茶园免费送客那样的事，是再自然不过的了。圣人说，礼失求诸野。这个礼，或许不是成文的礼法，而是人们的生活方式，是人与人之间的关系，甚至是基本的生活常识。

可惜，人类社会发展的轨迹，似乎一步步背离这个常识，朝着异化的方向越走越远。正是有感于世情难料人愿难遂，归隐田园，成了历朝历代读书人共同的咏叹调。

郭沫若 1965 年到访三江时，便留有题诗：何时得上三江道，学把犁锄事体劳。当然，他自己也明白，这不过就是说说而已，要做到是很难的。古往今来，真如陶渊明悠然见南山者，能有几人？他的四川老乡苏东坡，一肚皮不合时宜，屡遭贬谪，到头来只能自嘲：心似已灰之木，身如不系之舟，问汝平生功业，黄州惠州儋州。郭沫若本人倒是得以长居庙堂，可在波诡云谲的政治风浪中，免不了曲意奉迎，晚节存疑，终惹来朝野非议。

郭沫若的题诗，是为三江风雨桥而写的。说起三江的风雨桥，可是大有来头。作为侗族建筑艺术的杰出代表，风雨桥起源于远古英雄抗洪的传说。木石结构，大多架设在村寨下方的河溪之上，既作交通、集市之用，又有宗教方面的含义，象征飞龙绕寨，以保风调雨顺。风雨桥也因之被冠以回龙桥、永济桥、频安桥、赐福桥等吉祥的名称。三江全境有风雨桥一百余座，其中，程阳永济桥、独峒岜团桥被列为全国重点文物保护单位。2017 年 8 月，美国 CNN 评选出世界最美桥梁二十四座，中国有五座上榜，分别是香港青马大桥、杭州湾跨海大桥、上海南浦大桥、上海卢浦大桥、三江程阳风雨桥。

风雨桥，本意是遮风避雨，我却看出了经风沐雨之意。沧海桑田，一桥临波御浪，兀立于旷野之中，远处隐隐传来百家宴的酒令和坐妹的情歌……百般念想，赋诗二首记之：

（一）

风雨桥头念沫翁，是非成败转头空。
汪洋学问难归老，锦绣文章也逐风。
傲骨热肠颠沛里，求全委屈弄潮中。
西蜀自古多才俊，几个文人有善终。

（二）

百家宴起满庭芳，坐夜行歌醉月光。
侗寨归来情未了，一桥风雨话三江。

七律·风雨桥

风雨桥头念沫翁，是非成败转头空。

西蜀自古多才俊，几个文人有善终。

傲骨热肠颠沛里，求全委屈弄潮中。

汪洋学问难归老，锦绣文章也逐风。

七绝·三江印象

百家宴起满庭芳，坐夜行歌醉月光。

侗寨归来情未了，一桥风雨话三江。

龙脊梯田

腾跃蜿蜒走远天，锦鳞片片耀青山。
蛮荒哪得蛟龙舞，但见农人下夕烟。
岁岁年年开沃土，层层叠叠上云端。
蓦然回首成风景，却话金秋始祖田。

若从审美角度看，农业文明到工业文明，再到信息文明，那是一茬不如一茬了。田园诗，仅仅这三个字，就足以让人对农耕文化产生无穷的遐想和由衷的向往。

我打小是在农村生活的，对田园并不陌生。不过，从田园里看出诗来，那时的我是断断做不到的。多年的城市生活以后，心态渐从浮躁归于安宁，才品出些味道。而看到广西龙胜县的龙脊梯田，这种感受更加真切了。

龙胜县隶属桂林，与柳州的三江县接壤。从三江驾车到龙脊梯田景区，不过两小时。沿途完全没有城市的喧嚣，山地风光恣意铺陈，令人目不暇接。龙脊梯田分为金坑瑶族梯田和平安壮族梯田两个片区，而以后者更为典型。梯田分布在海拔三百至一千一百米之间，最大坡度达五十度。公路只通到景区门口，我们下车进入盘山步道，一路逶迤而上，四周是色彩斑斓的成片梯田，宛若在彩云间穿行。

龙脊梯田所在的南岭山地，早在六千至一万两千年前就出现了原始栽培粳稻，是世界上人工栽培稻的发源地之一。在龙脊山上开发梯田，始于秦汉时期，唐宋时期形成规模，明清时期基本定型。梯田在很多地方也都有，但要形成这么大的规模，就需要各种机缘了。

如今的龙脊，自然景观和生态环境极好。村寨为梯田所环绕，坐落在大山之中，四面峰岭阻隔，千百年来不与外界相通，迄今仍保留了自产自给为主的经济形态。海拔一千五百米以上，是茂密的原始森林，溪流众多，水源充足，植被四季常青。

登高远眺，层层叠叠的梯田如潮水般奔涌而来，以排山倒海之势，组成了一个纵横开阔、酣畅淋漓、张扬着力与美的梯田世界。这梯田的世界生动而有序，既有大刀阔斧的砍削，又有丝丝入扣的雕琢，气势磅礴，意蕴隽秀。弯弯曲曲的田埂，悠然如飞的小路，蜿蜒在跌宕有致的梯田里，赋予了千山万水一种动态美。那些长长的曲线和波浪线，使人联想到天上飘落的彩带。由于山形各异，梯田群呈现出不同的诗域画境：有的沿着山体一圈一圈盘旋而上，如宝塔耸立；有的凹凸连片，如山鹰展翅；有的星罗棋布，如天女散花……而在视觉盛宴之外，还隐隐透出音乐的美感，回响着大自然的节奏和韵律。

如此壮观景象，由大小不等、形状各异的上万块梯田联缀而成。从流水湍急的河谷，到白云缭绕的山巅，从郁郁葱葱的树林边，到峭壁嶙峋的陡崖前，凡有泥土的地方，都开辟了梯田。大者数亩，小者不过方寸之间。传说，当年有一个苛刻的地主，交代农夫必须耕完两百零六块田才能收工。农夫从早到晚忙了一整天，数来数去只有两百零五块。无奈之下，他拾起地上的蓑衣准备回家，竟惊喜地发现，最后一块田就盖在蓑衣下面！

与纯粹的自然景观不同，龙脊梯田不只有绝美的风光，更是鲜活的人文呈现。走进山中的村寨，淳朴的民风扑面而来。古韵悠然的民歌小调、民间舞蹈和民族服饰，原汁原味的山寨风情和传统习俗，香纯味美的龙脊茶、龙脊辣椒和龙脊水酒，让人耳目一新，口舌生津。据当地朋友介绍，这里尊老爱幼，睦邻友好，如遇红白喜事，鳏寡老人无论亲疏均请赴宴而不收礼物。在日常生产生活中，还保持着背工、帮工方式，即换工：哪家办事劳力不够或遇事需要帮手时，寨子上的人都会主动来帮工。这种换工方式，不用付报酬，只招待吃饭就行了。还有修路筑桥、邻里互助、物不乱取等良好民风，均保持得十分完好。

站在这条锦鳞翻飞的巨龙面前，你仿佛看见了深邃的时间隧道，会被一种强烈的历史感所震撼。遥想两千三百多年以前，壮民和瑶民的祖先，面对纵横腾跃的崇山峻岭，依靠最原始的刀耕火种，开垦出第一块梯田。在此后漫长的岁月中，他们世代相袭，凭着求生存的坚强意志和最本源的审美情怀，孕育了人与自然的共生图腾。2018 年 4 月，广西龙脊梯田与福建联合梯田、江西客家梯田、湖南紫鹊界梯田一起，以"中国南方稻作梯田"的名义申报全球重要农业文化遗产，获得正式授牌，标志着这种共生关系引起世界性关注。

错落有致的民族村寨，古朴清雅，与大山融为一体。吊脚楼被成片的梯田拥在怀里，水光映照，云影拂弄，仿佛空灵成了天上宫阙。穿过如诗如画的壮乡瑶寨，沿着延绵不绝的田间小路信步下山，心格外地静，宛如修道归来。

山脚下，一片半月形的旱田杂草丛生，当中赫然立着一块粗砺的石碑，上书"始祖田"三个大字。我心中一阵恍惚：遥想当年，一代一代的农人，也许未加考虑，便从父兄手里接过砍刀锄头，日复一日，年复一年，终于成就了这片天地化境。他们最心满意足的事，是不是在耄耋之年和重孙玩耍时，又听到孙子传来开垦出一块新田的好消息呢？

七律·龙脊梯田

腾跃蜿蜒走远天，锦鳞片片耀青山。

蛮荒哪得蛟龙舞，但见农人下夕烟。

岁岁年年开沃土，层层叠叠上云端。

蓦然回首成风景，却话金秋始祖田。

冬季到
台北来
看雨

冬季到台北来看雨

别在异乡哭泣

冬季到台北来看雨

梦是唯一行李

轻轻回来不吵醒往事

就当我从来不曾远离

街道冷清心事却拥挤

每一个角落都有回忆

如果相逢也不必逃避

我终将擦肩而去

……

连日来，孟庭苇这首歌，时不时浮现在脑海里。一是因为天气，来这里三天了，十二月的台北，竟是每天都有一场雨。二是倘佯在台北街头，看着熟悉而又陌生的行人和建筑，忍不住对世事的变幻，人生的际遇，心生感触。

这次随同香港中企协考察团访台，是我第一次到台湾。傍晚抵达台北，雨后的空气十分清凉，但不冷。晚饭后，独自一人沿忠孝路往西散步，车辆行人不多，却也不少。商铺井然，没有想象中的夜店霓虹。街头干干净净的，热闹中不乏沉静。经过著名的台北火车站，周边建筑物有些年头了，依稀透出沧桑感。

台湾，对我们上世纪六十年代出生的大陆人来说，是绕不开的话题，也是萦绕半个世纪的情结。虽说是初次来台北，感觉却像见到多年未遇的老朋友。只不过，台北街头透出的这份沉静和沧桑，不在我之前的想象中。北京上海的街头是看不到的，与香港的街头也不一样。究竟怎么不一样？我没有想明白。随后两天的走访和参观活动，时而又触碰到这种沉静和沧桑，隐隐约约便有了些感悟。

早上起来，天下着雨。借酒店的伞，沿空旷的街道，去了"总统府"、中正纪念堂，以及已改名为自由广场的中正广场。雨丝很密，衣袖、裤腿都湿了，鞋也进了水。我却浑然不觉，毫无避雨的念头。一路上的碑刻、牌匾和相关文字，风格和内容都似曾相识。我仿佛进入近代中国的风风雨雨里，思绪有些飘忽……

在台湾和大陆的历史演进中，蒋介石是一个十分关键的人物。1909 年，二十二岁的蒋介石东渡日本，学习军事。此时的中国，时局动荡，风雨如磐。平生不擅写诗的蒋介石，留下了一首七言绝句：

腾腾杀气满全球，

力不如人万事休。

光我神州完我责，

东来志岂在封候。

同年，蒋介石终其一生的对手、诗名远在其上的毛泽东，也留了一首七言绝句赠与父亲。这首七绝不是原创，而是改自日本明治维新时期的著名武将西乡隆盛：

孩儿立志出乡关，

学不成名誓不还。

埋骨何须桑梓地，

人生无处不青山。

诗言志。这两首诗，从一个侧面反映了两人的性格特征。毫无疑问，两人都是有大志向的。然而，从格局上看，蒋诗还局限在完责、封候之类传统表达上，毛诗却洒脱许多，有天涯何处不吾乡的大气概。联想到毛泽东当时还是十六岁的少年，这份大气概尤其难得。蒋介石终究是旧秩序的维护者，毛泽东则是新社会的缔造者，从中已见端倪。

对传统的皈依，影响着蒋介石一生的为人与处事。他宣导清心寡欲的新生活运动，一手正楷书法中规中矩，修身律己不可谓不严。1949 年败走台湾时，除了运走数以千万计的黄金白银，他还运走了大量故宫文物。此外，还带走了三个人：一是孔德成，孔子第七十七代孙，世袭三十一代衍圣公；二是张恩溥，道教第六十三代天师；三是罗桑般殿丹毕蓉梅，第七世章嘉呼图克图，内蒙古藏传佛教最高活佛。相信蒋介石搬运这些文物，不是为了牟利。让儒道释高僧大德迁台，也不是为了弘法。如此大费周章，无非是为了求得一个名位，彰显自己的正统身份。

有一个细节，颇能说明问题。蒋介石数十年如一日，坚持亲笔记日记。这个习惯始于 1915 年，二十八岁，止于 1972 年，八十五岁，长达半个多世纪，从没间断。蒋介石的日记原由蒋本人保管，蒋去世后由蒋经国保管，蒋经国去世前嘱其幼子蒋孝勇保管，蒋孝勇去世后由其夫人蒋方智怡保管。2004 年寄存于美国斯坦福大学胡佛研究院，2006 年逐步对查阅者开放。

日记是最私密最随意的表达方式。蒋介石的一生充满传奇和争议，他的日记聚敛和透析出中国政治、经济和军事等众多事件的幕后细节。同时，蒋介石日记公事私事涉猎甚广，夹叙夹议，从细微处更能体会他的为人品性和行事风格。

一个人坚持记日记，不外乎三种情况：一种是专门写来给人看的，通篇是对自己的粉饰和标榜，以博取道德名声。一种是日记体的创作，或格物致知的随笔，或人生阅历的感悟，目的是教化他人，所以也是要让人看的。还有一种是只写给自己的，主要用于反省自己的言行，思考得失，以达自警自励之效。后一种情况，大概是受儒家学说"修身齐家治国平天下"思想的影响，想做一个完人。

蒋介石的日记，想来应该算是第三种。他的日记讲大道理不多，用语轻率尖刻，不怕揭自己的短，不讳疾忌医，且从不示人，看不出任何追求世俗名声的迹象。他在日记中几乎骂遍了部属，对自己好色易怒等私德上的亏欠，也时有检讨，如"见艳心动，记大过一次"。对治国理政上的缺失，更是毫不留情地解剖：

> "一生短处缺点与病源：甲、用人未及科学方法并无绵密计划；乙、用人专用其才而不计其德，不能察言知言；丙、缺乏汇聚功能，部属中自生矛盾与冲突；丁、本人冲动性大，继续性少，手令多而变更性繁，此乃思虑不周，行动轻率之过也。戊、感情常胜于理智。巳、不注重提纲挈领，细事操劳过多。庚、长于应变，短于处常，用人行政皆于临急关心。""自迁台以来，彻底反省研究，自觉缺失最大者为学无根柢，教不科学，尤其对于用人无方，行政无法，为败亡之由。""所造罪孽，不能怨天尤人。"

更耐人寻味的是，蒋介石1949年6月18日的日记："中共已于十五日在北平召开新政治协商会议，且将改国号国徽，闻之悲乐交感。悲者，共产党到底席卷了内地，还要建国；喜者，毛泽东竟然要舍中华民国国号另取国名，如此一来国民党政府就算退居小岛也还是正统。"

都到这般境地了！一边是夺取全国政权的毛泽东，舍得一身剐，敢把皇帝拉下马，把眼前的胜利只看作万里长征走完第一步，视改天换地为己任，人间正道是沧桑。一边是偏安小岛的蒋介石，还在那里患得患失，计较自己的政权正统不正统。

综合起来分析，蒋介石的日记，真实度是比较高的。当然真实并不等于正确，更不等于全面。蒋介石个人的真实，也不等于历史的真实。

想想蒋介石这一生，在军阀大混战的时局中，拉拢分化，威逼利诱，纵横捭阖，如鱼得水。就是与宋美龄的婚姻，对蒋经国的培养，也都是成功的。然而，一个一个小成功，最终积累成一个大失败。失败在于根本，不在于表象。换言之，蒋介石的失败，不是因为他不努力，不够聪明，缺乏手腕，而是由于他承担的历史角色。作为旧秩序的维护者，他只能修修补补，不能推倒重来。即便把一切做到极致，也改变不了世道的命运。旧秩序的维护者，必然也是旧社会的殉道者。对此，蒋介石本人也是有所认识的。他在 1957 年 2 月 9 日的日记中，曾这样反省自己："近来反省以往经历，甚觉三十八年（引者注：民国三十八年，即 1949 年）以前之军事、政治、外交、经济、社会、党务、人事，皆如盲人夜行，任凭个人之自足聪明，而不知其政治军事之基本何在，故最后卒遭耻辱之失败。"

天道无常叹蒋公，从来成败论英雄。

连横合纵偏安尽，诱利施威转瞬空。

枉娶伊人为国妇，徒劳虎子继龙宗。

少年理想今何在，一片濛濛细雨中。

据记载，蒋介石去世当晚，台北上空，雷电交加，大雨倾盆。草山别墅里的一代枭雄，在狂风暴雨声中结束了自己八十八年跌宕起伏的人生。而在生命垂危之际，他的最后遗嘱是："我死后，将灵柩暂厝慈湖，那儿风景好，很像我们奉化老家。"然后，闭上眼睛，再也不说话了。

此时此刻，蒋介石是不是在强烈地思念自己的家乡 —— 奉化溪口呢？那古木参天、危崖耸立的武岭，那流水旋洄、游鱼可数的剡溪……有生之年是回不去了，死后也要回去，在祖坟入土为安！

一份入葬祖坟的念想，导致蒋氏父子的灵柩迄今仍暂厝慈湖，不得安葬。在这件事情上，蒋介石再次表现出了对宗法传统的固守，或者说对正统的偏执。这种固守和偏执，也许从他而立之年给自己取名"中正"时，就注定了。谁曾想，时过境迁，连"总统"府前的中正广场，也被陈水扁政府改作了自由广场。

七律·蒋公之殇

天道无常叹蒋公，从来成败论英雄。

连横合纵偏安尽，诱利施威转瞬空。

枉娶伊人为国妇，徒劳虎子继龙宗。

少年理想今何在，一片濛濛细雨中。

一潭日月　品沧桑

　　杜甫有诗"吴楚东南坼，乾坤日夜浮"，说的是洞庭湖。我这一潭日月，想说说台湾的日月潭。

　　日月潭湖面海拔七百四十八米，卧伏于玉山与阿里山之间，水面比杭州西湖略大，水深却超过西湖十多倍。就海拔高度而言，日月潭介于高山湖泊与低地湖泊之间，别具韵味。作为台湾最大的天然湖泊，日月潭还以外来生物物种最多的淡水湖而闻名全岛。

　　据记载，日月潭本是两个单独的湖泊，后因发电需要，在下游筑坝，水位抬升，两湖就连为一体了。潭中有一小岛，远望像浮在水面上的一颗珠子，当地闽籍汉人称"珠仔山"，高山族原住民则名之"拉鲁"，意为"确切的祖灵之地"。以此岛为界，北半湖圆如太阳，南半湖弯如弦月，日月潭因此而得名。

　　日月潭之盛名，由来已久。然而，今天的日月潭，虽说是台湾景区，却更像是台湾为了吸引大陆游客而设计的景区。对大陆游客来说，没去过日月潭，就仿佛没去过台湾。之所以这样，是因为这里曾住过一位连接两岸的重要人物。

我们一行是下午抵达日月潭的。连日来，台岛阴雨绵绵，心都湿湿的，仿佛生出霉来。不曾想，一到日月潭，天却放晴了。这个晴，因了冬日，也因了山区，而显出特别的清凉来。这份清凉，让晴空自带一分爽朗。夕阳薄雾，鸟语清风，天空地阔，别有诗意。

> 晴山叠翠水笼烟，
> 斜日熏风鸟语闲。
> 极目波光争艳处，
> 一湾碧色入云天。

然而，我们此行终究不是为了山水。下车伊始，接待方就马不停蹄地带我们参观日月行馆。日月行馆原为"蒋公行馆"，蒋介石生前每年来此居住两、三个月，休憩迎宾，处理政事。1999年"九·二一"大地震将行馆彻底毁损，后来在原址上恢复重建，改名日月行馆。

行馆由一条石块铺就的步道环绕，步道起点宽敞平坦，蜿蜒至花园深处。这里曾是蒋介石与宋美龄执手偕行、品茶用餐的地方。大地震时，仅有花园幸免。石径被命名为"真爱步道"，道旁石刻"疼惜"二字，安放了制成手形的石椅，让人联想到蒋氏夫妇在这里的岁月。五棵百年老樟树，静静地诉说此间沧桑。

吸引大陆游客造访的，当然不只是行馆及其周边设施，还有行馆内陈列的蒋介石图像资料。这些资料在大陆很难看得到。一下子见到蒋介石这么多的题词，特别是那一手中规中矩的正楷书法，令我印象深刻。但我更感兴趣的，是一份蒋介石迁台后与大陆官方接触的大事年表。据该表记载，国共双方分别在 1956 年、1965 年、1973 年启动了三轮高规格接触。每轮接触都历时经年，两岸统一几近完成，而最后皆因波诡云谲的内政外交局势而功亏一篑。随后，蒋介石、周恩来、毛泽东等当事人相继去世，两岸统一的人脉联系疏了许多，历史留下遗憾。

走出日月行馆，已是傍晚时分，导游带我们走马观花地看了看其他景点，如弘扬中华传统文化的文武庙，供奉玄奘大师顶骨舍利和释迦牟尼金身佛像的玄奘寺，蒋介石为感母恩而建的慈恩塔等。由于时间匆忙，都没留下多少印象。

晚上，就近住在日月行馆旁边的涵碧楼酒店。入冬的风，略带了一丝寒意，轻轻吹拂，树影摇曳。夜色是不知不觉中来的，漫过水面，浸入阳台、栏杆和窗棂。水天相接处，月慢慢升起，在慵然铺展的涟漪上洒下点点银光。

冬月十三的月，并不是满盈的，却因冷雨新洗而分外干净，兔踪桂影，清晰呈现，很有立体感。静夜中，但见一轮寒镜，浮在清澈的水面，缓缓挪动，如梦似幻，恍若仙境。

> 雨霁风轻夜入栏，
> 水天共醉一轮悬。
> 清辉玉影遥相问，
> 谁伴今宵日月潭。

月色透明，不忍入睡，独自凭栏，思绪万千。白乐天"可怜九月初三夜，露似真珠月似弓"，缠绵悱恻；我却"欣逢冬月十三夜，明月如珠倾碧波"，也是痴了。想着日月潭的前世今生，偶尔在椅背上打个盹儿，不知何时，月已西沉，曙色渐起。早餐后，我们就离开这里，赶往下一站了。日月潭，以她最后的热情，向我们坦露了纯如处子般的晨光美景。

> 曙色飘然起远天，
> 熏风随意漫山间。
> 层峰托出彤彤日，
> 万顷清波醉锦烟。

想来，与日月潭相遇不到一昼夜，却送夕阳，赏皓月，迎朝日，获得了一轮完美的日月体验。天地开阖，人事沧桑，惟日落月升，月去日来，轮回不已。

七绝·日月潭夕照

晴山叠翠水笼烟，
斜日熏风鸟语闲。
极目波光争艳处，
一湾碧色入云天。

七绝·日月潭晨曦

曙色飘然起远天，
熏风随意漫山间。
层峰托出彤彤日，
万顷清波醉锦烟。

七绝·日月潭月色

雨霁风轻夜入栏，
水天共醉一轮悬。
清辉玉影遥相问，
谁伴今宵日月潭。

布达佩斯

链桥

　　多瑙河发源于德国黑森林地区，流经十个国家，从罗马尼亚注入黑海。作为全世界流经国家最多的河流，多瑙河上建有数不清的桥梁。其中，以匈牙利布达佩斯的塞切尼链桥最富盛名。此次出访布达佩斯，所住的索菲特酒店正好位于塞切尼链桥桥头。早晚散步，链桥是必去的。三天逗留，多次漫步于链桥周边。关于布达佩斯的记忆，便大多与这座桥连在了一起。

> 百年风雨入萧寥，
> 几度沧桑一座桥。
> 隔夜月轮光影浅，
> 临波野鸭正逍遥。

　　链桥的壮美给人印象深刻，而让我感触最深的，则是链桥的建筑年份。塞切尼链桥开建于 1839 年，十年后完工启用。从此，多瑙河西岸的布达市和东岸的佩斯市连为一体。布达佩斯作为匈牙利的首都，伴随着奥匈帝国从雄霸欧陆到分崩离析，经历了无尽的辉煌和屈辱。数度沧桑，在世界大战的烽火硝烟里，在茜茜公主的流彩余韵里，只有古桥依然。

1839年，对我们这代人的历史观形成，是一个十分重要的年份。是年初，清朝道光帝任命林则徐为钦差大臣，南下广州主持查禁鸦片。林则徐表明"鸦片一日未绝，本大臣一日不回"。当六月骄阳似火，虎门海滩烟雾弥漫，卤水和生石灰把数百万斤鸦片戮化成渣、倾入大海之时，鸦片战争其实已经打响。影响数代中国人的历史叙事，就是从查禁鸦片的血与火开始的。

同样是1839年，法国科学院公布了银版摄影技术的发明，法国画家路易·达盖尔发明了第一台可携式木箱照相机，美国摄影师罗伯特·科尼利厄斯则拍摄了第一张自拍照。现代摄影术的发明，让我们今天可以目睹奥匈帝国时期号称"欧洲最美皇后"茜茜公主的真容，而不再停留在"沉鱼落雁闭月羞花"或者"云想衣裳花想容"之类抽象描述上。

一边是工业文明的勃兴，现代科技的进步，一边是殖民主义与反殖民主义的血雨腥风。分散的世界被连在一起，休戚与共，真正的世界史从此开始。

塞切尼链桥的修建，起源于匈牙利贵族、轻骑兵军官伊斯特万·塞切尼伯爵的一个念想。1820年12月，驻守佩斯城的塞切尼得知父亲在维也纳病危的消息，他准备立即出发去看望父亲，可被多瑙河上的浮冰挡住了去路。无论他怎么着急，也只能等到浮冰融化，浮桥才可以使用。而当伯爵终于渡过多瑙河赶赴维也纳的时候，父亲已经去世了。未能见上父亲最后一面的塞切尼伯爵，悔恨遗憾之余，决心要在多瑙河上修建一座永久性的桥梁。

大桥之所以被命名为链桥，除了桥梁上空作牵引之用的大铁链外，大约也与它的起源有关吧。链桥，正是一座联通之桥。它不只联通了冷冰冰的工业文明，更是联通了亘古绵延的人间温情。约翰·施特劳斯写过一首著名的圆舞曲《蓝色多瑙河》，使这条河流盛名远播。其实，多瑙河并不是蓝色的，只怕是每个人心中，都有一条蓝色的多瑙河，在无助而孤独地流淌。

匈牙利不讳言自己的祖先是来自东方的游牧民族，对中国倡议的"一带一路"表现出浓厚兴趣。布达佩斯 1896年就修建了世界上第一条地铁，迄今仍在使用。漫步街头，余韵悠长。布达佩斯是一座资深王城，尽管不甘心，但终究没有成为一座皇城。王城与皇城的最大区别，是它不能肆无忌惮地彰显自己的霸气，雍容华贵中时不时露出一些拘谨和扭捏来。然而，也正是这份拘谨和扭捏，使之别有一番韵味。

短暂的布达佩斯之旅，眼看就要结束了。离开那天早晨，天上下着细雨。想想，此生与这座城市的缘分，恐怕也就到此为止了。再次步上链桥，徘徊着，浮想联翩，心中竟是一片空灵。

　　　　从此王城一梦遥，
　　　　蓝波梦里更妖娆。
　　　　多情惟恐难追忆，
　　　　细雨濛濛又上桥。

七绝·链桥二题

（一）品桥

百年风雨入萧寥，
几度沧桑一座桥。
隔夜月轮光影浅，
临波野鸭正逍遥。

（二）别桥

从此王城一梦遥，
蓝波梦里更妖娆。
多情惟恐难追忆，
细雨濛濛又上桥。

明斯克之夜

在网上读到一篇文章，说白俄罗斯总统卢卡申科是世界上薪金最少的总统，年薪为两千六百四十美元，折合人民币一万八千元。更有意思的是，他老婆竟然不住总统府，而是在老家养牛种地带孩子，用地里的收入贴补家用。

行文轻松随意，有点调侃的味道，读着很亲切，不禁让我想起了前不久的明斯克之行。那是香港贸发局和中企协首次"拼船出海"，合组"一带一路"东欧考察团，第一站便是白俄罗斯。由于中白两国交流合作项目大都落地明斯克，考察活动基本上都在明斯克进行。

明斯克作为白俄罗斯的首都，与人们通常对首都的印象不符。这里太安静了，似乎也太安全了，入夜后更是如此。中国驻白俄罗斯商务参赞杨修敏给我们介绍当地的投资环境，用了"夜不闭户"四个字。

明斯克的安静，不是寂静，不是悄无声息，而是骨子里透出来的一种祥和。当你出门晨练，眼见大片林子，满地落叶，洁净的路灯光斑驳其间，清风徐来，你会从心底生出一缕温柔。傍晚时分，当你偶遇刚下班的工人从厂门口鱼贯而出，成群结队走在街上，整洁的衣着，高挑的身形，明亮的眼神，你会从中感受到一种深沉的平静和自信。相比我们惯常所见，匆忙和紧张中，人们眼里要么是贪婪，要么是疲惫。早已忘记了，劳动者原来是可以这样从容的。

安静的明斯克，历史上并不安宁。这里是东欧与西欧的要冲，中世纪的王侯争霸自不必言，二战中决定性的苏德战争也在这里打响。特别是近现代史上，有两件深刻影响世界格局的大事，都发生在明斯克附近。

1918 年 3 月 3 日，第一次世界大战烽火正酣，新生的苏俄政权与同盟国单独媾和，在布列斯特签署合约，放弃协约国义务，割地赔款，退出战争，从而迎得喘息之机。苏维埃社会主义共和国联盟的巍巍大厦，从帝国主义链条最薄弱环节拔地而起，《布列斯特合约》成为奠基石。而布列斯特，正是白俄罗斯西南边境的一座要塞，距明斯克三百多公里。

七十三年后，1991 年 12 月 8 日，俄罗斯当家人叶利钦，伙同白俄罗斯、乌克兰领导人，在布列斯特北边的原始森林签署了《别洛韦日协定》，宣布解散苏联，成立独立国家联合体。独联体成员国一度扩展到十二个，行政中心就设在明斯克。兴于斯，亡于斯，世界上第一个社会主义国家，在这里划上了休止符。

兴亡之路，你是参与者，更是见证者。社会主义的遗产，终究还是留了下来，体现在社会生活的方方面面。在明斯克市中心，矗立着一座世界上最高的列宁塑像。当列宁的祖国俄罗斯推倒了列宁塑像，白俄罗斯却保留着。白俄斯人说，这是我们民族历史的一部分，干吗要推倒呢？

白俄罗斯总体上仍然实行计划经济，就业充分，福利完备，有免费的住房、教育和医疗服务。大学教师和工人的工资差不多，每月三百至四百美元。外资企业的员工收入多一些，每月六百美元左右。这里没有竞争激烈的市场行为，没有证券、期货之类交易，房地产没有炒作空间。当地朋友讲，他们国家在社会层面是资本主义，管理层面是社会主义。思想很自由，经济很简朴。民众没有太多的花销，没有太多的存款，也没有对未来太多的焦虑。白俄罗斯人从不加班，他们精力充沛，闲暇充裕，只用于学习锻炼，音乐艺术，谈情说爱……

要不要引入西方奢侈品和消费主义文化，卢卡申科总统说，不能让欲望来引诱我们的人民，于是作罢。卢卡申科总统还有一件趣事，他曾经颁布法令禁止公民在公共场合鼓掌，这件事让他获得了当年的"搞笑诺贝尔奖"。从1994年至今，卢卡申科已经连续五届当选连任总统了，白俄罗斯人有没有换总统的想法呢？随行导游是一个白俄女孩儿，她很轻松地告诉我们，人民觉得总统聪明能干，没有更合适的人选，就继续选他了。

Беларýсь（Belarus），意为"白色的罗斯"，汉语翻成白俄罗斯，大概是意译和音译结合得最好的一个国名。之所以叫"白"俄罗斯，有人说是因为白鹳、白桦、白色的亚麻布，也有人说是因为女孩子皮肤很白，连头发都是银色的。这次崔启明大使给我们聊到另一个说法：白色，意味着纯洁。白俄罗斯人自认为是最纯种的斯拉夫人，不像俄罗斯和乌克兰，都遭遇过蒙古人的占领和混血。白俄罗斯地处低地平原，湖泊沼泽众多，不利于骑兵，反而成了中东欧唯一没有被蒙古铁骑践踏过的地方。白俄罗斯人的本色和纯真，代代传承下来。

白俄罗斯人是经历过风雨沧桑的。时过境迁，他们没有抱怨，没有激愤。尽管俄国从沙俄时代以来就对白俄罗斯霸权相向，但他们不恨俄国人；尽管纳粹德国的大屠杀致使白俄罗斯今天的人口还没有恢复到战前水平，他们也不恨德国人。谁都不恨，历史自有历史负责，当下只需简简单单、踏踏实实过好日子。一切顺其自然，走自己的路，天地之间，演绎着一份真实的存在。

据说，米开朗基罗这样介绍他的雕塑作品《大卫》：我去了趟采石场，看到一块巨大的大理石，在它身上，我看到了大卫。于是，我凿去多余的石头，只留下有用的，《大卫》就诞生了。想想，我们自己为什么成不了大卫？恐怕就是由于生活中在乎的东西太多，被各种多余的石头包裹着，感受不到生活的轻松和美，却只感觉到沉重的压力。

宁静的明斯克，连日阴雨，直到我们离开前夕，恰逢农历九月十五，方见霁云缱绻，迎来一个清冷的月圆之夜。不忍辜负月色，三五团友，相约街边小店，吃着地道的白俄餐，喝着地道的伏特加，听听音乐，聊聊风情，心也跟着宁静起来。

有道是：立冬将至，而秋意未绝；繁花渐落，更疏枝横切。三杯淡酒，一缕清风，冷月高悬，禅心如泄。问君何以为寄，素秋也。

> 陈酿微醺别事休，
> 霁空入夜忆南楼。
> 霜娥不语清辉下，
> 一片冰心向素秋。

七绝·素秋

陈酿微醺别事休，
雾空入夜忆南楼。
霜娥不语清辉下，
一片冰心向素秋。

华沙晨曦

李白有一首《客中行》:"兰陵美酒郁金香,玉碗盛来琥珀光。但使主人能醉客,不知何处是他乡。"出访波兰归来,想写点东西,脑子里一下子冒出了这首诗。为什么产生这种联想?是因为波兰盛产美酒佳人,波兰人热情好客,还是由于波兰是全世界最大的琥珀产地?

波兰无疑是一个好地方,自然景观丰富而大气:旷野,森林,海洋,湖泊……更有满大街的美人,让人留连忘返。波兰的主体民族西斯拉夫人被视为最符合审美标准的民族,女性窈窕妩媚,男性洒脱俊朗。带有波兰血统的明星,是公认的美人胚子。波兰模特琼安娜·克鲁帕,被誉为世界上最性感的女人。

"家中的客人就是上帝",这句民谚反映了波兰人热情好客的性格,与中国人"有朋自远方来不亦乐乎"的情怀颇为相似。波兰民族是一个"热血民族",自尊心强,富于浪漫主义情怀。作为民族国家,波兰十世纪开始走上历史舞台,十五世纪成为欧洲大国,幅员面积一度达到一百万平方公里。

可是，波兰命运多舛。强邻环绕，西有普鲁士奥地利，东有俄罗斯，可都是战斗格的民族！在风雨如磐的十八世纪，波兰遭到俄普奥三度瓜分，被从世界地图上抹去了一百二十三年。直到一战后复国，却又在二战期间被德国和苏联再度瓜分。

读波兰史，仿佛读中国史。中国被列强欺凌一百年，波兰则任人宰割两世纪，屈辱、抗争、复兴梦，成为民族的历史基因。为了自救，波兰人投靠过拿破仑，投靠过希特勒，也投靠过斯大林。可是，希望有多大，失望就有多大。

惨烈悲壮的华沙起义，比较典型地反映了波兰民族的悲情之旅。1944 年 8 月，实力与德军相差悬殊的波兰游击队，在华沙发动起义。他们这时候铤而走险，一个重要原因，是不想让苏联红军以解放者的姿态进入华沙，扶植一个亲苏政权。被德军俘虏的起义人员有一段证词很能说明问题：我们要让德国兵缴械，并向全世界表明，波兰不是在俄罗斯人或德国人手中，而是掌握在波兰人手中。

起义原本是得到英美盟军的支持承诺的，也期望得到苏联红军的配合。然而，盟军声称空降部队无法飞越德国控制区域，始终没有露面。已挺进到华沙城外的苏联红军则按兵不动，隔岸观火。结果，在坚持了六十三天，付出大约一万八千名军人和超过二十五万平民死亡的代价后，起义军以失败告终。

纳粹实施了最疯狂的报复行动，逢人就杀，遇楼就炸，整个华沙古城被夷为平地。最终，波兰也没有摆脱苏联的控制，亲苏政权建立了，而且东部大片国土被割让，以德国土地作补偿，致使波兰领土整体向西推移了两百公里，面积减少了两成。

随后半个世纪，波兰与苏联摩擦不断，时而擦枪走火。旧仇新恨，波兰人对俄罗斯人的敌意，甚至超过了对日尔曼人。华沙市中心有一组标志性建筑，高大雄伟，霸气侧漏，是苏联援建的"科学文化宫"。在不少波兰人眼里，却是国家耻辱的象征，被称为"斯大林的注射器"，议会一度动议要把它炸掉。

撕裂的苦痛和高贵的灵魂，铸就了波兰人不屈的自尊。也许，波兰人太敏感了，他们再不敢相信人间的任何"救世主"。2016年11月19日，克拉科夫神恩大教堂内，在波兰总统见证下，神父宣布耶稣为波兰国王。

上世纪九十年代苏东剧变后，波兰作为中欧平原上最大的国家，在欧洲采取了脱东入西的策略，2004年正式加入欧盟。近几年，欧洲面临社会动荡和经济衰退，波兰则几乎未受影响，以欧盟潜在大国的姿态，稳健前行。

与此同时，波兰把目光投向亚洲，对中国提出的"一带一路"倡议表现出空前热情。作为首批与中国签署政府间"一带一路"建设合作备忘录的国家，作为亚投行在中东欧地区唯一的创始成员国，波兰期待成为欧亚两大经济圈互动的门户和桥梁。

波兰民族是孕育了哥白尼、居里夫人、萧邦等人类文明巨匠的伟大民族。他们循天道，解地理，充满了探索精神；据山川，凭大野，以欧陆中枢联通世界。

清晨，漫步华沙街头，这座战争废墟上重建的欧洲古城次第展现。天边一缕红霞，伴着微凉的风，晕染开来。又一列"中欧班列"从波兰出发了，沿着古老的丝绸之路，驶向遥远的东方。心中感怀不已，一曲《鹧鸪天》，飒然而起——

> 烈酒佳人旷野风，
> 群星煜煜入穹窿。
> 由来逐梦千秋事，
> 始见开天一抹红。

> 多少恨，转头空，
> 百般苦难等闲中。

直将代代英雄血，

换得五洲丝路通。

　　波兰生产一种烈性酒，经七十次反复蒸馏，酒精含量高达 96%，为当今世界之最，被称作"生命之水"。上次从波兰带回一瓶，放在酒橱里，迄今未敢品尝。但我相信，那份绝世浓烈，终有一天会迎来开启的机缘。

鹧鸪天·华沙晨曦

烈酒佳人旷野风，
群星煜煜入穹窿。
由来逐梦千秋事，
始见开天一抹红。

多少恨，转头空，
百般苦难等闲中。
直将代代英雄血，
换得五洲丝路通。

469

爱丁堡印象

　　走遍世界，印象最深的三座城市，一是波士顿，一是波恩，一是爱丁堡。波士顿最美国，它恰似美国社会发展的缩影，东部的喧嚣、西部的激情、中部的安宁在这里融为一体。波恩最欧洲，它的草地、河流、建筑风格，都似乎在演绎你心中的欧洲印象。而爱丁堡最苏格兰，它以饱经沧桑的深沉，向你诉说着蒸汽机、国富论、哈利·波特的故事，还有风笛、高尔夫、威士忌……

　　多年来，爱丁堡一直位列英国最佳居住地榜首。2014年仲夏时节，我与爱丁堡结缘，在这里参加了为期一周的培训。六月的爱丁堡，温润中不乏清凉。当我徜徉在这个国际化、现代化城市的街道上，浓烈的苏格兰地方特色和中世纪风情扑面而来。

　　绿荫掩映下，平整开阔的近代新城与蜿蜒起伏的中世纪古城交相辉映。以王子大街为界，爱丁堡被一分为二。一边是新城，十八世纪的工业化建筑风格，让你对人类的创造力油然而生敬畏。王子大街作为繁华的商业购物区，店铺高低错落，人流熙熙攘攘，紧凑而从容。另一边是老城，鲜明的中世纪风貌，又让你对人类的审美悠然神往。到处是历史遗留的痕迹，充满了文化的气息。古城堡Edinburgh Castle 里丰富的藏品和展品，宛然苏格兰历史的裸裎，从它们身上可以追溯千秋血脉，领略百般风情。

在爱丁堡诸般景物中，古堡，古巷，古雕塑，古老门牌上斑驳的字迹……无不让你的脚步慢下来，呼吸渐渐与周围的气息融为一体，浑然不觉自己身在异乡。

然而，最让我念念不忘的，还是一座名叫"亚瑟宝座"的小山。原本我们的行程里是没有这座山的。那天的访学活动结束得早，听导游说，可以翻过这个山头，到达我们所住的酒店。于是，与两个爱好行山的团友相约，不跟大部队乘车，登上了这座海拔二百五十一米的小山。随着蜿蜒的山路，俯瞰整个爱丁堡，但见海天之间，一座舒缓的小城，古韵悠悠，生机勃勃。我们且行且歇，或举目远眺多彩的云霞，或驻足拍摄奇异的花草，只觉新雨初霁，清风如缕，已然忘我。

心旷神怡之中，苏格兰的辉煌，连同它的忧伤，穿透历史的迷雾，来到眼前。我想起了梅尔·吉布森 1995 年自编自导自演的史诗剧《勇敢的心》。这部斩获众多大奖的影片，改编自苏格兰民族英雄威廉·华莱士的真实故事。华莱士和青梅竹马的恋人为逃避英格兰贵族的"初夜权"

而秘密结婚，不料妻子却遭英军杀害。愤怒的华莱士率众抗暴，可歌可泣的战斗场面随着电影结束而消散，最后一声"Freedom!"的呐喊，却久久回荡在观众心里。

苏格兰与英格兰恩怨纠缠，分分合合，绵延千年。其间，有一则轶事。英国出产一款名酒"金酒"，又名杜松子酒。该酒十七世纪中叶诞生于荷兰，旋即被英格兰引入，给予各种低税扶持政策，使之成长为世界上最大的蒸馏酒品类之一。英格兰此举，据说就是为了抵制威士忌进口，以免苏格兰坐大。

不知是不是由于威士忌遭到抵制，削弱了苏格兰王朝的实力。1707 年，苏格兰与英格兰结束多年对抗，合并成立大不列颠联合王国，一起走上了日不落帝国的征程。不过，独特的民族性仍蕴藏于一代代苏格兰人心中，并通过教育、法律、宗教得到比较完好的保存。近年来独立运动日益高涨，最深层的原因，正是苏格兰人对自己民族性的悠远记忆。而二战后大英帝国的衰落，撒切尔政府的武断，以及北海油田的发现，则成为现实的催化剂。

独立运动发展之迅猛，超出了各派势力包括民族分离主义者的想象。其最大推手苏格兰民族党，四十年前还只是一支从事暴力活动的在野力量，现在已成为苏格兰议会第一大党。继 2007 年获相对多数议席组成少数派政府后，2011 年再获过半数议席组成多数派政府，2014 年便发起了声势浩大的独立公投。

独立公投被看作是苏格兰独立运动高涨的标志。虽然普遍认为这次公投不会取得成功，两派仍不遗余力。这固然是民族分离主义者迫于道义压力的孤注一掷，其实又何尝不是统一派政客化解民族分离主义情绪的一种策略：通过举行明知不能成功的公投，把分离主义情绪纳入法治轨道。根据公投法，一旦公投议题遭否决，除非发生特别重大的变故，十年内不得就同一议题再度举行公投。

为了自由，明知不可为而为之。这正是苏格兰民族的性格，也是苏格兰浪漫的根源。沿着漫山的青草，走下亚瑟宝座，来到海边的一处民居小院。院门没关，我们信步而入，院子里无人，几盆不知名的花自在地开放。夕阳西下，海天苍茫，显出一种阔大的包容，仿佛一切纷争恩怨，都融入天边那一道晚霞……

> 远山新雨后，草色映晴空。
> 古巷悠悠尽，闲情慢慢浓。
> 三杯威士忌，一缕海旁风。
> 小院斜阳里，依栏话落红。

蔡澜说，全世界好吃之人，吃到最后有一个共通点，就是会爱上一碗越南牛肉河，就像全世界嗜酒之人，喝到最后一定是单麦的威士忌。

五律·爱丁堡印象

远山新雨后，草色映晴空。
古巷悠悠尽，闲情慢慢浓。
三杯威士忌，一缕海旁风。
小院斜阳里，依栏话落红。

莫斯科杂感

> 薰风六月暖犹凉，黑水千秋绕堞墙。
> 莫话老城多故事，只须闲日到红场。
> 苍松子子荫陵墓，游客熙熙出教堂。
> 一片清歌郊外起，世人不复论兴亡。

走了半生，终于来到莫斯科。六月的莫斯科，不冷不热，干爽的空气中略带湿润，熏风微凉，敞亮而亲切。

这次来莫斯科，是参加国家外专局的一个赴俄罗斯培训项目。为期两个礼拜，除了往返路途，在莫斯科停留八天，圣彼德堡三天。莫斯科的活动安排得很丰富，有课堂培训、公务走访、文化考察，还有社团交流。沿途所思所想，虽然庞杂，但隐约觉得有条线索贯穿始终。

我把莫斯科当作精神的故乡。由于大学读的是中共党史专业，念研究生又修国际共运史，对苏联的一切并不陌生。莫斯科，这是第一次来，却仿佛故地重游。莫斯科位于东欧平原腹地，始建于 1147 年。整个城市沿莫斯科河展开，城名因河名而来。莫斯科河及其支流形成平原水系，河道蜿蜒曲折，两岸古迹密布，错落有致。"莫斯科"的含义说法不一，有说是芬兰—乌戈尔语"暗黑"的意思，有说是科米语"牛河"的意思，有说是莫尔多维亚语"熊河"的意思。掩映在成片绿树丛中的莫斯科，有"森林中的首都"之称。

每个人心中，都有一个自己的莫斯科。我的莫斯科印象，是前苏联时代烙下的。撇开政治文化、经济体制之类宏观意象，最清晰的烙印，来自于一句话、一部影片和一首歌。

一句话是"背后就是莫斯科"。这是战争史诗电影《莫斯科保卫战》中，一位苏军指挥员与德军坦克同归于尽前喊出的豪迈遗言："苏联虽大，已经无处可退，背后就是莫斯科！"从中，透出一股强大的信念力量和英雄主义气概。

一部影片是《莫斯科不相信眼泪》。讲述上世纪五十年代末至七十年代末，三个外地女孩在莫斯科打拼的故事，生动展示了年轻人不屈不挠的奋斗精神。

一首歌是《莫斯科郊外的晚上》。这是一首爱情歌曲，创作于 1956 年，又称《莫斯科之夜》。1957 年在第六届世界青年与学生联欢节上夺得金奖。同年被译成中文，旋即成为中国家喻户晓、久唱不衰的歌曲。

一句话、一部影片和一首歌，共同铸成了我心中的莫斯科城市性格。这句话，使莫斯科成为信念之城，信念之城是用来守护的；这部影片，使莫斯科成为奋斗之城，奋斗之城是用来坚强的；这首歌，使莫斯科成为浪漫之城，浪漫之城是用来遐想的。

不管是莫斯科大公国，还是沙皇俄国，不管是苏维埃社会主义共和国联盟，还是俄罗斯联邦，历尽沧海桑田，任凭风云变幻，莫斯科始终是莫斯科。

苏联解体已近三十年，莫斯科仍透出浓浓的苏联气质。超级大国的气韵犹存，大广场，大街道，大楼房，处处显出磅礴之气。在逼仄的香港待久了，对这种高天阔地的大气，有一种本能的迷恋。原以为北京很大了，没想到，莫斯科更大。莫斯科的建筑大致可以分为三类：古典巴洛克式，精致漂亮；斯大林式，大气豪迈；赫鲁晓夫式，简洁实用。而特别让人印象深刻的，是莫斯科的地铁。

莫斯科地铁始建于 1932 年，1935 年 5 月 15 日第一条线路正式开通。整个地铁系统由十二条线路组成，其中十一条从市中心向四周辐射，另一条是环线，负责把其他线路连接起来。据说，最初的设计并没有这条环线，设计者收到最高首长退回的设计方案时，看到图纸上有一个环形印记，不知是杯子压痕还是画痕，这一痕迹触发了设计者的灵感，增设的环线为各条线路之间换乘带来了很大便利。苏联政府出于军事方面的考虑，加强了地铁系统的战时防护功能，可同时满足四百万居民掩蔽之用。最深的地铁站，竟深入地下一百多米。站在长长的电动扶梯上，有一种向地心延伸的感觉。

莫斯科地铁被公认为世界上最漂亮的地铁，享有"地下宫殿""地下艺术殿堂"的美称。每个地铁站的建筑造型各异，都由著名建筑师设计，各有其独特风格。地铁站除反映民族特点外，还以名人肖像、历史故事、政治事件为主题而建造。五颜六色的大理石、花岗岩、陶瓷和彩色玻璃镶嵌出各种浮雕，壁画装饰及照明灯具亦十分别致，典雅而堂皇。

没来莫斯科之前，各国地铁系统也见识过不少，但功能都比较单一，主要用作客运交通。香港地铁注重综合功能开发，地铁物业发达，地铁站直通商场，整个地铁系统仿佛成了城市商业体系的一部分。设计不可谓不巧妙，但见惯了商业推广无所不用其极的手法，香港地铁给我的印象，仍不似莫斯科地铁那么有震撼力。莫斯科地铁是战备的，交通的，同时又是艺术的。其他地铁系统，包括香港地铁系统，都只是在求"用"，快速高效是最大价值。莫斯科地铁系统不单求"用"，还求"美"，对美的欣赏成为地铁使用价值的一部分。苏联模式留给人的印象，大致是集权、僵化、保守的。殊不知，布尔什维克主义，同其他激进思想一样，本就有着深刻的浪漫主义基因。

莫斯科地铁告诉我们，生活当然是要追求实用的，同时也可以是审美的。相比于目的地，旅途也许更值得珍惜。

亚历山大·彼得罗夫，圣彼德堡大学社会学系主任，同我们讨论了俄罗斯的发展潜力。除通常提到的地大物博、资源丰富之外，彼得罗夫专门强调了苏联时代留下的文化遗产：由于苏联时代重视教育，俄罗斯人的文化素养位居世界前列；苏联时代发展起来的科学技术，特别是军工技术，还有巨大的开发潜力；前苏联的文艺作品有着持久的魅力，比如中国人就很喜欢苏联歌曲，这不但有市场价值，更有助于增强俄罗斯的软实力……

苏联解体以后，俄罗斯的经济总量一下子从超级大国跌落成普通中等国家。这是事实，却被过分强调了，以致忽略了其他相关因素。诸多以此为基础的俄罗斯话题，往往是片面的，也是短视的。进而建构的国际关系分析框架，经不起推敲。

我们与俄罗斯总统大学（原苏共中央党校）副校长谢尔盖·米萨叶托夫坦诚交流了失去大国国民身份后，俄罗斯人是否存在心理落差的问题。他是这样讲的，三百年来，俄罗斯民族多次经历从弱国到强国、从强国到弱国的过程，既有国内政治因素，也与国际格局有关。失落感肯定有，但不是关键的，关键还在于重新凝聚人民的自信，脚踏实地往前走，并与邻国和睦相处。普京获得强大的民意支持，说明他抓住了这个关键。实际上，今天俄罗斯的经济活力，远比苏联时代要大，而且公民社会正走向成熟。紧接着，米萨叶托夫给我们引用了普京那句名言："谁不为苏联的解体而惋惜，那是没有良心；谁想回到过去的苏联时代，那是没有脑子。"

如此看来，俄罗斯人对本国国力的跌落，似乎比许多外国人包括中国人更能坦然接受。在走访过程中，我们清晰地感受到，俄罗斯人并没有沉湎于过去的辉煌或屈辱之中，他们是朝前看的。俄罗斯民族倔强任性，粗糙中透出非凡的力道和韧劲，加上广袤的国土，丰富的资源，这便隐现出某种巨大的发展潜力。我们的世界精致而脆弱，一旦出点意外，焉知俄罗斯不会重新崛起？想当年，卢布经历崩盘式贬值，不也挺过来了吗！其他类似遭受美西方制裁的国家，便没有这般幸运。

面对以"双头鹰"为标志的俄罗斯民族，面对超大的国土面积和最顽强复杂的国民性格，任何简单的模式化思维都是不足取的。对前苏联作模式化的思考，固然只能得出一些似是而非的结论；模式化地看待今天的俄罗斯，以及未来的俄罗斯，得出的结论同样也不会是客观的。

傍晚，漫步在莫斯科大街上，六月的风还带些凉意，但毕竟进入芒种夏至时节，和煦已然是主调了。耳边，隐然响起熟悉的《莫斯科郊外的晚上》旋律。我突然有种感觉：未来俄罗斯的发展轨迹，也许不再表现为传统的帝国兴亡，而是文化的传承与创新。

俄罗斯民族，每每给世界带来意外。

七律·莫斯科杂感

薰风六月暖犹凉，黑水千秋绕堞墙。

莫话老城多故事，只须闲日到红场。

苍松子子荫陵墓，游客熙熙出教堂。

一片清歌郊外起，世人不复论兴亡。

圣彼德堡之夏

风流何必论西东，一片妖娆水影中。

曼舞轻歌浮白日，雕梁画柱沐清风。

相逢但问游园好，对饮犹聊要塞空。

应恨光阴留不住，千秋霸业只匆匆。

（一）

圣彼德堡位于俄罗斯联邦西北部，全市人口五百二十余万，是世界上居民超过百万人的最北端城市。

每年 6 月 22 日，是圣彼德堡的白夜节，标志着这座北国水城夏日的到来。这一天，太阳直射北回归线，地处北极圈附近的圣彼德堡，全天二十三小时是白天，只有一小时是黑夜。而这一小时，也不全黑，只是灰濛濛的天色，让人有了夜的感觉。

此次访俄，在圣彼德堡逗留了五天，却没有赶上白夜节。我们是 6 月 21 日上午离开的，同白夜节擦肩而过，但已能处处感受到节日的气氛。为了弥补遗憾，几个意气风发的团友，午夜时分，专程绕叶卡捷琳娜宫走了两个小时。据导游讲，圣彼德堡一年到头好天气不多，我们却全碰上了。每天都是碧空如洗，丽日高照，夜短昼长，以致暑热难耐，不禁让人怀疑，自己真是身处一个如此高纬度的城市？

夏日白夜，风光无限。挺拔俊俏的斯拉夫少男少女，穿梭在精致的巴洛克式建筑之中，演绎出从容舒缓的生活节奏。触目可见的日光浴，便是难得的世态风情。在冬宫对面彼得保罗要塞的河岸草地上，在芬兰湾绵延数十公里的沙滩上，在遍布城中任何一处市民公园和林荫道旁，你都可以看到几乎全裸的男男女女，三三两两，或老或少，或坐或卧，怡然自得地享受着暖暖的阳光……清新的空气拂面而过，整个人仿佛都融化于大自然了。

圣彼德堡是一座道地的水城，有"北方威尼斯"之称。整座城市位于芬兰湾最深处大涅瓦河与小涅瓦河汇聚而成的三角洲上，大小岛屿近百个，由四百余座桥梁连接。人工运河纵横交错，以疏缓芬兰湾倒灌进入城内的海水。波罗的海海岸线蜿蜒曲折，形成无数漫滩。举目望去，天空日色透明，河面波光如黛，沿岸楼台错落，水城魅力尽显。

然而，透过一派祥和的夏日风情，我分明看到了这座城市独特的发展脉络，感受到了它所经历的沧桑。

中国历史上有"分久必合，合久必分"的说法，照这个句式，俄罗斯历史端的是"弱久必强，强久必弱"。作为东斯拉夫人的一个族群，俄罗斯一直自称"罗斯"，后来又怎么成的"俄罗斯"呢？这次陪同我们的导游是蒙古人，据他讲，由于历史上罗斯长期遭受蒙古人统治，蒙古语发音习惯在专用名词前加一个"O"音，罗斯便成了俄罗斯。五百年来，俄罗斯从臣服于蒙古金帐汗国的莫斯科公国，到以第三罗马帝国自居的沙皇俄国；从帝国主义链条中最薄弱的一环，到世界格局中双超并列的一极；从苏联解体后的迷惘混乱，到而今纵横捭阖于国际舞台的战斗民族……其起伏跌宕之路，在世界历史上实难多见。

圣彼德堡作为沙皇俄国的首都，正好经历了一个由弱转强、由盛而衰的轮回。

故事还得从十五世纪中叶讲起。1453 年，土耳其人攻破君士坦丁堡，东罗马拜占庭帝国灭亡。两年后，一位名叫索菲娅·帕列奥罗格的拜占庭公主出生，并流亡罗马。1469 年，十四岁的索菲娅公主远嫁莫斯科，与比她年长十五岁的莫斯科大公伊凡三世成婚。这是一桩典型的政治联姻，缘于罗马教皇的授意，主要是为了争取俄罗斯的支持，共同对付土耳其。

伊凡三世此时已称全罗斯大公，但在教皇眼里，还只是偏安一隅的诸候。索菲娅作为拜占庭帝国的正统血脉，属于下嫁。伊凡三世很看中教皇抛出的橄榄枝，因为与索菲娅联姻会大大提升自己的地位和影响力。但伊凡三世也知道，天上没有掉下的馅饼，地上没有白捡的媳妇，他除了承诺与罗马结盟牵制土耳其外，为了防止血统外流，还提出一个补充条件：将来和索菲娅所生子女不得继承大公位。

可是，历史从来不按约定前行，伊凡三世担心的事情最终还是发生了。他和索菲娅一共生了十二个子女，长子瓦西里 1500 年发动政变，迫使伊凡三世废掉了与前妻所生的继承人。瓦西里 1505 年正式成为莫斯科大公，娶了成吉思汗长子术赤的后裔为妻，生的儿子就是鼎鼎有名的伊凡四世。传说伊凡四世出生时雷电交加，一生性格火爆，史称伊凡雷帝。

瓦西里南征北战，逐步统一了俄罗斯。莫斯科大公从索菲娅公主那里继承了拜占庭帝国皇帝的头衔，俄罗斯改信东正教，国徽也改成了拜占庭的双头鹰。至伊凡雷帝时代，已不满足于"大公"的头衔，改称"沙皇"。"沙"正是"Caesar（凯撒）"的音译，表明沙皇俄国是罗马帝国的正统继承者，宣称"莫斯科是君士坦丁堡之后第三个也是最后一个罗马"。

俄罗斯以拜占庭帝国的继承者自居，自然以奥斯曼帝国为敌，不断挑起与土耳其人的纷争。俄土之间，战事频仍，冲突不断。这既是俄罗斯自身扩张的需要，也是罗马教皇下嫁索菲娅的初衷。

不过，就当时的欧洲而言，活跃于东欧平原上的沙皇俄国，无论怎样在四周攻城掠地，终究难以承担起第三罗马帝国的盛名。毕竟政治、经济、文化中心都在西欧，向西扩展便成为历代沙皇的使命。这时候，彼得大帝登场了，圣彼德堡从此进入历史的视野。

（二）

1682 年，年仅十岁的彼得一世继承沙皇位，十八岁时亲政。据称，彼得身高二百零四厘米，是有史以来个子最高的帝王。

继位之初，彼得同他的先辈一样，与奥斯曼帝国持续作战。为了赢得战争，彼得到发达的西欧寻找盟友，并乔装打扮学习西欧的科学技术，先后拜访了勃兰登堡、荷兰、英国和神圣罗马帝国。经年游历，使年轻的彼得认识到，单靠打土耳其是走不通大国之路的。俄罗斯要强盛，必须向西发展，寻找波罗的海出海口，加强与西欧海洋国家的交流和贸易。

为此，彼得在 1700 年果断停止了与奥斯曼帝国的战争，正式向当时的北欧强国瑞典宣战，史称"大北方战争"。

彼得为了表明决战之心，从 1703 年开始，在涅瓦河三角洲的一片滩涂上，建造了一座新城。这座城市以该城第一座建筑物——扼守涅瓦河口的彼得保罗要塞命名。1712 年，彼得大帝把首都从莫斯科迁往圣彼德堡。1721 年，持续二十一年的大北方战争结束，瑞典战败。自此，罗曼诺夫王朝开启了百年盛世。至 1812 年打败拿破仑时，俄罗斯雄踞东北欧，沙皇亚历山大一世被视为欧洲的救世主。

彼得大帝建造圣彼德堡的初衷，是希望融合东西欧文化，把俄罗斯从落后的东欧带入发达的西欧。半个世纪后，彼得大帝赋予圣彼德堡的这一历史使命，终于在一个非常励志的故事中得到完美诠释，那就是叶卡捷琳娜大帝的传奇人生。

叶卡捷琳娜原名索菲娅·奥古斯特，1729 年出生于普鲁士。父亲安哈尔特公爵属于德意志王室，但不是一个显赫的公国，家庭也不富裕。索菲娅的早期教育，依照德意志王室传统，主要来自法国家庭教师。波澜不惊的童年，按索菲娅自己的说法：我从中看不到任何趣味。

1744 年 1 月，十四岁的索菲娅公主（又一个十四岁，又一个索菲娅）收到俄国伊莉莎白女皇的来信，邀请她和母亲一道去圣彼德堡做客。随信还附有一万卢布的支票，作为母女俩在路上的开销。虽然信中没有写明邀请的目的，但安哈尔特公爵一家都清楚：伊莉莎白女皇选中了索菲娅为太子妃。这又是一桩政治联姻，由普鲁士国王腓特烈二世一手策划，旨在加强俄罗斯与普鲁士的关系。

索菲娅一来到俄国，就表现出超凡的审时度势功夫和意志力。她请求伊莉莎白女皇为她找来了最好的老师，苦学俄语和东正教礼仪。夜深人静，侍从都已睡下，索菲娅（此时已得名叶卡捷琳娜）还在抱书苦读，赤足在卧室行走以保持头脑清醒，以致染上了严重的肺炎。病危之际，母亲打算请路德宗牧师来为她行临终圣事。但叶卡捷琳娜说：我不要路德宗牧师，为我找东正教修士。这件事很快流传开来，俄罗斯宫廷上下对叶卡捷琳娜好感倍增。她后来在回忆录中写道，自己一来到俄罗斯就强烈地意识到，必须首先成为一个俄罗斯人，才能戴上皇冠。

然而，叶卡捷琳娜的婚姻生活并不幸福。丈夫根本不爱她，婚后一直分居。苦闷的叶卡捷琳娜只能以读书为消遣，起初她漫无目的地读小说，后来无意中读到了伏尔泰的作品，从此开始对政治哲学类书籍感兴趣。叶卡捷琳娜找来厚厚的十卷本德国史，坚持每八天必须读完一卷。后来，叶卡捷琳娜具备的知识深度，已能让她读懂孟德斯鸠的《法意》。

叶卡捷琳娜说："我时常告诉自己，幸福或悲痛都取决于内心。如果遇见不幸，那就鼓起勇气去超越。即便眼前都是惨澹，人也可以快乐勇敢。"比起这段成长蜕变的经历，后来的故事反而简单多了：叶卡捷琳娜在朝中大臣的帮助下，取代丈夫彼得三世成为俄国沙皇。从1762年至1796年，执政三十四年的叶卡捷琳娜延续了帝国的扩张和现代化进程。她跟随自己的偶像彼得大帝的步伐，大肆开疆拓土，并继续按照西欧模式对俄罗斯进行革新。到叶卡捷琳娜去世时，俄罗斯帝国发展到了历史顶峰，成为欧洲列强之一。

在南方，俄罗斯经过两次俄土战争，把宿敌土耳其彻底打趴下。俄国取得了黑海的出海口，吞并了克里米亚，并将势力伸入巴尔干半岛。奥斯曼帝国虽然没有被完全赶出欧洲，但已不再是俄罗斯帝国的威胁了。在西方，俄罗斯与普鲁士、奥地利三次瓜分波兰，取得了最大的土地利益。叶卡捷琳娜自豪地说："当初我两手空空，只身一人远嫁而来，是俄罗斯成就了我，现在我要献上我的嫁妆，那就是波兰、克里米亚和黑海。"

叶卡捷琳娜早年读过一些启蒙思想家的作品，即位后自封为开明专制君主，与伏尔泰有密切的书信联系，还邀请狄德罗到彼得堡来印刷他的百科全书。叶卡捷琳娜在俄罗斯启蒙运动中发挥了重要作用，而首当其冲的，是对文化教育事业的推动。她比西欧任何一位君主都更慷慨地资助哲学家和艺术家，被伏尔泰称为欧洲上空最耀眼的明星。她提出只有优秀的母亲才能培养出高素质的国民，创办了俄罗斯历史上第一所女子学院 —— 斯莫尔尼女子学院。她还派出大量留学生赴西欧学习深造，并通过狄德罗介绍，从西欧引进大批学者、医生、教师和工匠，大大推动了俄罗斯的文明进程。

叶卡捷琳娜时代，俄罗斯文化艺术蓄势待发。进入十九世纪后，一大批我们耳熟能详的的人物就挨个登场了：文学家普希金、屠格涅夫、契诃夫、托尔斯泰，音乐家柴可夫斯基、格林卡，画家列宾，化学家门捷列夫，生物学家巴甫洛夫……俄罗斯迎来一个文化艺术的高峰，俄罗斯人的心态也变得更加开放。正是叶卡捷琳娜大帝开了风气之先，使这个国家的精神面貌发生根本性改变，真正开始从野蛮走向文明，从东欧走向西欧。

至此，彼得大帝迁都圣彼德堡的一番苦心，终于结出硕果。俄罗斯人说：彼得大帝重构了俄罗斯的躯体，叶卡捷琳娜大帝重塑了俄罗斯的灵魂。

（三）

俄罗斯的双头鹰国徽，是从拜占庭帝国继承来的。普遍的说法，拜占庭帝国曾横跨欧亚两个大陆，双头鹰一头守望西方，一头守望东方，象征着两块大陆间领土的统一和民族的联合。其实，双头鹰还是一个常见于诸多欧洲国家的徽章和旗帜图案，寓意这些国家政教合一，双头分别代表国王和教会的权力。

这两种说法，当然都有道理。不过，这次俄罗斯之行，却让我产生了一个新的想法，或许双头鹰国徽还有另一层含义，它是俄罗斯的独特象征。双头代表长期以来具有首都地位的两个城市：莫斯科和圣彼德堡。而这两大都市，分别指向俄罗斯历史上最辉煌的两个时代：苏联和沙俄。鹰作为图腾，其意象是敏捷、强悍、居高临下。鹰生双头，则更添了几分神秘难测。我的研究生同学王岩巍长期从事中俄贸易，曾以双头鹰比喻俄罗斯的民族性格——

> 双头鹰反映了俄罗斯民族的矛盾性和极端情绪化，在他们的性格中几乎糅合了人类性格因数所有的对立面，具有向两极摇摆的极不稳定性：强悍与脆弱并存，开放与保守并存，热情与忧郁并存，尚武与爱美并存，粗糙与精细并存，懒散与勤奋并存，霸道与恭顺并存，蛮横与虔诚并存，暴躁与耐性并存。复杂多变的民族性格，使俄罗斯成为集帝国主义、军国主义、殖民主义、

社会主义、自由主义、爱国主义、民族主义于一身的特殊国家。对这些主义的狂热实践，锻造了举世无双的战斗民族，扩张掠夺、惟我独尊、恃强凌弱是这个民族的天性。

圣彼德堡的名称几经变更，可以从一个侧面看出俄罗斯民族性格的这种矛盾性和不稳定性，以及东西欧文化的交融与摩擦。圣彼德堡不是一个地道的俄语名字，其中的"圣"和"堡"，都非常具有异国色彩。彼得大帝如此命名，极有可能是当年游历时受到西方文化的影响，参考了一些西北欧城市的名字，比如瑞典的圣米夏埃尔、德意志的圣戈阿尔等。至于"堡"，自然是来自德语的 Burg（城堡）了。

由于语言习惯不同，圣彼德堡在日常使用中常常被省略了首码"圣"，只有官方文档予以保留。1830 年代，普希金还在一首诗里为圣彼德堡取了一个同义的俄国名字 —— 彼得格勒，但没有流传开来。直到第一次世界大战爆发后，俄国反德情绪高涨，沙皇政府才将有德语色彩的"圣彼德堡"改为俄语的"彼得格勒"。1924 年列宁逝世后，苏联政府为纪念列宁及其领导的十月革命，将市名改为列宁格勒。1991 年苏联解体后，经市民投票，又恢复了圣彼德堡的旧名。

俄罗斯民族史上脱胎换骨的大变革发生在这里，二十世纪初深刻影响俄国和世界的三场革命发生在这里，被称作"世界历史上最血腥战役"的列宁格勒围城战发生在这里。圣彼德堡的每一个街角，都仿佛历史的碎片，拼接起这个伟大城市的一生。

经历了风雨，见惯了世面，圣彼德堡人是骄傲的。都说圣彼德堡人看不上莫斯科人，认为他们是暴发户。作为海滨城市的圣彼德堡，确实在很多方面优于内陆城市莫斯科。不过，建城三百年的圣彼德堡，有底气嘲笑建城九百年的莫斯科，根本还在于她雄厚的历史文化底蕴。罗曼诺夫王朝把全部的聪明智慧、勇猛进取、开放包容，都化作看得见的文物古迹和看不见的文化气质，留在了这里。风华绝代的圣彼德堡，是罗曼诺夫王朝的丰碑，也是它的墓碑。经过三百年沧桑巨变，圣彼德堡已经独立于历代沙皇的霸业而存在，成为融合东西欧文化的象征。

上世纪九十年代，苏联解体，受其影响的东欧国家经历剧变。据苏东问题专家金雁女士分析，从文化上看，东欧各国的主流价值取向是摆脱前苏联的影响，实现两个对接：一是与第二次世界大战前的本国传统对接，一是与母体的欧洲文化对接。正是在这样的认知基础上，达成了社会共识。俄罗斯却不然，在传统的社会主义意识形态垮掉以后，这个曾经"凭借思想联合起来的共同体"，至今没有形成自己的主流价值和主体思想。二十多年来，俄罗斯一直面临着国家认同和价值重建问题。各派政治力量先后提出过主权民主、东正教精神、欧亚主义、帝国学说等新的意识形态方案，均因缺乏共识而没有固定下来。当今俄罗斯最大的问题是缺乏指向明确的社会战略，整个国家处于一种焦虑综合症之中。既有身份认同的焦虑，也有发展方向的焦虑，表现为选择焦虑、安全焦虑、整合焦虑等。一句话，社会共识不足，国家发展缺乏均衡性和持续性。这种状况被喻为社会改造的"夹生饭"，衍生了一种缺乏主导性特征的"俄罗斯猜想"。

怎样才能解决这个问题？俄罗斯究竟走向何方？或许，从圣彼德堡的故事里，从她三百年沧桑巨变所蕴养的那份进取、开放和包容中，可以找到一些答案。

临别前夕，我们去看了一场高水平的芭蕾舞《天鹅湖》。坐在猩红的包厢里，灵动的舞姿，俏丽的扮相，从眼前飘逸而过。近距离领略这份妙曼，仿佛邀约和呼唤，让人产生融入的冲动。芭蕾以其轻盈、舒缓、优雅的韵味见长，是一种美仑美奂的舞蹈。它起源于意大利，兴盛于法国，而今却成为俄罗斯的国粹，更是圣彼德堡的名片。一曲《天鹅湖》，宛然圣彼德堡的形象代言人：东成西就，惊艳世界。

圣彼德堡是一座美丽的城市，而夏日风情，是她的绝唱。六七月间，夕阳西下与旭日东升首尾相接，那短暂的间隔让你觉得日头只是打了个盹儿。白夜时，漫步在静静的涅瓦河畔，醉人的波罗的海晚霞晕染天边，看着翩然翱翔的海鸥，随意铺展的草地，呢喃依偎的情侣，不由人不感叹大自然的神奇造化之功。

自然风光已然令人陶醉，人文景观更胜一筹。苍古的要塞，雄伟的宫殿，肃穆的教堂，典雅的街道，精美的雕塑，仿佛置身艺术的伊甸园。冬宫作为圣彼德堡的标志性建筑，尽显十八世纪巴洛克式建筑风格的精妙。灿然其间的艾尔米塔什博物馆，以丰富的顶级绘画艺术藏品闻名，与伦敦大英博物馆、巴黎罗浮宫、纽约大都会艺术博物馆一起，并称世界四大博物馆。当然还有这里出生的名人，也让人产生无穷的遐想，比如列宁，比如普京……

当你站在彼得保罗要塞城墙上鸟瞰圣彼德堡市的全景，当你徜徉涅瓦大街遥想罗曼诺夫王朝的兴衰，当你登上阿芙乐尔号巡洋舰体会十月革命的意义，成群的海鸥从天边飞过，黝黑的河水无声地流淌，空气中隐约飘来普希金的吟咏：

> 假如生活欺骗了你
> 不要哀伤，也不要愤慨
> 苦痛的时候需要镇静
> 相信吧，快乐的日子就会到来
> 我们的心永远向着明天

哪怕生活在阴郁的现在

一切都是暂时的，转瞬即逝

而那逝去的，会变得可爱

七律·圣彼德堡之夏

风流何必论西东，一片妖娆水影中。
曼舞轻歌浮白日，雕梁画柱沐清风。
相逢但问游园好，对饮犹聊要塞空。
应恨光阴留不住，千秋霸业只匆匆。

在巴黎清晨跑步

巴黎圣母院的一场大火，把思绪拉回到七年前。2012年4月下旬，我第一次到访巴黎。当时正痴迷于晨跑，每到一地，首先就是探索合适的晨跑路线。

晨跑习惯是年轻时养成的，后来中断了，2010年在美国波士顿又捡了起来。那是在哈佛大学肯尼迪学院进修，查尔斯河畔从早到晚奔跑的身影感染了我，让我体会到一种生命活力的冲动，也对美利坚民族积极进取的精神有了真切的认识。

此次到访巴黎，是参加为期三周的赴法培训。中间一周在外省考察，前后两周在巴黎学习。晨跑始于到达巴黎翌日，直到离开巴黎当天，其间（包括去外省）都没有中断。开始是一个人跑，后来加入四五个同伴，有了一种晨跑小分队的感觉。

在清新的空气中，边跑步欣赏周遭渐渐苏醒的风景，边思考一些相干或不相干的事情，是一种很美的感觉。巴黎晨跑，留下了三首抒情诗。

（一）跑向艾菲尔铁塔

也许激情全消耗在逝去的夜了
巴黎四月的早晨是如此安静而清凉
遛狗老人在宽阔的街道上细数岁月
露宿者三三两两投来浑浊的目光

整个城市都在晨曦中酣睡
小汽车偶尔驶过　光柱和马达
张扬地证明自己的存在
却如流星　飞逝而去
更加重了这铺天盖地的冷寂

满以为能见到晨练的人群
如同查尔斯河畔的剑桥古镇
终归于失望　心绪越发落寞
这已是渐渐老去的巴黎
哪里去找波士顿的生机

直到远远看见埃菲尔高耸的塔尖
仿佛利剑刺向冷漠的蓝天
猛然想起台湾诗人痖弦的感叹

他说在绝望与巴黎之间
只有铁塔支持天堂

铁塔出离在朝晖的灿烂里
恰似一只金梭编织着天堂之路
古老军校庞大的城堡般的建筑
稳稳坐落在战神广场对面
雄浑与尖锐的交响中
鲜艳的国旗迎风飘扬

（二）跑向塞纳河

穿过凯旋门与凯旋柱演绎的辉煌
穿过卢森堡公园原始的自由女神像
穿过巴士底广场高耸的自由柱
穿过拉雪兹公墓泣血的社员墙
穿过圣母院的凝重和埃菲尔的激昂
我毫无意外地跑向心中的塞纳河

穿过喧嚣的大街和幽深绵长的小巷
穿过满载期待与希望的沉默的投票箱
穿过民国精灵潘玉良清冷的墓地
穿过蒙娜丽莎永远居高临下的微笑
穿过蓬皮杜的荒诞和红磨坊的张扬

我毫无意外地跑向心中的塞纳河

生命中第一条大河扬子江的波涛
唤醒了我澎湃而青涩的少年之梦
莱茵河畔满地金秋落叶眩目的灿烂
成为了我生命记忆中永恒的珍藏
查尔斯河两岸从早到晚充满活力的奔跑
诠释了我对美国精神最生动的感悟

塞纳河，宁静而恬淡的塞纳河
你以无以伦比的包容征服了我
流过亘古蛮荒你视沧桑如平常
历经百态千姿你用激情浪漫化解铁血荣光
塞纳河一如既往弯弯地流淌
并不理会两岸世态的炎凉

(三) 跑向巴士底广场

跑过十三区的唐人街
我到达巴士底广场
两天前社会党人在这里狂欢
奥朗德把这里当作新征程的起点
两百年前第三等级在这里暴动
这里也曾是近代法兰西的起点

高耸的自由柱刺破天穹
金色天使挣脱锁链
飞向诗意的远方
迎接初升的朝阳

沿着旭日指引的方向
远眺塞纳河自由地流淌
右岸旺多姆广场上精致的凯旋柱
宣示法兰西民族世俗的荣光
左岸埃菲尔铁塔直指苍天
象征法兰西精神不屈的高扬

三柱擎天鼎立之间
圣母院大教堂与高等法院相向而立
演绎着教的虔诚与法的冷峻
西岱岛成为巴黎的心脏

欢庆的人群并未留下任何痕迹
自由的天使还保持着挣脱锁链的模样
两天的狂热和阵痛
消化在两百年风雨兼程之中
霞光依旧灿烂
流水依旧蜿蜒

奥朗德在这里开始新的征程
我在这里向巴黎告别
激情充盈的法兰西之旅结束了
我将重回那方熟悉的土地

明月半轮正好秋

天命流年

　　刘晓庆三十岁写《我的路》，引起了一些非议，也成就了她敢爱敢恨的形象。我已是天命耳顺之年，仍无意写我的路。总觉得我的路无论对自己来说，是多么的跌宕起伏，在旁人看来，都平常得很。

　　五十岁生日前夕，写过一首五言排律，回顾自己大半辈子走过的路，以及对人生的感悟和期许。题名《天命抒怀》：

> 少小离乡梓，中年出帝都。
> 庙堂咨国是，边岛护遗珠。
> 王谢庭前客，柴门垄上夫。
> 无心求雅趣，随性读闲书。
> 酒释红尘累，诗怜冷月孤。
> 不辞峰路远，但望海天舒。
> 大梦三江逝，痴情一片初。
> 任由风物老，信马走江湖。

　　为自己五十岁生日写首诗，虽然早有这个念头，真正落笔，应该还是受了些触动。当时，离生日还有三个多月，我正在英国出访。身处异国他乡，英格兰的沧桑，威尔士的偏安，都给我留下了深刻印象。而苏格兰正在闹独立公投，统独两派斗得难分难解，各说各话，感触尤深。中华大一统文化的熏陶，使我对这种小区域自治的家园情结，产生了莫名的好奇和遐想。

在我对世界的认知里，英国是一个弹丸小国，内部不应该有明显的区域特征。此次到了英国，才真切地认识到，这个弹丸之地并不是同质的。不算北爱尔兰，仅仅大不列颠岛就由英格兰、苏格兰、威尔士三个各有特色的部分组成。每个部分都有强烈的地域认同，连足球队都是三支，各自代表自己的家乡参赛世界杯。英格兰总认为自己在联合王国承担的责任太多，吃亏了。威尔士倚小卖小，持续争取自治权。苏格兰独立运动如火如荼，几十年此伏彼起，不曾停息。

每一群体，甚至每一个体，都有自己的世界。其范围大小，取决于视野，也取决于文化。我由此想到自己的人生轨迹，想到随之而生的家乡情结。十三岁那年，我离开家乡小镇，到三百里开外的邻县读书。当时交通并不方便，半年才回一次家。记得有一个学期中间，非年非节，自己就买票跑回了家。山间公路蜿蜒起伏，客车颠簸六七个小时，所为何事？现在想来，就是想家了。是一种思念的表达，对家乡和家人的思念。那是我平生第一次体会到乡思的感觉。从此，踏上离乡思乡之旅，也开始了我的"家乡"概念的飘移。

家乡，原本是生我养我的小镇——石会。顾名思议，石头开会的地方，峰高林密处，薄雾缠绵时，山石嶙峋，清泉淙淙。那里的山水草木，乡音习俗，总让我魂牵梦萦。后来，外出求学，先是在邻县，继而到了省城，家乡便是我所在的县——黔江。几十年来，黔江的建制屡经变更，从县到自治县，从地区到市辖区，好在"黔江"两个字始终没改。

从石会到黔江，家乡于我都是一个比较狭小的地域概念。直到去了北京，家乡一下子延展到很大的地域——四川。待到重庆升格为直辖市，黔江从四川省划入重庆市，我又成了重庆人。现在每当有人问起是哪里人，我会回答"重庆"。旋即又觉得底气不足，不想被人误会自己是大城市出生的人，便会絮絮叨叨做些补充，把重庆、四川的沿革讲一遍。

随着家乡的地理范围逐渐扩大，其内涵却日渐模糊。这个过程，似乎还没有结束。在北京生活十六年后，我被派来香港工作。对多数港人来说，深圳河以北，都属于北方。在他们眼里，我这类人有一个共同的身份界定——内地人。于是，我的家乡仿佛又变成了内地，或者北京。

"少小离乡梓，中年出帝都。庙堂咨国是，边岛护遗珠。"人过半百，岁月不居，想想，不过这二十字。在这二十字的人生经历中，千里迢迢，风雨兼程，居庙堂之高，处江湖之远，世事无常，冷暖自知。最后来到香港，究竟是边岛，还是中心，不同人有不同的感觉。毕竟，在中国人眼里，它是活脱脱的西洋景，在西方人眼里，却是一个放大的唐人街。

半个世纪以来，或上下求索，建功名于世，或耕云钓月，修道德于心，终是三江一梦与，逝者如斯夫。

所谓"三江"者，长江、黄河、珠江也。少年时代，在长江边感受激流澎湃；青壮年华，从黄河的博大深厚中吸取营养；不惑天命之年，则与珠江的开阔包容相伴随。一路走来，有激情，有闲适，有开悟，痴梦渐醒而初心未改。展望前路，君子居易而俟命，信马江湖，诸事随缘，删繁就简，云淡风轻……

不过，云淡风轻，与其说是一种状态，不如说是一种念想，或者调节生存状态的一剂方药。人生，乃人与生活的互动，总是充满矛盾的，心态亦然。

易学十二消息卦，反映了人生各个阶段的生命状态。

依此卦理，五十岁前后，人届天命，由"乾卦"转"姤卦"，进入一个重大转折期。乾卦六爻皆阳，姤卦则初爻为阴〔--〕，其余五爻为阳〔—〕。就是说，姤之卦象出现阴爻，底盘开始空虚，表明人生至此，阳盛极而阴始，须知进退，适可而止。若行此道，自能切合天意，修得善果。姤，其本意即为"善"。

然而，姤卦一阴五阳之象，终归是以阳刚为主调的。人当此时，大多处于事业鼎盛期，志得意满，虽力有不逮，挥斥方遒的意气还在，用强之事难免。为了掩饰生活中鱼与熊掌不可兼得之虞，平衡内心的患得患失，有时会刻意表现出超乎寻常的正能量，或洒脱，或进取。此番心景，曾以一首七律记之，名曰《天命抒怀之二》：

弹指之间半世休，劝君莫作等闲愁。

长河大海留青史，细雨轻风入画楼。

老酒三杯心已静，诗魂一缕意难收。

谁言天命当归去，明月半轮正好秋。

记得当时还写过一首更激昂的七言绝句，满腔热血，壮志干云，纪念自己来港工作满十年：

沙场未必赴关山，

酒绿灯红也戍边。

逐浪香江情不老，

长风再起挂云帆。

这样的心态，与我的工作经历有关。来香港后，做了三个岗位：一是社团联络部，一是办公厅，一是青年工作部。知天命之际，刚换岗青工部不久。当时，香港青年运动如脱缰之野马，罢课、占中、暴乱，围政府，选议会……搞得不亦乐乎。我不知哪儿来的勇气，以为自己有能力有激情，见过场面，经过世事，游刃有余，可以在新工作中大展一番拳脚——

> 莫话沧桑话等闲，
> 方知天命又青年。
> 凭栏秋月春风里，
> 极目天空大地圆。

与青年同行，为青年所思所求所盼搭台唱戏，从中获得了许多不曾预想的愉悦，有时还生出某种成就感。不过，形势终究比人强，常常心有余而力不足。南来十几年，尽心竭力，香港还是那个香港，我已不再是原来的我。抚今追昔，有了《天命抒怀之三》：

> 不惑之秋下岭南，而今天命已当前。
> 十年赴远何堪忆，三度履新夜半眠。
> 苦辣酸甜诸味尽，家国天下一情悬。
> 幸逢诗酒酬知己，把盏临风话等闲。

回头看，年复一年的忙碌，仿佛西西弗斯式的劳作。一次次从头再来，扪心自问，意义何在？不禁想起了富翁与渔夫的故事——

> 富翁在海边度假，见渔夫每天只捕捞当天所需的鱼，然后就躺在沙滩上晒太阳。富翁看不惯渔夫懒散的样子，说，我告诉你如何成为富翁。首先，你可以借钱买条船，用这条船去打鱼，赚了钱雇人干，获取更多利润。然后买条大船，打更多的鱼，赚更多的钱。接着成立捕捞公司，再投资水产加工厂运营到上市，这样你很快就会成为亿万富翁。渔夫问，成为亿万富翁之后呢？富翁说，这样你就可以像我一样到海滨度假，晒太阳，钓鱼，享受生活了。渔夫反问道，我现在的生活不就是你说的那样吗？

表面看来，此时的渔夫与此时的富翁，日常生活确有许多相似之处，可由于人生轨迹不同，而显出不同的价值来。富翁对渔夫，可以一览无余；渔夫对富翁，终究一无所知。生命之旅，相比结果，过程才是快乐之源。这好比求知，并非所有的知识都需要有用，求知本身就是一种快乐。也好比旅游，目的地并没有那么重要，行走便是一种快乐。

纵然结局是既定的，追求不会终止，奋斗本身就是意义。君不见，千百年来，人生路上，一边是告老还乡，一边是少年出乡关。一切过往，皆为序章；所有旧人，都是经历。以一曲《南乡子》，向苍生致敬，生生不息，轮回不已——

归意起兰亭，
欲把沧桑作笑吟。
偶梦儿时淘气处，荧荧。
月洒村头小树林。

归梦了无痕，
却见青春伴远行。
自古轮回家国事，萦萦。
老迈还乡少启程。

排律·天命抒怀

少小离乡梓，中年出帝都。

庙堂咨国是，边岛护遗珠。

王谢庭前客，柴门垄上夫。

无心求雅趣，随性读闲书。

酒释红尘累，诗怜冷月孤。

大梦三江逝，痴情一片初。

不辞峰路远，但望海天舒。

任由风物老，信马走江湖。

七律·天命抒怀之二

弹指之间半世休，劝君莫作等闲愁。

长河大海留青史，细雨轻风入画楼。

老酒三杯心已静，诗魂一缕意难收。

谁言天命当归去，明月半轮正好秋。

七绝·酒绿灯红也戍边

沙场未必赴关山，酒绿灯红也戍边。

逐浪香江情不老，长风再起挂云帆。

514

七绝·方知天命又青年

莫话沧桑话等闲，方知天命又青年。
凭栏秋月春风里，极目天空大地圆。

七律·天命抒怀之三

不惑之秋下岭南，而今天命已当前。
十年赴远何堪忆，三度履新夜半眠。
苦辣酸甜诸味尽，家国天下一情悬。
幸逢诗酒酬知己，把盏临风话等闲。

南乡子·老迈还乡少启程

归意起兰亭，
欲把沧桑作笑吟。
偶梦儿时淘气处，荧荧
月洒村头小树林。

归梦了无痕，
却见青春伴远行。
自古轮回家国事，萦萦
老迈还乡少启程。

武隆印象

　　武隆位于武陵山区，古巴国腹地，置县迄今千五百载，长期隶属于涪陵郡，现直辖于重庆市。我的故乡黔江亦然。不过，少小离乡，客居在外，我早就把整个武陵山区、巴国故地，视为了故乡。这故乡，既是地理上的，也是心理上的。

　　远在夏禹时期，巴人已然立国。《左传·哀公七年》载："禹会诸侯于会稽，执玉帛者万国，巴蜀往焉。"殷商一代，巴人一直没有臣服。后来，巴国军队加入周武王伐纣的战争，充任前锋。周灭商后，巴国成为周王朝的诸侯国。春秋战国时期，巴国疆域广阔，曾定都重庆、垫江、丰都、阆中等地，而王墓主要在涪陵。

　　万里长江，滚滚东流。重庆到宜昌千二百里，可以看作一道超级大峡谷（著名的长江三峡就在这一段）。这超级大峡谷，把一片雄浑的山体拦腰截断，北延大巴山脉，南入武陵山区，大致可以勾勒出古巴国的地理范围。这片土地，千山雄峙，万流奔腾，云雾缭绕，大气而神秘。

公元前 316 年，巴蜀交战，秦惠王应巴国请求，使张仪、司马错率大军南下灭了蜀国，随即挥师东向灭了巴国，设立巴郡，是为秦三十六郡之一。秦灭巴后，巴国王室五兄弟率众迁往武陵山区，各据一条山谷，曰雄溪、樠溪、辰溪、酉溪、武溪，史称五溪蛮。历经中原王朝更迭，五兄弟在这一地区繁衍生息，绵延不绝，并融合当地其他部族，成为土家族的主体先民。

武陵山区，纵横十万平方公里，其西北边缘涪陵、武隆一带，正是古巴国的地理和文化中心。涪陵位于长江、乌江交汇处，是传统的水码头。武隆位于乌江下游重庆与贵州交界的群山峻岭之中，山崖陡峭，水急浪高，其山川形势，切合了人们对巴国的印象。其雄奇，其秀丽，其蛮荒和神秘，都仿佛是巴国的缩影。黄庭坚被贬涪州时，作过一首竹枝词，颇为传神：浮云一百八盘萦，落日四十八渡明。鬼门关外莫言远，四海一家皆弟兄。

本世纪初以来，武隆把旅游业确立为支柱产业，整体打造山水之城，大有"武隆山水甲天下"的气势。其实，古巴国这片土地，原本就是风光奇特之处。一些著名的景区，如长江之北的武当山、神农架，长江之南的张家界、凤凰古城，早已名满天下。而武隆的仙女山，近年来才渐为人知。这里有雾松清泉点缀的高山草地，被誉为"南国第一牧原"。大开大合的天坑地缝景观，更是一绝，科幻动作片《变形金刚》把这里选作外景拍摄地。

我无数次地从仙女山脚下经过，都没有深入山中。外出求学，回乡探亲，从来没觉得这是一处特色景观。后来，仙女山的名气越来越响，我便起了游兴，却三过其门而不得入，每次都因大雾而封山。独特的气候特征，由此可见一斑。

直到 2014 年初夏时节，年届天命，方得登临。是年 4 月下旬，经老同学刘晓苏安排，与几位好友驱车前往。傍晚抵达，观日落，宿山中酒店。次日，不慌不忙地转悠了一整天。当时正值五一长假前夕，游人还不多，而各种美景却已成熟饱满，做好了旺季迎客的准备。如百花含苞，只待赏花之人。倘佯在森林碧草岚雾之间，远眺巉岩嶙峋，鬼斧神工，空气清新缠绵，风光别有洞天，凡旅游册上能查到的诸般美好，自不待言。蜿蜒起伏的古驿道，袒露出岁月的痕迹。心绪有些游离，忍不住会想，此时此刻，是不是一种奢侈呢？

感触难以琢磨，却是最真切的。隐约记得，山中的饮食弥漫着一种久违的亲切感，单纯而自然。菜蔬少了繁复的烹饪，调味品用得极少，保留着食材的本色。入山当晚，吃的是木炭烤全羊。炉心炭火通红，羊架香气四溢，我们围站在烤炉旁，一手利刃割肉，一手大杯喝酒，谈天说地，沐风品月，已然忘我。

毋需刻意去感受，熟悉的气味扑面而来，浸润了全身心。哦，这是我的故乡啊！诗人于坚说起他的故乡情结：在这个同质化的时代，什么都被拆迁了。而朋友，是我最后的故乡。还有我的母亲，她是我不能离开的最根本的理由。我在这里，是一个被需要的人，被关心的人，被爱的人。我还必须和我的语言在一起，乡音，是我的故乡。

朋友，母亲，乡音。这些元素，从心灵深处解读着故乡的魔力。那么，山水呢？也许，对不同成长背景的人来说，故乡的含义是不一样的。有的人，故乡是一座城池。有的人，故乡是一个乡村。有的人，故乡是一条河流。而我，故乡是一片大山。这片大山深处，有我生命的密码。

此次武隆仙女山之行，印象深刻，温情充盈，挥之不去。正是武隆印象，将我最深层的故乡记忆徐徐展开。半个世纪的奔波，如今才来细细品味——

少年不识故乡颜，满目风光亦枉然。
地缝天坑轻跋涉，春枝秋蔓任攀援。
巉岩古驿花开处，碧草仙居雾散前。
踏遍青山回首望，原来好景在心闲。

七律·少年不识故乡颜

少年不识故乡颜，满目风光亦枉然。

地缝天坑轻跋涉，春枝秋蔓任攀援。

巉岩古驿花开处，碧草仙居雾散前。

踏遍青山回首望，原来好景在心闲。

蓬江古镇

今年回重庆老家过年。我与一帮香港青年朋友相约，正月初一早晨，他们在浅水湾冬泳，我在阿蓬江冬泳，遥相呼应，共拜大年。

阿蓬江是一条奇特的河流，发源于湖北省利川县，横贯武陵山区，穿岩破嶂，千里西奔汇入长江，再随大江东去，重返利川，完成生命轮回。好比生肖纪年，周而复始。今年鼠年，乃十二生肖之首，时逢疫患，借天下水脉相通，共泳以祈福苍生，祝愿新春，别具意义。泳毕，赋诗一首，题名《阿蓬江》：

紫气缭缭万壑中，
碧波千里唤阿蓬。
穿云破雾西天去，
接上长江共赴东。

阿蓬江干流流域，正是我的家乡黔江。黔江置县，始于东汉。其境位于武陵山腹地层峦迭嶂之间，古时又名丹兴、石城，隐约道家修仙所在，素有"川鄂咽喉"之称。

今日黔江已是飞机、高铁、高速公路四通八达的区域中心城市了，但置身其间，绵延起伏的山水地貌，仍依稀给人当年"蜀道之难"的感觉。长期以来，从黔江外出大致有三个方向：东经咸丰、恩施、宜昌到武汉，南经酉阳、吉首、怀化到广州，西经彭水、武隆、涪陵到重庆。三条路线皆以公路相通，但都是翻山越岭而建，常因夏有雨水滑坡、冬有冰雪封冻而不得通行。

三条旱路之外，还有一条水路即阿蓬江，宛如一条玉带蜿蜒其境。阿蓬江大致沿南线流到酉阳注入乌江，再折向西线从涪陵注入长江。阿蓬江是黔江的母亲河，黔江或许正是因了阿蓬江水色如黛而得名。我在经历了半个世纪的奔波，领受了长江、黄河、珠江的文化洗礼后，也把阿蓬江视为了自己的母亲河。

然而，阿蓬江并不是我生命中遭遇的第一条河流。在黔江三条旱路之一的西线上，离城二十余公里，有一个名叫石会的小镇。此镇位于武陵山主峰脚下，群峰环峙，如屏如障，石头自然是多的。我一向以为，"石会"是石头聚会的意思，与黔江的古称"石城"多少有些关系。殊不知，两者毫不相干。经查询，石会由官方驿站"石塔铺"与民间集市"两会坝"合二为一。而两会坝，则得名于两条山溪"老窖溪"与"龙冈溪"在这里会合。两溪合流之后，称文汇河。三水之滨，蔚然成市。上世纪六十年代，我就出生在那里。山有武陵，水有文汇，一武一文，化成了我生命的摇篮。

在相当长的时期里，我都把文汇河当作自己的母亲河。后来离乡外出，三十余年来，见的世面虽然多了一些，纯净的山溪般的文汇河却始终在心底流淌。不过，随着岁月流逝，精神的文汇河对我的滋养渐渐不够了，自然的文汇河也因水土流失和筑坝发电而一度断流。加之，离乡久了，黔江和石会在我的乡愁里日益融为一体，我便把眼光投向了阿蓬江，投向了这条更具生命力内涵的大河。

现在想来，我自幼跟阿蓬江就是有渊源的。阿蓬江一泻千里，在崇山峻岭间逶迤而行，沿岸形成了大大小小的集镇。其中，濯水镇是中游河段上一个比较大的古镇。母亲的闺蜜龚梦云阿姨嫁给了濯水镇的傅老师，而傅家长子傅晓与我年龄相仿，兴趣爱好差不多，都喜欢阅读各种课外书，寒暑假经常在濯水一块儿玩。多年后重返濯水，依然感到亲切无比。为此，我作过一首七律，题名《古镇吟》，多少能反映这浓浓的故乡情结：

> 古镇悠悠入梦来，萧萧秋色寂寥怀。
> 廊桥孑立孤舟去，曲巷闲看倦鸟回。
> 隐约儿时嬉闹处，依稀几许野苍苔。
> 桦楼卯阁沧桑事，老树斜阳浊酒杯。

阿蓬，土家语，意为雄奇、秀美。阿蓬江穿行在武陵十万大山之中，峰高谷深，绝壁对峙，险峻奇绝的观音峡、官渡峡、神龟峡，神秘幽深的溶洞、暗河、间歇泉，突兀陡峭的天生桥和大漏斗，构成了独特的峡谷风光。实际上，黔江周边素以奇峰异谷众多而著称。多年来，黔江的对外宣传口号一直没变：峡谷峡江之城，清新清凉之都。据说，这样的景致，只有欧洲的卢森堡堪比。

诸峡之中，神龟峡尤奇。神龟峡全长近四十公里，因峡口两个山头酷似双龟对卧而得名。整个峡道斗折蛇行，全程有二十七个水湾，二十八个山门，一湾未尽，一门又开，正所谓舟轻崖近疑无路，探棹入门又一湾。两岸峰高壁陡，谷中滩险水急，长期人迹罕至，山水草木无不呈现原始自然风貌。其他各地的峡谷多为开口或窄或敞的"V"形，神龟峡基本上是垂直的"H"形，不少绝壁甚至倾斜出来，形成倒"V"。岩壁形态不一，千层岩、褶皱岩、蜂窝岩层出不穷，巉岩林立，峭壁如画。湾谷相连处，屡现一线天景观，幽冥宛转，引人入胜。

不过，据我北大时的老同学、曾担任过重庆黔江区区长的吴忠先生讲，神龟峡峭壁垂悬，峰回水转，雄奇秀美，大气磅礴，绝对有大景区之底蕴，但更具价值的是官渡峡。只缘官渡峡盘居城边，虽无神龟峡之规模，但同具峡江景色，更有一线天、悬空寺等景观，而且由南而北出峡口，两岸田园扑面，遍地黄花摇曳，似入世外桃源。城中峡谷，城边峡江，城下溶洞，使黔江城具备世界级特色城市的价值。不知有多少人真正理解"峡谷峡江之城，清新清凉之都"的含义，黔江夏天并不清凉，敢称清凉其实完全依赖溶洞之中的地下之城。试想，把咖啡厅、电影院等文化生活乃至医院、酒店搬入恒温十六度的溶洞会是一番什么景象，绝对是全球独一无二的。也正因此，一直觉得有个梦想没有实现，成为一生之憾事。上帝赋予黔江独特的自然地质条件，国家又提供了立体交通，能否打造一座世界级的特色城市，实是看我们自己了。惟望有朝一日有人真正认识黔江之价值所在，并据此打造一座神奇独特的黔江城，这才对得起黔江的山水和百姓！

由于阿蓬江干流没有建工厂，整个流域均为农业地区，江水没有遭受污染，水质是极好的。盈盈碧水，出了湍急的峡江，和缓处便是人居处，形成一个个集镇，如串起的珍珠。舟楫商贾，渔火晚唱，千百年来，演绎了多少悲欢离合。所谓沧浪之水，清可濯缨，浊可濯足，一镇名濯水，把阿蓬江流域土家山民笑看古今、等闲天下的情怀展现得淋漓尽致。且以一绝一联状之：

> 高天厚土育阿蓬，
> 辟谷开山一猛龙。
> 谁与弄潮成濯水，
> 土家儿女是英雄。

经天纬地千里蓬江辟谷开山成伟大

格古通今一泓濯水吞云吐月正逍遥

千里蓬江，古镇甚多，我独爱濯水。为了充分开发濯水的旅游资源，曾数次介绍港商来这里考察，也谈了不少意向，但阴差阳错，终究没落成什么像样的项目。心中的濯水印象，大抵还是一片原生态农业文明的模样：

层峦迭嶂一河开，绿水青山百鸟徊。

古镇殷勤迎远客，清风澹荡洗尘埃。

峡江婉转廊桥影，吊脚参差社戏台。

信步小街闻燕语，声声叫卖暗香来。

少小离家老大回，在经历了半世纪的风风雨雨后，重新回到这里，别有一番滋味。

七绝·蓬江二题

（一）

紫气缭缭万壑中，
碧波千里唤阿蓬。
穿云破雾西天去，
接上长江共赴东。

（二）

高天厚土育阿蓬，
辟谷开山一猛龙。
谁与弄潮成濯水，
土家儿女是英雄。

七律·古镇吟

古镇悠悠入梦来，
萧萧秋色寂寥怀。
廊桥子立孤舟去，
曲巷闲看倦鸟回。
隐约儿时嬉闹处，
依稀几许野苍苔。
榫楼卯阁沧桑事，
老树斜阳浊酒杯。

楹联

经天纬地千里蓬江辟谷开山成伟大

格古通今一泓濯水吞云吐月正逍遥

七律·濯水印象

层峦迭嶂一河开，

绿水青山百鸟徊。

古镇殷勤迎远客，

清风澹荡洗尘埃。

峡江婉转廊桥影，

吊脚参差社戏台。

信步小街闻燕语，

声声叫卖暗香来。

528

陈家祠新说

这是第三次去陈家祠了，每次都会不经意间发现一些东西，令我怦然心动。作为陈氏后裔，我对陈家祠的感觉，究竟是与一般游客有些不一样的。

陈家祠建于清光绪年间，是广东七十二县陈氏族人出资共建的一座合族祠。陈姓是岭南望族，为广东第一大姓，素有"天下李，广东陈"之说。陈家祠供奉的祖先牌位，就一度达到一万两千余个。

由陈家祠的合族，我想到义门陈的分庄。义门陈始祖陈旺，南朝陈国皇室后裔，公元731年移驻江西德安，开枝散叶。陈氏以忠孝节义为本，勤俭耕读传家，历经十五代不分家，高峰时多达三千九百余人。义门陈创办了史上最早的东佳书院，不少江南名士皆出其门。族人致仕，数代为相。所谓八百头牛耕日月，三千灯火读文章，一时盛况，举世无两。

884年，唐僖宗首旌"义门陈氏"，并题御诗《赞义门陈氏》："金门宴罢月如银，环佩珊珊出凤凰。问道江南谁第一，咸称惟有义门陈"。后又经数朝旌表，欧阳修、苏东坡、黄庭坚、朱熹等名儒亦大加褒扬，义门陈名盛天下。陈氏《家法三十三条》，被宋朝奉为"齐家"典范。

人多了，势就大了，难免引起皇家猜疑。1062年，宋仁宗在文彦博、包拯等重臣屡次奏请下，以"义播天下"为由，下旨义门陈分家。陈氏族人被迫分拆三百三十余庄，迁往全国七十二个州郡。除江西九十三庄外，邻近的湖北、浙江、福建、江苏、安徽、湖南分布也比较集中。广东偏隅南疆，也分了十五庄。

分拆迁徙的过程并未结束，还有二次、三次分徙。比如笔者所宗黔江老鹳窝陈氏，并不是由当年分庄时四川八庄之一分拆而来。据传，我的某代祖先，育有十二子，分家时用一副家传象牙象棋，将帅自留，其余六对十二枚棋子（士仕，象相，車俥，馬傌，炮砲，卒兵）抽签，以此为信物，十二兄弟各执一枚分赴四处安家立业。黔江分支抽到的是红"仕"。

一分再分，一迁再迁，有道是：一门繁衍成万户，万户皆为新义门。义门陈氏繁衍至今，人口已达四千万，差不多占了陈姓总人数的一半。因德安唐时隶属江州，故有"天下陈氏出江州"之说。

然而，广东陈氏族人广布，并不都出自义门陈，甚至主体不一定是义门陈。盖因陈姓来源还有另一种说法"天下陈氏出颍川"，这是一个更加久远的故事。

颍川陈氏的起源，比义门陈氏更早，可以追溯到秦国灭齐之时。齐国王族由陈姓改田姓而来，亡国时纷纷隐姓埋名以求自保。其中一支名田轸，迁入周代陈国故地颍川，恢复陈姓，改名陈轸，为颍川陈氏始祖。汉末魏晋时期，颍川陈氏传至陈寔一代，在盛行门阀制度的大背景下脱颖而出，成为名门望族，世代传袭，人才辈出。

颍川陈氏从颍川走向全国各地，其中较大的两支，分赴闽南和江浙一带。迄今陈姓在福建、江苏、浙江都是第一大姓。建都南京的南朝陈国，创立者陈霸先便是陈寔后裔。义门陈始祖陈旺的祖上，亦是陈国皇族。所以，颍川陈与义门陈同出一宗，义门陈是颍川陈最大的分支。

广东陈姓源流，主要来自四个方面。一是潮汕地区，以颍川陈为主，多从闽南迁来；二是珠三角地区，北宋义门陈分庄时迁来；三是粤北粤西地区，随南宋末代王朝迁徙而来，属客家陈姓，颍川陈、义门陈皆有；四是水上陈姓疍民，源于陈友谅兵败后，余部和家人为明王朝所驱迫。陈友谅属义门陈湖北四十三庄的一支，故陈姓疍民应以义门陈为主。除了这四支主流，还有一些是历朝历代零星迁入，或由当地人因种种原因改姓而来。

正是由于来源甚广，岭南地区陈氏祠堂虽多，但通常不分颍川堂、义门堂。并且，广东一带还有一个习俗，陈姓与胡姓同堂祭祖。这是将两姓的共同祖先追溯到了三千多年前。周武王灭商后分封诸侯，舜的后裔胡公满位列十二诸侯之一，封于陈地。胡公满后裔少数以胡为姓，多数则以国为姓，是为陈氏。

聚广东诸县陈氏，合建一祠，此事筹谋已久。1888年4月，终于有了实质进展，四十八位族中乡绅名流制定了建祠章程，联名邀请各地族人到省城商讨建祠大事。由于当时广州城内已难以觅到合适地方，陈氏族人在西郊购得一片种植茨菰的水塘建祠，请了岭南头牌建筑师黎巨川担纲设计并亲自监工。

建祠工程并不顺利。水塘的土质条件需要特别做基础，主体建筑的每根柱子下都打了二丈四尺长的木桩。资金问题，加上对建筑品质的苛刻要求，影响了工程进度。断断续续四五年，只建成供奉祖先牌位的后院，主殿聚贤堂尚未完工。直到1892年出现转机，建祠发起人之一陈伯陶在殿试中被钦点探花。陈氏族人大受鼓舞，认为这是建祠的风水显灵，借此发起新一轮筹资活动，确保了工程需要。两年后，陈家祠正式落成并投入使用。

陈家祠门匾上的正式名称是陈氏书院。一般认为，陈氏书院首先是一个书院，是陈氏子弟读书的地方，同时又是陈氏族人供奉祖先的祠堂。其实，陈家祠既没有传统书院"讲学课试"的功能，也不同于通常意义上的宗族祠堂。

陈家祠是典型的合族祠堂。合族祠兴起于明清时期的广州一带，是华南地区社会变迁和宗族制度成熟发展的产物。它由数县或数十县同姓族人捐资合建，各地族人以"房"的名义参与。修祠的主要目的，是为宗族子弟赴省城备考科举、候任、缴纳赋税等提供临时居所。

合族祠作为一种宗族社会组织，并不符合正统的礼制规范。其运作不可能完全遵从宗族传统，也很难接受严格的社会约束。各"房"在祠堂内供奉祖先牌位，是作为捐资回报安排的。换句话说，族人牌位是花钱买的，通常以认捐数额确定排位顺序，钱多者居中，钱少者靠边。推销牌位，成了建祠的重要环节和主要资金来源，决定着祠堂的规模和建设进度。

这种超越社区、地域的同姓组织，很容易走向结党营私。祠堂内时常容留各地族人，龙蛇混杂，也对当地社会治安造成不良影响。自乾隆中期开始，广州一些合族祠因"把持讼事，挟众抗官"，屡屡引发官府的禁祠行动。陈家祠之所以不称祠堂而称书院，就是为了避嫌。这也成为清代后期合族祠命名的通行做法。

陈家祠被誉为岭南建筑艺术明珠，建筑规模庞大，尤以装饰华丽著称。砖雕、木雕、石雕繁复细腻，陶塑、灰塑、铁塑造型生动，各种水墨彩绘如行云流水，檐飞廊回，气象万千。郭沫若赋诗赞曰：天工人可代，人工天不如。

在同一首诗里，郭沫若还写道：果然造世界，胜读十年书。那么，陈家祠造了怎样一个世界呢？

修建陈家祠时，中国正遭遇三千年未有之大变局。两次鸦片战争的后果正在发酵，太平天国创伤未愈，甲午海战风雨欲来。广州作为通商口岸，已涌入大批洋人，华洋杂处，风气渐变。在如此局势动荡的年代，内忧外患，陈氏族人修建这样一个书院式祠堂，几分是为了考取功名光宗耀祖，实现传统士大夫的理想？几分是为了在大变局中探索新的修齐治平之道，融家族香火于世界潮流之中？

以陈家祠为代表的岭南合族祠，反映了近代中国最波澜壮阔的文化交汇现象。这种交汇有着空前巨大的张力，使陈家祠的内涵远远超越了一座建筑物。

它是宗族与社稷的交汇，修身齐家治国平天下，因了合族祠这个中间层次，得以贯通一体；它是江湖与庙堂的交汇，在民间社会与官方秩序的博弈中，市井文化表现出强大生命力；它是旧学与新学的交汇，经史子集的耕读传统，面临现代科技和人文精神的挑战；它是古典与现代的交汇，屋脊的灰塑，门廊的铁艺，窗棂的木雕，精湛之极亦繁复之极，却与墙壁上活泼俏皮的天使砖雕相得益彰……

交汇是时代的产物，时代的基因则由一代代陈氏族人传承下来。也许，在陈家祠的主要发起人陈兰彬、陈伯陶身上，就埋下了这种交汇的种子。陈兰彬生于1816年，三十七岁进士及第，1872年率首批留学生赴美，随后出任首任驻美公使，回国后任总理各国事务衙门大臣。陈伯陶生于1855年，也是三十七岁中进士，并在殿试中获点探花，授翰林院编修，任国史馆协修、总纂，清亡后寓居香港二十年，以"清朝遗老"自居，直至去世。

当然，这种交汇现象的集中体现者，当属另一位后辈族人陈振先。陈家祠落成十周年，即清朝宣布废科举的前一年，二十七岁的陈振先入读美国加利福尼亚大学，主攻农艺学，获博士学位。四年后回国，参加学部留学毕业生考试，获第一名。次年宣统元年殿试，获授翰林院编修。中华民国成立后，历任农林部次长、农林总长、教育总长、总统府顾问。五十岁转入学界，任北京税务学校校长，清华大学、北京大学教授。晚年出任湖北国立金水农场场长，奉命以官价收购农田，广植甘蔗，与当地农民发生冲突，为乱民所害。

"不知东海多深浅，要取微禽木石填"，这是广东新会人陈昭常临死前在病榻上留下的诗句。陈家祠落成当年，年仅二十七岁的陈昭常进士及第。他因与詹天佑一起修筑了第一条全部由中国人设计施工的铁路名载史册，却因奉旨处决革命党人背负骂名。宣统年间任吉林巡抚，民国初年任吉林都督。史称岭南人在东北扬名的，前有明末清初袁崇焕，后有清末民初陈昭常。

对读书人来说，晚清民国时期无疑是中华数千年文明史上最激情澎湃的时代，也是英才巨匠层出不穷的时代。一些有中国传统文化功底的年轻人，接受了西方现代教育，造就出一批学贯中西的人物。在那些风雨如磐的日子里，他们或治学或入仕，或保守或开放，或彷徨或坚定，孜孜以求中华民族的出路。

一个世纪过去了，这种交汇没有停息，它以一种全新的方式展示自己的魅力。从华洋共处的样板 —— 香港的命运来看，如果说十九世纪中后期三个不平等条约下的香港，反映了这种交汇给中华民族带来的不可承受之痛，而今天"一国两制"下的香港，面对粤港澳大湾区、一带一路倡议拓展出来的广阔空间，不正正诠释了这种交汇对新时代的期许吗？

当今世界，你中有我，我中有你。这种交汇，当以更大规模、最广领域、更深层次展开。可世事吊诡，十九世末二十世纪初提出"门户开放"的美国，今天却祭出了贸易保护主义的旧幡。相反，当年闭关锁国的中国，如今成了自由贸易的捍卫者。天道轮回，屡试不爽。

陈家祠的故事常说常新。朋友，去看看陈家祠吧！那何止是一处建筑精美的院子，它分明是近代中国与西方世界交汇处默然耸立的文化标本。它对你的启示，在过去，在当下，更在未来；在岭南，在中国，也在世界。

抚今追昔，感慨万端，赋诗一首以为记：

珠水城中去，云山廓外斜。

百年风水地，一宇冠南华。

璞塑藏神韵，精雕夺奇葩。

争从夸绝艺，谁与念探花。

斗室惊幽梦，长风逐落霞。

因缘交汇处，文脉走天涯。

分合三千岁，相逢一碗茶。

向来耕读第，何止是陈家。

排律·陈家祠

珠水城中去，云山廓外斜。

百年风水地，一宇冠南华。

璞塑藏神韵，精雕夺奇葩。

争从夸绝艺，谁与念探花。

斗室惊幽梦，长风逐落霞。

因缘交汇处，文脉走天涯。

分合三千岁，相逢一碗茶。

向来耕读第，何止是陈家。

把盏临轩读族谱

把盏临轩读族谱，不像红袖添香夜读书那般浪漫，却也不乏雅致。寻宗问祖，追根溯源，年轻时不感兴趣。年纪大了，才慢慢品出些味道来。这次回老家休假，静心拜读了《义门堂黔江陈氏族谱》，并与族谱主编陈再然宗叔作了些探讨，感觉仿佛走进了另一片天地。

黔江地处武陵山区腹地，东汉末年单独设县，名丹兴，唐中叶改名黔江。历史上，黔江与周边酉阳县、彭水县分分合合，隶属关系数次变更。2000 年 6 月，重庆市黔江区正式设立。黔江陈氏族人目前约四万八千人，俱为江州义门陈同宗，但来源比较杂。根据族谱记载，陈氏族人迁徙黔江主要集中在两个时段。一是明洪武永乐年间，与朱明王朝镇压陈友谅族人和余部有关。二是清康雍乾时期，是湖广填四川和改土归流政策的结果。

明代前期迁徙黔江的陈氏族人，有些是从江西、湖北直接迁来的，更多的是先迁往贵州或附近的酉阳、彭水、咸丰等县定居下来，后来再陆续迁来黔江。清代前期迁徙黔江的陈氏族人，支系庞杂，人数较多，构成了今天黔江陈姓的主体。他们大都从周边地区二次、三次迁徙而来，少数从江西等原居地直接迁入。其中，从贵州石迁府迁入黔江的陈作舟一系繁衍尤盛，人丁遍布黔江各地，达三千余口。

笔者所宗老鹳窝陈氏，就经历了多次反复迁徙。始祖陈明仲，乃义门陈大分析时德安义厚庄陈通第十九世孙，明永乐七年由义厚庄迁出，辗转于鄂州、汉阳、汉川等地，终落脚黔江老鹳窝，筚路蓝缕，开业甚艰。长孙陈祥因避匪乱，再启徙程，举家迁往丰都县。清康熙年间，祥公次子陈朝远留驻丰都，长子陈朝望回迁老鹳窝，好不容易扎下根来。朝望生四子策、谟、俊、舜，各自开枝散叶，并确定统一派序，从孙辈起排：廷芳崇孝友，家瑞在诗书……此支系迄今已繁衍六百余人，均是朝望公一脉。笔者排瑞字辈，策公之后，为明仲公第十二世孙。

经酉阳县二次迁徙黔江的族人中，有一支定居在金溪镇群山环抱的一面山坡上，至今保存了乾隆年间修建的陈氏祠堂。祠堂因其架构宏大，被称作大院子，所在村落亦名大院村。全村只有三户外姓，其余皆为陈姓。这次专程前往拜谒历经两百多年的大院子，整体建筑虽然残破，但梁柱巍峨，榫卯俨然，依稀可见当年风采。

无意间读到一位下乡支教青年笔下的大院村，颇有江州义门陈遗风：这个叫大院的村子，面积挺小的，大院小学也是几条村子共用的小学。在白天，这里家家户户都是不锁门的，村里平时很少陌生人进来。这里的风景，可以用《过故人庄》"绿树村边合，青山郭外斜"来形容。可能是因为村子比较偏僻，整条村子都显得比较安静，有点像桃花源记里面的世外桃园。

读族谱的经历是很有趣的，它往往不是被动阅读，而是主动扩展和体验。族谱与其他书籍的最大区别，在于它的开放性和置入感。族谱中的每个支系都可以向上、向下、向旁延展，而且都同自己发生着某种关联。阅读过程中，不时要停下来，结合自己的关注点，查阅一些资料，思考一些问题，反刍过往的人生。

读族谱，可以了解家族的来龙去脉。这是对"我是谁、从哪里来、到哪里去"的贴身回答，读起来自然而然产生敬畏感。对祖宗的敬畏，是一切敬畏的本源。不由想起一个小故事：1959 年 6 月 27 日，毛泽东回韶山，到父母墓前鞠躬致意后，来到毛氏公祠，虽然里面空空如也，还是鞠了三个躬。同行的人劝他，公祠里已经没有祖宗牌位了，不用鞠躬。毛泽东说，管他三七二十一，鞠三个躬再说。他还说，祖宗都不敬，谈何爱国。

读族谱，拉近了自己与历史的距离。一些教科书上的历史人物和事件，陡然间与自己产生了联系，那种感觉是从其他读物中不可能获得的。当我依着族谱的指引，来到始祖明仲公的墓前，雨沥沥，草萋萋，辩认着墓碑上斑驳的文字，一幕幕历史场景在脑海里变得鲜活起来。墓碑上"前明自江右由楚来川""清初避逃丰都""康熙年间迁回"等记载，仿佛再现了先祖陈友谅与朱元璋的生死纠缠，南明与满清、大顺、大西之间的恩恩怨怨……

读族谱，能唤醒自己的故乡记忆。看着族谱上那些熟悉的族人名字，或长或幼，一个个与自己成长相关的故事，自动拼接起来，生成了一个"故乡的"世界。离乡背井几十年，那个世界仿佛从自己生活中渐行渐远，烟消云散了。其实它并没有消逝，只是被封存在心里某个角落。此刻，在族谱酝酿的气氛中，"故乡的"世界如此有力地存在着，栩栩如生，以致现实的世界反而有些虚幻和模糊起来。

"故乡的"世界，是怎样一个世界？它与现实的世界相比，遵从着什么样的逻辑？或许，从一则则族谱派序中，可以看出一些端倪。每个宗族支脉的派序，都是一首寄情达意的诗，普遍由四十字组成，多的达到六十字，少的也有二十字。每个字代表一辈人，若一辈人平均按二十年计，四十字竟是八百年。每几个字，就演绎出一个世界，环环相扣，赓续不绝。

黔江陈氏老鹳窝一脉，开宗立派时间并不长，迄今不过经历十几辈人，却也留下了许多荡气回肠的故事，融入国家和地方的历史叙事之中。其派序如下：

廷芳崇孝友，家瑞在诗书

祖训惟和一，宗联尚义初

仁文昌武世，川江已延誉

鹏里万飞翔，余光耀京都

斑鸠窝 · 偏东雨 · 竹凉席

不知不觉，"诗语背后"专栏已是第五十期了。打算留一篇纪念性的文字，写点什么呢？想来想去，还是写故乡吧。而故乡记忆，向来是思维的杂物间，交错层叠，不敢贸然清理。只好信马由缰，想到哪儿写到哪儿。此时闪进脑子的，竟是暑期回乡时吃到的一种食物：斑鸠窝。

记不清有多少年没有吃过这种家乡的小吃了。斑鸠窝是一种山地灌木，杂生于荆棘丛中。其干如荆条，质脆易折，枝桠互生，叶呈心形，碧绿青翠。将绿叶摘下来，洗净，揉碎，用木柴灰点卤，泉水滤汁，稍候片刻，一种状如豆腐色如翠玉的食品就制作出来了。拌之以食盐、辣椒粉等调料，入口清凉爽脆，富有弹性。神奇的是，如果不及时食用，过一阵子，大约半天时间，它会渐渐化成清水。我一直搞不清楚，这种植物的叶汁为什么能凝固，为什么要用木柴灰点卤，为什么过一阵子又会化掉。问老乡，他们也不明所以，只说是祖祖辈辈传下来的做法。又问"斑鸠窝"这个名字的来历，听到一个美丽的传说——

在洪荒时代，动植物几乎都被大洪水淹死了，惟有高山上一种灌木，生命力极强，经历滔滔洪水仍枝繁叶茂。有一对斑鸠，栖息在这灌木丛里，树叶是它们惟一的食物。观音菩萨点化穷人，用这种树叶制作"豆腐"充饥度荒，人称斑鸠窝，又叫神豆腐，或观音豆腐。

除了斑鸠窝，还有不少应季吃食，苞谷粑，荞麦粑，绿豆粉，米豆腐，以及各色各样当地新鲜蔬菜，无不唤起儿时的记忆。当然，味蕾的回归和惊喜，并不是故乡的惟一念想。有一种叫做"偏东雨"的气候现象，温馨如斯，仿佛能洗涤岁月的尘埃，让芜杂的内心归于平静。

偏东雨其实就是雷阵雨，只不过由于四川盆地独特的地理特征，这种雷阵雨不像岭南地区那么猛烈，而且很多时候边出太阳边下雨，凭空生出一份浪漫来。想当年，几个舞文弄墨的少年，就曾以"太阳雨"为题，组织过诗歌会。老家地处四川盆地东南边缘，夏季多吹东南风，雨云从东南方飘来，自东往西形成雨帘，次第落下，人们便形象地将其唤作偏东雨。

此次休假半个月，恰逢农历六月中下旬，是老家最热的日子，做好了抗暑的充分准备。不曾想，半个月里，每天一场偏东雨，雨丝风片，翩然而至。暑热降了，碧空新洗，丝丝缕缕的白雾，缠绵在林深叶茂之间。那些熟悉的山梁沟壑，老鹰嘴，三杈岩，羽人山，新路口，雨后益发地清新，也益发地亲切。母亲对我回家休假非常高兴，说我属龙，这雨是我带来的。

有一天，去祭扫祖坟。准备好香烛，一出门就下雨了，路上是阵雨，整个拜祭过程则笼罩在濛濛细雨之中。可是，刚刚上香，雨却一下子停了。这时，一对深灰色的蚱蜢，跳到香烛台上，左边一只，右边一只，静静地，好像注视着我。老家有个说法，上坟时，蚱蜢是祖宗的使者。这座坟埋葬的是老家陈氏始祖明仲公，前来的蚱蜢是那么地苍老，那么地沉着。雨虽然停了，雾气尚未散尽。我以明仲公后裔的眼光，静静地回望着这对蚱蜢，心中仿佛生出某种神秘的感应来。

城市，让你离开自然；故乡，让你回到自然。故乡的神奇，以及对神奇意象的着迷，有时会让你不能自已。这次回老家，跟妹夫一起打扫屋子时，竟然发现床底下有一条两尺多长的花蛇在慢慢蠕动。不过，心里并没有一点恐惧，只觉得十分神奇。要是年轻时在屋子里看到蛇，早就咋咋呼呼地打死了。这次则丝毫没有犹豫，只想着送它回到大自然中去。我俩找来笤帚，轻轻地把它扫进簸箕，小心翼翼地倒入了屋后的田地里。

偏东雨有一个明显的特点，雨脚还没有完全收住，天就放晴了。入夜，则是满天繁星。四川重庆一带，本是竹乡，老家出产一种由水竹丝编成的凉席。晚饭后，到阳台去乘凉，躺在竹凉席上，数着天上的星星，什么都可以想，什么都可以不想。一天积累下来的汗气，被竹丝渐渐吸收，体温随之下降，宛如徐徐清风席上来。据说，正如"人养玉，玉养人"一样，竹凉席也需要与人体相互滋养。汗气渗进竹丝，使竹丝更加温润清凉，日久月深的竹凉席，比新席的散热收汗性能更好。睡在这样的竹凉席上，一种岁月悠悠，心静自然凉的感觉，油然而生。

久违了，这自然的夜色。在蚊香的袅袅青烟中，蝉鸣时断时续，夜风柔柔地吹过，不知不觉就进入了香甜的梦乡……

故乡，究竟意味着什么？故乡概念属于地理，也属于人文，它反映了山川草木、地域文化、生活方式与个人经历的相互作用。生活方式看似不可捉摸，却渗透到人们生活的方方面面。它是族群价值观的外显，揭示着一定地域的人文特质。文化来源于生活方式，也体现在生活方式上。思乡怀旧是最悠久的文化现象。而故乡，不过是作为生活方式表征的饮食、物候、生活习惯，以及每一个体因自己的不同经历而附予它们的特定情感。

手边正好有本《小说选刊》，是返乡时在广州火车站买的。里边有篇关于故乡的小说，讲主人公回到故乡；看到人们说话走路的神态，慵懒的花斑土狗，还有更远处形似骆驼的小山……它们开始在他的脑海里自动拼接起来，生成另外一个世界，画面虽然有些模糊，但"过去"呼之欲出。就像是时间的涡流倒转，在那一瞬间，他被带回到过去，看到了过去的时间。这时间，已然呈现出一种多普勒效应：你迎上去，过去的整个世界包围了你；你离开了，过去也遽然而去，仿佛从不存在。

故事的主人公一度发誓要逃离这里，这么些年，他似乎成功了，此刻却强烈地怀念起了曾经的日子。怀旧是人之常情，可对故乡的怀念，是独一无二的感受。这里有一块尘封心底的老世界，与如今置身其中的那个世界，有着完全不同的逻辑。但是，它依然真实存在，像山脉一样有力地存在。这种存在，让他觉出了自己的渺小，以及虚妄。可奇怪的是，同时也令他感到心安。

读着这些文字，犹如山鸣谷应，某种会心的感觉，风行草偃般掠过心境。一首小诗，漫上我的心头：

> 瘦水寒山话故乡，
> 痴情最是好风光。
> 半生漂泊心安处，
> 老井炊烟腊肉汤。

七绝·故乡

瘦水寒山话故乡，
痴情最是好风光。
半生漂泊心安处，
老井炊烟腊肉汤。

武陵仙山

不是游子，没有故乡。

电影导演贾樟柯对此深有感触。他说，他之所以到现在还热爱所有的远行，一定跟故乡曾经的封闭有关。而所有远行，最终都能帮助自己理解故乡。的确，只有离开故乡才能获得故乡。

走南闯北几十年，我常常被人问及：您是哪儿人？这个见面寒暄的问题，每每让我犯难。我的出生地是四川黔江，后来变成了重庆黔江。户口在北京，落户已有三十年。现居香港，转眼也是十五年了。

搞不清楚自己是哪儿人，但我知道故乡是武陵山。生于武陵山下，喝着武陵山孕育的泉水长大，第一份工作也是在武陵山脚的乡镇中学教书。上世纪八十年代中离乡求学，继而在外就业，先北上后南下，除了过年回家探视父母，便很少回去了。不曾想，十多年后，这座山却不叫武陵山了，改名为武陵仙山。

为什么改名？百度百科"武陵仙山"词条是这样讲的：武陵仙山原本不叫武陵仙山，千百年来，它一直就叫武陵山。可是，本世纪初各地兴起冠名抢注潮，这个叫了上千年的名字，一下子被近在咫尺的涪陵人抢注了。当黔江人如梦方醒的时候，武陵山这座搬不动移不开的名山品牌，却永远地被人拿走了。因为武陵山过去曾是香火旺盛的佛道圣地，黔江人便在山的前面加了一个"仙"字。

看了这段话，我想起上世纪九十年代北京发生的一件事。当时刚从学校毕业，少见多怪，所以印象深刻。在我供职的单位附近有一家"阿静酒家"，主打亲民平价的粤系菜肴，红遍京城。不久陷入命名风波，虽然老板本人就叫阿静，但"阿静"却被别人注册了，只好改成"新阿静酒家"。

平心而论，武陵山注册这个事儿也不能全怪涪陵人。涪陵不止注册了武陵山，同时还注册了武陵山乡（由龙塘乡改名）、武陵山大裂谷、武陵山国家森林公园等系列地名。所谓武陵山，其实是一片大的山脉，绵延渝鄂湘黔四省，面积达十万平方公里。周边一带，冠以武陵山或武陵源的地名、景区名、公司名、学校名，甚至机场名、车站名，成百上千。其间，海拔千米以上的高峰大岭数以百计，每一道峰峦都有自己的名字，比如凤凰山、梵净山、张家界、八面山、灰千梁子……只有老家这座如今被称作

"武陵仙山"的山峦，千百年来就那么大大咧咧地直呼"武陵山"了。是它在武陵山诸峰中最有代表性，还是乡下人偷懒，随随便便叫的一个名字呢？老家人祖祖辈辈都把这座山唤作武陵山，却压根儿没想着去给它上个户口。

所以，为了不与涪陵武陵山混淆，本文只得把老家这座山称作武陵仙山。武陵仙山的风光是极好的。此山所在的四川省黔江县，即现在的重庆市黔江区，历来以山青水秀著称。素有"黔江古十二景"的说法，其中"武陵雾雨""羽人烟鬟""咸溪飞瀑"列其三，分别位于武陵仙山区域的石会、西泡、沙坝三个乡镇。武陵仙山佛道合一，曾经香火极盛，但大多数寺庙宫观现在都只剩下遗迹了。只有重修的香山寺，还有和尚主持，香客进出。

值得一提的是，武陵仙山主峰上曾有一座真武观，这是老家人最津津乐道的。真武观建于明万历四十三年，坐落在绝壁之巅的四块小平台上，每台建有一座木质结构的楼宇，孤峰凌霄，琼阁飞扬，疑为仙境。此处道场名曰"真武观"，却额书"武陵古刹"，成为佛道融汇的宗教场所，远近闻名。据清《酉阳州志》载："寺僧恒数百人……一启戒坛，远近淄流，奔赴不绝，香火之盛，殆甲全州。"后几经火焚人毁，现仅存山门石头残柱，柱上石刻楹联隐约可识：玉笋凌空曾向瓶中靡珠露；山环皓月好泛钵里现昙花。

武陵雾雨起云天，仙刹危危绝壁巅。
怒瀑千寻飞玉带，羽人十里整鬓烟。
蟒藤虬木当空走，彩蝶嫣花兀自闲。
尚爱此山看不足，每逢佳处辄参禅。

也许到过武陵仙山的文人不多，没有留下多少吟咏仙山的佳句。一些介绍文章好引古诗词，难免牵强。比如，被反复引用的张之洞诗句"尚爱此山看不足，每逢佳处辄参禅"，据称是他担任四川学政时，赴酉阳主考，途经武陵仙山，宿山下驿站石榴铺写下的。其实，这两句诗并非原创，而是集句，分别出自苏东坡的两首诗作。至于此联是不是张之洞所集，无从查考。文人墨客集他人佳句，表达自己感受，确是一桩雅趣。据传，清朝贡生邵墩就曾集八个诗人的名句，咏赞武陵仙山的三大美景之一"咸溪飞瀑"：

但借流泉伴醉眼，遥看瀑布挂前川。
一条素练娟娟净，万斛珠玑颗颗圆。
清比湘灵鸣佩玉，迥如洛女弄冰弦。
十分好处耽清赏，留与丹青作画传。

漂泊在外，常常安慰自己，此心安处是吾乡。可是，举头望明月、低头思故乡的情愫，却穿越千年，串起世代游子的乡愁。乡愁很悠远，也很简单，无非是家乡菜的味道，家乡人的俚语，家乡山水的坡坡坎坎，细流涓涓。

近几年春节前夕，微信朋友圈流传着这样一条段子：上海写字楼里的 Linda、Mary、Vivian、George、Michael、Justin，陆陆续续回到老家，名字变成了桂芳、翠花、秀兰、大强、二饼、狗蛋。北京各大部委格子间里的小李、小张、小王、小赵、小钱，也陆陆续续回到老家，名字却变成了李处、张处、王处、赵处、钱处。Linda 和小李们可能没有想到，发小的称呼变了，老家的地名也是可以变的，比如武陵山变成武陵仙山。

　　只不过，当地百姓仍然习惯称武陵山，不称武陵仙山。多次听老乡说，武陵山人的脾性就一个字：犟。

七律·武陵仙山

武陵雾雨起云天，仙刹危危绝壁巅。

怒瀑千寻飞玉带，羽人十里整鬟烟。

蟒藤虬木当空走，彩蝶嫣花兀自闲。

尚爱此山看不足，每逢佳处辄参禅。

灰千梁子

> 城东有片山，名字叫灰千。
> 浓雾千峰锁，清流百涧喧。
> 云深埋野径，冰冷噎幽泉。
> 隐约土司寨，惟余老杜鹃。

灰千梁子，是一座山的名字。位于重庆市黔江区东部边缘，属武陵山脉。南北走向，北端直距黔江城区十六公里，咸丰县城三十三公里，南端直距酉阳县城三十六公里。

戊戌年正月初三，微雨，与家人游灰千梁子。从黔江五里林场出发，急上缓下，抵达酉阳大坂营后，折向咸丰荆竹溪，结束整个行程。出发时，幸遇几个老乡去大坂营上坟和走亲戚。与他们同行，不但避免了走冤枉路，沿途听他们介绍当地的历史掌故，风土民情，很有意思。

"灰千"二字从何而来，不得而知。在武陵山区的语境中，"灰"作为一种颜色，通常用于形容天色。山区雾多，每有灰濛濛的感觉。灰千梁子是典型的喀斯特地貌，沟壑纵横，层峦叠翠，立体气候特征十分明显，而且雨量充沛，长年浓雾弥漫。这大概就是"灰"的来历。

"千"作为一个量词，常常不是实指，而是言其多。灰千梁子岩溶发育，千峰突兀。山体按海拔可分为三级，即海拔五百米左右的细沙河河沿平台，海拔一千四百米左右的旗号岭高原平台，以及海拔一千八百米以上的高山大岭。以大灰千、小灰千为代表的一千八百米以上的高峰，就有六座。以旗号岭为代表的二级平台上，则分布着近两百个山丘，星罗棋布于高山草甸之中。

灰千梁子植被好，森林涵水能力强，峰回路转之间，百溪千瀑，潺然轰然。这是地球上同纬度地区森林面积最大，生态保存最完好的神秘地带。沿梁脊从北至南，分布着六片原始森林，俗称"六大迷盆"。迷盆内地形复杂，山丘密布，入则不辨东西南北。典型者如皮峰顶，俗称"二十四个猪肚子"，即盆内有二十四个山丘，形状相似，钻进去就不容易出来。还有一处迷盆被称为"乱堡"，1964年，黔江林业局一名工程师在这里迷失方向，游走其间三天三夜，黔江派出多人寻找未果，第四天他只身从酉阳大坂营出来了。

如果说"灰千"是状其神秘多姿，"梁子"就比较好理解了，应该是指山梁子。但"梁子"通常要比"山"低矮，对于这座拥有众多千米以上峰峦的大山脉，不称"山"而称"梁子"，应该是有原因的。我首先便想到了"屏障"。灰千梁子上的一些地名，让人浮想联翩，比如旗号岭、升旗寨、插旗坝，以及大坂营、坪坝营。这些地名都是用兵遗迹，显然不是指向世外桃源，而是指向战火硝烟。想来，要么是历代土司在这里耀武扬威、争疆掠地，要么是各路官军在这里扎寨安营、镇远抚边。

可问题是，国之用兵通常是在边疆，地处中国腹地的武陵山区何以成为边防重镇？武陵山脉纵横渝鄂湘黔四省，绵延十万平方公里。这一大片山体区域，尽管自秦汉以来就在中国历史地图上用同一种颜色标示，但实际上并未纳入中原王朝的直接统治。朝廷在这里采取了一种传统的、针对蛮夷的所谓"羁縻"政策。领受册封的土司政权，在缴纳贡赋、提供兵员之外，保持着事实上的独立地位。冉、杨、田、彭等土司家族，长期在这片土地上逐鹿争霸。湘西彭氏自五代后梁时起，历经宋、元、明、清，到雍正"改土归流"为止，世袭统治竟延续了八百一十八年。这样长的年头，在中国历朝历代中，只有周朝堪与其比。还有一个彭祖八百岁的典故，若指夏商时代的大彭王国八百年而亡，亦算一例。

土司政权之所以存在，有一个客观原因，就是自秦统一中国以来，以巴人后裔为主体的"武陵蛮"在这片区域自成系统。直到明清时期，黔东南和湘西交界处仍有一片不受官府管辖的"生界"，史称"千里苗疆"。周边则是土司辖地，充当了中原王朝的边戍。为了防范牵制土司，朝廷在各个土司辖地附近设立了密集的卫所、军屯，形成犬牙交错、相互遏制的局面。清雍正年间，在大规模削除土司、任用流官的同时，以铁血手段"屠苗辟疆"。短短十来年，烧毁寨子一千余座，屠杀生民三十余万，一万三千六百多人被发配为奴。战事平息后，这片新征服的土地，与平叛准噶尔后的西域并称"新疆"，贵州西南部则设立了新疆六厅。

以前读沈从文的《边城》，不明白湖南的花垣、凤凰一带何以被称作"边城"。后来，在凤凰县看到了纵贯全境的明清边墙，即所谓"南方长城"，看到了沿边墙一线由密集的堡寨、哨卡组成的复杂防御工程，方才明白这一带确曾是"极边之地"。所以，偏僻并不全是地理上的，有时亦指政权所及的范围。

灰千梁子等褶皱山脉在西北，凤凰边墙蜿蜒三百八十余里在东南，两者遥遥相对，似两道巨大的屏障，隔绝出一片化外之地。这里长期游离于中原文明之外，但自有它的文明轨迹。远可见陶渊明的《桃花源记》，近亦有沈从文的《边城》。即便如灰千梁子这等蛮荒僻壤，亦存古商埠及冶炼银、铜、铅、锌矿的遗址。梁子中部有一片开阔地，隐约可见干涸的高山湖泊，名曰"烂泥湖"，尚余古渡口遗迹。两侧群峰对峙，一边山形似鼓，一边山形似排，当地民谣唱道："石鼓对石排，干溪水不来。如果干溪水来了，金银都用杠杠抬。"

浓雾下，沧海桑田。昔日土司城的残垣断壁处，百年野生杜鹃正绽放新蕾。灰千梁子的神秘面纱逐渐揭开，周边省份都在发掘它的旅游价值，一些旅游介绍文字已称其为"重庆的阿尔卑斯山""中国最美的森林氧吧"。不过到目前为止，灰千梁子总体上还处于养在深闺人未识的状态。或许，对广大驴友来说，尚未充分开发，正是先睹为快的好时候。

山风时缓时疾，溪水半融半冻，细雨若有若无。我们一路翻山越岭，穿林过坡，但见古木虬枝横斜，高山草甸绵延，千峰雾锁，百溪冰噎。路程不算远，但泥泞之中觅路前行，不时要停下来刮掉鞋上的草屑淤泥，才迈得动腿，人不吃亏鞋也吃亏。好在心情始终是大好的，真个是：

> 山高我辈为峰，
> 谈笑泥泞觅踪。
> 且问诸君何往，
> 黔江酉阳咸丰。

五律·灰千梁子

城东有片山，名字叫灰千。

浓雾千峰锁，清流百涧喧。

云深埋野径，冰冷噎幽泉。

隐约土司寨，惟余老杜鹃。

一路无座
到香江

这是一次设计不出来的经历，只可遇，不可求。

半个月的休假结束了。按计划，从老家黔江乘火车到广州，再转车经深圳返香港。开始时，一切顺利。车票是一早就在网上订好的软卧，K191 次，18:00 开。提前半小时进站，坐在候车室的长椅上，心里非常踏实。陆续给父母、弟妹们电话微信道别后，只等剪票上车了。

可是，还是出了意外。列车已经驶出黔江站七八分钟了，我还坐在候车室的长椅上。心里突然一紧，腿有些发飘，脑海中猛地响起火车离站的轰隆声……

现在想来，意外的出现，并非无迹可循。突入其来的兄弟嫌隙，让我心有所碍，患得患失。当天上午，在父亲的努力下，以给我送行的名义，一家人坐到了一起，但相互指责和辩解，鸡毛蒜皮，最后大弟不辞而别。是偶然误会，还是性格不合，或者三观差异？兄弟姐妹今后怎么相处，人情冷暖，世态炎凉，如何共同往前走？旅程的表面顺利，掩不住内心的杂乱，行动难免进退失据。

客观上讲，黔江车站上下车的人太少，也让我大意了。似乎听到了通知乘客登车的广播，但我没有立即起身，以为是车站惯常的提前通知，离火车进站还会有一段时间。印象中并没有看到下车的人流，也没有看到候车的人龙。长期坐飞机形成了惯性思维，通常候机要好长时间，安检通关验票，一道一道，总是不慌不忙的。没想到火车的逻辑完全不同，尤其在黔江这样的经停小站，又不是旺季，下车几个人，上车也几个人，靠站只不过几分钟时间。一走神，我便在这几分钟里错过了。所谓自信满满，想当然，大意失荆州，指的就是这种情况吧。

现在面临两个选择：一是改乘紧挨着的 K687 次，18:37 开。这趟列车时间倒是合适，但不要说软卧硬卧，硬座票也卖光了。十七八个小时的夜车，全程无座，不知身体是否吃得消。二是后半夜有两趟车，尚余少量硬卧票。这需要在黔江再呆七个多小时，到广州也相应推迟，辗转返港就得深夜，可能影响第二天的安排。

怎么办？想来已有二十多年没坐过火车硬座了。当年硬座车厢人挤人无立锥之地的记忆，加上年龄和身体因素，面对这么长的车程，心里是不踏实的，甚至有些恐惧。但时间已不容我犹豫，还有十几分钟列车就要进站。

于是孤注一掷，买了张无座票，上车再说。

车站售票员给我无座票时，建议我上车就去补票。她对我态度极好，非常耐心，不知是看在我年过半百的份上，还是同情我白花了软卧票钱。因原订的票已改签过，按规定不能再改签了，只能另外买票。售票员忍不住嘟哝了一句"看你这钱花的"，我心中竟是莫名地一暖。

票虽无座，却也安排了车厢。我被安排在三车厢。进入车厢，但见秩序井然，行李架收拾得很整齐，列车员拖地、收垃圾都很勤。乘客满而不挤，各种年龄都有，总体看比我年轻。站着的，在车厢连接处坐着、躺着的，都很适然。间或有几个空座位，大家轮流休息，无需多话，一个眼神一抹微笑足矣。这种整洁、平静而自然的氛围，倒是大大出乎我的意料，置身其间，竟似水乳交融一般。

想到夜里时间不好打发，一上车就试图去补卧铺票。三车厢的列车员告诉我不会有卧铺的，但可以去八车厢列车长办公席试试。第一次去没有补上，列车长让我过了怀化站再来看看。列车到怀化时已是夜里十一点多了，还是没有卧铺。列车长说，不可能再有了。

只得另外想辙。我来到餐车，见有不少空座位，就势坐了下来，准备在这里度过长夜。列车员过来说，需要买茶点位，我掏出三十五元买了盒茶点。然后在双人椅上躺下来，迷迷糊糊地睡着了。但不断地醒，主要是椅子太短，腿伸不开，蜷着，腰酸背疼。醒来换到对面椅子，没想到翻个身又迅速入睡了。显然是因为头天在家里没睡好，真疲倦了，加上心里已经完全接受了无座的现实。有了从容的心态，没有什么是不可忍受的。昨晚在舒适的床上辗转反侧，此时却在逼促的椅子上酣然入睡，想想也是醉了。

一夜之间，不知换过几次椅子，睡了有几觉。醒来，已是早上五点多。车窗外，天光渐开，曙色依稀，绿色的山岭沟壑飞驰而过，竟有些神清气爽的感觉。

到了广州站，情形与黔江站完全不同。去窗口买了最近一班广深和谐号列车，又是无座票。出站进站，满眼乌泱泱排队转车候车的人。眼看发车时间快到了，由于黔江的失误，心里便有些紧张。不曾想，一会儿通知晚点一刻钟，一会儿广告提前五分钟停止剪票，一会儿打出标语已停止进站。其实，压根儿还没开闸。大约过了半个多小时，才开闸放人。上车后，有半数乘客都是站着的，过了东莞才找到座位，广深一线的繁忙可见一斑。从深圳转乘轻铁到香港，本就是无固定座位的。这时反而习惯了，坐亦可站亦可，平安到家。

想想这一路，无论是在硬座车厢里找临时座位，到餐车休息过夜，还是去软卧车厢洗漱上卫生间，心里都是从容的，并没有丝毫忐忑不安。大约是经历丰富了，多次坐过软卧硬卧，坦然淡定，随遇而安，对环境便有了足够的控制力。

一路无座到香江，虽说无座，却坐了无数个座位。有的是临时空位，有的是别人让座。见了座位就坐下，因故离开又被别人坐了，非常自然，毫无违和感。进而想到，人生之旅，本就是无座的。社会通过设定各种位置，构建秩序并实现运转。对个人而言，这些位置却是暂时的。大家争来抢去，其实都是从别人手里来，到别人手里去，过程而已。

这次暑月回老家，原本是养病的。闲散之中，发生了几个偶然的事儿，凑在一起，颇觉有趣：身体一向挺好，耳朵却出了问题；去河里游泳，眼镜掉了；收拾行李，把手表忘在了家里。这是不是预示着，生活并不需要听得那么清楚，看得那么真切，过得那么争分夺秒？

十几年来，仿佛过着一种"被安排"的生活。出差休假，习惯了有人接送。终日忙忙碌碌的，自理能力却在下降。该是时候走出来，实实在在过寻常日子了。从这一路乘车经历看，寻常生活也并非想象般不堪。有些困难，一咬牙，就过去了。有些不平，一梳理，就坦然了。填一首

《如梦令》，写此时心情：

任尔波翻浪卷，
我自闲舟泊岸。
有皓月当空，
须得临轩把盏。
何怨，何叹，
一笑浮生过半。

如梦令·一笑浮生过半

任尔波翻浪卷，
我自闲舟泊岸。
有皓月当空，
须得临轩把盏。
何怨，何叹，
一笑浮生过半。

赏荷三题

今年夏天，与荷有缘。短短二十天，三次赏荷。由南及北，由北往南，品荷韵，悟荷缘，心情经历了一番起伏，终至返璞归真。

第一次赏荷是 6 月 18 日，端午节，在深圳洪湖公园。洪湖公园是一个以荷花为主题的市民公园，位于罗湖区闹市中心。公园总面积近六十万平方米，其中陆地和湖面各占一半，而湖面近半种植荷花。通过多年筛选培育，园内荷花品类齐全，百态千姿，荷韵十足，为深圳一景。

每年仲夏，这里都举办荷花文化节，迄今已是第二十九届。本届荷花节以"荷香墨韵"为主题，在数百亩荷塘自然生态的烘托下，展出立体绿化雕塑、花境园林小品、灯光喷雾景观等多种艺术，以及碗莲、书法、绘画、摄影等作品，为市民打造出一个极具特色的荷花世界。

可惜，我没有这份赏心悦目的雅兴。景盎然，人落寞，置身姹紫嫣红中，兴致却提不起来。近段时间，身体出现变故，因左耳患疾带来诸多不适应，让我对自己的生活状态产生了一些迷惘。

这次听力下降，差不多持续半年了。最近一两个月，更伴有间歇性耳鸣，两三次眩晕。这些症状并没有引起我的重视，对身体盲目自信，以为过段日子就会自然好起来。后来听从朋友建议，到广东省人民医院看了个门诊。结果，医生给我开了一个月的药，并警告我，必须重视起来，注意作息，减轻压力，否则左耳会全聋，那时戴助听器也没用了。

尽管有些意外，生活还得继续。第二天便出差延安、北京，连续飞行，加上睡眠不好，左耳闷堵感更甚，耳鸣愈加频繁。自服药以来，遵医嘱不能剧烈运动，酒不能喝，咖啡不能喝，茶也要少喝，生活变得寡淡。今天端午节，粽叶飘香，龙舟竞渡，遥想屈子行吟处，悠悠一水，痴情的白娘子，终究躲不过那杯雄黄酒……

晨晖下，满园争奇斗艳，我的注意力却被几枝残荷吸引。偌大的荷塘，争先恐后，竞放，灿烂，枯萎，终是绿肥红瘦。想想自己，半世奔波，又是为何？蝉鸣如规啼，不如归去，不如归去。一曲小令《捣练子》，且名《残荷吟》，浮上心头：

> 三五朵，百千行，
> 败叶残茎兀自忙。
> 不觉枝头蝉语急，
> 声声呼唤早还乡。

当然，所谓归去，也就想想而已。月末，再度带团出差。从深圳经武汉直抵北京，沿途太多的麻烦要协调。直到 6 月 29 日活动结束，心才稍静。吃过晚饭，到住地附近紫竹院公园转转，但见竹影婆娑，荷叶田田，间有花蕾待放。信步园中，晚风轻拂，蝉语时闻，闲愁渐去。乃信人生在世，日子一天一天过，事情一件一件办，四季更替，天道轮回，逝者如斯！

这是今夏第二次赏荷。紫竹院，大约已有快三十年没去了吧！因了这一池清莲的邂逅，我向生活归顺了，并把归顺的心情跟几个诗友分享，是为《荷韵》：

> 暑热随风去，鸣蝉入晚悄。
> 南乡当结籽，北国正含苞。
> 脉脉田田盖，亭亭朵朵娇。
> 清莲不解语，信步闲愁消。

北京归来，应约到省医院复查。医生看了我的听力检测结果，发现病情比一个月前严重了，建议马上住院治疗。记忆中，长大成人以来，还从来没有住过院，这次看来是躲不过了。当天下午，就办好了入院手续。原本以为先检查检查，输点营养液什么的，第二天才正式用药，没想到当时就上了甲强龙。久闻大名的类固醇，轻轻松松进入了我的身体……

这便有了我今夏第三次赏荷。7月8日晚饭后，从病房出来放风，散步到附近的东山湖公园。与北京的紫竹院一样，东山湖公园也是普通市民公园。市民公园之妙，在其随意：揽翠亭下，游人随意进出；浮碧池畔，绿草随意延展；贴水桥边，荷花随意绽放。正是这份随意让我明白了，赏荷之真意，全在"随缘"二字。

> 软风漪浪碧团团，
> 满目莲蓬蕊自妍。
> 莫问蜻蜓何处去，
> 人生一处一随缘。

人生一世，草木一秋。万事万物，无不从生长到成熟，从开花到结果，继而走向衰败。只要认真体味，每一程生命都是一道风景，每一道风景都有一抹精彩，每一抹精彩都值得我们珍惜。其间，残缺不但是可以包容的，而且与残缺共生，是生命的常态。酷爱荷花的季羡林就曾说过一句名言：不完满才是人生，在人生的道路上，每个人都是孤独的旅客。

置身夜幕下的荷塘，不由人不想起朱自清的《荷塘月色》。诗人以生花妙笔，淋漓尽致地描述了月下荷塘之美，时而阴森，时而艳丽，时而清寂，时而热烈。一番恣肆铺陈之后，他说："这时候最热闹的，要数树上的蝉声与水里的蛙声；但热闹是它们的，我什么也没有。"

什么也没有，诗人便回忆起采莲来。当时嬉游的光景，可惜早已无福消受了，于是一叹："这令我到底惦着江南了"。想那江南，可是汉乐府《江南》的韵味 ——

江南可采莲，莲叶何田田。

鱼戏莲叶间。

鱼戏莲叶东，鱼戏莲叶西，

鱼戏莲叶南，鱼戏莲叶北。

捣练子·残荷吟

三五朵，百千行，
败叶残茎兀自忙。
不觉枝头蝉语急，
声声呼唤早还乡。

七绝·荷缘

软风漪浪碧团团，
满目莲蓬蕊自妍。
莫问蜻蜓何处去，
人生一处一随缘。

五律·荷韵

暑热随风去，鸣蝉入晚悄。
南乡当结籽，北国正含苞。
脉脉田田盖，亭亭朵朵娇。
清莲不解语，信步闲愁消。

隐约
洞庭舟

2018 年 7 月 4 日，适逢美国独立日，中美贸易战正酣。这天，我因耳疾到广东省人民医院住院。

对一个五十多岁从未住过院的人来说，第一次进病房，其意义之大，大概不亚于第一次进考场，第一次进职场，甚至不亚于第一次进洞房吧。得悉我住院，一个广州朋友给我发来微信："广州欢迎你"，紧跟着一个调皮的笑脸儿表情。这样子对待疾患，轻松俏皮，颇让我窝心。

这次住院，猝不及防。原本是上次看病后来复查的，医生说病情有加重，建议住院治疗。由于没打算住院，什么东西都没有带，只得临时去超市买。没想到一会儿就买好了，两大包东西，内衣内裤，洗漱用品，吃饭的家伙什儿，加在一起不到两百块钱。看来，生活真正需要的东西并不多，也不需要事事精心准备，完全可以顺其自然，过得简单些。

入院时的一个细节，颇有意思。进病房后，我冲了个凉，换上病号服，然后去叫医生，准备检查。走到护士站时，一个护士很自然地过来扶着我的右手肘。在她的眼中，我就是货真价实的病人了。而在十多分钟前，当我背着双肩包，提着杂物袋，精精神神地走进来的时候，她是没有这个感觉的。这就是制服的暗示！想起来，生活中类似情形很多：对军装的信任，对警装的臣服，对工装的轻慢，特别是病人对白大褂的依赖……

医院有自己的风景。白色的环境，清淡的饭菜，不化妆的女孩子，共同烘托出一个恬适的氛围。人在治疗过程中，行动自然就慢了下来。医生讲，药物与疾病斗争，要通过人自身的能量发挥作用，所以病人的能量是处于耗损状态的。安心静养，有助于能量集聚。做一些适度的运动，或许可以理顺经脉，促进药效。但运动是要耗氧的，若体力消耗过度，就起不到锻炼的作用，反而会对药物与身体的互动造成干扰，影响疗效。若有操心劳累之举，于身体的损害，更胜平日。

慢下来了，静下来了，每天听从医生护士的安排。半个月住院的日子，仿佛吊瓶里的盐水不紧不慢滴入血管，思绪悠然飘过脑际，时不时生出一些感想来。正所谓，半世奔波缘里去，诸般感悟病中来。住院，成了生命旅途中的一个重要驿站，不只是对身体，更是对精神。

人生百年，每个人的生命轨迹不同，生存状态各异，但基本生活要素是一样的，无非四件事：学习、工作、娱乐、治病。这好比人类食物千差万别，人体基本营养物质只是糖类、脂肪、蛋白质。

治病作为基本生活要素，大约还没有多少人在意，我也是这次住院才领悟到的。其实，这个要素伴随人的一生，对某些个体甚至是最主要的构件。之所以未引起重视，或许是觉得治病不产生价值，且世人皆有"好而趋之，恶而避之"之心。

人生这本书，有不同的打开方式。把四个基本生活要素视为人生的四个维度，从不同出发点去观察同一场人生之旅，呈现出来的轨迹是不一样的。

从学习出发看人生，你会看到人生无处不是在学习。通常有个误解，学习只是人生的基础阶段，是为工作做准备的。工作了就不用学习了，退休后更不用学习了。殊不知，终生学习是一种生活态度，也是一种生活方式。所谓三人行必有我师，忠恕者无一物不格，无一知不至。

从工作出发看人生，你会看到一辈子都有干不完的事。工作不只是谋生的手段，不单为了追名逐利，从根儿上讲，劳动是人的第一需要。积极健康的人生，没有歇下来的概念，任何时候都要有一份事情做。无聊，是不能承受的生命之轻。做事情，本身就是生命存在的形态。

从娱乐出发看人生，你会看到寻欢作乐本就成了人生，是人生的动力也是人生的内容。娱乐长期被视为工作的副产品，而在互联网时代，游戏成了一盘超大的生意。生活中不乏一些活成大家的人物，他们的人生信条，就是凡事要好玩。好玩并不等于好逸恶劳，不少玩主都是很勤奋的。这方面，画家黄永玉名头最响：世人笑我太疯癫，我笑世人不好玩！

从治病出发看人生，你会幡然而悟，人无论作为自然人还是社会人，原来都是在身心的不断修复中度过一生的。人无时不在毛病中，磨合的过程，贯穿始终。直到人与世界合一，致于化境，逍遥于天地之间，至人无己，神人无功，圣人无名……

学习是终生的，工作是终生的，娱乐是终生的，治病也是终生的。它们是生命的常态。通过学习、工作和娱乐，你可以找到生命的入口，发现生命的参照物和路标，充实生命内涵。而通过治病，你的生命跟这个世界实现了和解，终极的和解。

> 弹指之间半世休，抚心试问欲何求。
> 长河大海留青史，细雨轻风入画楼。
> 老酒三杯心已静，诗魂一缕意难收。
> 蓦然回首医方里，隐约洞庭赊月舟。

七律·隐约洞庭舟

弹指之间半世休，抚心试问欲何求。

长河大海留青史，细雨轻风入画楼。

老酒三杯心已静，诗魂一缕意难收。

蓦然回首医方里，隐约洞庭赊月舟。

579

重返党校

弹指之间卅度秋，
校园重返话悠悠。
掠燕湖边垂柳树，如故，
沧桑不过一低头。

莫笑当年年少梦，冲动，
历经风雨未曾休。
道是初心皈马列，本色，
熙熙天下匹夫忧。

今年九月一日，我再次来到位于北京西郊的中央党校学习。上一次来党校学习，已是三十年前的事。三十功名尘与土，八千里路云和月。当时二十出头的热血青年，而今已年过半百。三十年，半个甲子，几乎就是一个人的职业生涯。

当年来党校，是在理论部读研究生，念了三年，接着又去北京大学念了三年。两种全然不同的学习环境，加上这么多年的工作经历，尤其是这次以培训部学员身份入校，总算对党校教育的性质和作用，有了比较真切的认识。

从中央到地方，各级党校自成系统，在当今中国教育体系中占有独特地位。教育历来承担着"传道"和"授业"两大责任。如果说普通高校的主要任务是"授业"，是讲知识的地方；党校的主要任务则不是讲知识，而是"传道"。到党校学习，求知是一方面，而首先在于悟道。当然，党校每每坐落于山青水秀的地方，图书资料齐全，非常适宜读书。就我本人而言，党校三年读的书，就比北大三年读的书多一些，听的讲座也全面一些。

基于"传道"的需要，党校的主业主课是理论教育和党性教育。中央党校的历史，可以追溯到上世纪三十年代江西瑞金时期。在当时工农武装割据的严峻形势下，党校并不教学员怎样打枪拼刺刀，而是讲授工农联盟、土地革命、武装斗争理论。今天亦然，面对浩如烟海的知识和信息，党校始终坚持以学习马列主义和中国特色社会主义理论体系为中心，着力提高学员的理论基础、世界眼光、战略思维、党性修养。这"一个中心，四个方面"，构成了党校教学布局的内核。

党校一般不称老师和学生，而称教员和学员，班主任则称组织员。对学员的要求，除了认真听课读书查资料，更需要"踱方步""冷思考",全面提高宏观思维能力。换言之,党校教育不以学习知识见长,而着重于思想信仰和组织观念培育。这种教育模式效果如何?党校副校长给我们讲了这样一个故事——

> 解放战争时期,国民党第六十军在长春集体投诚,被中国人民解放军整体收编。一年后整编结束,跟随解放军第四野战军南下参加鄂西战役,大败国民党第七十九军,俘虏了代理军长、副军长,俘获敌军七千余人。两个月后,再随第二野战军进攻四川,在成都战役中俘获国民党官兵八千多人,迫降一万七千多人。

是什么原因,使一支降师在短短一年多时间里,爆发出这么强的战斗力?党史专家对这支部队的整编过程进行研究,找到了三个决定性因素:一是收编后立即对部队进行政治整训,建立各级党组织,加强党对军队的领导;二是从解放区军政机关抽调六百名干部到部队中担任政委、教导员和政治指导员,对士兵做思想政治工作;三是选派两千四百九十五名班长以上骨干,到解放军有关培训机构进行政治理论学习,提高他们的思想觉悟。通过这些工作,一支旧军队获得精神重塑,具备了前所未有的思想优势和组织优势,从而变成有战斗力的新型军队。

有说党校是殿堂的,有说党校是熔炉的,也有说党校是阵地的。三十年前来这里报到,我并不十分清楚其中的含义。三十年后又来这里报到，我才明白，那一天真正开启了自己的人生之旅。之后的岁月，都受益于从此吸取的精神营养。

这次重返党校学习，恰逢中非合作论坛北京峰会开幕。埃及总统塞西应邀来中央党校演讲。演讲前，塞西参观了校史馆。他结合当今世界局势，特别是中国建设成就和埃及走出阿拉伯之春的经历，谈了自己的感受。他说中国之行对自己触动最大的，是在校史馆看到的中国共产党两大精神财富：实事求是；实践是检验真理的惟一标准。

党校校园很美。建筑宏伟大气，布局井然，绿树成荫。更难得的是，当年修建党校时，取泥成湖，堆泥成丘，使得平坦开阔之外，亦呈起伏蜿蜒之貌。校园内有一人工湖，名"掠燕湖"，风光尤胜。半个多世纪以来，掠燕湖畔，亭台宛然，垂柳依依，见证着一切。

定风波·重返党校

弹指之间卅度秋，
校园重返话悠悠。
掠燕湖边垂柳树，如故，
沧桑不过一低头。

莫笑当年年少梦，冲动，
历经风雨未曾休。
道是初心皈马列，本色，
熙熙天下匹夫忧。

再读马克思

今年是马克思诞辰二百周年。这两百年，世界发生的广泛而深刻的变化，人类历史上绝无仅有。而这些变化，在一些根本性的方面，或者说方法论上，留下了马克思的烙印。

马克思 1818 年出生于德国特里尔，父亲是一名律师。马克思的故事，通常从他十七岁中学毕业那年讲起。毕业前夕，马克思写了一篇作文，题为《青年在选择职业时的考虑》。文中写道：如果我们选择了最能为人类而工作的职业，那么，重担就不能把我们压倒，因为这是为大家作出的牺牲；那时我们所享受的就不是可怜的、有限的、自私的乐趣，我们的幸福将属于千百万人，我们的事业将悄然无声地存在下去，但是它会永远发挥作用……

波恩是莱茵河畔一座美丽的小城，宁静而浪漫。波恩大学位于市区中央，但其院系和数百幢建筑分散于全城。马克思中学毕业后，遵父命到这里念法律。在大学里，他与一帮来自家乡的中产阶级叛逆少年，组织了一个特里尔酒馆俱乐部，并担任联席会长。他们放浪不羁，引起了一伙普鲁士贵族学生的注意。在一次冲突中，这伙贵族学生强迫俱乐部成员下跪，让他们发誓效忠普鲁士贵族，或者接受决斗。马克思挺身而出，结果在决斗中左眼角被对方军刀划了一道伤疤。围观众人惊出一身冷汗，马克思却认为这是他"人生的第一枚荣誉勋章"。

怎样看待这份豪侠和桀骜？在今年马克思诞辰纪念日，波恩大学教授汤玛斯·贝克接受记者采访，会心地说：那个时期的马克思是个叛逆少年，与后来直接对抗普鲁士当局及其政治环境相比，他那时更多的还是想不受家庭管制，渴望自由。

一方面是为人类工作的使命感，一方面是渴望自由的天性，构成了马克思最深层的精神基因和人道主义情怀。纵观马克思的一生，饱尝颠沛流离、贫病交加之苦，但始终初心不改。对人类的大爱，为自由而呐喊，贯穿于马克思全部的思想和科学活动，渗透在他所有的文本之中。

马克思主义博大精深，归根到底就是一句话，为人类求解放。这单靠悲天悯人的菩萨心肠是做不到的，必须遵从人类社会运动的内在逻辑。正像达尔文发现有机界的发展规律一样，马克思发现了人类历史的发展规律：人们首先必须吃、喝、住、穿，然后才能从事政治、科学、艺术、宗教等等。所以，直接的物质的生活资料的生产，从而一个民族或一个时代的一定的经济发展阶段，便构成基础；人们的国家设施、法的观点、艺术以至宗教观念，就是从这个基础上发展起来的，因而也必须由这个基础来解释。

这就是历史唯物主义。历史唯物主义与旧唯物主义的根本区别，在于它将唯物论建立在对人类命运的深切关怀上，以人为出发点，以人为中心，以人为最高目的。它从人作为主体的实践活动中理解世界和历史，认为全部社会生活在本质上是实践的，因而也被称作实践唯物主义。人的自由和解放是马克思主义的永恒主题。生产力的普遍发展推动生产关系变革，而每一次由生产关系的变革所带来的生产力的解放，也首先意味着人的自由的推进。直到有一天，代替那存在着阶级和阶级对立的资产阶级旧社会的，将是这样一个联合体：在那里，每个人的自由发展是一切人的自由发展的条件。

马克思关注的人，不是抽象的人，而是与自然相联系的、处在社会关系和历史发展中的现实的人。为此，他深入分析资产阶级社会创造的大工业，其间生产力与生产关系的矛盾运动，以及它不断开辟的世界市场。大工业建立世界市场，世界市场反过来促进大工业的扩展。随着世界交往的扩大，各民族的原始封闭状态逐渐被日益完善的生产方式消灭，各民族的精神产品也逐渐失去固有的民族性，人类历史真正成为了世界历史。

科学预见一个一个变成现实，马克思主义极大推进了人类文明进程。一个多世纪以来，马克思的学说始终是具有重大国际影响的思想体系和话语体系，马克思也被公认为"千年第一思想家"。

然而，马克思首先是一个革命家。他不但以科学思想的利刃，深刻剖析了资产阶级社会的运行逻辑及其对人类历史的巨大贡献和根本缺陷，而且身体力行投身到改造旧世界的伟大工程中。斗争是马克思的生命要素，很少有人像他那样满腔热情、坚韧不拔和卓有成效地进行斗争。在马克思的墓碑上，镌刻着他二十七岁时写下的名言：哲学家们只是用不同的方式解释世界，问题在于改变世界。

马克思的事业，得到一代一代革命者的拥护和追随，当然也遭到了旧势力的忌恨、诬蔑和诅咒。可他对这一切毫不在意，把它们当作蛛丝一样轻轻拂去。恩格斯说得好，马克思可能有过许多敌人，但未必有一个私敌。任何反对者，无论过去的还是现在的，都不得不折服于马克思的逻辑力量。实际上，现代社会的一切进步，都不过是对资本主义弊端的克服，是共产主义因素在相关领域的生长。

想当年，特里尔小城那个十七岁的翩翩少年，在立志

"为人类而工作"的时候，预计到自己将对世界产生如此巨大的作用吗？他而立之年与恩格斯一气呵成的《共产党宣言》，不仅成为社会主义文献中传播最广的著作，也是人类文明史上发行量仅次于《圣经》的读物。可以想见，只要这个社会的基本问题没有解决，那些存在于不同阶层不同民族之间的使人受屈辱、被奴役、被遗弃、被蔑视的一切关系没有被推翻，那个消灭了剥削和压迫，人人平等、人人自由的"完成了的人道主义"社会秩序没有建立，马克思还会常说常新。

沧桑两百年，再读马克思。我们读到了一个批判的、战斗的马克思，一个直率任性、崇尚自由的马克思，一个洞见深刻、充满大爱的马克思。有道是：

一念风云起，

沧桑两百年。

熙熙攘攘处，

犹在读宣言。

五绝·马克思

一念风云起，
沧桑两百年。
熙熙攘攘处，
犹在读宣言。

落叶

立冬与

细雨迷蒙又立冬，
漫天秋色转头空。
遥看四季烟云路，
不过南风让北风。

今日立冬，是一年中季节转换的标志性节气。

早上起来跑步，天上飘着微雨，感觉风比往日凉了许多。校园里，仿佛霎那间，已是遍地落叶。路边，还一片一片的，看得出每张叶子上的经脉纹路；林子里，却是层层叠叠的了。

落叶虽说是一色的黄，这黄却是有层次的。杏叶的黄深过杨树叶，枫叶的黄又深过杏叶；叶背的黄有些粗糙，叶面的黄则细腻许多；粗大如巴掌的树叶黄得随便，细如铜钱、薄如蝶衣的树叶却黄得十分精致；先落下的叶渐渐变得焦黄，衬着新叶的嫩黄，穿插其间的柳叶、竹叶、松针则显出枯黄来……落叶厚密的地方，仿佛一张巨大的宫廷毯，富丽堂皇。落叶薄些的地方，隐隐露出草的绿来，透着生机。

各种叶子从树上掉上来，尚未完全枯萎，还成形状，黄得也明亮，便生出别样的美来。人们纷纷拿出手机来拍照，讲究一点的，则用各种高级的照相机拍。

我有些疑惑，这落叶的美，是一种什么样的美呢？北国的秋，端的是一天一个样。从一叶落而知秋至，到满地苍凉，似乎也就是三五天的事。树冠上，眼见从翠绿到了黛青，从斑驳到了枯黄。每天早上起来，都是不一样的景色。再看这风卷残叶的阵势，要不了几日，大约就只剩下秃干寡枝，齐刷刷伸向天空了。

或许，落叶之美，正在于它短暂的绚烂和宿命：穿过金秋，带着多彩的记忆，匆匆地，向着落寞而去……

这校园，本是我三十年前就来了的。念研究生，一住三年，应当是经历了三个完整的秋天。秋去冬来，叶落依旧，却没有对这落叶之美留下什么印象。想来，那时候还是太年轻，满脑子意气风发，眼里怎么会有落叶呢？

由此，联想到 1999 年深秋，莱茵河畔，波恩大学校园里满地厚厚的金黄的银杏叶。那是我第一次出国，印象深刻。后来常对人讲，波恩是世界上最美的城市之一，记忆中就总浮现出那一地金黄的银杏叶。不过，当时并没有太在意，以为天下美景无数，何需留恋一时一物，于是连张照片都没有拍下。谁想到，以后再也不曾见过这样的景致呢。

又想起几年前，去拜会金庸先生。当时在先生家里，看到这位仰慕已久的武侠文学巨匠，竟没有好好说几句话，好好拍几张照片。只道来日方长，以后还有的是机会。谁知，前几天先生驾鹤西去，读着网络上铺天盖地的悼念文字，才意识到这样的机会永远不会有了。

纳兰容若一句"当时只道是寻常"，道尽了天下多情人的终极之憾！

然而，再往深里想想，春来秋往，天道轮回，人情聚散，可不就是寻常么？

时而慢跑，时而遐想。过了几片小树林，来到多次驻足的濯莲池，蓦地想起今年与荷花的数次相遇。原以为深圳洪湖公园、北京紫竹院公园、广州东山湖公园三度赏荷，已是造化，谁料到后来还有杭州西湖的"曲苑风荷"呢？更没想到来中央党校学习，又遇上了这片濯莲池！

而今，也终于要送别了。满池的残茎败叶，默然杂陈，池边"爱护花草树木，请勿攀折采摘"的金属牌子兀自立着。

> 人不采花天也采，满池残破等闲裁。
> 雨湿焦叶斑斓尽，风过枯茎凛冽来。
> 树下虫鸣终寂寞，岸边柳影正徘徊。
> 沧桑总负多情客，岁岁年年徒自哀。

人生每一次相遇，其实都是惟一的。与人如是，与物亦是。当下发生的任何事，都不会原样重复。珍惜当下，便每每被人提起。不过，仔细想来，珍惜不珍惜，实际上也没多大区别。

立冬到了，在若有若无的雨丝风片里，秋悄然而去，冬如约而来。落叶见证。

七绝·立冬杂感

细雨迷蒙又立冬，
漫天秋色转头空。
遥看四季烟云路，
不过南风让北风。

七律·枯塘残荷

人不采花天也采，
满池残破等闲裁。
雨湿焦叶斑斓尽，
风过枯茎凛冽来。
树下虫鸣终寂寞，
岸边柳影正徘徊。
沧桑总负多情客，
岁岁年年徒自哀。

掠燕湖冬韵

今年冬至，北京出奇地冷。但这阵子养成了散步的习惯，每天都要在校园里走一走，再冷也不忍中断。

是日傍晚，照例走到掠燕湖畔。掠燕湖是中央党校的标志性景点，位于校园西北部，属于整个西面人工湖景区的一部分。这里环境怡人，四季风光各有特色，秋季尤胜。该湖上世纪五六十年代修建党校时就有了，却没有特别命名，一直被称作"人工湖"。2000年后，为了增加校园文化内涵，请专家为校内各景点题名。人工湖得名"掠燕湖"，让人联想到晨曦晚霞，波光水影，飞燕穿梭，平添了几许雅趣。

冬日的掠燕湖，沉寂了许多。首先映入眼帘的，是灰濛濛的天空。大大小小的树，枯枝嶙峋，突兀地影印在一片苍茫中。起伏的山坡上，是杨树。蜿蜒的湖岸，是垂柳。竟是一丝绿意也没有了。湖边错落着色彩斑斓的亭台和牌坊，往日里是很艳丽的，此时显得十分冷清。这份冷清，可是周边枯瘦的树枝衬托出来的？或许，是因为寒冷的空气吧。寒冷，是可以把气味和色彩都冻住的。

空旷茫然中，正觉无趣，却见掠燕湖的冰面，微漾着一泓未结冰的水。原本满目萧条的景色，因了这泓鲜活的水，一下子变得生动起来。

在这泓活水中央，几只灰色的野鸭，安静地游着，身后浮起浅浅的涟漪。两只黑天鹅，站在一片长长的浮冰上，时而抬头时而曲颈，作沉思状。冰与水的结合部，一群麻雀在觅食。

我的第一感觉：这些鸟儿为什么不怕冷呢？脚爪上皮包骨头，完全没有一点脂肪。不过，慢慢地，看着它们悠哉乐哉的样子，这份担忧便渐渐淡了。仿佛一颗童心，融入鸟儿的世界，感受到某种单纯的惬意和快乐。风也变得亲切起来，时缓时疾，送来阵阵清爽，不只是寒冷刺骨了。

> 信步方知暮色悠，漫天绿意已然休。
> 疏枝窶窶寒空去，画阁亭亭冷岸留。
> 时缓时疾风过处，半融半冻水含羞。
> 欲寻冬日斜阳好，且向浮冰问鹭鸥。

斜阳下，水波粼粼，众鸟怡然，别是一番天地。我便有些疑惑，这样的情景是怎样形成的呢？昨天去了趟不远处的颐和园，昆明湖纵然广阔，在连续几天零下十度左右的气温下，已被冻得结结实实了，见不到任何鸟类的痕迹。

小小的掠燕湖，为何能保留一泓活水？我通过朋友请教了党校园林管理人员，说是在湖里装了一个泵，水循环起来就不结冰了。素闻流水不腐，看来，流水也不冻。水不结冰，鸟儿就可以到这里觅食嬉戏。湖边还搭了小棚子，定期给它们喂一些食物。一幅寒鸟斗趣图，就这样启动了沉闷而肃杀的冬天。

人与自然，是可以互相成全的。

这时候，我再抬头看周围的寒亭冷木，竟然已不是那么凛冽了。天空有了隐隐约约的色彩，常绿的松和竹从杨、柳灰白的枝条间露出，枯枝也仿佛活泛起来，似乎可以感受到来年发芽吐蕊的样子。这种素色透出的纯美，恰如唐代张彦远谈中国画的运墨神韵："草木敷荣，不待丹碌之采；云雪飘飏，不待铅粉之白。山不待空青而翠，风不待五色而绚。是故运墨而五色具，谓之得意……"

不知不觉，我在湖边流连起来，有些舍不得离去。其实，我心下明白，依依不舍，并不只是因了眼前这片半融半冻的湖，而是由于四个半月的党校学习生活，眼看就接近尾声了。金秋时节入校的情景，恍如昨日。由秋而冬，岁月更替，掠燕湖见证了我的心路历程。

路，总是要向前走的。由此，我想到了今天在北京大学开班的"香港青年英才营"。这个青年人才培养计划，是中联办、北京大学和尚乘集团共同促成的。近四十名香港各界菁英，在冬至这个阴消阳长的日子，聚首北大这所中国第一学府，悟道求知，究竟被赋予了什么样的期待呢？

悠悠冬韵，在心底氤氲开来。口占一绝，名之《冬至杂感》——

寒山一色思新蕊，
枯柳无声钓冷潭。
极目苍茫三万里，
遥看四月艳阳天。

七律·掠燕湖冬韵

信步方知暮色悠，漫天绿意已然休。

疏枝寞寞寒空去，画阁亭亭冷岸留。

时缓时疾风过处，半融半冻水含羞。

欲寻冬日斜阳好，且向浮冰问鹭鸥。

七绝·冬至杂感

寒山一色思新蕊，

枯柳无声钓冷潭。

极目苍茫三万里，

遥看四月艳阳天。

怡园小聚

清晨，走在西环蒲飞路弯曲的陡坡上，嗅着空气中熟悉的味道，我有一种奇妙的感觉，仿佛久别重逢，又有些恍若隔世。

结束了北京四个半月的学习生活，日前回到香港。在这四个多月里，几乎天天都想着香港；这才刚刚回到香港，又开始想念北京了。思念，总在远方。

我来香港工作已近十五年，之前在北京生活了整整十六年。此次重返故地，连续呆了四个半月。这个时段也许刚刚好，不长也不短，正可以获得足够的感受，细细品味两个城市的市井生活。时间太短了，难免想当然；时间再长些，则可能习以为常，思维就迟顿了。

刚回北京不久，几位中联办的新旧同事，张罗了一场轻松随意的小聚会，街头餐叙，AA制结账。在圆明园西侧，有一家名为"花家怡园"的餐馆，濒临一片大大的荷塘，景色甚好。是日相聚，正逢中秋白露时节，晚风习习，闲语詟詟，小酌漫叙，尽兴而归。

这场小聚，成为一个美好的开始，让我收获了一个韵味十足的北京。

事情还得从最初说起。当朋友告诉我聚餐地点的时候，我第一反应是：怎么去？朋友脱口而出：坐地铁呀。

地铁？在我印象中，北京的交通并不主要靠地铁。我离开北京的时候，地铁线路只有两条：一线地铁和环线地铁。由于供不应求，地铁月票是严格控制的，搞一张月票卡，比装一部固定电话还难（当年装固定电话，需轮候半年以上）。坐地铁也不容易，因线路少，要颇费周折地或坐公交或骑单车辗转到达地铁口，从地铁出来再转公交，才能到达目的地。

十几年后的今天，北京地铁已有了二十多条线路，形成四通八达的地下交通网络。从我所在的中央党校去圆明园，四号线直达。去来都乘坐地铁，其方便程度，竟有一种捡了便宜的感觉。交通状况，直接影响人们对一个城市的概念。原来稠密的自行车的北京，拥挤的公共汽车的北京，变成了快捷的地下铁路的北京。

坐在北京的地铁里，竟隐约有了乘坐香港地铁的感觉。而香港地铁，一直是广为世人称道的公共交通设施。

这不期而遇的感觉，渐渐模糊了我心中一度存在的北京和香港在市政建设上的巨大落差。

到了花家怡园，才知道大家都是坐地铁来的。一是因为方便，一是多年未见，难免喝点小酒。酒后开车，在今天的北京是完全不可想象的。

圆明园这家店，是花家怡园的六家分店之一。据店家介绍，这家店的就餐环境是最好的，大约是因了圆明园的缘故。时节也对，金秋月色之下，清风缕缕，荷叶田田。老友相聚，心意相通，每一个记忆的片断，都串起一段难忘的岁月……

花家怡园创办于上世纪末，创办人花雷先生本着传播京味文化的初衷，潜心研制了融南北菜系所长的"花家菜"，号称新派京菜。花家菜以北京口味为主，兼顾各地饮食习惯和口味特点。吃起来有传统京菜的劲道，却少了些酱味；有南方菜系的淡雅，又增了些爽脆。不温不火，余味悠长。

花家菜尤其讲究就餐环境布置，以老北京的名片——四合院为主基调，将中国传统的"宅"文化巧妙地融入到"吃"文化中来。以致于一番尽兴之后，吃的什么记不清楚了，聊的什么也记不清楚了，梁柱回廊间透出的那个韵味却记得清清楚楚。

餐叙过程中，天空下起了小雨，风也带了些寒意。大家不忍辜负美好的景致，撑起餐篷，披上雨衣，始终也没有挪到室内去，好不任性。雨斜风疏荷影浅，抚今追昔酒半酣，大家都说今天的酒真好，想想也是醉了。

曾几何时，北京街头饮食的印象，大致是撸串儿，二锅头，卤煮火烧……以粗犷为主基调。今晚不经然与一份精致相遇，我自然想到了以精致著称的香港，想到了蔡澜笔下的美食香江。

北京已不再是原来的北京，香港又何曾是原来的香港。其实，你我也不可能还是原来的你我。思念在远方，多指空间上的感受。时间上亦是如此，怀旧叙旧，便是对时间远方的思念。

这些感受，当时便隐隐约约浮上心头，经过四个半月的积淀，逐渐清晰起来。悠悠思绪，七律一首以记之：

邀杯共叙到怡园，半醉风光半倚栏。
荷叶轻浮摇碧影，水波微皱起青烟。
忽来一阵清秋雨，似觉三分白露寒。
道是兴浓夸酒好，话题犹在十年前。

七律·怡园小聚

邀杯共叙到怡园，半醉风光半倚栏。

荷叶轻浮摇碧影，水波微皱起青烟。

忽来一阵清秋雨，似觉三分白露寒。

道是兴浓夸酒好，话题犹在十年前。

品味中国白酒

茅台市值突破一万亿元了！网络上一片喧腾，人们谈投资，谈风险，谈社交；谈政府，谈企业，谈市场；谈魄力，谈眼光，谈人性……就是没人谈酒。

酒是什么？是食品饮料，社交工具，投资标的，还是解愁尤物？前段时间偶然结识了有"威士忌女王"之称的台湾品酒师李素溶女士，她说酒是艺术品。艺术品作用于人，是通过刺激感官调动个体的知识文化积累而完成审美的过程。一幅画，首先进入你的眼睛，然后进入你的大脑。一曲音乐，首先触碰你的听觉，然后融入你的内心。酒之于饮者，身心反应过程与此类似。只不过相比于其他艺术品，酒作用于人的感官，更直接更深入，最终与个体产生的审美共鸣，也更全面。

要知道，酒不只是酒精，就像画不只是颜料，音乐不只是声音，爱不只是性交。对真正的饮者而言，酒没有最好，只有最喜欢。酒以水的形态，演绎火的性格。水火交融，是物质，更是精神。品酒是需要功底和修养的，更需要时光和阅历。懂画懂音乐不容易，懂酒更难，因为酒比其他艺术品受到的干扰和误解更多。

大致而言，酒可以分为酿造酒和蒸馏酒两大类。酿造酒的历史很悠久，几乎与人类文明同步，目前的代表是啤酒、黄酒、清酒、葡萄酒。蒸馏酒的历史只有一千余年，但谱系比较杂，包括威士忌、伏特加、白兰地、朗姆酒、龙舌兰酒、杜松子酒、中国白酒等。中国白酒作为蒸馏酒大军中的一支劲旅，品种繁多，饮用人群最大，与文化人的结缘也是最深的。

中国白酒以香型分类，主体香型清、浓、酱，衍生香型数以百计。不喝酒的人会觉得所有白酒都一个味道，辣或者苦。就像西方人看亚洲人，都一个长相。其实，任何东西，细分是精致的前提，也是审美的基础。清浓酱三型白酒，突出的口感分别是：清劲，绵甜，醇厚。当然，三个香型亦各有分支，比如浓香型就有绵、柔、雅之分，不作细述。

清香型以山西杏花村汾酒为代表，故亦称汾香型。以"清劲"状之，当从此词本意说起。清劲是一个形容词，意为清正刚直，古语誉有德之人为"方雅清劲，有士君子之风"。清劲还作为气象用语，指称风力的一个等级，介于和缓与强风之间。吹清劲风时，体感极好，清爽宜人。喝清香型白酒，会品尝出烘烤新鲜谷物散发出来的香气，淡淡的，在口舌间弥漫。酒香纯粹，入口爽直，一路畅达，痛快淋漓。清朝风雅诗人袁枚论酒：既吃烧酒，以狠为佳。汾酒乃烧酒之至狠者。余谓烧酒者，人中之光棍，县中之酷吏也。打擂台，非光棍不可；除盗贼，非酷吏不可；驱风寒、消积滞，非烧酒不可。

千年蒸馏史，清香型一统江湖八百年。浓香型和酱香型为人熟知，是最近一百来年的事。目前形成的以浓香型为主体（约占70%）、酱香型为统帅的中国白酒市场格局，不过三四十年。浓香型亦称泸香型，盖以泸州老窖为代表。酱香型亦称茅香型，自然是因为它的代表品种贵州茅台了。相比清香的刚烈，浓酱二香的口感要柔和得多。清香型白酒通常无需窖藏，浓酱二型则由于窖藏的缘故，微生物作用使酒体变得复杂。浓香型入口绵甜，柔雅丰盈，回味悠长，有如乡思，亦如风尘。酱香型酒质醇厚，苦尽甘来，好比智者参透人世沧桑，却道天凉好个秋。

一方水土养一方人，是以该水土之上的物产气候而论。酒是五谷作物之精华，亦是阴晴风雨之际会。清香型多是黄河流域干爽凛冽的产物，浓香型得益于长江流域四季分明的气候，酱香型则以云贵高原东部山区赤水河诸镇傲视神州。

清、浓、酱三款香型，恰如人的心情，一曰激烈，一曰柔软，一曰淡定。若以道家精、气、神喻之，则饮清香者凝精聚力，激情昂扬；饮浓香者荡气回肠，浮想联翩；饮酱香者出神入化，宠辱皆忘。品味中国白酒，仿佛品读中华诗文，清香若唐诗之豪迈，浓香若宋词之况味，酱香则好似明清小说丰厚的故事。

青年人血气方刚，天高海阔，清香最适合你。进入中年，有了故事，有了感慨，不妨临轩把盏，与浓香缠绵。老年是人生最从容的阶段，历尽千帆，云淡风轻，来一杯酱香，是对生命的礼赞。

品味三款香型的美酒，如同品味丰富多彩的人生。且把诸般感受，融入三首绝句之中 ——

（一）

垄上清风一缕间，

三分莽汉五分仙。

但抛天下烦心事，

只问青春不问天。

（二）

千年老窖酬知己，

万里乡思望月圆。

浅唱低吟知味否，

九分甘冽一分绵。

（三）

莫话沧桑话等闲，
原来苦尽是回甜。
年年秋月春风里，
极目天空大地圆。

七绝·品味清香型白酒

垄上清风一缕间，
三分莽汉五分仙。
但抛天下烦心事，
只问青春不问天。

七绝·品味酱香型白酒

莫话沧桑话等闲，
原来苦尽是回甜。
年年秋月春风里，
极目天空大地圆。

七绝·品味浓香型白酒

千年老窖酬知己，
万里乡思望月圆。
浅唱低吟知味否，
九分甘冽一分绵。

611

沧海一粟

四月十八日，台湾花莲县又发生地震。消息传来，唏嘘不已。我不禁想起数年前那次花莲之行，一幕幕场景浮现，心里便生出一丝牵挂，久久不去。

邓丽君一首《绿岛小夜曲》，醉了多少有情人的心："这绿岛像一只船，在月夜里摇呀摇；姑娘啊，你也在我的心海里飘呀飘。"原本没有深思过歌里的绿岛意象，此次访台，才听导游小姐说，把台湾地图横过来，可不就是那只船一样的绿岛，在太平洋上摇呀摇，飘呀飘，历经天地沧桑，演绎人间悲欢。

台湾有时被比作不沉的航空母舰，虽说也是一只船，却分明感受到国际政治的剑拔弩张。哪似这绿岛的浪漫：让我的歌声随那微风，吹开你的窗棂；让我的衷情随那流水，不断地向你倾诉……

经历了台北、台中、高雄的喧闹之后，我们来到台湾东部的花莲县，仿佛进入桃花源，一下子找到了绿岛这只船的感觉。花莲县位于海岸山脉与中央山脉之间的花东纵谷，恰似绿岛之船舒适的头等舱。纵谷里，从高山茂林流淌下来的花莲溪、秀姑峦溪、卑南溪，携带砾石和水土，形成冲积平原。谷地平原以田园风光闻名，农产品和水产品蜚声海内外。

我们下塌的 Farglory Hotel 酒店，坐落在海岸山脉北端山棱线上。海拔不高，却遗世独立。东望太平洋海天浩瀚，西览花东纵谷乡野绿波，远眺中央山脉群峰绵延，山海交错，秀丽天成。

清晨，漫步在酒店外洁净的石板路上，鸟语花香中，清凉的风吹过，驰目骋怀，思绪袅袅。昨夜与一众乡民的狂欢场景，伴随灿灿晨曦，又浮上心头。在这中国东南一隅，看着简单地快乐着的男男女女，我的记忆却飘到新疆喀纳斯湖。那是遥远的中国西北尽头，二十多年前去过。图瓦人豪放不羁、随遇而安的浪漫，一幕幕清晰如初，生动地浮现在脑海里。

两幅场景渐渐交织到一起了。我便想，无论天南地北，只要心有安放，快乐就该是相通的吧。人生一世，朝迎日出，夕送晚霞，春花秋月，周而复始。人的成长，宛若四季更替，各有风景；人的存在，譬如沧海一粟，自有价值；人的传承，仿佛万物轮回，生生不息。

春日朝阳，草色青青，少年站在弗罗斯特《未走之路》的路口，洁净的双眼充满青涩的灿烂，煞有介事地做着选择。自然，无从选择成为惟一选择，盛夏的冲动顾不上弥漫的花香，宿命般一路狂奔，追逐若有若无的理想。时令不知不觉进入秋季，激情之花不再自以为是地绽放，脚下的路不紧不慢延伸，凉风习习，信马由缰。偶尔也想想未来冬藏的日子，将会栖息在哪片天空下，一心一意疼惜身边的风景，朝夕相依，同醉同醒……

我是沧海一粟
被海浪卷到岸边
我们在一起的
还有好多好多伙伴
大家依偎着
无奈，却也温暖

一阵风吹来
要带我们周游世界
伙伴们激动了
一个个摩拳擦掌
怀着高飞远走的冲动
幻想彼岸的精彩

一块泥土靠近

轻轻地对我说
你们要是都走了
我会很孤单
你能不能留下
我们共建家园

看着伙伴离去的背影
想着远方的风景
我十分纠结
周围熟悉的气息
滋润着泥土的邀约
心变得柔软

终于还是留下了
远去的伙伴淡出记忆
眼前的风物星移斗转
尽情享受雨露阳光
我长成一株沉甸甸的穗
充盈着成熟的饱满

来了一个农夫
我被精心收获成种子
春风里播撒

夏雨里成长
秋凉渐起的时候
我成了一片田园

农夫的儿子
吃着我生命的粟米
快乐地长大
身体里流淌着
我和农夫共同的血脉
他是我们共同的儿子

我们共同的儿子要远行
他说征服大海
是自己的使命
于是成了一名远洋船长
我的故事结束了
船长的故事刚刚开始

民国的女儿

提笔想写潘玉良的时候，五个字不期然来到笔端：民国的女儿。

今天早晨，去给潘玉良墓献了一束花。来巴黎之前，偶然在《读者》上看到一篇写潘玉良的文章，结尾处说，如果你有机会去巴黎，请到蒙帕那斯公墓，给潘玉良墓献一束花。不曾想，这次正好住在蒙帕那斯公墓旁边的Pullman酒店。来的第一天就惦记这事儿，先是查找去公墓的路线，再了解公墓开放时间，询问潘玉良墓所处方位，今天终于如愿以偿。

巴黎四月天，早晨的空气还带凉意，却清爽得很。墓地很安静，微风吹拂，我的思绪飘向1959年那个冬夜。年过花甲的画家潘玉良，彻夜难眠，倚栏远眺，巴黎的天空没有一丝表情。凄凄寒风中，遥想故乡的烟雨，心中一片空寂。离别二十二年的丈夫潘赞化在安徽病逝，玉良对回家的渴望，对亲人的思念，对团聚的想象，一切的一切，都随丈夫走了。此时此刻，她一生中从来没有感到这样的孤独和寂寞。

> 长夜恨，
>
> 孤盏倚寒栏。
>
> 遥想金瓯三万里，
>
> 梦回烟雨一江南。
>
> 谁与冷衾眠？

往事一幕幕在脑海中浮现……

潘玉良，本名张世秀，1895 年出生于江苏扬州。一岁丧父，八岁丧母，由舅父收养。十三岁时，被好赌的舅父卖入芜湖青楼。十八岁时，芜湖盐督潘赞化为其赎身，纳为妾室，遂从夫姓潘，改名玉良。潘赞化曾与陈独秀同学，擅诗词，亦是《新青年》早期撰稿人。陈独秀亲自为两人证婚，一时传为佳话。

潘赞化教玉良学会了读书写字，并鼓励她学习绘画。1920 年，潘玉良考入上海美术专科学校，成为该校首批招收的女生之一。次年，成功申请了里昂中法大学奖学金，继而入读罗马国立美术学院。在欧洲文艺复兴的沃土上，潘玉良的艺术天赋蓬勃生长。1928 年学成归国，被刘海粟聘为上海美专西洋画科主任。同年 11 月，在上海首次举办个人画展，观者如潮，引发轰动。

潘玉良脱颖而出。在基本由男性画家构成的早期中国现代美术舞台上，她的存在格外突兀。这突兀，不仅缘于卓越的艺术成就，也缘于卑微的身世。1936年，潘玉良第五次举办个人画展时发生的一场风波，把这种突兀集中地反映了出来。这次个展，也成为她生前在祖国土地上举办的最后一次画展。

潘玉良作为中国现代美术的先驱者之一，裸体画是她的艺术的一个重要标识，而这也为她带来许多争议。此次画展中有幅大型油画《人力壮士》，画面是一个裸体的中国大力士，双手搬掉压着小花小草的巨石。在画家心中，日本关东军的铁蹄，神州大地的苦难，人民的呼号，组成了一支悲壮的大合唱。借着对雄性和力的赞美，画家向拯救民族危亡的英雄致敬。潘玉良很爱这张画，本打算自己收藏。可在开幕式上，教育部长王雪艇提出要买这张画，她不好拒绝，遂以一千大洋预订，约定画展闭幕时取走。不料，当天晚上，画展遭到破坏，《人力壮士》被人划破，边上还贴了张字条：妓女对嫖客的颂歌。

置身于乱七八糟的展厅，伫立在伤痕累累的画布前，一种深入骨髓的悲哀涌上潘玉良的心头。她深知，一个青楼女子，以近乎文盲的知识储备，跻身现代艺术殿堂，固然因了自己的天赋和努力，但主要还得益于时代的造化，得益于民国开了风气之先。可这民国，是带着鲜明旧时代胎记的幼稚而残缺不全的民国。潘玉良终究是民国的女儿，承继了它的基因，抓住了它的机遇，也逃不出它的恶。世俗，还是不肯放过她的过去。

这样的民国，是容不下自己的。潘玉良辞去了所有教职和社会兼职，在丈夫的支持下，再次只身前往巴黎。充满生机的法兰西，包容的塞纳河，接纳了她。这一住，就是四十年。潘玉良的艺术风格日臻成熟，才华得到广泛认可，全票当选为中国留法艺术学会会长。然而，桃源虽梦好，毕竟是他乡。潘玉良心心念念的，还是能有合适的时机回国。可多次安排，阴差阳错，都未能成行。直到1977年去世，潘玉良终于没能再回故土。

旅居巴黎的潘玉良，对自己约法三章：一不谈恋爱，二不加入外国籍，三不与任何画廊签约。由于这三不主义，潘玉良的晚年过得很拮据。她多次在法国举办画展，并携作品到英国、美国等地展出，还屡次受到法国政府及有关机构的表彰。但不与画廊签约，卖出去的画并不多。临终前，她嘱托友人王守义，务必将画室中留存的四千余件遗作全部运回中国。经王守义多方联系，这些作品和潘玉良的一些个人物品，暂时存放中国驻巴黎大使馆，1984年被安徽省博物馆收藏至今。

普遍认为，潘玉良画作中最精彩的是女子肖像画和女人体画，包括自画像。她一生都在画自己、画女人，蕴含着她对女性性别角色的理解，对女性生命微妙之处的把握。由于文化程度不高，她没有因袭的文化负担，画中充溢着一种"无邪的赤裸"，一种赤子般的单纯、真诚和坦然。

体会潘玉良的人生故事，每每让我怦然心动，宛若相识已久的故人。由此，我想到了故人的精神含义。何谓故人，以前以为是相识之人，现在看来未必。比如一个与你为邻多年的房客，每天进出都打招呼，一旦搬走便形同路人，他算不算故人？你偶尔到了他现在所住城市，会不会去探望他？他去世后，你想不想得起给他的墓地献一束花？相反，一个你从来没见过面，但对你的思想、行为和人生产生了影响的人，比如领袖、艺术家、思想者，算不算故人？人与人产生关系，相识固然是一种方式，而心灵的联系，却更加有力。相识者可以成为故人，不相识者也可以成为故人。相识者或许会形同陌路，不相识者却可能高山流水。

除了给潘玉良墓献花，由于一个特别的原因，这次在巴黎还读了著名法国童话《小王子》。一本薄薄的小册子，几乎是怀着虔诚读完了它。无疑，这是我见过最别致的作品。跟随小王子的星际旅行，心里漫溢出一份洁净的感动。仿佛巴黎的天空，晴而不燥，雨而不腻，干干净净，清清爽爽。仿佛潘玉良，这世间除了丈夫和绘画便一无所有的女子，忠实于自我生命体验，执着地以艺术为支点，撑起了自己的一片天空。

潘玉良，民国多元文化土壤里生长出的一枝幽兰，在被车水马龙忽略的小花园里静静绽放。清劲独立，不与日月争辉，惟留馨香于夜色。你是最复杂的简单，最纷乱的单纯，存一份念想，与天地对话。

> 花开风冷处，
> 人醉夜深时。
> 不忍高声语，
> 悠悠一念痴。

潘玉良去世三十年后，她的画开始引起收藏界关注，日益受到热捧。2013 年 9 月苏富比四十周年夜拍，《青花红菊》以一千四百五千万港元落槌。保利香港 2014 年春拍，《窗边裸女》以三千四百五十万港元成交。不过，这些都已经是另外一个故事了，与潘玉良实在没有多大关系。

忆江南·民国的女儿

长夜恨，
孤盏倚寒栏。
遥想金瓯三万里，
梦回烟雨一江南。
谁与冷衾眠？

五绝·清夜幽兰

花开风冷处，
人醉夜深时。
不忍高声语，
悠悠一念痴。

审美少年

春风碧透云天。
暖阳闲垄炊烟。
彩蝶嫣花斗艳，
人儿款款。
那时真个悠闲。

（一）

审美少年，少年审美，少年有一颗清澈的心。因其清澈，而无比包容。

（二）

与人心相比，浩瀚的太平洋，不过是一湾蓝色的水。

与人心相比，千载丰功，万世伟业，无非是任人打扮的小姑娘。

与人心相比，大自然变幻莫测，最终成了多情客登高说愁的借口。

且问世间还有何物，能比人心更宽广？比人心更深远？比人心更丰厚？

（三）

心灵，是我们对周遭事物的镜像反射，是我们观察和行走的出发点，是我们安身立命的根本。

心中有玫瑰，满世界都是灿烂的鲜花；心中有荆棘，世间便长满芒刺；心中有诗歌，人生成为审美之旅。

美无处不在，首先源于净化的心灵。

（四）

美，其实是很简单的。

见过碧绿的草地么？那时候，一朵小小的野花，便放射出夺人心魄的魅力。

见过纯净的天空么？那时候，一缕飘逝的云彩，就让你魂不守舍，浮想联翩。

见过单纯的笑容么？那时候，一排洁白的牙齿，足以照亮你愁霾的内心。

（五）

世界是什么？世界有多大？

一个人行走的范围，就是他的世界；一个人交往的范围，就是他的世界；一个人思想的范围，就是他的世界。

眼界，人脉，心智，构成人生世界的三维。

世间一切美好，正是在行走中领悟，在交往中丰富，在思想中凝炼。

（六）

删繁就简三秋树，领异标新二月花。

成就人生的美丽，不需要太多的枝枝蔓蔓。一颗率真的心，一段简单的情，一丝不期而遇的感念，世界将因你而精彩。

清风朗月，文章风流千古；空灵神性，禅修不处不在。以审美之心，触摸世间万物，何愁人寰不成仙界？

（七）

在审美者眼里，一滴露珠，一片叶瓣，一剪飞鸟，一抹霞辉，便是人间极乐。

匆忙的脚步，势必钝化审美之心。功利浮躁，把生活中美的元素踏成齑粉。心静不下来，美便灰飞烟灭。

印第安谚语：别走得太快，等等灵魂。走或者不走，美就在那里，等着你去发现和感受。

（八）

美在当下。审美在此刻。

审美者须具备两大能力：得到你想要的东西，欣赏你拥有的东西。

像爱护生命一样，珍惜渐行渐远的童趣，拥抱越来越少的激情。保留一颗好奇心，去感受惊涛拍岸，去倾听月下蝉鸣。

（九）

推开心窗的世界更大，前面风景，都可以入怀。推开心窗的世界更大，It looks so bright……

近来，一首名叫《共同家园》的新歌，在粤港澳大湾区悄然唱响，渐渐驱散困扰香江少年的心魔。

春风正骀荡，审美在少年。

天净沙·春风少年

春风碧透云天。

暖阳闲垄炊烟。

彩蝶嫣花斗艳，

人儿款款。

那时真个悠闲。

秋凉琐忆

秋凉渐起品初寒，逐梦香江何处还。

维港波翻新岁浪，炉峰月照故人颜。

情无尽处心先老，花到浓时叶已残。

春雨夏风终去也，一声喟叹入中年。

（一）

秋凉是一点一滴的水，渗透到毛细血管里，四处游走，最后从肌肤的缝隙间蒸发。

带着生活的碎片，秋凉在无垠星空中，连缀成思维的百衲衣。朝晖夕阴，气象万千，时而炫烂掠过，时而暗影斑斑。

秋凉，是一声叹息。

（二）

树越老越嶙峋，人越老越孤独。

孤独是怎样炼成的？那是一颗赤子之心，历尽沧桑后，对世界的好奇感逐渐消失，对周围的信任度逐渐降低。

儿时，可以就着一个蚁穴、一处沙堆，兴致勃勃地玩上老半天。而今，再惊天动地的事，也仿佛过眼云烟，激不起心中的波澜。

年轻人好比刚刚碎裂的石块，棱角分明，碰撞之间火星四溅，而一旦咬合，则合二为一，不分彼此。在时间的打磨下，石块随波逐流，成了鹅卵石，外表很圆润，彼此不再碰撞，不会擦出火花，却也很难融为一体了。

以前出行，很愿意与人搭讪，现在极少与陌生人说话。所以，朋友都是年轻时交下的。

（三）

当你的第一封情书，被暗恋对象交给老师，或被对方的父母偷拆，你的内心会生出一层厚厚的保护膜，对文字的东西保持谨慎。

当你第一次发现，打出的电话可能被串线窃听，或者被接线生别有用心地截听，你会对所有电波都不信任了。

当你在网络社交平台上真诚地讨论问题，却遭受不同意见者谩骂、起底或者退群绝交，你会失去与人解释争辩的兴趣。

当你的倾心付出遭遇上司的误解，你的完美主义遭遇朋友的不屑，你的念旧情怀遭遇发小的功利，你会慢慢把自己包裹起来。

（四）

人到中年，好比一块刚刚烤出来的红薯，摸起来滚烫，但不要以为它有多大的能量，其实里边是软的，没有什么爆发力了，很多事情心有余而力不足。

年轻人则不然，更像一块生石灰，看起来冷冰冰的，浇上一瓢水，立马沸腾起来，不小心就会被烫伤。

不过，软塌塌的烤红薯，虽然卖相不好，里边却很甜，像一个走过岁月的人，心地善良。而且，外边凉了，里边还热乎着，像一个念旧的人，温情长在。

（五）

这世间，如果彼此相知，那还用说什么呢？如果彼此不认同，根本就不是一条道上的人，那还用说什么呢？

不要总觉得世界在放弃你，更多时候是你自己放弃了世界。世上的路千条万条，一条路走不通，还有另一条。

放下执念，拥抱生活。哪怕是最世俗最繁琐最无聊的生活，踏踏实实投身其中，去琢磨它，去做它需要你做的事。一开始，你可能会觉得这是在耗费时间，是行尸走肉，久了，你会发现，它是克服孤独和抑郁的良药。

时间，就是用来耗费的。不要赋予时间太多的含义，不要以为我们在时间的长河里能有多大作为。美国土著作家汤米·奥兰治（Tommy Orange）说得好：我们并不拥有时间，而是时间掌控着我们，对时间来说，我们就像猫头鹰嘴里的田鼠一样动弹不得。

（六）

社会不会为你改变什么，别人不会为你变得更好或者更不好。环境永远是环境，人只能去适应它，不能改变它。适应不了，要么离开这个环境，要么自己不快乐。

不要试图去改变环境，更不要试图去改变别人，你的任务是调整自己。不如意是常态，并非个案。只是自己遇到了，感受更深而已。岂不知，别人也是天天遇到。所以古人才会讲，不如意事常八九，可与言人无二三，也才有所谓良禽择木而栖的事儿。

自古以来，怀才不遇是一种感慨，知音难觅也是一种感慨。这两种感慨，一则仰视，一则平视。那么，俯视的感觉又如何呢？高处不胜寒的滋味，想必也不好受。

孤独，是与人群相伴的。越是嘈杂的地方，越觉孤独。孤独大多源于周遭对你心灵的干扰和欺凌。那些煞有介事，自以为是，无所事事，总让你惹不起躲得起。

（七）

有"成人片帝王"之称的日本导演村西透，七十一岁时接受采访，回顾自己坎坷的一生，由衷地说：我想告诉大家，人生最重要的不是顺风顺水时的自我，而是失去希望时的自我，是不知所措时的自己。人注定要和绝望相伴度过大半生，如果不想死的话，就拼命往下看，而我永远在最底下。请各位在想死撑不住的时候回想起我，想到那个日本人，你会庆幸自己的情况要好得多，就有能力有勇气走下去了。

（八）

每每为太平山的一抹晨曦、维多利亚港的一弯新月而感动。想起来，总是在忘情山水与感怀人生之间徘徊。前者是与大自然的交流，后者是人际间的交流，或者是与自己内心的交流。留下来的文字，不管是诗词、韵文还是随笔，大抵都可以归于这两类。

月光如泄，心情落寞，只有空调机发出单调的噪音。

未来的轨迹模糊不清，百无聊赖的生活残片漫天飞舞。心动的事情，永远在彼岸。

也许是这个世界太喧嚣，让我对想象中一份淡雅的宁静倍加怜惜。宁静中时隐时现的圣洁之光，平复了轻狂的欲念。感谢天地日月，感谢万物生灵，感谢一切造化际遇，让我感受到爱和美好。

七律·秋凉

秋凉渐起品初寒，逐梦香江何处还。

维港波翻新岁浪，炉峰月照故人颜。

情无尽处心先老，花到浓时叶已残。

春雨夏风终去也，一声喟叹入中年。

人生十二卦

　　已有十几年没在北京过中秋节了。半个多月前，我刚回京时就来过这片湖，并留下了"掠燕湖边垂柳树，如故，沧桑不过一低头"的诗句。今晚再来这里，夜静，人稀，灯火阑珊，那份世事如烟的感觉又从心底漫了上来。

　　北国秋夜，终究与湿热的南方不同，微风拂过，清爽之意沁人心脾，月色也似乎干净了许多。独自徘徊在依依垂柳下，月光如泄，若有所悟，得一绝句，仿李白题名《静夜思》。诗仙以静夜寄乡思万里，我以静夜悟人生百年——

> 近水柳依依，冰轮挂玉枝。
> 秋蝉无一语，风过土城西。

　　由清风明月引起的感悟，缘于前几天偶然接触到的"人生十二卦"说。中国传统文化中，卦象之说颇为玄妙，故一直未敢深涉其中。这套学说流传于中医保健界，以著名的"十二消息卦"为基础，从人出生时算起，每七年对应一卦，逐次解读各个人生阶段阴阳互动的生命状态。细

细品之，颇为受用。

十二消息卦中，前六卦为息卦，后六卦为消卦。"息"者生息也，指阳爻逐渐生长 —— 阳生于复而极于乾。"消"者消弱也，指阳爻逐渐消减，而阴爻逐渐生长 —— 阴生于姤而极于坤。人生一世，正好走完这个周期。

复卦代表 0-7 岁的儿童，"复"的本义为太阳重生，指代生命的开始。临卦对应 8-14 岁的青少年，身心迅速成长，进入"临"成人之门、立责任之身的状态。这两个时段，生命力最旺盛，身高体重都呈倍数增长。从卦象上看，下实上虚，实长虚让，整个上半部都是打开的，预示着天空任鸟飞，世界以完全开放的姿态，滋养着一个全新的生命。无忧无虑，自然生长，充满了幻想和追求。

泰卦对应 15-21 岁，大壮卦对应 22-28 岁。此乃天帮地成，身泰心壮，生命活力恣肆张扬的状态。大多数人的世界观养成和事业基础，都是在这个时段完成的。习近平主席曾说，15岁来到黄土地时，我迷惘彷徨；22岁离开黄土地时，我已经有着坚定的人生目标，充满自信。所谓三十而立，正是对身心"大壮"的期许。

夬卦（29-35岁）指当断则断，乾卦（36-42岁）则含穷天极地之意。乾卦卦象，六爻皆满，意味着所有能容纳、能获得、能占有的，此时都已占尽。一个人走完这两卦，事业、家庭都进入了成熟期，登顶人生，一览众山小。

可以说，0-42岁经历的六个息卦，大都是老天爷的赐予。我们自己也在奋斗，似乎也付出了很多，但回头才发现，成就还是来得太容易。不论天时、地利还是人和，并没有多少是我们可以主宰的。人生如滋长的阳爻，只管一直往上走，走得豪情满怀，潇洒自如。纵遇困难，也会随风而逝。真正的考验还在43岁开启的消卦阶段，一场秋雨一场寒，进入人生下半场，开始走下坡路了。

姤为善，遁为隐。一旦步入姤卦（43-49岁）、遁卦（50-56岁）阶段，卦象下部出现阴爻，底盘开始空虚，便要适可而止了。如果临卦泰卦是青春期，姤卦遁卦便是更年期。五十而知天命，"厚积"已成，只待"薄发"。可是，这个年龄段正是功成名就、志得意满之时，鲜有人真正做到收放适度。知其不可为而为之，导致了多少世事荒唐，英雄折戟！大凡中年烦恼，天妒英才，往往是自己没有调节好，没能与社会、自然达成和解。

否卦对应 57-63 岁，乃藏否之意，指人活到这个岁数，已是退休之年，应对人生有一个评价。藏否自我，笑对过往，寻求彼岸，是真正的智慧。观卦对应 64-70 岁，其意蕴和境界集中体现在这个"观"字上。观就是不掺合，年届古稀，世界已是别人的世界，对社会的事、儿女的事，我们都是旁观者，只帮忙不添乱，切忌指手划脚瞎指挥。否为恶，否极而泰来；观为空，真空生妙有。否、观二卦之要，在于清心寡欲，世间万物不过铁打营盘流水兵，再不要执着于世俗的名闻利养，以免舍本逐末，得不偿失。

剥卦（71-77 岁）和坤卦（78-84 岁）是人生的结果，直指生命的归宿。"剥"就是剥夺、脱落，观其卦象，下半部全空了，生命机能和年轻时不可同日而语。老人的难处，此时尽显无遗。"坤"者，地也，任尔皇恩浩荡，莫不没于三尺黄土。人一旦步入坤卦，去路就清晰了。所以，在中国文化里，"坤"也解作无碍，老人首先要有一颗无碍的心，方得善终。

十二消息卦，是人生必经的十二个阶段（此说亦可用于解读一年十二个月，一天十二时辰）。有的人提前一些，有的人推后一些，但基本的轨迹不会变。现代人越来越长寿，这是好事。长寿可以把生命的时间拉长，但只有时间的延续，没有价值观的校正，长寿亦是枯寿，"寿"便成了"受"，其间苦辣酸甜，冷暖自知。84 岁以后的生命都是赚来的，更要有一颗鉴往知来之心，以尽顺天应地之本分。

诸般感悟，一腔思绪，却只道，天凉好个秋。淡如白描的《静夜思》，慢慢浮上心头。我把它发到微信朋友圈，旋即得到近百人回应。其中，联合出版集团傅伟中董事长的和诗，与此情此景甚是吻合：

> 有风拂过土城，
> 有柳飘在水边，
> 有月挂在枝头，
> 有蝉鸣在心间。

那垂柳，那碧波；那冷月，那清风；那寒蝉，那土城……不着一语，尽得风流。它们或许比人类更能理解天道轮回，更能适应生长收藏吧。

五绝·静夜思

近水柳依依，冰轮挂玉枝。

秋蝉无一语，风过土城西。

跋：来港
十六年记

今年九月十五日，我来港工作整整十六年了。十六年对我的意义，是在香港和在北京生活的年头恰好一样长。从此，我在香港生活的时间，开始多过在北京生活的时间。

早晨醒来，躺在床上，不免生出些感慨。想起头晚与创科局薛永恒局长小聚，聊起我们五十多岁这代人经历的世事沧桑。这半个世纪，中国处于一个大变革的时代。几乎是从原始农耕文明起步，经过艰难的工业化、商业化，走到互联网时代，社会生产方式和生活方式天翻地覆。身处其间，我们一方面为生计和理想而奋斗，一方面被迅速变化的环境所驱赶，心理始终处在调适过程中。

香港的变化也很大，与国家的变化互相影响，但并不完全同步。就地域和人文特性而言，二战以后香港人经历了近半个世纪的养成期，最近这十几年却进入深刻变革的阵痛期。

我 1981 年参加工作，职业生涯与这个时代同谐共振。

一路走来，得以从国家的视角看香港，又得以从香港的视角看国家。居京都庙堂，则忧社会苍生；处岛城江湖，则忧国家民族。在与社会互动中实现自身价值，丰富阅历修养，实是人生最大幸事。思前想后，赋诗一首，连同序言一并发到微信朋友圈，聊作纪念：

> 回首人生路，二十四岁离开四川老家，旅居北京十六年，香港十六年。一路前行，痴心未改。遥望未来路，怀着对岁月的感恩，心往宽处想，身往宽处行。信马由缰，执念随缘，寻那路旁风光。

> 廿四韶华几梦萦，巴山蜀水一痴情。
> 将身从此天涯寄，半在京都半岛城。
> 遥望来年烟雨路，何妨吟啸且徐行。
> 闲邀三五知交客，老酒新茶揽月亭。

朋友圈的回应很是热烈，或点赞，或寄语，或以诗相和。联合出版集团傅伟中董事长留言：值得记念，值得书写。是啊，如果说北京十六年由于年轻体会还不深的话，香港十六年确实是一段风云激荡的岁月。其中故事，内容之丰富，寓意之深远，断不是几首诗词、几段随笔可以承载的。

就工作经历而言，我在港十六年的标志性事件，或可概括为"三个部门""四任特首""五个中联办主任"。若以这"三""四""五"为经，以中央与特区的关系、政府与社会的关系、建制派与反对派的关系、老一辈与新世代的关系等现实矛盾为纬，织就一幅香江人事演进的恢宏画卷，应当是一件很有意义的事吧。

而尤让人感念的，是岁月不居中积淀的友情。赤柱中秋，长洲怒岸，维港碧波月相伴，三五知己酒半酣。不禁想起刘禹锡的诗句：沉舟侧畔千帆过，病树前头万木春。今日听君歌一曲，暂凭杯酒长精神。又想起海子的《九月》：目击众神死亡的草原上野花一片，远在远方的风比远方更远，我的琴声呜咽，泪水全无……

> 相聚时难别亦难，
> 千帆过尽只随缘。
> 新知旧雨天涯路，
> 但慰香江十六年。

九月十六日是我开启新的香江岁月的第一天。这天，一个普通的捐赠事件引起坊间热议。事缘李嘉诚基金会向香港大学医学院、香港中文大学医学院、香港科技大学、香港教育大学捐款一亿七千万港元，李嘉诚在致函中引用了苏轼的《赤壁赋》。纷纷议论集中在李先生引文的寓意上，说他是借此评论时事，臧否人物。

香港媒体是舆论场的奇葩，借题发挥、断章取义之事常有。我向来不愿被媒体舆论牵着走，特地向港大医学院梁卓伟院长索来李嘉诚信函原文。信的开头是这样写的：

最近，喜获一幅《赤壁赋》书法，笔力曲折，尽显苏子刻骨之真率，天地万物间流逝的"变"与"不变"中，各人如何寻找和展现自己的角色。

李先生是我敬重的人物，对他此举之深义，不敢妄加揣测。只是重新找来苏东坡的《赤壁赋》，诵读再三，感怀不已。尤以结尾两段，感念人生无常，天地无私，风月长存，抒写游赏至乐，展现忘怀得失、超然物外，与天地共生之境界 ——

苏子曰："客亦知夫水与月乎？逝者如斯，而未尝往也；盈虚者如彼，而卒莫消长也。盖将自其变者而观之，则天地曾不能以一瞬；自其不变者而观之，则物与我皆无尽也，而又何羡乎！且夫天地之间，物各有主，苟非吾之所有，虽一毫而莫取。惟江上之清风，与山间之明月，耳得之而为声，目遇之而成色，取之无禁，用之不竭。是造物者之无尽藏也，而吾与子之所共适。"

客喜而笑，洗盏更酌。肴核既尽，杯盘狼藉。相与枕藉乎舟中，不知东方之既白。